NÜWA

SHAN LING

陈旬利 著

陕西新华出版

太白文艺出版社·西安

图书在版编目（CIP）数据

女娲山灵 / 陈旬利著 . -- 西安：太白文艺出版社，
2023.12（2024.1 重印）
ISBN 978-7-5513-2510-3

Ⅰ.①女… Ⅱ.①陈… Ⅲ.①散文集−中国−当代
Ⅳ.① I267

中国国家版本馆 CIP 数据核字 (2023) 第 223646 号

女娲山灵
NüWA SHAN LING

作　　者	陈旬利
责任编辑	曹　甜　关　珊
封面题字	方英文
封面设计	张洪海
版式设计	建明文化
出版发行	太白文艺出版社
经　　销	新华书店
印　　刷	三河市嵩川印刷有限公司
开　　本	787mm×1092mm 1/16
字　　数	380千字
印　　张	24.75
版　　次	2023年12月第1版
印　　次	2024年1月第2次印刷
书　　号	ISBN 978-7-5513-2510-3
定　　价	79.80元

心之所感，思之所悟

——《女娲山灵》序言

安　黎

　　平利县位于秦楚的接壤处，一道残留的楚长城遗迹，把归属各异的两个地域，迥然隔开。但山还连着山，水还连着水，行政的界线，并不能把两地之间文化的相互渗透与民间的相互通婚彻底斩断。与楚为邻的平利，岂能不受楚风的熏染？地处巴山腹地的平利，一派南国姿色，山体秀雅，草木繁茂，溪流蜿蜒，茶香飘逸，有《诗经》之韵致，有《楚辞》之嵯峨，有宋词之婉转。战国时期，平利就是华夏历史舞台上纷纷扰扰的"分会场"，那幕秦楚争霸的古戏，在平利的地盘上拉锯式上演，不但演化出"朝秦暮楚"的典故，而且在平利深埋下悠远的人文历史的种子。当代平利才子佳人不断涌现，包括与我情谊深厚的书法家王定成先生、小说家戴吉坤先生、散文家刘云先生，以及本部书籍的作者陈旬利先生等，个个造诣不凡，才情斐然，无疑皆受到了平利山水的深厚滋养和历史文化的深度熏陶。

　　一方水土养一方人，也养一方的作家。当移居西安的戴吉坤用自己无比鲜活又无比厚重的长篇小说《栀子花开》，尽情展现陕南山民的地域性格和心理时，坚守平利的陈旬利，也在用自己的一篇篇散文，为平利的自然生态和社会生活画像与画魂。在陈旬利用文字绘制的平利画像上，陈列着太多的内容：山水之奇、历史之远、人心之暖、传说之诡、文化之灿，以及他对平利山川地理的倾情之恋。

据我所知，陈旬利的父母，并非生于斯长于斯的土著，而是一对外来的移民。陈旬利名字中的一个"旬"字，一个"利"字，牵连起了两个县域——他生命的源头在旬阳县，生长的沃土在平利县。在平利，陈旬利像一棵树苗那样，接受平利水土的滋养和文化的沐浴，渐渐成长为一棵枝繁叶茂的大树。平利的山水哺育了他，他对平利满怀羔羊跪乳的情感。从他的文字里不难看出，他对平利的浓郁之爱，黏稠得仿佛胶汁，化也化不开；他对平利的真挚之情，炽热得犹如炉火，浇也浇不灭。他之书写，始终围绕着平利，平利既化为他吮吸不竭的素材母体，又成为他托物言志的着落客体。

每一个地域，皆有自己独有的特质。就平利而言，不但山川锦绣，物产丰饶，更为特别的是，传说中它是女娲的故里。女娲究竟是确有其人，还是一则虚幻的神话，已无法考究。退一步讲，哪怕她是神话故事中的人物，却也在不断的演绎中，化为了华夏族裔共有的精神根脉和图腾。她就像夸父、愚公、精卫、穆桂英、窦娥、孟姜女、杜十娘，甚至陈世美和西门庆等众多虚虚实实的历史文化符号一样，是不是真人并不重要，重要的是已被抽象化和定格化，成为某种价值的象征和情感的寄托，在构建民族精神的秩序和形态方面，充当着或榜样或反面教材的角色。中国人习惯于把凡人神圣化，期望树立起一根道德的标杆，让其担负教化和引领普通大众的责任。生活中若有这样的人的雏形，就对其进行加工美化，以使其毫无瑕疵地熠熠闪光；若没有，也要编造一个出来。久而久之，各色人等，排列成行，化为中国历史文化天幕上的一颗颗让凡夫俗子仰望的星辰。

靠山吃山，也靠山写山，这是写作的一条必由之路。定居平利的陈旬利，自然就把自己的审美视角和书写重心，瞄准了"女娲"这一之于平利的核心要素。本书相当多的篇目，都与女娲有关，或在论证女娲与平利的关系，或在辨析女娲与某个遗迹的关联，或在一山一水和一石一木中，寻觅女娲的痕迹。在他的多篇文章里，女娲仿佛被复活了，还神采奕奕地游走于平利的角角落落，随时都有可能与现实中的男女撞个满怀。当然，有关女娲的内容，虽然不少，但相比于这部近百篇文章汇集的文集，却仍属少数。文集中更多的篇幅，是对世俗世界和当下生活的观照，其中，有对地理的踏访，有对物事的记叙，有对亲情的追忆，有对往事的回眸，有对各色人物的描摹，有对文学作品的个人化解读，有对文学从业者的旁观……可谓目之所至，心之所思，情之所感，思之所悟，笔之所随。

陈旬利的散文集，有两个突出的特点，给人留下深刻的印象。一是他在涉及山川地理和历史人物时，很少止步于浮光掠影的片面化描述，而是多角度、多维度地对其进行更具宽度和深度的挖掘，并将某些学术理性和思考洞见，无缝衔接地引入文中，从而使文章的内核不再那么轻飘，使文章的寓意不再那么浅薄，使文章的写作范式不再那么陈词滥调。在一盘炒菜里，适当地撒些盐和不撒盐，味道会大相径庭。一些散文，宛若一张床单，花色很美，但一揭开，却发现床单轻薄如纸。但陈旬利不一样，他的散文就像鼓鼓囊囊的包裹，里面裹藏诸多的宝藏。他的写作姿态，则像一个勘探者那样，聚焦于某一个点位，在不断地洞察的同时，也在不断地深挖，不但要把地表的风光展示于人，而且要把地下的景况呈现于世。其主要的做法，则是沿着时间的河流逆流而上，追溯并捕捉历史的光影，让历史记录中的一词一句，佐证自己观点。于是，他以考古学家般的较真，在浩如烟海的故纸堆里，取其一瓢，或扯出一藤，将其作为论据，渗入或嵌入自己的叙述当中，用以夯实自己的言说基础。有了古代文献的加持，他的散文就不再是无线的风筝，而变成了有根的树木，既丰盈，又饱满；既古朴，又深厚；既能对接历史，又能对标现实——历史与现实的交相辉映，静态与动态的相得益彰，辅之以作者的真知灼见，从而使散文的游走空间大为扩充，使表达的价值层次大为跃升。二是他的叙述语言戒除了浮躁之风，沉静而从容。语言是散文的脸面，脸面如何，直接决定着散文的风格和气质。太多散文的缺憾，恰恰过于散文化，犹如一个追求美观的人，过度注重面容那般。轻视骨血而重视皮囊，必然趋向虚空，沦为腹内空空的橡皮文章，反倒让人读之心生厌烦。相比之下，陈旬利的文字直接、清爽、浑然天成，不故弄玄虚，不陈词滥调，却入眼入心，给人一种无比痛快的阅读体验。毫无疑问，真实、真挚，既是他文字的优长，也是他精神的质地。

当然，陈旬利散文的长处，远不止以上的两点，还有许多，限于篇幅，不再一一罗列。我想说的是，优秀的散文背后，是优秀的作家。而一个优秀的作家，哪怕固守于对地域的执着书写，也必须具有历史的眼光、世界的视野、生命的意识、文明的立场和深厚的语言磨砺之功。事实上，"越是地域的，就越是世界的"之类的说辞，并不完整。完整的表达应该是：只要用世界的眼光来审视地域，只要用文明的尺度来书写地域，地域也能成为世界的。而要写好地域，绝非那么简单和容易，作者必须要有综合性的修养，仅有文笔是远远不够的。

文学是一条自我选择、自我修行的漫漫长路，永无终点，来不得半点懈怠。对于文学的求索者而言，陈旬利尽管已迈上了较高的层次，但还有很多的台阶需要攀爬。在此，我祝愿他越走越远，越攀越高，让他的思想化为日月，照耀人心；让他的文字化为奇观，比肩山岳。

目　录

第三辑　草木性灵

第七辑　流年书签

后 记

第一辑

时光穿越

回放女娲

一

华胥生男为伏羲，生女为女娲。——《汉书人表考》

时光倒回九千九百九十九年前，在一个初冬的早上，女娲伏羲兄妹面朝草庐前一个妇女双双跪拜，久久不肯起来。

草庐的后面，是横贯蓝田的灞河水，妇女对面的远山，是巍峨耸立的终南山。她那和蔼、慈祥的面孔透露着母爱，她那充溢泪水、慈善的眼中蕴藏着坚毅，尽管千般不舍，尽管万般不忍，她也要让儿女们离开自己，去实现他们共同商定的大事，去闯天下，去干一番事业。

这位名叫华胥氏的母亲，在遥远的古雷泽边有感而孕，生下儿子伏羲；在东海边的一个山顶上，着梦养育了女儿女娲。天生的个性让她永不止步，艰苦的环境造就了她的坚忍顽强，她带着儿女由东向西，跨过黄河，来到这个终南山北麓下的地方住下来，用发明的渔网捕鱼，以绳结记载事务，练就了不少适应自然、改造自然的生存方法，慢慢地发展壮大起来。她的经历让她明白人类要发展，必须生生不息去奋斗、去抗争、去创造、去发明。而这一切，是待在温暖的草庐里无法实现的。

伏羲、女娲何尝不明白这个道理，他们的血液里流的是和母亲一样的血，他们萌生的是和母亲一样的济世思想，他们铸就的是和母亲一样坚韧不拔的性格，他们已学会了母亲传授的超人的功力，只是他们舍不得朝夕相处鬓染霜白的母亲，他们舍不得给他们以欢乐、印刻着他们足迹、记录着他们童年和少年时代喜怒哀乐的故土，舍不得部落那些爷爷奶奶、叔叔阿姨、兄弟姐妹，舍不得这里的山山水水、一草一木，跪在母亲面前，他们早已泪流满面，泣不成声。

待他们抬起头来，草庐的门已紧紧关闭，母亲早已不见人影，伏羲手拿母亲给他记事的结绳，女娲拿着母亲给的一块蓝田玉，兄妹俩泪眼模糊地朝着草庐叩拜着，一步一回头地向终南山走去。站在山巅，他们再次回头看了看家乡，这时，一轮旭日正冉冉升起，关中大地烟笼雾绕，一片苍茫。兄妹俩相视对望一眼，然后毅然向南走去。

他们不知道，这一走，竟是和母亲的诀别；

他们更不知道，这一走，中华民族就开始了崭新的历史。

二

中皇山之原，所谓女娲山也。注曰：山在金之平利，上有女娲庙，与伏羲山接庙起。伏羲山在西域，女娲山在平利。——《路史》

仔细查一查史实资料，伏羲、女娲溯库谷河登上终南山，便进入陕南今商洛柞水境内，他们先由十八里小岭、阴沟口、阎王沟、黄家店、石湾铺、栏马河、表得铺到镇安县，循乾佑河而下，经长哨、东坪、青铜至两河关，进入旬水谷道，又经赵湾、甘溪至旬阳县。

他们这一路走来，历经千辛万苦，不经意间就走出了陕南人几千年来赖以北上南下的著名的库谷道，又经历几千年，他们的后裔沿着他们走过的脚印修通了西康高速公路。无法计算女娲兄妹走了多长时间，但今天的人，要体验那段漫长的旅途，仅仅需要三四个小时。

千百年前，伏羲和女娲走的这一路，尽管艰辛，尽管劳累，但兄妹俩在一起，说说笑笑，一点都不觉其苦。尽管母亲的培养让女娲已十分坚强，完全能独立走完这异常凶险的路程，但她依然习惯于哥哥的关照。自小到大，伏羲哥哥总是护着她，好吃的给她留着，好喝的让她先喝；有她喜欢的花纹的兽皮，总是让她做成衣服；和谁吵架哥哥从不问原因，一律帮护着她，虽然哥哥有时也故意惹她哭鼻子，但总是能很快哄得她破涕为笑。

然而，第二次分别又生生地摆在他们面前，按照一家人的约定，他们必须独立地为这个世界做一番有益的事业，他们必须独自打拼出自己的天下，现在一条清澈、碧绿、秀丽的汉江出现在眼前，已分明预示、提醒着他们，兄妹俩仿佛没看见，又默默地沿汉江逆流一段路程，来到一个叫吕河口的地方，女娲终于下定决心，咬咬牙对哥哥说："我们该分手了。"

伏羲没有回答，只是说："我过江，你留在江这岸吧。"女娲娇声说："女儿是属水的，我要过嘛。"争执了许久，伏羲拗不过妹妹，只得让着妹妹，便把身上的干粮悄悄地放在妹妹的树皮袋里。女娲跳上木排，笑嘻嘻地朝哥哥挥挥手，一转身，珠玉般的眼泪串串滚落，木排渐行渐远，岸上的哥哥慢慢成了瞳仁中的星星……

这段故事虽出自我的想象，但我确信，女娲是从旬阳县吕河镇渡过汉江的，是沿着今天的平旬路，循着坝河水，经桂花乡、坝河乡、西河乡溯河而上，来到平利的。关中生长的女子被这里的青山绿水吸引着，被这里的蓝天白云吸引着，被这里的温润清香吸引着，因而流连忘返。女娲到达女娲山下，已经是寒冬腊月了，忽然，山腰上树林间有一种晶莹剔透的黄色花瓣的花迎风怒放，满树不着一叶，阵阵幽香随风传来，沁人肺腑，在偌大的林海中，自有一番风骨，那是一片蜡梅树。女娲不知不觉向那花树攀登，寻那黄色蜡梅；而那梅花像是仙派神遣，竟渐行渐密，一路引女娲登临，及至山顶，百余株千年蜡梅天生成巨大的穹庐，女娲如痴如醉，竟不知不觉在树下进入梦乡……

女娲山似乎是感受到了什么，她的名字从此会因为这一个女子的到来而名垂青史。女娲一觉醒来，旭日东升，冬日里，整个山体竟神异般升腾起如烟似纱般的大雾，恰在此时，片片白云从四面八方飘来，形成浩瀚无边的云海，雾、云、日、山纠缠在一起，形成了气势磅礴的女娲仙境。女娲被眼前的景象震撼了，她想起离开蓝田时秦川那一片烟雾，她想起灞河两岸那一望无际的桃花林，她生为女儿身，却生于山，山和水成了她命中的伴生；而这里，总有一种对应的灵物，让她心动，让她爱恋，于是，她不再跋涉，不再旅行,她停止了脚步,留了下来。

说也奇怪,女娲山没有山顶,只有山坳。女娲就在山坳上的蜡梅树下建起了属于自己的草庐,饿了,就在山里狩猎,河里捕鱼;困了,就在山野花丛中小憩;烦了,就对着林间百灵唱歌。这里有山有水,有川有坝,这里四季分明,气候温和,女娲被滋润得愈加漂亮美丽,女娲已由最初对这个地方的一见钟情,渐生出绵绵的爱,越发地离不开平利了。在开心之余,她将引她而来的那条河命名为坝河,和家乡蓝田那条灞河紧紧地连在一起。

女娲并不知道,伏羲依然不放心妹妹,悄悄地尾追妹妹的踪迹而来,待看到妹妹已安居下来,又悄然而去,在离女娲山不远的金州(今陕西安康汉滨区)伏羲山隐居着,暗暗关注着妹妹。

三

女娲抟黄土做人。剧务,力不暇供,乃引绳于泥中,举以为人。——《风俗通义》

女娲很快就踏遍了平利的山山水水,对巴山深处的平利有了亲密接触,在钟情于山水之间的同时,她又不得不面对一个严峻的现实,这里的劳动工具十分落后,人们常常赤手空拳和野兽搏斗,生活环境相当凶险,人烟稀少,还有一条黑龙在坝河里兴风作怪,吞吃了无数百姓,女娲不动声色,用练就的神功在夜里和黑龙大战,斩杀了黑龙,为平利人除了一害。然而这仍然不能从根本上改变人民的困苦,女娲看在眼里,痛在心上,有什么法子能让这里的人迅速增多,个个身强力壮,用自身的力量去战胜困难呢?

女娲便尝试着用黄土和冷水捏出一些泥人,可造出的人却不动不走,全是泥坯,女娲又用热水捏些泥人,人果然眨巴着眼睛有声有色了,但依然不能走动。女娲明白了,是热量不够,便用火烤泥人,很快,所造的泥人一个个活蹦乱跳起来。女娲高兴极了,便没明没夜地捏人,边捏边烤,成对成排地生产着、输出着。就这样年复一年,经年累月,女娲不知造了多少人,她依然日夜不停地造着、造着，一天歇息时，女娲突发奇想，用藤条和绳子编成模型，将泥浆倒进模型中，然后不停挤压，干燥后退去模型，果然，造人速度快多了，人像流水般源源不断地增加着。

女娲造人的时候，或许想到过由此成就自己的事业，或许想到过和哥哥的约定，但这些似乎已不是那么重要，她心中肯定强烈思念着遥远的母亲和不知身在何处的哥哥，肯定充满着慈爱和温情，肯定充满着祥和、安宁，肯定想的是苍生的幸福和人类福祉。

而她并不知道，一场巨大的灾难正悄悄地向她，向她的家人，向她造的人逼近……

四

共工与颛顼争为天子，不胜，怒而触不周山，使天柱折，地维绝。女娲销炼五色石以补苍天，断鳌足以立四极。天不足西北，故日月移焉；地不足东南，故百川注焉。——《论衡》

又是许多年过去了，女娲造的人数以百万，川流不息地奔向四面八方，神州大地的人愈来愈多，平利的人也渐渐地多了起来。他们狩猎的时候，已经能够组成团队，齐心协力，生存的威胁慢慢地降低，女娲沉浸在一种成就感和幸福感之中。闲暇时，她心中渐渐生出对母亲、哥哥的思念，似乎想把自己的喜悦向他们倾诉，把自己的欢乐和他们分享。有一天，她又陷入浓浓的思亲之情中，正好一个小孩拿着一个葫芦吹，吹出了一种好听的声音，她便灵感一闪，将葫芦加以改造，增加一个簧，制作出了笙簧，然后，对着北方，吹奏出悦耳动听的乐声。那些刚被造出的人纷纷效仿，载歌载舞，顿时，大地被和谐、美妙、欢乐包裹起来，自此，人世间有了美妙的乐器。

时光就这样一年一年地向前推移着，在大地的东方，有两个人慢慢崭露头角，一个叫共工，一个叫颛顼，本领都相当了得。他们都认为自己是天地间最厉害的人，都想成为大王，各不相让，很快，二人就打了起来，直打得狂风大作，飞沙走石；直打得翻江倒海，天昏地暗。他们从地面打到海底，又从海底打到天上，鏖战了九天九夜，直到精疲力竭。共工杀得眼红，看见躲在不周山后的颛顼，一头撞向不周山，擎天柱也被他撞断，天河被撕裂开一个巨大的缺口，河水瀑布般倾入大地，刹那间，人间变成一片汪洋。

此时的女娲，正站在女娲山上，眼见她亲手用黄泥造的人，经历了三九严寒，经历了盛夏酷暑，逃脱了狼牙虎口，却无法经受住滔滔洪水，一个个被淹死在水中，她不禁悲痛万分。她能造出这些生龙活虎的人，却无法从水中救活自己的孩子，这令她肝肠寸断，巨大的悲痛撕裂着她的心。然而，天河的水仍然不断地向大地倾泻，她不能让整个世界就此毁灭，必须设法堵住这水，这时，母亲给她的蓝田玉让她想起了什么。她用了九天九夜，从大山中选出上好的大理石、花岗岩，砍来树木，筑高炉，用大火熔炼，又把蓝田玉碾成粉末，放入炉火中。又是九天九夜过去了，大火和天上的云彩融为一体，分不清天上人间，女娲终于炼出了含天光地气于一身的五彩石。不知用了多长时间，也无法知晓炼出来多少五彩石，女娲顽强地用五彩石和黄泥修补着天，天的缺口终于被补得严丝合缝，最后女娲又用炼石的草木灰把大地上的积水吸干，世界又恢复了原有的模样。

忙碌的时候，女娲没有时间多想，待一切都安顿下来，环顾四周，经历了人类这史前最残酷的浩劫，茫茫大地，除了自己，再没有什么人了，她造的人，全都消失了，女娲又悲伤、又疲乏，突然瘫软如泥，晕倒在地上……

五

尔时人民死（尽），唯有伏羲、女娲兄妹二人衣龙上天，得存其命，恐绝人种，即为夫妇……——《天地开辟以来帝王纪》

女娲睁开眼睛，不敢相信她面前的人竟是哥哥，但那眉目、那眼神、那面庞，分明又告诉她是哥哥无疑，她便挣扎着要起来。伏羲连忙扶着她，让她休息，女娲哪里肯听，便依在哥哥怀里，失声痛哭起来。

伏羲也悲痛不已，二人分手后，他无时无刻关注着妹妹，妹妹造人，发明笙簧，天塌地陷后，炼五彩石补天，他都是知道的。但他不能违背当初的诺言，而且，又不能中断自己正进行的伟大创造，必须潜心摸索，因而不能帮妹妹共同补天。伏羲巡游时，忽见一龙马从黄河出现，身负"河图"，又有一神龟从洛水出现，背负"洛书"。从此他隐居在山洞中，拿着母亲给的绳结，对着"河图""洛书"冥思苦想，研究琢磨八卦，探究天地万物及五行衍生的奥妙，待他把八卦研究透彻，他已通天晓地，无所不知、无所不明了。走出洞来，掐指一算，茫茫大地，只剩下他们兄妹二人，母亲因执意不离开她的部落，已在这场灾难中仙逝；而女娲也因劳累过度，悲愤交加，昏倒不起，他这才急急赶来，关切地照顾着妹妹，直待她醒来。

　　女娲听闻母亲的噩耗，更是悲痛欲绝，痛不欲生，伏羲默默地陪伴、照料着妹妹。时光一天天过去，人的未来、世界的未来摆他们的面前，没有人，他们所创造的事业就会前功尽弃无法继承，于是，伏羲理智地对女娲说："现在天地之下，只有你我，你抟土造的人存在致命缺陷，不能自我繁殖，不能抵御洪水的灾难，看来只有你我婚配，才能使人类真正得以延续……"不等哥哥把话说完，女娲已羞得满脸通红，她不相信这是一直关心、爱护自己的哥哥说出来的话，过去，她对哥哥的亲昵亲热，那全是血缘之情和血缘之亲；而如今，哥哥竟然说的是婚姻之亲。然而她转念又想，天地之大，现在却只有他们兄妹了，哥哥说得对，不这样，又能咋办？为了人类，恐怕不能考虑这些了。但她依然犹豫着，看了看周围，发现一农户人家还留有一副石磨，便对伏羲说："让这副石磨分别从两山滚下，若石磨重合，那就是天意如此，我就没什么话可说的了。"伏羲便同女娲各自背一扇石磨上山，然后同时从山顶滚下石磨。说也奇怪，两扇石磨轰鸣而下，及至沟底，竟神奇般地扣合在一起。女娲被惊得哑口无言，面对哥哥，十分害羞，再没有推辞，便用棕树叶扇子遮挡住脸庞。这时，女娲山忽然升起七色彩虹，云、雾、霞又一次交织在一起，构成了梦一样的世界，百鸟遮天，万物齐鸣，属于人类的新纪元开始了。

六

女娲立号曰女皇氏，治于中皇山之原，所谓女娲山也，继兴于骊。——《路史》

又是几十年过去了，女娲和伏羲已生育了十八对儿女，他们像母亲对他们一样要求孩子们出门闯天下，不允许他们留在身边。除巴山留下一支外，那十七对儿女分赴华夏四面八方，慢慢地休养生息，形成了不同的部落和民族。而女娲和伏羲开始慢慢地老了，他们开始越来越多地思念家乡，想念儿女，于是，他们又一次启程，告别了以他们名字命名的两座大山，告别了把他们的名字和一个民族连在一起的创造惊天伟业的地方。

离开平利女娲山的那天，又是一个云蒸霞蔚的日子，兄妹俩悄然离开，没有惊动平利这支后人。这一次，他们是由西向东，先后历经了湖北竹山、河南南阳，然后折路向北，最远到达河北涉县，又经山西晋城等地，最终回到陕西蓝田。每到一处，他们都会住上一段日子，给儿女们交代些什么，指点些什么，传授些什么，然后又坚决离开，当他们回到蓝田时，那里已变成一片荒原，伤情过后，他们就在不远处的骊山脚下住了下来，最终终老在黄河岸边的风陵渡。

几千年过去了，那些女娲到过的看望儿女的地方，人们都将之作为女娲居住的故里纪念，而平利的后人，却不事张扬。他们永远不会忘记女娲在平利的那些难忘的日日夜夜，在女娲居住的草庐，建起三台寺，从此香火万年不衰，每逢腊月初七女娲抟土造人之日，便举行盛大的祭奠活动。每逢腊月初八，女娲、伏羲滚石磨成婚的日子，便举办纪念双祖的庙会。每月逢初一、十五，也相邀成行，上女娲山烧香许愿，祭奉先祖，一代又一代，代代相传。

七

女娲从哪里来，女娲去向哪里？女娲是神话传说，还是人类的始母？女娲是一个氏族部落，还是一个伟大的女性？女娲是抟土造人，还是兄妹成婚育人？女娲是炼石补天，还是有冶炼青铜的工艺？女娲是在平利长期居住，还是短暂停留？……一连串的问题，亦真亦幻，亦实亦虚，仿佛屈原的《天问》，层层叠加，压在平利人心头，而平利的女娲山始终就这样耸立着，女娲的故事世世代代地流传着。当晋代人常璩的《华阳国志》被发现后，平利女娲山就成为史书中迄今为止书面文献中记载女娲遗迹最早的地方，且自宋代以来，平利女娲山也始终是书中描述平利亘古不变的标志。也许，《华阳国志》后，各种记载和传说相互交集，众说纷纭，令人难以分辨和取舍；而人类又常常把无数愿望和期盼都寄托在女娲身上，不仅让女娲不堪重负，也令后人无所适从。为了拨开重重云雾，让女娲还归本来面目，公元2003年10月，平利举办了女娲文化研讨会，平利被证实是女娲治所，自此平利人就更加自信，相继举办了三届女娲文化节，并以"生态茶"为主题，作为补天济世最好的诠释，也以自己的方式纪念着这位三皇之一的人类始祖。我试图从纷繁的传说和众多的史书记载中，找到属于作者自己心中的女娲——在平利合情、合乎逻辑、真实的历程。因为我坚信，女娲曾经驻足于平利，在平利创造了惊天骇世的功业。

关垭觅古

关　垭

世界上最早的长城不是秦始皇万里长城，是楚长城。

沿346国道前行，这也是中国历史上有名的秦楚古道——金房道，在鄂陕省界，有一段城墙横亘去路，道路穿城楼门洞而过，门洞上方是两个苍劲的魏碑体大字——"关垭"，关垭之东是湖北省竹溪县，关垭之西是陕西省平利县。

这关垭早已不是秦楚时的关垭，国民党为战备需要，修346国道前身汉中至白河路时将古关垭石城楼尽毁，现所见关垭是20世纪90年代重修。关垭两边就是舒缓连绵的山坡，在自然形成的关隘山脊上随山势建有土墙，这才是真正的楚城墙。土城墙青苔斑驳，已经长满藤蔓树木，极目四顾，在这要塞处，城墙不是单一的，而是把顺缓坡而上的地块用土城墙围了起来，从高空看去，呈眼睛形状，关垭两边一合，正好是一双眼睛。熟知长城的行家一看就明白，这是古长城的"瓮城"，也是守关的将士练兵、食宿的寨营所在。

从远处看，关垭城楼形如马鞍，横贯山垭正中，南面即马首，连接着山宝寨；北面即马尾，连接着擂鼓台。登上关垭城楼，就如同坐在马鞍上。

一直以来，关垭两边的平利人、竹溪人都把这关垭和两边延伸的土城墙叫楚长城。或许有人探过就里，可时光匆匆，这长城里藏的历史太多太多，很难理出一条清晰的脉络，也更难发现楚长城关垭就藏在平利人的肉体和精神基因里。

2009年，曾经有一伙对楚长城痴迷的热血的探究者，他们自河南泌阳县象河始，向北经舞阳、叶县折向西，经方城、鲁山，又南下经南召、内乡、邓州，跨汉江至旬阳，行程千余里，最终到平利关垭。我试着沿他们走过的楚长城的路线在地图上进行标注，发现整个楚长城的整体轮廓是方形的，如同长方形的围墙，守护着楚国最初始的都城丹阳。

其实，这队楚长城的追随者，他们是逆时针方向走完了楚长城的路线的。如果顺时针方向走，楚长城的起点在关垭，在陕西平利，在湖北竹溪，在平利和竹溪交界的地方。或者，若是从楚国的发端追溯，这里也是楚长城真正的开始原点。

楚长城，毋庸置疑的中国长城之父。

方　城

在我们对长城的概念理解中，长城是一条长龙，而认识楚长城，你必须在自己的视野中，注入一个方城的构建概念，方城才更接近楚长城的本来面目。

公元前656年，齐桓公率鲁、宋等八国联军与楚对峙于召陵，楚成王派大夫屈完出使齐军。屈完对齐桓公说："君若以德绥诸侯，谁敢不服。君若以力，楚国方城以为城，汉水以为池，虽众无所用之。"这气势，充满着对楚长城的自信和必胜的斗志。或许在汉江边的楚长城当时真是牢不可破，齐侯见楚防御工事果然坚固，只能望城兴叹，遂与楚订盟，史称"召陵之盟"。公元前557年，晋国的荀偃栾黡率师伐楚，入侵到了方城之外，见防御严实，未敢攻打，结果只好攻击了一下另一地方后无可奈何地退兵了。这些记载都出自《左传》，把中国最早的长城定格在公元前656年，楚长城当是长城之父。

长期的诸侯争霸和战国兼并纷争，让冷兵器时代的人想到了借城墙和工事防御敌人的对策。在修筑时，利用山河之险以为城，楚长城沿着山脉依山势而筑，在古道隘口处筑关城、修边墙、设关门，以便屯兵打仗。所修筑的城墙多为垒石建筑。根据地形的凹凸变化，修筑时用大小石头搭配，采取不同的砌筑方式，石与石之间没有任何刮缝；在没有石头或者石头少的地方，筑土墙；在高山险阻和江河为堑的难以通行地段，不再修筑长城设施，省了许多工料。

长城也随着国土的变化，层层叠叠地形成一道又一道城墙防线，古道隘口的关城、关门大大小小，星罗棋布，又须增加一些连接工程。于是逐渐集聚成以关城为主体的建筑群，大城均集中在要道处，中小城多作为卫星城，分布在高、险、隐处，这些关城数量巨大，显示出它既可攻又可防、以屯兵防守为主的综合性防御功能。

曾经有人细细考察了无数座楚长城关城遗址形态，发现它们基本是方形的或长方形的，有些关城因受地势限制会出现一些不规则变化，但修建者还是刻意按照方形的模式建造的，我也再次到平利关垭和附近寨堡查证，依旧证实了这一点，而楚长城的总体轮廓当然也是近于方形的。至此，楚长城命名的密码已经被破译。

天圆地方是古人对宇宙的基本认识，因而在各种建筑物中必然注入了"方"的理念。大大小小的关城是方的，楚长城总体上当然也是方的。

无极生太极，太极生两仪，两仪生四象，四象生八方。八方实际上主要是东西南北四方，周初称诸侯国为方国，称国境之内为方内，中原以外的地区为方外。于是，我们可以得出一个结论："方城"就是楚国修筑的镇守疆域的长城。

无论是理念上，还是自然客观形成条件上，一个方城曾经在中华大地上纵跨汉江，横越千百里，气势磅礴、波澜壮阔地存在过。

今天，被叫作方城的楚长城依然用留下的断断续续、无比坚硬的骨骼讲述着那个金戈铁马、逐鹿中原、残暴而又灿烂的时代的故事，我随着心的方向飞翔，在今天的河南、陕西、湖北，似乎还可以看到那个巨型的"同"字。

庸方城

面对关垭，叙说方城，有一个绕不过去的话题，我们这块土地的前世今生：庸国。

庸国的疆土，比早期的巴国还大，北抵汉水，西跨巫江，南接长江，东越武当，面积在四万平方公里以上。与南方崛起的楚国不相上下，是横跨长江至汉水这样一个地域辽阔的大国。古庸国是中国古代文明的一个发祥地，与黄河流域的古殷商之地一样，同是中华文化之摇篮，曾经盛极一时。

庸国在商朝时期，是群蛮之首；在春秋时期称雄于楚、巴、秦之间，曾打败楚国几次入侵，以至于给楚国造成迁都的威胁。

商朝末期，纣王荒淫无道，周武王讨伐商纣，年轻的庸国君主和其余七个西部诸侯国追随，组成八国联军浩浩荡荡向商都进军，消灭了商朝。之后，庸国因征战有功，成为南方群蛮的领袖，疆域也拓展为占有今陕西的山阳、镇安、柞水、安康、汉阴、紫阳、岚皋、平利、镇坪，四川的巫溪、巫山、奉节，湖北的竹山、竹溪、房县、神农架、兴山、秭归、巴东等地，即整个秦巴山区的大部为庸之辖属。这一史实被孔子在《尚书》中详细记载，明代陈绅林又以文学手法完整而生动地描写下来。

时间又过去近四百年，公元前611年，庸国联合蜀国和麇国发兵攻楚国，不料蜀国走到半道上突然变卦，说是家里有变故，要回去，麇国军队见势不对，在路边安营扎寨，不走了。而此时庸国新君争强好胜，孤军深入，终是大败。楚国怀恨在心，反而联合秦国和巴国三面攻打庸国，一直打到庸国的首都方城，将庸国彻底消灭。可怜国祚一千多年的庸国，一朝成了刀下鬼。国土一分为三，一部分给了巴国，一部分给了秦国，主体部分肯定被楚国得到了。楚国将得到的国土称为上庸，自此，平利和竹溪被叫作上庸，经常被秦国和楚国争来夺去。直到有一天，楚国听从了张仪的连横说，将平利划给秦国，让秦国和齐国交恶。这一分割，竹溪和平利的关垭就成了楚界秦河，再也没有连在一起。

而庸国，就是最早建立方城的诸侯国之一。被楚国攻破的庸国方城，很早就出现在史书中。如《左传》载："（楚）使庐戢黎侵庸，及庸方城。"杜预注："方城，庸地，上庸县东方城亭。"上庸县，即今湖北竹山县东南，庸地为庸国国都。

《括地志辑校》："方城（山在）房州竹山县东南四十一里。其山顶上平，四面险峻。山南有城，长十余里，名为方城。"

书中记述的离我近在咫尺的方城，对我充满着诱惑和吸引力。我按此驱车去竹山寻觅方城，然久访不得，只得问竹山懂行好友，方知漫长的历史演变后，就在那片地域，存有和方城有关的地名一个又一个：有土城、有方城山、有方城寨、有燕家寨……方城已经被历史一层层覆盖，已经分不清谁是真正的起始，谁是谁的山寨。或许最初的庸始都方城，后被上庸所据，再后又为闯王起义军、白莲教等占据，再后当是当地百姓躲土匪所用……不过，无论如何，这方城肯定是庸国的，庸国和楚国是最早建方城的。见我有些怅惘，竹山好友建议我去上庸古镇走走，倒也合我口味，不过十来分钟的路程，古镇就进入了我的视野。这上庸，已经存在三千六百多年，楚国灭掉庸国后，设置上庸郡，这里就是郡县治所，又称庸水的堵河在这里截流，造就一个圣女湖，湖水和丘陵地势相得益彰，形成奇美的山水景色。站在古镇上，近观湖水，"楚国方城以为城，汉水以为池"似乎有了原型，虽然我知道上庸古迹早已不复存在，这里多半也是仿古建造，但内在传承在庸国人基因里已经牢牢刻下印记，反反复复的纠葛也潜入楚国之理念，谁又能否认，那楚国的方城不是互生于这庸国的方城和上庸的郡治呢！

楚方城

周成王时期，封楚人首领熊绎为子爵，楚国正式建立。

楚人立国之初贫弱不堪，弹丸之地，经过几百年发展，春秋时在楚成王时期开始崛起，到楚庄王时霸业有成，问鼎中原，开创了春秋时期楚国的巅峰时代。

楚国最初定都丹阳，就是今天的丹江口市，最近有人考证，在今天的老河口发现了与"方城以为城，汉水以为池"完全相符的楚方城。楚人建都，亦是筑城。从这些长城的遗迹看，早期的楚长城都是为了保护楚国的始都丹阳的。沿着这条长城一直到关垭，就是最早的楚长城。

始都丹阳的牢不可破，让楚国有了稳定的核心，一步步发展壮大起来。楚国的崛起，必然伴随着无数小国的灰飞烟灭。周武王伐纣后大封诸侯，封国二百，单是楚国，从楚武王、楚文王开始，单凭一己之力就灭亡了五十个国家。

楚国灭申和邓等国之后，占据了河南南阳等大片地域。面对北方强敌，开始沿用楚方城方略在北方沿着山势修筑长城，并开始将过去的关隘、烽火台、城堡、山寨等连接起来，形成更大规模、较牢靠的防御城堡，并随着灭国国界的推进，有着不止一道长城，长城套长城，让方城在北方有了更好的体现，影响不断扩大。在历史进程中，先后因为方城而出现了方城山、方城县等，方城让楚国地域如滚雪球一般发展壮大，最终成就为春秋五霸之一。

在楚文王时期，楚国在向四面拓展疆域同时，不再满足偏于西北一隅的丹阳，而是把都城从汉江岸迁到长江岸，最终迁至郢都江陵，今湖北的荆州市，离实体的方城远了，但心中的方城大了。

长　城

楚文王征服申国、邓国之后，矛头直指北方，之后约四百年时间里，楚国一边发展生产，一边依托地理环境建立起沿秦岭余脉，扼守黄淮平原和秦岭山系过渡地带的长城防御体系，以长城为屏障防御秦、晋、郑、齐等周边以图争霸中原。想征伐其他国家就兵出长城，遇到其他国家征伐楚国就退守长城，长城成了楚国与其他国家对抗的堡垒。

战国时期，张仪为了实现"连横"，便向秦王请命，亲自前往楚国，开始了离间齐、楚的游说。他对楚怀王许诺称，如果楚国能够与齐国断绝关系，秦王就会把商于六百里的地方献给楚国，并与楚国结盟。楚怀王果然答应。使之和齐国绝交后，秦国不仅毁约，还嘲笑楚国，楚怀王在盛怒之下，一心只想报复，立刻进攻秦国。楚、秦战于丹阳，楚军有八万多人战死。楚国不但没有得到商於，反而失去了自己的汉中郡。失去汉中后，怀王更加气恼，他再次调集军队重新组织反攻，一直打到秦国的蓝田，但因孤军深入，遭到秦国猛烈反击。这时韩、魏两国也趁火打劫，让楚国腹背受敌，楚军又一次大败而回。秦国取得了汉中，不仅加强了本国关中和巴蜀的联系，更重要的是解除了楚国对秦国的威胁，楚国自此走进战乱，走向衰落和灭亡。

　　而此时的屈原，面对楚怀王、楚顷襄王的多次驱逐流放，正流落在湘西的沅水、湘水一带，他满怀悲愤地写道："荃不查余之中情兮，反信谗而齌怒。余固知謇謇之为患兮，忍而不能舍也。"

　　楚长城挡不住秦国的进攻，屈原以死明谏，也救不了楚国的灭亡，恰恰是楚国自己把自己的江山葬送了。

　　公元前221年，秦国灭六国后，仍然相信长城防御外敌的重大作用。秦始皇派大将蒙恬率军北上，在原燕、赵、秦长城的基础上连、增、延、阔开始建造万里长城。三十万将士和几十万劳工在苛严残酷法令监管下，就有十几万人死亡，死后便埋在长城里，几乎每修建一尺，就有一人死去，因此就有了孟姜女哭长城的故事。长城或许能一时抵挡北方民族的入侵，却防范不了长城内反抗残暴统治的力量和怒火，不可一世的秦王朝也很快被老百姓起义推翻了。

　　到了明朝宪宗时期，又开始重蹈覆辙修长城，并多把长城建在崇山峻岭之上，时间长达一百多年，今天我们看到的万里长城大抵都是这个时期修建的，同样明朝也没有被外患所击垮，亦是被闯王的农民起义军所灭亡。

　　真正的长城，是民心，是万众一心筑就的血肉长城，那才是任何力量都击不垮、打不败的方城。

<h2 style="text-align:center">生　机</h2>

　　从关垭往西，有一条小溪，由东向西，流入长安河，再注入坝河；从关

垭往东，有一条小河由西向东，流入竹溪河，再注入堵河。坝河和堵河，殊途同归，最后都流入汉江。

战国时期，楚国中了张仪的连横计，将平利划给秦之后，关垭西平利的地域基本没有变化，但关垭东的竹山却一分为二成竹山和竹溪，紧邻关垭的竹溪为竹溪县。自此，现代人少有人知道，楚长城原本交界的两地，是平利和竹山。

曾经很长的时间里，关垭成为一个不可逾越的鸿沟，人为的障碍和鸿沟，生生地把两地隔开。翻开历史，人们就会明白，朝秦暮楚这个成语，几乎是鲜血和杀戮凝结出来的。尽管大一统已经过去两千多年，但楚界秦河的陕西和湖北的分界线还依然保持着那些历史的印记，楚长城更是血与泪的巨型雕刻。

据记载，楚长城土城墙历经千年还残存着，有些地段还完好无损，是秦楚人民最早发现了建筑的材料和方式：用石灰、黄泥、猕猴桃汁或者大米稀汤和兑筑夯而成。这似乎就是中国最早的混凝土，并且一直流传下来，至今还在乡间传承。

鸿沟之外，我在关垭东西的行走中，还找到了些极为让人感叹的无形遗存：平利的女娲山和竹山女娲山都是史书记载的神话遗存，以至于中国女娲文化研讨会也没有把两者分开，把两个女娲山视为一处，我誉为"双生娲山"。

平利以三里垭茶为代表，被朝廷选中作为贡茶上贡；竹溪也有以龙王垭茶为代表，也被朝廷选为贡茶上贡。

平利县城依山傍水，山叫五峰山；竹溪县城也傍水依山，山名五峰山。

平利以长安镇官田坝大米为代表，被朝廷选中作为贡米上贡；竹溪也有以中峰镇周家塝大米为代表，也被朝廷选中作为贡米上贡。

平利长安境内有道观西岱顶；竹溪龙坝镇域内亦有道观东岱顶。

平利有非物质文化遗产"弦子腔"，安康市有"汉调二黄"；竹溪也同样有非物质文化遗产"山二黄"。

平利有地名建制的洛河镇、水坪乡和县河；竹溪也有地名建制的洛河乡、水坪乡和县河镇。

就连中国革命早期革命家都几乎出于同时。平利有铁军政治部主任、贺龙入党介绍人廖乾五；竹山县有劳工领袖、京汉铁路工人大罢工领导者施洋。

如此等等，有如一个双面镜，相互映像着；更似一对亲生的双胞胎，形似，神似，很难把两地分辨开来。

另一方面，这些无形的存在也在告诉我们，在漫漫的历史长河里，更长的岁月中，我们和竹溪、竹山，同根同祖，同源同志，人为的阻隔，怎么也隔不断关垭两边情感的、文化的联系，今天，关垭两边携手共进，充满着生机和活力，都成为省际旅游文化名镇，一派祥和、清丽、恬淡、宁静的景象。

今天不论在陕西平利、湖北竹溪看关垭，还是在关垭看陕西平利、湖北竹溪，都是一派壮丽的景象。虽然山河不言、长城无语，但我们依然能看到远去的狼烟烽火、刀光剑影，亦会激荡起无穷无尽的思绪，在历史的脉迹中，明白和平的珍贵和难得，能感受到我们国家走过由小到大、分分合合的曲折和艰难之路，而对我们祖国的完全统一、复兴充满希望和信心。

时间掩埋了无数是是非非，湮灭了多少个帝王将相，但以数十万人的汗水、鲜血、生命和民间智慧和才能经历数百年建造的楚长城，至今，还蜿蜒在中华的秦楚豫大地上，举世瞩目。

车厢之峡

一

一退回车厢峡，闯王李自成便后悔了。河水暴涨，道路都淹没在洪水之下。四万人马，进退维谷。自成不动声色，待部队赶到县河口，大部兵马沿岸驻扎，立即传令：派人探路。一支沿着车厢峡顺着县河道上，抢占狗脊关进入平利县境，从东南方向翻越女娲山，往湖北方向竹溪、竹山、房县探路。随后，暗中密嘱军师顾君恩，选派两支小队：一队沿黄洋河溯源而上，经清水河前往和四川接壤的八仙探路；另一队过狗脊关后悄悄先向东北方向，探小路翻越女娲山，走水田河，沿着坝河去旬阳，进商洛。

闯王何尝不知，朝廷调原延绥巡抚陈奇瑜任秦、晋、川、楚、豫五省的总督，对义军进行围剿。西边有游击唐通守汉中；参将刘迁、夏镐扼略阳、沔县（今勉县）；北边有副将杨正芳、余世任扼褒城（今汉中褒城镇），东北有陕西巡抚练国事驻商南。这是第一层。之后，河南巡抚玄默驻卢氏，遏其东北；郧阳巡抚卢象升驻房、竹，遏其东；湖广巡抚唐晖驻南漳，遏其东南。这是第二层。自己能冲出第一层包围圈，但更大的合围就会再一次把自己的部队围得水泄不通。唯一值得高兴的是：义军张献忠部队分路突围，已跳出了第一层包围圈，进入了商洛。自己主动留下来，掩护阻敌，虽是险棋，但基于几次在川陕地区的往返，车少炮缺的义军，靠着人扛马驮，有着官兵没有的轻便、灵活、机动、自如，想在这大巴山川陕鄂中穿插出去，应是不成问题的。

只是这雨，愈下愈大，让闯王眉头紧锁。今年的雨季似乎比往年来得更早更凶些，刚进夏季，就来势急猛。自成有些坐不住了，随即出了大帐，前往黄洋河、县河查看水势。

二

五省总督府临时设在兴安州府（今安康市）内，陈奇瑜正坐堂中，一旁半倚半坐着兴安州府金之纯，陈奇瑜闭眼听着其介绍着车厢峡的情况。

"这车厢峡，处在兴安州之东南，溯黄洋河流而上，又分为二河，一是黄洋河，一是县河。黄洋河间有峡，大路中断，不可行；而县河是出秦入楚的金房道所在。这条路，虽然是大路，但出金州，东南岸有牛蹄岭、凤凰山等；东北岸沿线是锦屏山、万福山等，全长四十多里。两岸山势蜿蜒，犹如两条巨龙并行，近观，龙脊峰奇林密，连绵不断。谷道里既有出入车厢之稳，又有难以出脱的车厢之围，被当地人誉作车厢峡。这车厢峡入峡时有牛蹄岭之险，峡东南面有女娲山，中间还有一个难以逾越的狗脊关，一旦进入，很难逃脱，可谓瓮中之鳖。"

"有没有别的出路？"五省总督陈奇瑜突然问道。

"按匪首李自成去向判断，此次去竹溪、竹山、房县是假，而顺黄洋河路不通。实只有两条路可走：一是翻越女娲山，顺坝河而下，过汉江，经旬阳进商洛，和张献忠所部会合；二也是翻女娲山，过乌林关，经竹溪、白河过汉江，进商洛。这两条路，都需要翻女娲山，奔汉江而去。"

"可还有一些小路小径可走？"总督严厉地追问。

"这河两岸，山峦连绵，山林茂密，常有豺狼虎豹出没。加之连日大雨，虽有猎人樵夫出没的荒路野径，匪徒绝无走此逃脱的可能。"

这时，五省总督才睁开双眼，看着这个和自己身材一般粗短，又颇为精明的小州府，眉目之间方有一丝笑意。

说实话，陈奇瑜内心对金之纯还是赞赏的。就是这个貌不惊人的小州府，在几路匪军十余万人围攻下，仅有两万人的兴安州，竟然守了一个半月，硬是坚持到救兵来临；硬是坚持到夏季雨季来临；硬是把匪徒逼得割尾逃脱；硬是逼着李自成几万人马进入车厢峡，成为自己的瓮中鳖、盘中餐，让自己的剿匪功劳簿上，大大地加上了一笔。

连金之纯也不知道，早在两日前，这位连刀枪都不会使用的五省总督，已派兵快马传令驻竹溪、房县的郧阳巡抚卢象升，火速进军女娲山，堵住李自成匪部可以逃窜的道路。

总督府外，大雨没有停止的迹象，且愈下愈大。陈奇瑜又似带轻蔑地看了金之纯一眼，眉目间露出一丝诡异的笑容。

三

巴山汉水流域，夏天的雨，常常是暴雨。一时间，洪水猛涨，一片汪洋。但也往往只下一天、两天，一般是不出三天的，最长也不过是一星期，那已经是罕见的大洪灾了。而在当下，这暴雨已是五天了，两岸的树木和庄稼，大半都淹没在水中。百姓的房屋，都已被洪水冲垮，兵荒马乱，百姓大多早已逃离，没有淹没的房屋中其实也空无一人。

闯王眉头紧锁，水势涨得这样大这么猛，实是让人猝不及防。黄洋河水暴涨，本是预料之中，但也超出了自己估摸的两倍。可是从女娲山、车厢峡流来的县河水，涨成了这样，更让他没有想到。闯王心有所惊，不顾头上还如注的雨水，取下斗笠，仰头向天望去，巡视着县河四周。忽然，他觉得山上有一双眼睛，隔着三四公里的地方，注视着他，裹挟着一种杀气，一种逼迫，一种不可一世的扬扬自得。

闯王的感觉没有错。总督除奇瑜，拖着短小的身体，却有着行动的果断和快捷的风格，任何劝阻都拦不住他，他叫上金之纯，一并带上几位副将，伴随着他几乎要赞美的大雨，来到牛蹄岭上，查看车厢峡地势。此刻，他向黄洋河深处望去，向车厢峡的深处望去。他透过心里的图景，看到了县河，看到了狗脊关，甚至看到了云雾缭绕、半耸入云的女娲山。

总督自小熟读兵书，深谙用兵之道，自是在百官当中与众不同。时逢名将洪承畴督防三边，他便得皇上赏识和起用，围剿流贼。他一走马上任，面对各据一方、时分时合、各自为战的义军，便采用"口袋阵"，"四面围堵，精兵进剿"。把义军围在湖广一带，分割围剿。经过十余战，义军"溃不成军"，湖广大捷。随即他又转战陕西。看来，天时、地利、人和，都在自己的一边。一进陕西这战局，匪军大势已去。匪首李自成已被拖入败局，逼缩在车厢峡一角，坐以待毙，而自己稳操胜券。那种心情，无以言表。看着这还在连续不断下着的雨水，总督强压着不把喜悦表现在脸上。他把目光从更远的地方收回，盯着县河口。或许，他真的看到了闯王巡河时的脸。只是那眼神，绝非他想象中那样忧虑，而是有着一种刚毅、自信和威武的光芒。

四

先是黄洋河探路者回报："本不是车马之道的小路，也因河水暴涨，大部分淹没，从黄洋河转清水河，进八仙入四川之路，已不可能。"闯王自成本也未做此打算，让探路者退下。正待传唤顾君恩，顾君恩和另两队探路军士，急匆匆赶来，向闯王报："女娲山已经被郧阳巡抚卢象升部队和地方守军把守，人数众多，要不是我们发现及时，恐不能给闯王报信了。"

"什么？"闯王大惊，"卢象升，怎么可能这样迅速？"闯王怒斥道。

"属下率队潜伏到近旁细观，从其旗号或口音来辨识。确信无疑。"

闯王正待大怒，顾君恩急忙上前劝道："这陈奇瑜狡诈，已早先一步抢守了女娲山，我们需要另作打算。"便让探路军士退下。

"闯王，事已至此，待大军赶至女娲山，卢象升会以逸待劳，势不可夺。我们急需坚守狗脊关。不然，前有堵军，后有追兵，就更无回旋余地了。"

闯王看着顾君恩，又左右巡视众军官。顾君恩心下明白，说道："闯王，放心吧，我会安排好的。"然后对猛将李过说："李将军，随我来。"闯王这才点了点头。

出了帐，顾君恩急下号令，令郝摇旗率部做先头部队急速赶往女娲山下，安营扎寨，形成对垒之势后各部队依次跟上，步步为营，并以死守狗脊关为最后防线，令高杰率兵坚守县河，防止明军追袭。四十里峡谷，五里一营，首尾相顾。众将听命而去。

顾君恩最后见左右无人，悄令李过："按闯王意，我已抽调三千敢死士兵，归你统管，急速越过狗脊关。然后，从县河一侧，走一条北河的小沟到高王山，再转水田河，绕过女娲山，探出一条大路，让大军有一条可走的路。如若成功，我军可沿着坝河而下，越过汉江，进入商洛，和张献忠将军会合。这是我军唯一生路之策，务请李将军全力以赴。"

"李过领命。我将肝脑涂地，在所不辞，誓死完成闯王所托。"

闯王待众将离去，又慢慢地镇静了下来。这顾君恩，湖北钟祥人，一介书生，本想进士及第，不料遭人陷害，差点丧命，自己偶然间救下了他，但细细想来，上天是有意将其送到自己的麾下。这人智勇双全，天文地理、兵法术数，无所不通。自己的所思所想，似乎都在他的智库里。这次退入车厢峡，其实，全因自己主动进入。原以为，凭着自己对汉江南岸十万巴山地理的熟悉，凭着自己对巴山汉水气候节令的熟知，凭着这车厢峡处在坝河和黄洋河之间，稍有机动便可在官兵之间穿插往来。只要这雨不再持续，天一晴，洪水即退，自己的部队，便可置之死地而后生，循水田河遁去。

然而，明军防守女娲山之快，自己没有预料到；尤其是这雨水时间之长，自己更没有想到。原从女娲山侧翼进入水田河之策，已经阻断，剩下的，只有经过另一条小沟北河翻越高王山这一条险路了。但这高王山，山高林密，虽说有当地人走过，但是否能容自己的人马穿越呢？而这些，顾君恩心有灵犀，自己稍一提说，他便有所准备、筹措。想到这里，闯王紧锁的眉头才有一丝放松。

五

临时五省总督府陈奇瑜再次升堂议事。

与上一次不同的是，崇祯皇帝新派监军杨应朝，侧坐一旁，看似略有恭敬，却藏有一种内在的骄横。

陈奇瑜传令："报匪军动向。"

探兵头目跪报："匪军前路探兵抵女娲山，诈从金房道进入竹溪、竹山、房县，实想由平利县从乌林关进入竹溪过汉江；二为从女娲山进水田河，再到坝河，渡汉江北上。幸亏卢象升听总督令，日夜兼程，先抢占了女娲山，堵住了匪军的去路。"

"卢将军现行动如何？"

"卢将军兵分三路，中路准备顺县河推进。两翼派勇士沿着山脊老林防守，匪军插翅难逃。"

"黄洋河可有逃跑生机？"

"小路已被大水淹没，在女娲山山后，卢将军亦派一队人马防守，匪军绝无从此逃亡的可能。"

"贺人龙现状如何？"

"末将在，我队现在沿牛蹄岭、财梁和汉江一线防守，敌军退路已完全堵死。"

"好。"陈奇瑜似乎气势顿涨，大声宣道，"自我总督五省以来，我军连战连捷。匪贼已被分割剿歼消灭，土崩瓦解。除小股匪徒逃窜，剩余大部分已被围在四十里狭长的车厢峡，我军势如铁桶之围，全军上下，务振精神，成功大业，在此一举。"

"效忠皇上，在所不辞！"众将士山呼。

"监军可有新的高见？"总督方才回头询问杨应朝。

"总督高明，现剿匪势成瓮中捉鳖，一切都在总督运筹帷幄之中，天时地利人和都在我方。自成虽困车厢峡，但兵马未损，困兽犹斗，暂不可急于对决，可借天雨地困，围而不歼，待其疲惫僵死后击之，方可事半功倍。"

总督听后连笑道："妙，高！杨大人学富五车，深通兵法，佩服佩服。"心下却十分不屑，小卒小士也知此法，这阉货竟以此做参，真庸稚也。

杨监军微微欠身，心下似知总督心思，并不再言。而他自己继续琢磨，这灭闯匪之役，实是首等大功，怎可让陈奇瑜独得？崇祯江山得保，心病皆除，陈奇瑜若一枝独大，自己和朝中的密臣，此起彼伏，不可，不可。

恰在此时，总督和监军，不自觉地对视着，两人急忙掩饰心思，相视一笑。

六

雨依旧不停地下着。

消息一个一个地传回。官军兵器优良，且占据两岸山脊，又有石木滚杀相助，郝摇旗率义军且战且退，进势不能，已渐渐回撤；李过三千精兵，除五百先入水田河，亦被裹挟在大队里，暂退了。且不说五百士兵，能否打探到通路，即便找到了，也不可能立即会合。至此，闯王方知，自己所有的计谋都已失灵，所有的生路都被封杀，天绝闯王矣！

大雨中，顾君恩正指挥各路将领修筑工事。在车厢峡中狗脊关内狭长的十余里的地段，分三层守护。勇士外一层，将官第二层，后勤第三层，老弱妇幼在最里面。东守狗脊关，西拒黄洋河，以待雨住时变。

正忙着，闯王自率几名卫兵，进入峡中，来看顾君恩。顾君恩急忙迎接。见闯王神色自若，君恩甚是心服，二人相顾一笑。"走，看看这峡中的景色去。"二人便在厢峡漫步。众将士见闯王和军师如此轻松，满腹的忧虑也渐渐地平复了下来。

这厢峡看似狭窄，但两岸山脊并不十分高耸，加之林木密布，敌军虽占据高地，但是容人之处并不很多。只能远处射箭，从山上滚石木，不能近战。而峡谷里有河水，遍布山岳，亦可形成肉搏持久战。两人虽不言语，但都是暗自盘算着：这厢峡守上十天半月，并不是难事。

行了小半个时辰，闯王终于开言："顾先生，你现对局势如何见解？"

"闯王，刚才我细观过厢峡，这厢峡大势险峻。然而，峡中，原本水不深，山不凶。两山之中，岳缓树秀，颇有灵气。细察峡中山岳，地形有如八卦。这阵势，变来变去，分明有一个生门，气象之中，看似死局，却有大生气在涌动。"

闯王说道："知先生是安慰我。我亦是矛盾，此次是我太过自信，把这数万将士带入厢峡。若全军覆没，死后，怎可见陕北父老乡亲？"

"闯王何出此言？眼下当务之急，是发动将士，就地取材，采集尽量多的食物，分配好食物，守好兵器，筑好工事，以待时变。"

"好，先生，继续辛劳，你去安排吧。待后，来我帐中议事。"

七

一个多月来，雨，几乎没有停过。义军守着狗脊关，和洪水不退的黄洋河。官军这面，按总督命令，围而不打，时有小股义军试图冲杀突围，但都无功而返。陈奇瑜几次试探监军意图，杨应朝都不动声色。陈奇瑜怒火中烧，当下，义军一击即溃，他却又不能做主。但碍于杨是皇帝所遣，他只好强行压下心火，任下面的将士吵闹，不置可否。

杨应朝也暗自焦虑，农民军仍无动静。这边官军上下跃跃欲试，尤其是陈奇瑜，别看稳坐军帐，可应是最贪功的那一个。一旦自己压不住，两军打将起来，所有的计谋都枉自费心了。正在帐中往来踱步，士兵来报：抓到一匪军探子，口中嚷着要见杨监军，有机密相告。士兵不敢擅自做主，押他来见。

杨应朝心头略喜，猜出十之七八，但不露声色，让人带上来，厉声喝问："来者是何人？"

"我为李自成军师顾君恩，特来送书信与杨大人。"

"呈上来。"

杨应朝读罢书信，心中一块石头落地，果然将事态导入了自己的谋划。他却突然大喝："大胆匪徒，竟敢诈降，降书不送总督，为何送与我，岂不陷我？拉出去砍了！"

顾君恩连忙叩头，口称冤枉，不停叫道："杨大人，请听我说。"

杨应朝方才让停："且听你说来。"

"杨大人，闯王早想受皇上恩抚，又恐陈总督不准，后方才明白，大军中杨大人才是皇上的钦使。又闻圣上仁德广布，以天下苍生为上。钦使更是体恤下情，爱护草民性命。故闯王下决心让我来拜见杨大人。我更是确信见大人如见圣上，听大人之语，如听圣上之旨。有杨大人一言九鼎，我四万草民，受皇上安抚，定成矣。"

杨应朝听罢，心中大喜，但口中说道："你们此言谬论也，军中大事，必是总督定夺。但当今圣上，恩泽广布。深知天灾人祸是你等匪徒起事之根，故此对尔等反匪大赦安抚为上，特派臣来监理军事，传达皇恩。你们如今虽然是四面楚歌，走投无路，但尚有对皇恩的忠孝和感知，还算有救。我将尔等感恩愿受抚之意呈达皇上，皇上若网开一面，尔等方有生路一条。"

顾君恩急切立拜致谢，起身再言："杨大人，闯王为表诚意，已备一份礼品孝敬大人。由一队人马挑驮，现在黄洋河岸，请大人恩准放行。"

"不可！不可！你等怎可坏我名声？"

"杨大人，闯王深知杨大人一贯清正廉明，此次是数万军士真心进奉。请杨大人代为上达。若数万生命得保，将是恩同再造，请大人恩纳。"

杨应朝方才点头，并大声号令："送顾军师安全回营。"

与此同时，李过在参将贺人龙军帐里正上演着同样的一幕……

八

陈奇瑜端坐帐前，似是怒不可遏，面前立着贺人龙等，都神情严肃，默不作声。

半晌，陈奇瑜终是平静下来，但仍愠怒地说："杨应朝这阉人，匪军求降书，应正中他意了吧。"然后顿了几息，放缓语气，叫道："贺参将，吾特传你来，想听听你的谋见。"

这贺人龙，陕西米脂县人，和李自成、李过等都是同乡。听闻陈奇瑜之语，立即叩拜："属下不敢。"

陈奇瑜似有所料："无妨。我亦是山西保德县人，和你们一河之隔，盖因我们都是老乡，才找你商议。"

贺人龙本是惊出了一身冷汗，以为总督查到自己什么了，听总督这番言语，虽惊魂未定，但即刻镇定下来，急忙说道："那属下就大胆进言了。"

"但说无妨。"

"这李自成，号称四万之众。今陷车厢峡，已近月半，现已人病箭损，马困粮绝。若是剿杀，必胜；若是准降，水到渠成。但各有所利，各有所害。"

"利何有？害何在？请参将详述。"

"若战，利有一：势如破竹，功盖天下；害有三：一是杀戮过重，亦是乡亲，传回故里，亲戚乡邻，恐难复宁；二是杀敌三千，自损八百，困兽犹斗，这些匪徒，穷凶极恶，官兵难免有不少死伤；三是杨监军之意，似是而非，但当今圣上，仍以剿杀为标为表，以安抚为本为根，须在总督思考之中。"

"若抚，三害将转化为三利。倘有俘虏充官军，更兼有壮大队伍之功。其害也有，一是四万之众，押送束管却难；二是饮食住宿和补给，急在当下，一路须靠地方筹集，未必顺利。"

"剿杀，安抚，其功孰轻孰重？"总督不自觉地追问道。

"彼功亦此功。这闯王之部，原本并不出名，自生自发，成了小气候。此次车厢峡困久，监军已多次上报，圣上自在心中。圣上的旨意，当是总督的首考。"

这陈奇瑜，自总督五省剿匪以来，一路所向披靡。在剿杀战中，从来没有考虑杀戮之虑，更没有过乡亲之思。今收紧了笼子，面对四万待杀义军，贺人龙一席话，也惊得他出了一身冷汗。这数万匪徒，均在家乡数百里内，岂可不虑？更兼有圣上之策，不可不顾。情势之下，取舍必然。

贺人龙见总督情形，惊恐不安，再次叩拜："总督大人，属下鲁莽，言语多有谬误，请总督责罚。"

"无妨。参将所述都是真语谏言，你是可信赖的乡党虎将。"随即传令，"请杨大人来府议事。"

九

受降头日，顾君恩匆匆赶往闯王大帐，闯王起身迎接。军师顾君恩急拜，口称"不可不可"。

闯王自成紧握顾君恩的双手："军师，应该应该，大功将成，军师挽数万将士性命于一策，且受将士的不解和为难，尤我最初的斥责，让军师太过委屈了。"

"闯王对君恩恩同再造，闯王身为军主，必须平衡多方，策略行事，大计方成。若为闯王留下东山再起的根本，君恩就心满意足，死而无憾了，所有的不解和为难，都会随之而去的。"

"军师深明大义，让自成感动，我会铭记在心。明天军师还有什么要参谋的？"

"闯王一定要忍辱负重，对陈奇瑜、杨应朝可能的刁难、斥责、羞辱等一定要无视；二是要求全体将士，言行步调统一，不可意气用事，大局为重。"

闯王点了点头："好。军师所嘱，我记下了。传令下去，照此执行。"

十

雨突然停了。自六月下旬以来，四十来天，这大雨，伴随着车厢峡的四万兵卒，一直没有休止，冥冥中，似有天意。

牛蹄岭下，官军新立了军门和军帐。陈奇瑜、杨应朝端坐帐前。贺人龙、金之纯等众将领分坐两旁，兵士沿着步道分列两边，奇瑜传令受降。李自成自缚臂膀在前。军师顾君恩捧着降表在后。郝摇旗、李过、高杰依次穿过刀林剑丛，匍匐在军门前。闯王口称请死，连称请总督大人、监军大人恕罪。

"匪首李自成，抬起头来！"陈奇瑜喝道。

闯王方一抬头，让总督大出意外。这人突额、高颧、鸥目，一个十足的陕北庄稼汉。唯有那眼神，似是在一月之前，透过时空相遇过，好似有穿透一切的力量。倒是杨应朝，被这奇异之相吓了一跳，心头默言道：这等丑陋之身，岂可和圣上相比，能成什么气候？幸亏我力主招抚，替皇上收人心于天下。不过，倒让陈奇瑜捡了一个便宜。

自成匆匆又拜："吾身一草民。愿悔过自新，回乡耕作，甘做顺民，部下所有草民都愿受圣上招抚。"

陈奇瑜厉声斥道："尔等罪大恶极。然悬崖勒马，终归走上正途。应严厉悔过，永不再犯。"

轮着杨应朝训话，他嚷嚷道："贼徒以身犯上，罪不可赦。只因皇恩浩荡，惠及你等寇民，贼民定要知恩感德，重新做人。"

自成率众人急忙再拜："感恩圣上，谢二位大人！"

陈奇瑜随后传令：收缴其所有的军械。将所有降军，避开匪徒老巢商洛，先遣送汉中军营。每一百人编一队，每队派一名安抚官和几个士兵押管，愿充军的继续整训，剩下的愿回家的，经宝鸡遣送回陕北米脂、安塞、清涧等老家。并发了一檄文，沿途地方务必供应食宿。

至此，李自成四万义军，被围困四十三天后，终于走出了车厢峡。是日，崇祯七年（1634年）八月六日。

十一

杨应朝匆匆起身回京，去觐见圣上，图报喜报功。陈奇瑜也急速起草了一个奏折，上奏进剿围困安抚李自成部队经过，看似低调、谦逊，实含表功、邀功之意，并派军士快马送京师，以不落杨应朝之后。然后暂居兴安州，每日里品茶、弹琴、吟诗、写字、喝酒等，静候皇上嘉奖。

忽人报："流寇李自成所部于汉中，一夜之间尽杀安抚官五十余人。其余或割耳，或杖责，或绑缚，不一而尽，已复民变。"

又报："李自成部和略阳数万流寇相汇合，所过州县，杀掠一空。"

陈奇瑜先报不信，再报惊吓，后确信，被自成复反惊得目瞪口呆，已经说不出话来。

同年十一月，一道圣旨下：陈奇瑜革职查办，流放戍边。

至此，闯王自成声名大噪，四方义军来归，日益强盛。十年后，崇祯十七年三月十八日，闯王率部攻入京师，崇祯手书遗诏，登煤山自缢，明朝灭。

后 记

我一直以为：平利县虽自古地处巴山崇山峻岭的荒蛮偏隅之处，然亦在中国历史上发生三次左右和改变历史进程及方向的大事件，一是女娲在平利女娲山补天和抟土造人；二是武皇武则天去房县看被自己囚禁的儿子李显，途中在女娲山驻留，拜谒女娲，一夜之间，心思大变，归后不久，接李显归长安，后将大周皇权返交李氏唐朝；三是李自成兵陷车厢峡，靠诈降留存部队，后一发不可收，直至覆灭明朝。这三件历史大事我原有《回放女娲》《武皇之上》二文，唯车厢峡久未成文，心愿藏胸八九年，今查阅大量资料，才成《车厢之峡》，方圆心梦。《车厢之峡》主旨有二：一是尽力保持历史原貌；二是车厢峡何在，历来有争议，主要有平利汉滨交界狗脊关东西和汉滨茨沟之说，我反复考研，用此文做车厢峡在平利汉滨交界狗脊关之实。关于涉及车厢峡几个问题，我把自己的考察结果和理解在此作以说明。

（一）关于李自成车厢峡诈败的历史依据

此事在《明史·陈奇瑜》中有详细记载："贼见官军四集，大惧，悉遁入兴安之车厢峡，诸渠魁李自成、张献忠等咸在焉。峡四山巉立，中亘四十里，易入难出。贼误入其中，山上居民下石击，或投以炬火，山口累石塞，路绝，无所得食，困甚。又大雨二旬，弓矢尽脱，马乏刍，死者过半。当是时，官军蹙之，可尽歼。自成等见势绌，用其党顾君恩谋以重宝赂奇瑜左右及诸将帅，伪请降。奇瑜无大计，遽许之，先后籍三万六千人，悉劳遣归农。每百人以安抚官一护之，檄所过州县具糗粮传送，诸将无邀挠抚事。诸贼未大创，降非实也，既出栈道，遂不受约束，尽杀安抚官五十余人，攻略诸州县，关中大震。……"

（二）关于李自成兵走车厢峡主要原因

1. 崇祯七年，陈奇瑜总督五省围剿义军，在湖广连获成功，将义军逼迫到秦岭巴山汉水流域。陈奇瑜认为湖广的农民军问题已基本解决，现在该着手解决陕西的问题了。解决陕西的问题最重要的是防止农民军北上进

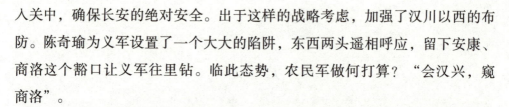

入关中，确保长安的绝对安全。出于这样的战略考虑，加强了汉川以西的布防。陈奇瑜为义军设置了一个大大的陷阱，东西两头遥相呼应，留下安康、商洛这个豁口让义军往里钻。临此态势，农民军做何打算？"会汉兴，窥商洛"。

2. 义军久攻兴安州（今安康）不下，陷入困境。义军退守兴安州地域后，攻兴安州是图立足，图补给，未料久攻不下，官军来围，只得渐渐撤离突围。李自成部队是最后进入兴安州，加入攻城并成为殿后部队的，又突降大雨，部队不能及时过江，故主动后退撤入车厢峡，希望绕过兴安州从旬阳或者白河过汉江到商洛。

3. 《安康地区志》记载，农民军高迎祥、李自成等主力于崇祯六年（1633年）十一月进入白河、旬阳、紫阳等地；十二月高汝砺、张一川等八营十余万人连克商县、山阳、镇安、石泉，继而取道紫阳、安康、平利、旬阳，转战郧西。崇祯七年正月张献忠等率十三营与官军战于旬阳县北乜家沟、水泉坝、康宁坪、竹木碥、青口、狮子山等地；正月十四日，李自成率郝希文、薛成才等攻克旬阳县城，继克白河、平利、紫阳。四月，张献忠与高迎祥、李自成联兵转战兴安地区；六月上旬，张献忠、李自成等农民军与五省总督陈奇瑜、郧阳巡抚卢象升大战平利乌林关（现平利县城东闹阳坪），农民军失利，十余首领被俘，陈奇瑜、贺人龙追八昼夜至紫阳进剿。由此可知，仅这两年，农民军在安康地域来来往往就有六次之多，其中从平利到安康或去紫阳路线至少走了三次，狗脊关都是必经之地，娴熟军事地理的李自成正因为对车厢峡地形道路的熟悉、自信，在主客观双重因素下，选择了一步险招，寄希望在天气短时间好转的情况下，穿插突围出去。

（三）关于车厢峡之战发生在平利县狗脊关的依据

1. 所有最早的史书记载车厢峡之战都是明确在平利和汉滨的狗脊关一线的，如《兴安州志》（王希舜、刘应秋清康熙年间作）、《兴安府志》（叶世倬、李国麒清咸丰年间作）。而《重续兴安府志》（鲁长青民国年间作）卷二十二提出车厢峡在汉滨茨沟的谭坝、松坝一带，时间为民国三十三年（1944年）。刘应秋等所生时代离车厢峡诈降才六七十年，其在写州志和写散文过程中不可能把车厢峡大方向弄错：一个汉江北，一个汉江南；一个在江北往西北，一个在江南往东南。同时，更多史书和书籍都明确车厢峡为狗脊关一带。如《安康地区志》、徐信印的《安康文史名胜集（上册）》、郭华正的《安康旅游揽胜》等。

2．有人认为车厢峡被围人数达数万人，时间长达四十多日，狗脊关长百十米、宽十来米，容不下十余万两军对峙。

我认为这种观点很狭隘，且不符合当时的客观实际。狗脊关是车厢峡里其中一个代表性地理标志，以汉滨区县河为基，又分黄洋河和县河两峡，至今还有人持黄洋河三湾子为当年李自成诈降地"车厢峡"的观点。三湾子，九里半，两岸高山峡谷；仅从县河镇大桥头入口至财梁、马潭，沿河河谷超四十里。而县河到平利县老县镇女娲山，足四十里。仅以狗脊关地段来理解车厢峡就不正确，可以说狗脊关是车厢峡一个坚守的关隘。再者，用大小高矮判断守关与否更不正确，抗美援朝时，一个高288.7米的松骨峰，为了整个战役的生死存亡，两军在现代化战争中还惨烈争夺十几个小时。其实若干年前的20世纪初，狗脊关依然还是平利人到安康实际交通的老大难。

狗脊关地形虽然险峻，但不属于绝境，无论向东或向西均可突围，即使两边同时围攻，也不能排除有突围的可能。一是关于狗脊关范围认定前节已经陈述；二是对于车厢峡奇险程度也不应脱离当时情景。气候变化、风雨侵蚀、人类活动、人户猛增，以及修田造地、大炼钢铁运动等，我们现代人已很难理解，这一现在看起来不怎么奇险的峡谷区域，直到20世纪50年代时，还是古木参天、取凿为冢、藤猿过涧、獐呼相闻的半农耕状态，可以想象三百年前的车厢峡，峡谷刀劈斧凿，县河两岸还属原始森林，不可翻越。那个你和我现在用眼睛所看到的和三百年前不一样的车厢峡里，从一开始，双方就为了消灭和不被消灭，都尽可能地围绕着这一片区域，用鲜血不断争夺和扩展着对自己有利的地盘、山头和隘口，而作为游军的义军，被明军以围堵、分割、垒石、火攻等方法一步步压缩，最终被压迫在以狗脊关为中心的地带。

3．有学者根据1995年6月第1版的《平利县志》记载："车厢峡，一说在安康傅家河，一说在岚皋，一说在汉中。'车厢峡'究竟在何处，待考证。"1995年《平利县志》在车厢峡"三说"中唯独没有提及"平利说"，就此认定车厢峡不在平利，这更不能立足。恰好1995年《平利县志》上此段前还有一节："……六月十六日，明将陈奇瑜率重兵围追义军，为掩护义军主力撤退，李自成殿后，本欲进军四川而误走兴安（与平利交界）车厢峡（狗脊关），被困，且大雨两月，马死兵疾，弓矢皆脱。自成用谋士顾君恩之计，贿奇瑜左右，诈降。出险境，义军杀安抚官，重举义旗，挥戈指向西北。"明确李自成被困的狗脊关在平利。这学者几乎没有把同一页文看完。再者，狗脊关为平利县汉滨区分界处，关内都属汉滨，当时只能由兴安州记入《兴安志》，清平利县志无记载，引《兴安志》本无可厚非，且在作事实介绍后引述各说，更显客观。

（四）其他依据

1. 平利县老县镇凤凰山垭的火神庙里还残存记载义军的壁画。

2. 平利县老县镇庙山头存有民国九年当地文人雅士陈广炬题写"车厢峡"三个大字。

3. 平利县老县镇德仁寨下的绝壁上还留着三个弹痕炮洞，据当地人传是李自成部将为夺山寨试炮——"过山鸟"留下的弹痕。

4. 民国后期，安康县（今安康市）与平利老县、三阳交界地设防共联防哨，属安康县行政区有"牛车乡"，即牛蹄岭和"车厢峡"。

以上是我对李自成车厢峡诈败基于史料的一些想象和虚构。爱乡情重，总是站在平利的角度多些，资料并不全面和翔实，错误和不足在所难免，所好毕竟是一家之言，可激发更多爱乡和有志趣之人参与和考研，让平利的人文富矿更好地被挖掘，更好地助力平利经济社会全面发展。

太子遗踪

太子盼

南宋罗泌所著的《路史》说："……中皇山之原，所谓女娲山也，山在金之平利，上有女娲庙，与伏羲山接，伏羲山在西域。"

汉水由西而东，先有西城伏羲山（今安康），后有女娲山（今平利），再有神农架（今房县）。在金房道上（今陕西安康至湖北房县），三皇一字儿排开，各居一山，女娲山居中，号称中皇山。

三皇中的人皇，即是抟土造人的女娲。这女娲心系天下，在平利完成造人、补天几件惊天骇世大业后，便一去不归。"昔人已乘黄鹤去，此地空余黄鹤楼"，让女娲故里人少不了深深的思念。人皇是人类始祖，不是人们心里权威并重的皇帝，所有皇帝都是人皇的子孙，但所有的女娲子孙又不都是皇帝。女娲故里内心深处，当然似乎也是渴望有一个皇帝的，只是这巴山深处，山高水长，数千年来都属荒凉蛮夷之地，是不易成就一位皇帝的，人皇造人的地方竟没有诞生一位皇帝，终是一大遗憾。

偏是神农架脚下的房州（今房县）有过一位皇帝，只不过这皇帝好不容易从太子位上熬到做皇帝，又被母亲赶下皇位贬到那荒凉蛮夷之地。不可思议的是——这个被贬的太子又神奇地复出为太子，在中国唯一的一个女皇帝退位后再次做了皇帝。他的传奇又和平利女娲山有着奇异的纠葛，真是把女娲故里平利弄得风生水起，于是没有诞生皇帝的平利却有着太子留下的影踪，数千年来，如影随形地飘忽在这个人类"开史"的地方。

太子坟

女娲山女娲庙女娲大殿后有一座小山，不甚奇险，是女娲庙山，却也是女娲山之巅，有如所有名山的金顶。看完女娲庙，游人多半会登上这座小山，一睹女娲所在的中皇山美景，看女娲日出、观女娲云海、听女娲松涛。

小山山腰之上，有一座土丘，不甚华丽，却往往会引起登山人的注意。

土丘呈半圆形，和当地所有的坟茔不一样，是四周用青石砌起，上覆黄泥垒砌而成的，竟和关中长安唐代皇陵有些近似，只是没有碑文，也没有任何有独特标记的地方。

当地的人都知道，里面葬的是一位"太子"，坟叫太子坟。

女娲故里平利，未出皇帝，何来太子？太子之身，怎葬庙山？令人疑惑。

询问寺内住持，住持微笑，答曰：太子当然是太子，太子也是和尚。

查查史料，我甚是惊讶，这个太子实不简单，和中国历史上唯一的女皇帝有关，和女皇帝贬在房州的儿子李显有关，和中国唐代一次历史转折有关。

公元698年二月的一个早晨，金州平利女娲庙依旧清静，庙里的小和尚依然早起，先是给水缸里挑足了水，然后从里到外打扫庙宇，令小和尚很惊讶的是：和往日不同，庙内庙外竟有成千上万只喜鹊飞来，让他觉得会有不一样的事情要发生。果然，半晌后，从寺庙外小路上走来几个香客，为首的一个，是一个年近七旬的老妇人，穿着雍容华贵，那妇人和随从进了大殿祭拜女娲后，见了小和尚，竟不停地盯着小和尚看。良久，小和尚被盯得不好意思起来，便低头作揖，请施主到客房休息、喝茶。老妇人这才点了点头，让小和尚喊来庙内住持，请他安排一处住处，自己一行要留宿一夜。

小和尚本姓武，父母早亡，到了半大小子时，乡邻看着可怜，有意给他寻个出路，送上庙来做了和尚。这女娲山女娲庙地处巴山深处，平日里也时有香客留宿，老住持多半是让小和尚招呼着。这次依旧如常，只是老住持见来人非凡，格外叮咛小和尚几句，小和尚自然格外留心，对老妇人照料得暗中用了十分之力。也是奇怪，那老妇人对小和尚甚是亲热，拉着小和尚问这问那，让自小没有父母的小和尚感到一种温暖，更是就多了一份留意，尽心尽力地伺候着，把自己所知所晓都告知老妇人。

那一夜，小和尚已记不清被老妇人问了多少个问题，说过了多少话题，他只记得按老妇人要求原原本本说了女娲在平利抟土造人、炼石补天，然后兄妹成婚的经历。他还记得，他告诉她记忆中的母亲对他慈爱的印象，他告诉她女娲故里这一方山水的淳朴的民俗民风，他还记得贵妇人很是仔细询问了他的家世，他告诉她自己姓武，是吃百家饭长大的。更让他记忆深刻的是：贵妇人问得最多的是房县那位李显，说她见过李显，说小和尚和李显长得很像，小和尚似信非信。

天亮后，贵妇人对小和尚说，也许是天意，你姓武，我也姓武，你就做我的儿子吧！小和尚似乎也和贵妇人有种无形的亲近，随即跪拜认了这位贵妇人为母亲。

这是让小和尚永生难忘的一个日子，也是平利女娲山值得记住的一个日子。

贵妇人走后，人们才知道她就是武则天，就是大周的女皇武则天。

我们无法知道武则天这次平利女娲山的神秘之旅究竟为了什么，有人说她是作为唯一的女皇来朝拜自己的精神领袖女娲的，也有人说她是作为女娲在人间的化身是来还愿的，还有人说她原本是去房县看望儿子李显，终因许多未知因素作罢的。

小和尚哪里知道这么多，他被武则天认作儿子的事情早已传开，一时间，寺庙香火大盛，香客信徒络绎不绝，小和尚被这意外的荣光降临弄得无所适从，开始还有些羞涩，时间长了知道贵夫人竟是当今圣上武则天，免不了飘飘然起来，自恃为"太子"，渐渐不把老住持放在眼里，也不守和尚的本分了，趾高气扬，天长日久，慢慢也有些恶名声了。

武则天离开女娲山后，一改几十年的酷政之风，把原先所有的冤假错案都纠正过来，给政坛带来一种仁政善政的清明之气。最值得历史记载的，是她随后派人接回在房县的李显，复立为太子，七年后，李显再一次登上皇帝

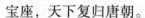

宝座，天下复归唐朝。

公元705年，李显登基之时，一道圣旨也到了平利女娲山女娲庙："小和尚赐死。"本以为更加荣华富贵的日子来临的小和尚却不料天降厄运，连同洛阳那个武家家族一同尽归西天。圣旨似乎还不忘给小和尚最后一些风光，按皇子名分葬。

面对太子坟，我在想：如果没有那个妇人的到来，小和尚只是一个和尚，挑水、砍柴、做饭、点灯、上油、敲木鱼、诵经、斋食或许就是他的全部，一个一时动情折射的名号，一个既是母亲的儿子，又是一个女皇竞争对手的集于一身的太子之名，就落在这个小和尚的身上，他实在有些承受不起。

面对小和尚有些怨恨的眼神，我想对他说，你是有些冤，你不过是一种亲情一时间的折射，一种复杂的组合体的"影子太子"，却承受了真正太子与生俱来的残酷。

迅即，又一个念头闪现出来，我立即又对小和尚说：你不冤，你用自己的生命和人生记录了一个历史的关键史实，记录了一个女皇内心那柔软和坚硬交织激荡的过程，记录了中华母亲山又一次创造历史、改变历史的关键时刻。

我似乎看见了小和尚有些舒展的面孔，心下明白小和尚已经明晓了这个道理，便从山中折取一把怒放的鲜艳的红杜鹃，放在这位太子坟前。

太子沟

女娲山东南有汝河，书上有记载，女娲封地是以这汝河为地理标志的。

汝河很小，是汉江支流的支流，汝河又很长，长得甚至连接到了女娲补天的那个时代。

女娲离开汝河亦是数千年，再驰名的地域也归于寂寥，漫漫历史长河，起起伏伏，虽然汝河流域不再有女娲时代的巨潮巨浪，可依旧有些小波小浪在推动着历史。

不知何年间，汝河流域一条不起眼的小沟壑、一个不起眼的小户人家诞生了一个婴儿。这婴儿降临这个世界的时候很不一般，那年大旱，从春到秋、从冬到夏，竟一滴雨未下，老百姓把草根树皮都快吃净了，偏是这婴儿降临时，雷声大作、狂风暴雨，直下了三天三夜，大河满、小河溢，万物复苏，一片生机。

细看孩子长得奇异，硕大的头颅，垂肩的耳朵，过膝的手臂，尤其惊奇的是两额生有寸长的龙角。父母心有怯意，请来算命先生掐指一算，原是龙王的太子投胎所生。联想这孩子伴生的这场千载难逢的救命甘霖，众乡亲便确认这孩子是龙王太子了。

"太子"果然与一般孩子不同，甚不合群。整日里就在汝河玩耍，父母虽不富裕，到适龄上学时，也试图让太子读书，偏是太子对读书毫无兴趣，每每逃学，父母亲无法，便任由他满山川满河沟地跑，再后来，索性放起牛羊来。在山野时间长了，太子又显现出非常人之功能，他能根据植物的露水、虫鸟走兽的行踪、天空的天象准确预告天气的变化，尤其对下雨百测百准。众乡亲按他提供的雨讯安排农活，无一不应验，更确信他是龙王的太子无疑。

这太子生得野性，不娶妻，不出汝河流域，只做牛倌羊倌，竟然活过百岁。去世后，乡亲感其恩德，为其在沟梁上垒一坟茔。忽一日，山洪改道，山梁变河沟，坟茔全无踪迹。

地本荒野，出一奇人不易，后人将所在之沟赋名太子沟。

寻得太子沟人，探问太子，看法竟不相同。

一曰："太子本不是太子，守得本分，有寿呀。"

一曰："太子是太子，不做太子培，不做太子求，不会成太子。"

一曰："太子是地域精华所造化，是几千年农耕化作的精灵，是老百姓心中的太子呀。"

想想，都有哲理的意味呢。

太子沟，在今平利县兴隆镇境内。

太子坝

世上的太子，只有做上了皇帝，才是圆满的。只是不少的太子就会卡位在太子的这个名号上，那皇帝只是一步之遥永远的梦。

有位太子，既是太子，也做了皇帝。皇帝做不成了，又做了一公侯，做太子、做皇帝、做公侯似乎都极有名，每每成了中华历史上脍炙人口的典故。

还在襁褓之中，太子已然成名。赵云血战长坂坡，杀死曹操手下名将五十余人，从乱军中救出这名太子，玄德（刘备）接过掷之于地："为汝这孺子，几损我一员大将！"史上便有"刘备摔阿斗——收买人心"这一千古流传的歇后语。

刘备在永安病重，把诸葛亮从成都召来，对诸葛亮说："你的才能是魏国曹丕的十倍，必能最终灭魏灭吴，统一中国。我的孩子如能即位，可以辅佐就辅佐他，如他不是这个材料，就取而代之吧。"诸葛亮流着泪说："我一定尽我所能，精忠蜀国，死而后已。"后刘备对儿子交代："你与丞相一同处理国事，对丞相如同对你父亲一样。"诸葛亮"鞠躬尽瘁，死而后已"千古名言便伴随这位太子生平。

公元263年，蜀国被魏国所灭，刘禅投降。有一次，晋王司马昭乘刘禅在场，故意安排表演蜀国歌舞，刘禅的随从人员都非常难过，司马昭问刘禅："汝思蜀否？"刘禅曰："此间乐，不思蜀。"旧大臣郤正知道后对他说："如晋王再问，你应哭泣回答，先人坟墓都在蜀地，我心向着西门悲伤，天天思念。"果然晋王再问时，他照着郤正所教授的回答，司马昭说："为何你刚才所说的话，像郤正的口气呢？"刘禅听后大惊，对司马昭说："你说得确实没有错。"前后左右的人都笑了。"乐不思蜀"自此天下流传。

凭此，晋王再不防他，封他为安乐公，将其贬在秦楚交界的安乐县（今平利县），离诸葛亮的隆中不过数百里。拨了一大批照料他的人，让这位诸葛亮忠心辅佐的人复读先辈三分天下的宏伟大志。

这位太子到安乐县后选中了女娲山靠近汉江的一个叫西河的地方，这里背依女娲山，八十里到汉江。河谷平坦宽阔，夹岸青山水西流，水清沙白鸟飞回，一派江南水乡的韵味。

在这里，曾经集太子、皇帝、公侯于一身的刘禅果然获得了身心真正的安乐，拥有秀美的山水，牧歌式的田园生活，虽不思蜀，却居住巴蜀故地，虽不思蜀，却品尝着巴湘文化的酸辣风味饮食，虽不思蜀，却处在有深厚巴蜀民俗民风的平利人中间。

相传刘禅母亲夜梦仰吞北斗，因而怀孕，故刘禅乳名阿斗，而阿斗并非愚钝，诸葛亮在《与杜微书》中评价刘禅说："朝廷年方十八，天资仁敏，爱德下士。"

偏是这样一位聪慧过人，做过蜀国太子和皇上的阿斗，因为"乐不思蜀"被千古嘲笑，成了一个历史上再也扶不起的阿斗，一个无能无才的太子和皇帝符号。

嘲笑者无非是那些政治家、谋略家、军事家而已，阿斗心中明白，乐而思蜀又怎样？诸葛亮倾全蜀国之力，六出祁山，无力回天，病死五丈原。倘不以为攻，蜀国难保，若试图以攻为守，七出祁山、八出祁山，蜀国国力已十分空亏，不可为继。况这天下三分，已是百年，诸侯厮杀，百姓流离失所，家破人亡，天下厌战，众心思统，乐而思蜀，梦实难圆。

扶不起的阿斗对司马昭再也没有威胁，蜀地百姓免遭更大规模的屠杀，太子阿斗也是一个少有得到全身的亡国之君。

阿斗太子在平利县西河生活几年，突然消失，不知所终。史书上记载，刘禅的生卒年月定格在公元271年。

刘禅失踪一千七百年后，他在平利西河居住的地方，陕西省文物考古发现：这里原本是新石器仰韶文化遗址，让阿斗太子曾经居住的地方又增加了一层神奇的光环。

这里已找不到刘禅的后世后人，或许刘禅已把自己全部都隐去，所有的一切都归于魏国。陕西省在命名这个重点文物保护单位时，沿用当地的地名——魏家坝新石器仰韶文化遗址。魏家坝又叫太子坝。

太子梦

在女娲故里的山水间，在乡村场院里和在农倌村妇口中，和太子有关的话题似乎是村里的炊烟，总会在不经意间袅袅升起。缥缈而又虚幻，真实而又亲切，无法避开、无法绕开，面对这亦真亦幻的太子，有时也会有避开和绕开的心思，但内心又渴望那种存在和魔力。每每遇上，就双腿发软，几乎又挪不开步子。

历史不会留在女娲那个时代，大禹结束禅让制度那一刻起，就注定了这个最高位置带来的必然，围绕这个至高无上的位置，继承人就必然形成和诞生。从周朝开始，太子的这个角色就出现在历史的舞台上，一直演绎到公元1911年。

女娲故里平利，这个人类文明开始的地方，在漫长的历史岁月里，太子的影子和太子留下的踪迹更是浓密得拆解不开。

只是太子的故事，有太多的自然属性和社会属性，喜剧很多、悲剧也多，喜剧角色多、悲剧角色也不少。在亲情、爱情、真情和权力的角逐中，演绎着世上最激烈、最残酷、最残忍的章节。对权力和权力能够带来的荣华富贵和一切的贪婪，把人性最可恶的东西全部激发出来，而人性的真善美脆弱得不堪一击。

自夏朝开始，皇帝就传位于儿子。皇帝大抵多妻妾，子女众多，秦始皇统一后，确立长子为太子。

太子是王位继承人，一般是先嫡长子，再次子，无嫡子就立庶子。从秦始皇的太子扶苏到清末，共有数百个太子，当上太子已是一个艰难过程，当上了更是一个危机四伏、沉浮不定的漫漫长旅。从太子出发大抵是三个出路：一是当上皇帝，那是修得最圆满的正果；二是废立和死亡，废位的太子大抵都是死亡一条路；三是废位成为庶人，能活着的，少之又少。当上了皇帝就是龙子，替天管理天下臣民，拥有至高无上的权力，应有尽有，普天之下莫非王土，拥有三宫六院、七十二嫔妃、三千宫女。但当上皇帝又是何等的不易，一是要命长，必须活过老子，倘或皇帝老子命长，有的至死不能当上皇帝，即便当上，也做不了几年就一命呜呼，明太祖朱元璋的太子朱标就早死，没当上皇帝，明嘉靖皇帝的太子隆庆帝，刚坐上皇帝就死亡；二是要能力强，能超越兄弟，否则就被手足兄弟吃掉，秦太子扶苏、隋太子杨勇、唐太子李建成都惨死在亲兄弟手下；三要计谋高，不能让父皇觉得太子懦弱无能，治理不了国家，但能力又不能太超群，让父皇起疑心，一旦分寸把握不好，老子不满意就有被废位的危险，弄得铤而走险企图政变，结果死得更快，汉武帝的太子刘据、唐太宗的太子李承乾、清康熙帝太子爱新觉罗·胤礽就是这一类。更有奇者，忽必烈的太子真金，因父亲猜疑，胆战心惊，夜不能寐，活活被吓死。

太子真金，岂止是旦夕之间被吓死的，太子这个位置，升一步是天堂、落一步是地狱，长夜惊魂，每一天都处在高度紧张的情形中，日日夜夜的时光，都是在达摩克利斯之剑下度过的。当真金得知父亲要来责问的一瞬间，拉断了他绷紧的最后一根生命之弦。

有资格做太子梦的人，在世人眼中，是上天赋予的人。太子的梦，最好没资格做，一旦做了，要么在天堂，要么在地狱。

女娲走后这几千年来，她居住过的平利一如既往地安静，世上的皇帝和太子生了一茬又一茬，死了一茬又一茬。女娲故里平利毕竟不是世外桃源，心中隐隐期盼着皇帝和太子诞生，只是那梦不强烈、不贪婪、不紧凑，随着时光和历史自然生发着。犹如一个看守着人类家园的母亲，注视着这个她造就的世界和社会。皇帝也好、太子也好，都是女娲的后裔，来也好，去也好，都是故土的游子，一任那些皇帝、那些太子，自然地来，自然地去。不过这些皇帝或者太子面对先祖的故土，在寻觅自己的根时或者祈求精神护佑时，来到人类最早诞生的故土，或长或短，总会留下一点什么，或一个微笑，或一个脚印，或一个故事……

一梦醒来，太子的戏已落幕百年，主角早已不知去向，那些故事都被历史封存。

公元2013年，女娲故里平利在中国乡村旅游发展论坛首届中国最美丽乡村全国网络投票和综合评选中，成为中国十大最美乡村之一。

而太子就在中国美丽的乡村中，隐隐退去，渐行渐远。

药妇古道

一

自古至今，所有的房屋没有不要门的，有大门、小门，有前门，也有后门。时下，许多人时兴的小洋楼，不仅有门，还有庭观，从庭观通一道小门，便有不尽的诗意，不尽的遐想。

其实，一个山村、一个小镇、一个城市，何尝不是如此，城镇人们整体也需要一个出口，或者一个寄托。

那是一个希望的通道，一个与外界联系的通道，一个释放心情的通道。

从我个人的人生经历来讲，有两个地方，总是把我的人生连接在一起，我时常自觉或不自觉地将两处混淆，画面交替转换，诗句跳跃对仗，实在是无可奈何。

在平利山城，西去坝河一公里开外，南方一条扑面而来的山沟，一溪清亮的水长年垂直注入坝河，她有着山城近处所有沟道都不能比拟的名字——药妇沟。

当代人有了大礼拜后，时常一家几口人相约去那儿休闲，享受山涧野趣，更有思想领先者，在沟内开起农家乐，吸引着无数的找寻农家情结的城里人纷至沓来。

在我脑海里却总是浮现这样一个画面，一个个面容清秀姣好的村妇，身着蓝色碎花对襟的粗布褂，头戴浅蓝色方格布帕，身背满是草药的竹背篓，像是山中的百合，谷中的幽兰，仙女般的从沟中一个个鱼贯而出……

而在平利中西部的洛河镇，却有一条由北向南的溪流穿镇而过，奇怪的是，洛河镇以境内发源的黄洋河驰名，却以这一条黄洋河的支流洛河命名。小时候，总是望着日夜川流不息的洛河发呆，总想去寻求它的源头和来由。成年后，又时常把让伏羲发明八卦的"洛书""河图"联系在一起，想象人类有一个始祖在这条河流的岸边昼夜思悟大自然永恒的奥秘时，出现的奇迹般的一幕：一个神龟背负"河图""洛书"，献给伏羲，从此，伏羲思路大开，创造了伏羲八卦。

当平利被证实为女娲故里时，我愈加不愿意破坏青少年时的这个想象，女娲伏羲兄妹成亲延续后代的神话故事把女娲和伏羲紧紧连在一起，也把女娲山和洛河连在一起，倒越发相信这是一个值得考证的立论了。

年少的时候，我住在洛河，长大成人后，我住在城里。终有一天，我恍然大悟，人们不愿封闭，不愿被困住，总是在寻找一条出口，寻找一个与外界的通道，去安抚心中那些躁动的希望，于是，住在山里的人，总是在寻找通往外地的出口，寻找通往心中希望的出口，而住在城里的人，又总是在寻找释放心情的通道，寻找平慰内心寂寞和孤独的世外桃源。于是，走出来的人，或者探亲，或者探险，或者猎奇，或者折腾一生，依然要回家，而山里的人，依然源源不断地往外走着……

恰恰有这样一条道路，把洛河和药妇沟连在一起，也因为这条道路，把洛河和平利山城连在一起，她就是药妇古道。

几千年的人们就从这条路走过来了，近代平利画家甘棠，平利进士、内阁大学士、翰林李联芳，治水总督李逢亨，当代出国留学博士邹诚，第四军医大学医学博士周小东等，一代又一代的洛河人就从这条路走过来了。我人生的路，也是从这条路走出来的；而今，当我回首药妇古道时，总是有一种割舍难忍的冲动，去找回家的路，是回归，还是探源，还是又回起点，重新出发，和众多的人一样，我已处在当代人的矛盾之中，是一个两难的选择。不知是从洛河出发，还是从城里回归洛河，思前想后，最后下定决心，不用倒叙，也不用插叙，还是从洛河出发，按人生顺序走吧。

二

沿洛河溯河而上，是西北向，北斗星总是吸引着洛河人，在北方有着县衙、县城、县令，漫漫的历史长河里，大多数洛河人或是经西沿黄洋河转坝河走往县城，或经东翻越巴山垭走坝河之源流冲河到达县中心。有一天，突然，有那么一个人，突发奇想，何不翻越北面的大山，走直线找捷径去常去的地方呢？于是，经无数人前赴后继，一条路终于走出来了，这一走，就把洛河人和城里人的距离从一百八十里缩短了一半。

这是一条极为艰难、崎岖的栈道。走到洛河的源头后，需先翻越乌梢蛇的栖息地乌梢岭。然后穿越熊狼出没、人迹罕至的九湾子、老龙湾原始森林，当你终于登上大药妇山垭，就可见对面清晰可见的小药妇山垭，禁不住就立在山垭一啸一吼，有时对面山垭竟然也有人回应，那心情就无比激动，便有了期盼，有了寄托，匆匆赶路，速速追人。及至小药妇山垭，那人早无影踪，而这一来一去，一个小时没有了，常有人告诉你，这一喊一应中，中间有十五里路呢！待你翻越小药妇垭，当然还有一路锦绣的药妇沟，还有通往圣地般的陈家坝康庄大道，而那便犹如长江出了三峡，自是一派漫长苦旅激动而喜悦的尾声了。

那是洛河人心中怎样一条道路呀，有了这条古道，以前两三天的旅程当日就可到达；有了这条古道，城里的食盐、糖、布匹、医药、日用百货，才能迅速运回山上涧中的千家万户，大山深处的漆、炭、茶、桐油、药材等才得以运出峡谷。直至20世纪六七十年代，还存在一批运力脚夫，背篓、担筐、扁担、打杵、草鞋，依旧是他们的全副武装，我们这些山里孩子的希望常随着他们一起出山、回山。我因此从他们和大人口里熟知了百里百斤三块五的脚夫价，而这个价格，因为那个时代货币磐石般的稳定，竟延续了几十年，直到贵洛公路打通。

第一次走这条路，是20世纪70年代初期一个冬季，我随父母探亲前往城里，在那个食不果腹的年代，童年的我，只记得翻过一山又一山，走过一梁又一梁，那漫长的旅程，在我童年的记忆里永远鲜活。当我们登上药妇山时，到路边一户人家歇息，茅屋里只有十一二岁大小的兄弟俩，大人们不知哪儿去了，家徒四壁，他们已找不出什么充饥，而是围在火炉边烤着芥菜根吃，那一幕，让我永生难忘。

第二次走这条路，是改革开放中的1979年，那一年，被音乐家写进了《春天的故事》，而我和洛河第一批考上中专的另三个同学，踏上走出大山的第一步，当我们急匆匆跨越一条条山涧、攀登一座座山巅时，一路欢歌笑语，山外的世界吸引着我们，未来的憧憬在召唤我们，脚下那条路就不显坎坷，不显艰辛，自此，我们和改革开放一起走进翻天覆地的新时代。

第三次走这条路，时光已进入21世纪，洛河通往外地已不需步行了，西北向有（大）贵洛公路，东北向有洛广（佛）公路。如果不下决心，今生今世，恐怕自己再也无缘重走药妇古道的。于是，相约了当年一同踏上求学旅途的同学，重走这条道路，这一走，毕竟掺入了现代成分，洛河那一条河，药妇沟这一条沟，村级公路均已打通，便以车代步，只重踏中间那段最为艰难的历程。而这一次，我们选择的是仲秋时节，仿佛又回到了三十年前那一个艳阳之秋，心情于激动中更加轻松，于轻松中更加愉悦，一路走来，除了有人家的地方，那条古道沿用的路段依旧那样洁净，依旧那样亲切，依旧那样流畅。而药妇山原始森林的路大多被荒草、荆棘淹没，我们早有准备，手握弯刀，凭回忆辨认开辟记忆深处的羊肠小径。就在这跌跌撞撞的怀旧旅程中，我们惊奇地发现，这一路，有无数的风景，无数的美丽，无数的精灵伴随着。那湛蓝清澈的蓝天，始终是布景，那一望无际的林海，那变幻无穷的云雾，那起伏蜿蜒的重峦叠嶂，那漫山遍野无名的野花野草，那百转千回的鸟鸣虫叫，构成了一个梦幻一般的舞台，主角就是我们，我们置身在美的舞台、美的世界、美的海洋中了，而主题则是人和自然的和谐共鸣。于是，崎岖是美，荒无人烟是美，原始是美，废墟是美，惊险是美，就连恐惧、劳累、疲倦都被美消融得无影无踪。这一次旅程，成就了我们探索发现家乡唯一还没有被人同化、异化的处女地，原始生态美的胜地——药妇山。

三

我时常惊诧平利这块土地，沉淀了那么深厚的历史和文化，从远古的神话到近代革命的风云，无一不在这里打下印记。平利的先人们的丰富想象和平利火热的生活交织在一起，成就了平利浪漫和现实和谐统一的瑰丽文化，以至于今天的人们面对这块热土、这些历史和文化，有一丝惊奇，也有一丝疑惑，我们平凡而又朴实的家乡，真是那样色彩斑斓吗？

不是吗？你看，在平利最北面，拥有小武当的西岱顶，有李自成诈败的车厢峡；在最南面，有广泛流传的八仙故事和八仙踪迹；在中部，有已载入佛教名地的洛河白云寺，有战国时期的关垭楚长城。这还远远不够，中国最古老的创世神话，三皇之一女娲，就在平利坐地生根。这依然还没有结束，在中部和北部之间，还衍生出一个似乎最不起眼却最温暖的、最具生活气息的药妇山，仿佛是填充神话和战火之间的那大片的空白，仿佛是慰藉人们北上南下漫漫旅途的寂寞，药妇山和药妇的传说成了一个温馨的寄托。说实话，对于八仙的传说，我总以为是在道教神话的九天遨游，对女娲造人补天的创世神话，我总以为是那样的遥远而神秘，而药妇，实在是生活中亲近得不能再亲近的人了，她是儿子的母亲，是丈夫的妻子，是老人的儿媳。你旅途归来时，那是一个港湾；你劳累时，是一杯清澈透亮的温茶；你寒冷时，是一件温暖的棉袄；你饥饿时，是一桌热气腾腾的饭菜；你生病时，是不停给你煎药、陪伴你的身影。还有什么人物、传说、故事，比这更温暖的？

在平利，的确，药妇山并不特别出名，海拔1930米，就像一个在家的贤妻良母，虽在平利中部也属最高的山峦。查阅资料，虽也是赫赫有名，但却不事张扬，踏踏实实做自己，默默无闻地做奉献。她源生了沙河、药妇沟、洛河、芍药沟等无数小河川、小溪流，孕育了大片的原始森林，生长出黄连、当归、百合、党参等名贵药材，是巴山深处孕育的一朵稀世奇葩。早有古人不畏艰险先后征服了这块神秘的处女地，而其主峰一山屹立，挺拔如柱，鬼斧神工，阳光照在山顶，金光灿烂，犹如一把熊熊燃烧的火炬，旧县志将其作为平利八景之一，以"药妇云封"命名。一些文人纷纷慕名而来，留下诗篇赞美。嘉庆年间，安康文人刘应秋写道：

> 吉阳古道千峰绕，望里人传药妇山。
>
> 鹤老松枝残雪拥，花飘石磴野云间。

洛河籍内阁大学士李联芳，当然不会对无数次走过药妇古道边的药妇山无动于衷，也留下了饱含情意的五言诗：

> 井络毓奇秀，药妇万向山。
>
> 昔闻有毛女，采药来仙寰。
>
> 石臼今犹存，石炬不可攀。
>
> 森森碧玉笋，独立天地间。

我想对那些热爱大自然，钟情山水的人们说：当你游历完西岱顶、化龙山、佛殿山、女娲山后，不妨把目光转向药妇山，那里山水依旧，石臼依存，传说仍旧，那里有你真正心仪的美。

四

探究药妇山，自然要注目那一个脍炙人口的传说和故事，基于对这个故事的热爱，我忍不住又再一次复述陈说：

许久以前，药妇山下住着一户贫苦人家，有一年冬天，丈夫外出打猎，不幸跌入山崖，妻子毛女在家久等丈夫不见，便背着幼儿上山寻夫，终于在一个悬崖峭壁上发现了挂在树枝上的丈夫，便将丈夫救下，又寻来草药，就地刨一个石臼，把草药捣烂后敷在丈夫的伤口上，然后苦苦守候在丈夫身边。而丈夫一直昏迷不醒，寒风凛冽刺骨，眼见一家三口就快要冻僵了，这时上天被感动了，赐给他们一把燃烧的火炬，温暖着他们，丈夫终于苏醒，一家人又回到家园，幸福地生活在一起。北宋年间，乐史在《太平寰宇记》中记录下了这个动人的故事。

从现代科学的角度来看，这只是古人极端困苦、缺医少药的一个现实反映，是对自然的畏惧和对美好生活的期盼。而药妇山真正的来历，源于古人对疾病的认识，他们认为疾病来源或是天帝所降，或是鬼神造祸，或是妖邪之蛊，而治疗的方法，就是用巫医。而古时的巫人均为女性，她们集巫与医于一身，一身二任，号称巫医。这些女性巫医，除用祭祀、禳解、符咒、驱邪遣鬼治病外，还用酒、药草、按摩给人治病，时至近代，巴山深处的偏远地方仍可见到跳端公、画符等巫术。

两个截然不同的版本，两个泾渭分明的学说，从情感上而言，我更重于前者，从理智上讲，我又趋同于后者。但是，当你静下心来，慢慢梳理，会发现这二者并不矛盾：其一，药妇山和我们所在的秦巴山地，都是漫山遍野地生长着中草药；其二，毛女和巫医，都是女性，她们都会采药，捣药，煎药，制药；其三，她们最终还要寄托于神灵的力量，局限于自然的客观规律。

毛女已经远离我们千余年，女巫们也早已伴随着贫穷落后的时代远去而逐渐消亡，医院、医生、医药、医学仪器、医术、手术等，早把我们带入21世纪，医学似乎无所不能，然而当"非典"、艾滋病、禽流感、甲型H1N1流感袭击人类时，人类似乎又茫然无措，又把目光转向了中药、中医。这时我眼前忽然出现一组奇异的影像，整个历史发生蒙太奇的剪接，毛女、巫女、药妇、女医生、女护士重叠转换，草药、巫术、针灸、按摩、膏药、牵引、刮痧依次变幻登场，唯一不变的是，药妇这个忙碌千余年的主角，中医、中药这国粹内在的精髓依然博大精深，我们中华文化那阴阳五行于一体的学说依旧有着无边无垠的神奇。

于是，那药妇就更加鲜活生动起来。

五

药妇沟、药妇山、大药妇、小药妇、药妇古道，都只因有一个药妇，这个药妇如同圣女，如同女神，千余年来一直生在平利，活在世世代代平利人的心中，以至于每当想起药妇，我总是感到神奇和激动，不由得你不去想象，不由得你不去构思，不由得你不去关注。当你在网上搜索时，一个奇怪的现象就出现了，在当代社会，你只有随便打几个字，就会出现几十条、几百条、几千条的相关内容；而药妇山，仅有那么十几条，且全是与平利或和平利药妇山有关的，你再输入药妇，那内容更是少之又少。这让我既伤感又兴奋，伤感的是这一个历史上蕴含着传统、伟大、慈爱，具有多重文化因素的代名词竟然冷落千百年，被人们淡忘、遗失和忽视；兴奋的是，这样具有传统、文化意义的女性代表、国粹代表竟然为平利所独有，正是这有意无意地冷落，让药妇和药妇山才未被所谓的现代文明浸染，未被推到前台俗化，正因为如此，平利药妇和药妇山的传说也没有被更多的人改编、加工，成为独有的版本，独有的剧本，独有的文化遗产。

有人把中国古代的主要神话梳理了一番，有后羿射日、夸父追日、盘古开天、鲧禹治水、精卫填海、女娲补天、嫦娥奔月，写女性的仅有三个，平利的女娲独占其一。而另两个女性，嫦娥奔月中的嫦娥是禁不住天上生活的诱惑，偷吃了长生不老药飞上月宫的，只是为了个人的追求；精卫填海中的精卫却是不甘于命运的悲剧，永远沉浸在一个复仇的阴影中，远远没有牺牲自己，造福大地和人类的高尚女娲具有代表性。

药妇虽不是远古神话的主角，却是融情、义、爱于一身，具有人间浓郁生活气息的女性代表，是民间传说的一个典型代表，这两个空前绝后的女性，竟都生活在平利这块土地上，不能不说是一个奇迹。在感叹之余，你不由得想要问缘由。

这里有深厚的自然、历史、文化，源于我们地处黄河流域和长江流域的结合带，源于我们处于上庸、巴、蜀、秦、楚文化的交会处，源于人类长期进化过程中女性的美德，或者说，在人类的早期，还是女性氏族社会时期，华夏大地上，平利至少站立起许许多多类似女娲般耀眼的、光芒四射的、出类拔萃的、影响历史进程的女性人物，曾一度是中华文明最集中、最闪亮的中心地带，这种女性的伟大和美德，又通过药妇这样的平利妇女一代又一代传承了下来。

当今人赞美以八仙女性为代表的平利妇女的坚忍和伟大时，当许多作者挥笔讴歌覃春兰、陈俊华、田珍、刘代存、贺胜春等一批女性时，我无法不产生共鸣。在平利这块土地上，冥冥中，从远古女娲代表的母亲社会开始，女娲内在的那种坚忍，那种刚强，那种自我牺牲奉献精神，就通过平利女子一代代传承着，流淌在平利女性的血管里，女性的作用和地位因此就无法替代，甚至在更多的领域占主导，时至今日，当你发展茶饮产业时，采茶、制茶、卖茶的不是平利的女子吗？当你发展蚕桑产业时，采桑叶、养蚕茧、缫蚕丝的不是平利女子吗？当你发展畜牧产业时，打猪草、煮猪料、喂猪食的还是平利女子。其实，远不止这些，在田间地头，你可以看见平利女子；在农家乐园，你可以看见平利女子；在商铺旅馆，你可以看见平利女子；在出租车上，在公安队伍中，在课堂教室，在医院病房，各行各业，无不闪现着平利女子的身影。是平利女子用她们勤劳的双手，用她们无私的爱，和平利的男人们共同支撑着、建设着我们美好的家园。

曾经到了不少地方，看了天南海北的人和事，作为一个平利男人，除了方方面面自叹不如外，终归有一件值得骄傲自豪之处：一个最不起眼的平利男人，手臂上常常挽着一个让大城市才高英俊的小伙子艳羡的美女佳丽。平利的水土是滋养女子的，她们天生有凝脂般的皮肤，有亭亭的身段，有清秀的面庞，她们有天然的美、天然的韵、天然的气质，聚巴山灵气和汉水的温润而惠美一身。她们心灵手巧，会收拾，会打扮，兼有北方的高雅和南方的绚丽，既妩媚又端庄，既娇美又高贵，于是她们风情万种，于是她们美艳绝伦，于是她们仪态万千，于是她们风姿绰约……

据说，女娲抟土造人的时候，是照着自己的样子捏出来的，我们有理由庆幸，女娲在造平利女子的时候，虽不至于偏心，但无意中保留了自身内在和外在的神韵和美丽。

六

出于对家乡一往情深的爱，我总是格外关注家乡内在的神髓，我曾细细研读了平利女娲和平利女娲山记载的历史资料，原来，除平利外，女娲庙、女娲墓、女娲祠、女娲山、女娲石、女娲台至少在中国还有几十处，而女娲，既有少女时代，也有姑娘时代，还有母亲时代；既有出生地，还有迁徙地、长眠地。她似乎带领着自己的家人、族人，不停地走，不停地搬迁，这让我很惆怅，但我又不能要求女娲在她那个时代一直待在平利，因为她有数不清的事要做，她要关心数不清的人的衣食住行。虽然从书籍史料记载看，平利女娲山是最早进入史书记录的，但最早记录的人，也无法将其与湖北竹山的女娲山分明、分清，分出先后，在记录平利女娲山、女娲庙的同时，总是又把竹山的女娲山记录在同一本书后，于是这个纠葛还会不断地延续下去。

而药妇和药妇山，则是我们平利唯一的无人争夺、无可争辩的代表，她代表我们平利丰富的生物资源，她代表我们平利悠久灿烂辉煌的历史，她代表我们平利人勤劳、善良、吃苦耐劳的传统美德，她代表我们平利女性的美丽、灵巧和伟大，或者说她代表我们平利文化和心理走向。

这就形成一个十分有趣的现象，我们既有女娲文化，又有八仙文化，还有一个被冷落的药妇文化。从类别上分，女娲文化是远古的，八仙文化是传入的，而药妇文化是本土的，地地道道的，又是唯一的，无法替代的，是更值得我们主打的文化品牌，她集我们平利自然、历史、地理、人文之大成。而本土的，就更可能是中国的、世界的。从发展来看，三种文化之间并不矛盾和排斥，倒是相得益彰，体现了我们平利文化的多样性、多元性、丰富性。只不过我们过去太多地忽略了我们最值得赞美的和爱护的，默默奉献的那个家人，现在，当是我们为曾付出一切的药妇倾注心血的时候了。

于是，我们就可以编排一部多幕的文化剧，一场是女娲补天，一场是八仙济世，一场是药妇医人，最后一场是生态家园，中间还可以有更多的小主题，茶、桑、药、石、漆、麻等，这场表演，我们也可以起一个时髦的名字——"印象平利"。

七

不久前，我忽然在一位乡镇领导的办公室里，看到县交通局绘制的平利交通图，其中一条红色的虚线格外醒目，刚好沿着我所走过的路线划过，我心里咯噔一下子，这意味着这条古道已列为交通建设计划，不久的将来，古道、小径将会在我们的视野中消失，在我们这代人过后，古道只会存在于平利的书籍史料中了。于是，我像将要失去土地的老农一样，既惊奇地希望新的时代到来，又为即将消失的古道惆怅和伤感。

随着交通事业的突飞猛进，随着村级公路的纵深发展，和药妇古道一样的许许多多的古道、栈道、小路，都会快速消失，这些印刻着数不清的平利人的泪水、汗水，饱含无数个平利人的情感、情爱，记述着无数个平利人的故事、情节，以顽强的生命力，伴随平利千余年的古道，在我们这一两代人手上即将结束辉煌的历史，这复杂的矛盾的情感，是一时半会儿说不清道不明的。

冷静下来，情感不能改变现实，时代总是要前行的，人类是要进步的，每一步变革，都需要付出阵痛。虽然药妇古道原状原貌将会失去，她的交通功能逐渐逝去，所代表的历史和时代慢慢渐行渐远，可药妇这个主角依旧地老天荒，永不褪色，药妇所代表的文化因素、情感因素，永不消亡，无论是城里人，还是洛河人，都会用药妇为我们构建的心灵通道去寻求自身心灵的天籁，寻求自身的幸福，并且，这个通道愈来愈放大，愈来愈通畅宽广，会具有不尽的魅力，平利人会用这条神奇的药妇古道，走向自然，走向生态，走向世界，走向未来。

其实，在一些旅游胜地，当地人一方面在大力推进现代化建设的时候，另一方面，也在极力保护具有人文历史意义的自然文化遗产。不知可不可以在修通现代交通路线时，在一些具有代表性的地方，留一些可供记忆的古道和栈道，让将来的孩子们有在这样一条神秘而充满好奇又艰难崎岖的路上行走的体验。或许真有一天，当人类所有的路都是平坦、舒适、便捷却又平淡无奇的时候，这些古道、栈道、小路、小径又成了人们追寻的目标和乐园。

　　于是，我又恍惚起来，在几十年、几百年后，人们竞相走在药妇古道上，摩肩接踵，熙熙攘攘……

八仙境界

一

公元2000年3月，在第一次八仙之行将结束的时候，我怀着一种难分难舍的心情，沿着八仙林场场部一条小路跨过一座古老的石桥。二山夹一川，那几树农家桃花在一幅全景的画框中格外鲜艳和醒目，我若有所失地信步爬上八仙镇上游武家梁山巅，八仙镇的风貌一览无余，岚河水在这个小镇勾勒着自己那纯美的风景，两岸高耸入云、峻美的山峰守护着自己心爱的女儿，好一幅高原小镇图，这是我第一次见到的八仙。

小时候，我住在一个紧邻八仙的乡村，村庄里的人缺医少药，时常听人说八仙那儿有一个神医，一双神眼能透视人身体，只要让他瞧上一眼，就会准确诊断出你哪儿有病，如果你心诚，他会给你一杯净水或者一些草药，你的疾病和疼痛肯定会治愈。那个神奇地方和神奇的神医，深深烙刻在我心头，这是我少年时代心中神往和神秘的八仙。

参加工作后，在不同的单位和不同的时段，总会见到不少八仙的前辈、同事，尽管他们不尽相同，可又总有一种共同的特质，他们豪爽、他们耿直，他们对事物认识清晰而条理分明，并且十分善谈；同时，他们又吃苦耐劳，踏实能干。你不可不受他们的感染，又充满对他们的敬意和好奇，更增添对八仙的惊叹，那一个个八仙人，在我精神世界里塑造着更为神奇的八仙。

在漫漫的历史长河中，处在川陕大盐道重要中转站的八仙，千千万万盐客在经过八仙时，走在遮天蔽日莽莽苍苍的原始森林和山峦中，眼望着没有尽头的峻险的路，危险、疲惫、疾病、劳累包围着他们，或许八仙的崎岖艰难就成了他们唯一和深刻的记忆。他们顾不上欣赏那里的景色，在无数次来来回回中也顾不上去询问八仙的来由，他们或许给家人说起过这个叫八仙的地方，但那总是一次惊险的回忆，或者是一个奇险的故事。于是平利的八仙就随着这千千万万的盐客飘散在华夏土地上，斗转星移，当那些盐客像庄稼一样一季季落茬后，八仙依旧还是八仙，但传播的速度和范围似乎慢了下来。不过，近些年，陕南的自然风光游又热了起来，处在南宫山、小三峡一线的八仙又重新进入人们的视线，四面八方的人在记住化龙山、记住韩仙洞、记住天书峡、记住正阳大草原的时候，也记住了八仙。游人们不是盐客，毕竟有了时间，间或问到八仙的来历，这果真是八仙驻足和修行的地方吗？没有问的多少也知道那是一个和八仙有关的地方，于是来过的人一提到陕西或者陕南，提到陕西的最南边，在巴山深处，就会在记忆的存贮中跳出八仙的印象。

但是平利人谈起八仙的口气和神态是自然和平常的，早些年谈吐中多少还有些把八仙纳入贫困边远地区的意味，在粮食代表一切的岁月里，八仙的洋芋的好处被最大程度发挥，提起八仙，好像就是代表八仙洋芋。不料时代来到现代，交通越方便，八仙竟像是一个越来越有出息的儿子，竟给平利带来不尽的好处和荣光，先是八仙腊肉走俏，再就是八仙蜂蜜、八仙核桃，接着是八仙茶叶等。还有八仙的自然资源，也总是在需要的时候出现，硫黄、石板、木材、煤炭，乃至今天，餐桌上没有八仙的特色菜，似乎不尽齐全，来了亲朋好友，不送点八仙的土特产就不足以代表平利。现在的八仙，是平利一个骄傲和自豪的家底，一个响当当的名片。

这就是八仙，就是我所感受的八仙，一个在不同人心中无数个不同印象的八仙。

不过八仙仍然平凡和朴实地生活着，无论是辉煌时刻还是落寞的时候，都依旧用热情和纯朴的目光注视着来来往往路过和追寻这里的人，他们也总是很忙，不能时刻亲自迎来送往。然而造物主体谅了他们的难处，用一个美丽的标志替代着他们，沿岚河溯河而上，进入八仙地域时，你不管绕多少个转弯，转几座山，总是有一棵挺拔且秀雅的松树，像一个清纯靓丽的八仙姑娘热情地迎送着你、招呼着你，让你久久不能忘怀，八仙人把这棵足以和黄山那棵黄山松媲美的松树也叫作迎客松。

二

或许是个性使然，总是对居住的地方多些关注，原来一个陕西省就和整个朝鲜半岛相近，一个半安康市竟可以和台湾相当。平利说小也小，说大就大，竟然是香港面积的两倍多，于是我有时反复把陕西省的地图和平利的地图对比琢磨，日子长了，倒发现陕西地图形状和平利县的地图有那么几分相似，都是南北长、东西窄，所不同的是陕西下宽上狭，陕南以宽厚的图形支撑着陕西，而平利则是上宽下窄，八仙以马步的形状支持着平利。还有一点独特的发现，平利本来就处在陕西最南端，八仙又处在平利最南端，因此我们可以说平利是陕西的基石，八仙又是平利的基石，说到底八仙就是陕西最坚实的那个根基。

有些人不以为然，就八仙那样瘦弱，那么大点版图，能做陕西的基石吗？即便是平利都不可以支撑，头重脚轻。说这话的委实不知，历史上，平利和镇坪时分时合，最近的一次，是中华人民共和国成立后，公元1958年，将镇坪和平利划归同一个县，1963年才又将二县分开。应该说陕西的基石本来就是平利——平利的八仙担当着，如果你还不信，你就看看那坚忍勤劳的八仙女性，你就看看那把聪明、吃苦、耐劳融为一体的八仙汉子吧。

从平利往南走，海拔是越来越高，山是越来越险了，直至化龙山，垂直落差竟达两千米以上，交通不便的时候，县里要是开会，八仙的干部必须提前两三天动身。一座冯家梁、一座韩河梁、一座凤凰尖，从不同的方位挡住了八仙和外界的交往，在漫长的岁月中，八仙和平利这个家中的所有的亲人没有抱怨，相濡以沫，风雨同舟，共同克服了道路的艰难险阻。正是这些经历又成了八仙和所有平利人打不散、拆不开的浓浓亲情。

当过去那高海拔、那奇险的环境成了今天的珍贵旅游资源，当过去那巴山的屋脊、千家坪林场成为国家级森林公园时，当正阳大草原和天书峡相继被发现的时候，当八仙和平利人的脸上洋溢着自然的喜悦的时候，那一条滋润和妩媚着八仙的岚河就更加引人注目，那巴山第二主峰化龙山就更加妖娆多姿。外来画家、摄影家纷纷而来，寻找美，寻找灵感，留下令人惊艳的作品。恰好这时，行政区域改革的话题闹腾了起来，社会上议论纷纷，不少人出谋划策，八仙和岚皋同属岚河流域，离平利县城又隔着那么高那么大的山，交通很不便利，按地理并入岚皋最为合适。八仙和所有的平利人都不高兴了，那长江流域跨越十一个省、市，能成一个省吗？那欧洲多瑙河还流经十一个国家呢，能成为一个国家吗？

源于两亿年前的中生代燕山地质运动，将原本是一片海洋的八仙抬升为陆地，而七千万年以前的第三纪喜马拉雅山造山运动，又将这片土地再次抬升为高原，这漫长的抬升的岁月中，在北亚热带湿润多雨的气候环境下，受流水长年的侵蚀切割，加之夏季的炎热和冬季的寒冻的风化作用，让八仙形成了峻险挺拔、巍峨蜿蜒、沟壑纵横、河流交错的高原峰林的雄奇地理地貌。

在农耕时代，八仙人面对这险峰和土地瘠薄的地方，没有抱怨，用他们吃苦耐劳的精神、聪明豁达的智慧，用自身的力量改造自然、适应自然，并把自己融入自然之中，硬是把八仙每一个角落每一块地方，打造成一个个精美的园林式的田园，这一个个小园林整体连成一片，真让人们仿若进入了一个世外桃源，神仙的境地。

感谢亿万年的造山运动，感谢千百年来八仙人的精心雕琢，让我们的八仙有了惊世的奇艳。

好的东西，精美的东西是靠内在的底蕴和外在的美丽天然、完美地结合而成的。如果说世上的事物常常是要么美，却没有内涵，要么有内涵，却只有一个普通的外表，而八仙却恰恰是二者都拥有却引人嫉妒的那个丽人。

三

秦朝末年，战乱纷纷，项羽战败自刎乌江北岸，几名留守中原的楚国将士被刘邦军队追杀，他们且战且退，撤往家乡方向，然而渡过汉江后，慌不择路，沿着一条水流湍急的大河逃向上游深山，待至化龙山上，饥寒交迫，已筋疲力尽，再也走不动了。回头一看，追兵早已失去信心和耐性，不再追赶上来，再四面一顾，原始森林像大海一样把他们淹没，虎啸狼吠，此起彼伏。天啊，在这里，只能是死路一条，人不灭我们天要灭我们呀！在惊魂未定中，慌乱地看了看四周，竟然是一个山坳下一个大敞坪，也好，在这个高原上一块大床一样的地方长眠，也不枉这身骨头，几个人索性躺了下来，闭上眼睛，静静等着那一刻的到来。过了许久，那些豺狼猛兽竟丝毫不伤害他们，各自相安无事，几人定了定神，思量着是上天在护佑他们，就对天叩拜。他们也不可能去找自己原有的家，于是砍树搭棚，开荒种地，安顿了下来，不承想这样的故事和情节竟不断重复，一再翻版，不到几十年，竟有千余户人家留驻在这里，于是，一个地名被叫了出来——千家坪。

不知不觉，岁月越过千年，宋末元初，公元1276年三月，元兵攻入临安，文天祥南下率军辗转抗元，客家人纷纷加入，成为一支重要力量，后元兵分两路从福建和江西进入广东，文天祥兵败被杀，跟随他的客家人惨遭屠戮，大量客家人纷纷逃离，其中一大批进入陕南，八仙这世外境地，竟有数千人进入。

时光慢慢地走着，又过了几百年，到了清朝嘉庆年间，川陕鄂爆发了大规模的白莲教起义，朝廷派官兵前来剿杀。吴方印在因剿匪有功而功成名就之后，竟看上了八仙这块神仙宝地，率妻妾、仆役及亲丁子侄和愿意留下的绿营兵数百人定居松牙乡漆树杌等地，在此繁衍生息，成为名望一族。

千百年来，八仙这块土地不知进入了多少外来户、外来人，他们或是逃来的，或是迁来的，或者是遭贬来的，或是发配来的，或是自己找着进来的，或是路过停留下来的，像滚雪球一样增人增多。他们中间有士兵、有文人、有画家、有政客、有将军，形形色色，这么多人聚集在一起，操着不同的口音，有着不同的经历和身份，但相互之间不问来历，不问过去，因为他们共同面对的是大山，是艰难，是危险，是饥寒交迫。他们又都有着非同一般的技能，经历过千山万水的跋涉和迁徙，见多识广，有着一种敢于牺牲和无所畏惧的勇气，明白文化和素质对于人的重要性。于是他们相互一笑，心照不宣，共同面对和改造着那给他们磨难却又是生存希望的大自然和土地，他们在相互的交流协作中，又在用各自的文化暗暗较劲，不同的风俗、文化互相角力发生着碰撞。然而他们并不知道，他们的这种较劲整体抬升着自身的素质，他们的内在和外在都不知不觉地融合和趋同。他们把川、陕、鄂的方言融在一起成为八仙口音，他们把八仙的土产山味演变成八仙美食，八仙的河水含氟很重，水把他们的牙变成一个个氟牙齿，于是他们走到哪里，总是有被人一听一看就认出的特征。

岁月恒久，能磨蚀从五湖四海来到八仙的人许许多多棱角，但也有一种东西沉淀下来，成为一个地域民众集体的精神基因，这基因潜伏在他们血液深处，有需要的时候，就会自然迸发和显现，被激活和复苏。那种苦与难、血与火、死与伤的经历使这个集群内在的精神气质中充满着阳刚之气，充满着英雄豪气。

正是基于此，在清代末年就有一个廖定三跟随着孙中山闹革命，推翻了几千年的封建王朝；北伐战争时期，他的三弟廖乾五也走上革命的道路，担任北伐"铁军"中的政治部主任，成为共产党早期一位杰出的无产阶级革命家；抗日战争时期，又出了一个令日伪敌寇闻风丧胆的将军蔡平（号举之）。他们有一个共同的特征，就是都操着陕南平利的八仙口音。

我多次翻阅廖乾五的生平事迹，原来他是先到西安，后到武汉，再到广东北伐军队伍里。在这长长的革命路程中，我有一个新的发现，为什么他在广东发动群众，做群众工作又那样轻松自如呢？原来他的祖先是广东人，他是沿着他祖先迁徙的路线返程的，回到了他们的祖先生活的地方。

20世纪80年代，八仙乌金乡出土了一块南北朝时期的画像砖，画里展示的是兵马出行前的情形，整个画面简洁、生动，人物镇定自若，兵器车马和人物相得益彰，一股英雄豪气充溢其间。那么是否就是八仙民众精神集中沉淀的一种显现呢？

四

明朝时，兴安州城（今安康市）有五个贩盐客经川陕大盐道到四川大宁盐场背盐，返程路上，经八仙伞子坪时，天空突然变了脸，突来一场狂风暴雨。霎时间，河水暴涨，洪水夹杂树木，乱石流从上游冲下来，几人来不及躲避，便被乱石流掀翻，被卷入滔滔的洪水中。偏在这时一条头上长角的蛟龙，在洪水中忽起忽伏，向他们游来，似乎要吞没他们，他们都吓得昏死过去，等清醒过来发现自己已躺在山坡边，河沟的水几乎淹没了所有的庄稼和房屋，只有一个道士，正在烧着柴火，给他们烘烤衣服，背盐的背篓靠在崖边放着，盐也没有被水化掉。他们万分惊讶，不知事情由来，也不敢细问，只是千恩万谢，问道士姓名，住在何处，道士笑而不语，向东北方向一指，这几人扭头看去，只见那里是一片山崖，树木参天，云雾缭绕，半山中有一个山洞，依稀可见，不禁神痴，待回过头来，道人早已无踪影，他们方知是神仙救了他们。回家后讲起这次惊险经历，描述道士神态相貌特征时，人们发现竟然和韩湘子十分吻合，便知是韩湘子所救。自此，韩湘子就在八仙落脚生根。

关于化龙山和八仙河，则有这样一则说法：一条大蛇在八仙受日月之精华，动物血肉之滋润，修炼成蛟龙，能幻化变身，一头多身，经常兴风作浪，吞食人类生灵，韩湘子独自不能降伏，便请来其余七位伙伴共八位神仙，在蛟龙出来兴风作浪时，摆起八仙阵，将大蛟龙的头圈定在化龙山顶，又分别把多个身子逐一困死，蛟龙死后，其身躯从化龙山顶向不同的地方蜿蜒而出，就成了化龙山，从此人们把摆八仙阵战胜蛟龙的地方叫八仙河。后八仙寨建起后，常有人见到八位仙人在寨子上弈棋、饮酒、吟诗、作画。

这就是关于八仙成为八仙的两则传说。

这两则八仙的传说经常在我的脑海中反复显现，对此我是深信不疑的。我曾经细细研究过川陕大盐道的路径和来龙去脉，这条让秦巴山区四海扬名的古道，自重庆大宁古盐场起，第一站是镇坪的钟宝镇，第三站是平利的洛河镇，而第二站则是平利的八仙镇。在几百里峡谷绝壁，林荫蔽日的巴山地段的盐道上，八仙绝对是最为凶险艰险的路段之一，五位盐客肯定是在八仙经历了今日我们还无法避免的洪水、泥石流的凶险，绝望时，当是隐居在八仙的道士们舍身相救，在自然灾害面前上演了一出人间温情剧。可以肯定的是，化龙山那向四面八方延伸像龙身一样的山脉产生了八仙降蛟龙的联想和传说，由此所产生的八仙降蛟龙的故事，则可能是八仙和所有和八仙有过联系的人给八仙披上的最神秘的外衣。

高耸入云的悬崖峭壁，山水勾连环绕的溪流河川，苍山云海的奇险胜境，不仅催生了八仙人对自然的敬畏，也激发了八仙人对超脱自然、改变人生社会的幻想。而巴蜀神秘巫文化气息的延续和传承，使秦巴山地成为道教的策源地和原生地，修道成仙，功成飞升，也是八仙人在极端艰难困苦中的渴望和期盼，而八仙的地理地气地势的雄奇，自古以来，就是不可多得的天然的道教宝地，道教重要人物都要到这里韬光养晦，感受并领略这仙山境界。同时，一些跳出政治斗争旋涡的历史人物，也冀望奇迹发生，成为得道的隐士高人，纷纷前来，这一切又和八仙民众心理迅速融合，一时间，八仙成为道士神仙的大观园。我们有理由相信，秦巴山地，这样一个原始道教的发源地，又是和古都长安距离很近的山地林海，人们最喜欢的吕洞宾、韩湘子这两位八仙中唯一有记载、历史上有过的真人肯定在安康、在八仙留下了自己的身影，也曾在这里驻足和修炼悟道。

在平利白云寺，"纯阳子吕岩"上有一题名《白云崖》的崖刻石一方，上诗云：

> 古木丛林号白云，高崖更去谒观音。
> 路登青嶂上头上，寺隐白云深处深。
> 法鼓震开天地眼，飞轮推出圣凡心。
> 时人到此如中悟，何必南岩海上寻。

这首诗说出了吕洞宾对佛的理解和对紧邻八仙的白云寺的赞美，和历史上吕洞宾道佛兼修的记载的史实完全一致，说明吕洞宾毋庸置疑地在川陕大盐道上往返过，当然也充分证明他在八仙驻留过。

无独有偶，公元802年，唐朝大文学家韩愈的一个侄子，在又一次求取功名不遂时，悄然来到时任金州刺史的好友、另一位大文豪姚合家里请教，姚合欣然提笔赠《答韩湘》诗一首，其中一句"三十登高科，前途浩难测"，让他顿时醒悟，遂留在安康这块大地上，纵情山水之间，最终落脚八仙韩仙洞，这位把脚印留在安康和平利八仙的人便是韩湘子。

是地域风光，是八仙的艰苦环境，是巴蜀楚地的巫文化的熏陶，是四海五洲聚集来的八仙人流，是道教文化的传入，是隐士高人的效应，造就了以八仙为魂魄、以八仙为灵性，并以八仙命名的八仙。

今日，当你面对韩仙洞里那幽静的长年不竭的一潭清水，当你登临那刀光剑影尚存的八仙寨，当你面对无边无垠如天穹倒映的正阳大草原，当你手抚一卷卷千万年磨砺的"天书"，你是否会怀疑自己是不是进入了那个传说中的神仙境界，是不是拥有一身仙风道骨，在仙天福地里遨游呢？

五

公元1999年，一个叫丑石的名字进入了平利人的视野，同样吸引了我的目光，偶然一个机会，我曾获得了一本丑石杂志，便让我无法抹去对丑石文学社的印象，那本自办的文字刊物的价值和意义远超过作品本身，近几十年来，中国文学走过了一段起起伏伏的路程，丑石文学社却被八仙中学的师生一代代传了下来。

于是今年我利用一次上八仙的机会，去了八仙中学，去找那一直萦绕在心头的浓浓的文学真味和原味，进了校园，我立刻就被那精巧精致的校园文化墙、文化石所吸引，特别是那些花坛里置放的一些八仙本地的石头，普通又充满灵气，璞质而独具风格，更令人惊讶的是，石上刻着一些文豪、诗人的名言、名句、名诗，在这巴山深处的一个普通中学，能有这样的匠心和思想，简直是令人惊叹。在这之前，我听人介绍，专门去了趟西安大唐芙蓉园唐诗博览园，因为那儿把代表盛唐灵魂的诗文通过一种介质展示出来，去反映大唐那个时代，这的确代表中华民族文化最根本的一个方面，让人欣喜，让人自豪。然而现在看来，八仙丑石文学社早已走在前面，算算时间，比大唐芙蓉园建筑时间还早七八年。

今年高考结束后，我又注意到一个消息，八仙中学参加高考一百一十三人，达二本线五十一人，专科上线率98.5%。这个数据令人震惊，因为这意味着几乎所有当年的八仙高考生都进入了专科以上的学校。

其实八仙人自己或许还不惊讶，这本是在他们的意料之中，因为在八仙，几乎所有的家庭都有一个共同的特征，他们无论贵贱，无论贫富，哪怕节衣缩食，省吃俭用，都要把自己的孩子送入学堂。祖先的遗训、祖先的走南闯北的经历告诉他们：文化是人们清醒活着的前提，文化是改变人生命运的因子，文化是适应社会和改造自然的根本，文化是一个家庭、一个家族兴盛不衰、立于不败之地的内在源泉。于是，不同家族，在立足立身的时候，就把子女的培养和文化教育列入最关键的基本功和必修的课程。

清朝同治道光年间，八仙鄢家台子出了一个聪明好学的人，姓鄢名雍，号霭堂，他乡试、会试、殿试一路顺利过关，及至同治七年（1868年），进士及第，金榜题名，官至工部都水司主事，他书画文兼修，所产均为上乘之作。他的侄子鄢炳文也不甘示弱，师从叔父，写得一手好字，被时人并称"二霭"，成为享誉中华文化史的人物。

其实"二霭"不过是众多八仙名人志士中一个代表，在我们生活的时代，在各行各业中的这些佼佼者中，你在其间都可以数出不少八仙人，单就文艺界就可见一斑。21世纪初，就有一个寓政、诗、文、画、书于一身的八仙人，成为搜集平利民间文化宝库的先行者；更有奇者，有一对八仙的双胞胎，其中一个是丑石文学社创始人，二人都是平利文学界的活跃分子，成为平利文学界一个奇观；还有那个靠《审女婿》走红陕西戏剧界的八仙人，他是一个把戏演得很好，把字写得有仙气，把生活过得有趣味的活宝。不单如此，还有一位年轻的八仙作家，他的作品有仙界一般的神秘，云缠雾绕，充满着五官之外的感知和超脱现实的哲思，并把这种灵性灵知带到了古都长安那片皇气很重的地方。

许久以来，好些平利人都为八仙这种现象惊异和感慨着，觉得难以理解，何以那样贫瘠而艰苦的地方人才辈出？思来想去，发现八仙人的主食就是洋芋，该不是洋芋是产生人才的原因吧？于是就有人把八仙人的聪明才智的大脑叫作"洋芋脑壳"，八仙人笑笑，并不道出自己的秘密，似乎接受了这个含有千滋百味的称谓。

只有八仙人自己明白，从四面八方来到这里拓荒的祖先不仅把勇敢、豪气、不畏强暴和尚武的精神沉淀在他们的基因里，同时还把知书达理、崇学尚文的内在渴求沉淀下来，深深烙印在他们的潜意识里。

不过给八仙人起名的人还真没有想到，现代科学证明：土豆中具有高含量的蛋白质和丰富的B族维生素，的确有让人思维清晰、提高记忆力、让人聪明的效能。

从这些因素出发，我不仅希望八仙人是"洋芋脑壳"，而且希望所有平利人都是"洋芋脑壳"，我自己当然也不例外。

六

八位仙人是道教的一部分，但又与道教许多神仙不同，都来自人间，有将军、皇亲国戚、叫花子、失志文人、道士等，并且都有一番复杂多姿的凡世人间故事，之后才得道成仙，据说分别代表着男、女、老、幼、富、贵、贫、贱。他们大多不是十全十美，都有这样那样的毛病，比如汉钟离祖胸露乳，吕洞宾个性轻佻，铁拐李酗酒成性，这一切都显得真实可信，可亲可爱，和在艰难困苦中生存着的八仙人的内心渴望十分贴近，既希望在现实中能享受到自由、快乐，物质和身体上的需要不受限制，希望所有的不快都能得到释放，又希望未来超越现实的苦难，逍遥自在。或许这也是八仙之所以成为八仙的群众基础，于是八仙人的性格就自由、豁达，像一个巨大无沿的桶，集合着千千万万个个性组合。

八仙人从来不寂寞，有足够的丰富的资源让他们热闹着：当硫黄紧俏时，他们成百上千地上山熬硫黄；当原木最紧要时，八仙敞开了胸怀运出了大量上好的木材；当能源吃紧时，八仙的煤矿又填补着平利和附近地区那些急需的缺口；当生态建材红火时，八仙的石板又成了出口创汇的重要产地；当人们厌倦城市和庙宇古墓时，八仙的天书峡和大草原、瀑布群天然的景色又掀起生态旅游的热潮。

八仙人很憨厚朴实，在曾经的高山险崖不是资源而是苦难的时候，他们面对这些瘠薄和陡峭的山坡，要生活要生存的时候，他们知道一分耕耘一分收获，他们也需要相互的真诚和齐心协力才能战胜那恶劣的气候、自然环境，相互之间容不得半点虚伪和做作，客人来了，他们端出的是大碗的腊肉，大碗的鸡蛋皮子，大碗的苞谷酒……正是这淳朴的习俗，培育出了一个纯正的八仙之子，他在家徒四壁的时候，独自一人外出，用生命打开了一个致富之门，用诚信找到了致富的钥匙，当他从一个一贫如洗的打工汉子变成一个千万富翁时，他想到的是对家乡的回报，把所有的资金投入到弘扬八仙这个特有品牌的旅游事业中，然后又卷起被子带领一群需要养家糊口的汉子出门谋小康。

八仙人虽封闭但又很开放，当平利还没有舞厅时，八仙竟然率先有了KTV，20世纪末，在没有人期望有什么他乡人来旅游的环境中，仍有八仙人在八仙建起当时最好最高档次的宾馆，吸引了不少外来宾客驻足，俨然是岚镇、小三峡一线的一个"特区"，被平利人誉为"小香港"。不少公职人员在出差时，都找着各式各样的理由争着去八仙，美其名曰到最边远最艰苦的地方去。

八仙人有很强的创业意识，他们在任何一个行业、干任何一件活计，都会有特别称心应手的佼佼者，即便是腊肉，一个名不见经传的弱女子也能闯出一条新路，做出一点门堂，打造出一个省内外知名品牌。我怀疑这些佼佼者，他们的祖先迁居八仙前，是否就是这些行业的掌柜、账房、师傅、伙计。

对于八仙人的特点，一位早年就已在陕西文坛颇有名气的八仙籍作家李尚海最为懂得，他在《八仙人》中写道："八仙人有一种特性，那就是：事情不做便罢，做就要做好，干出名堂来。八仙人种党参，就把党参种得驰名中外；八仙人采石板，就把石板弄成海外商人的抢手货；八仙人制茶叶，就把茶叶制成能拿到国家金奖的精品；八仙炖腊猪蹄，煮'和渣'菜，竟能让南来北往的美食家大开胃口，交口称赞。"

其实，八仙爱憎分明，优点和缺点也一样明显，他们行事说话从不遮掩，军人风格还显带一二，而且长期的山高水长又让他们放逐自然，受不了纪律和规定的束缚，他们从不掩饰自身的能力和水平，才华外溢，在和他人的相处时总会让对方有些自惭的气场；同时，他们自身素质的高度只能让他们在同一水准的平台上较量和消耗，并局限在一定的地域，从而造成人才资源的某种消耗和浪费。

于是，穷与富，贵与贱，升与迁，沉与浮在八仙人眼中并不是令人惊异的事，他们相信自己的能力和水平，处变不惊，他们认识事物和人的命运有着自有的规律，宠辱不惊，他们自有自己一套价值衡量体系，这套体系有着他们自己辨别的密码，这些密码我只从那个最有名的打工汉子口中知道其中一句——"穷了莫惊慌，富了莫张狂"。

七

神秘、神奇的八仙，神秘、神奇的八仙人，随着交通状况和时代的快速变化，八仙的重重宫门一道道打开，那些罩在八仙身上神秘的面纱似乎也被一层层揭开。八仙人也纷纷走出大山，走出高原，天南海北、各行各业，都有他们的身影，八仙人也在通过自身把他们身后的那片地域、那片水土尽情地彰显，也使得不少人开始注意八仙，关注八仙，研究八仙。

地理、地貌肯定是一个决定因素，一方水土养一方人。高原、高山，让人望而生畏，地理位置的交叉点又成了古往今来、山里山外不得不跨越、不得不征服的绕不过去的关隘，让八仙既原始，又现代；既封闭、又开放；既传统，又前卫，在历史和地域这个大背景下，兴也八仙山水，困也八仙山水，成也八仙山水。

人文的性格构架也是一个至关要素，不同的地方、不同的经历、不同的风俗、不同的文化，在相互的碰撞、角力中逐渐融合，而且形成了两种精神意识的集体沉淀，或者说，是对社会、对人生、对"修身、齐家、治国、平天下"生成两种共同的认识：那就是——战争、流亡和逃荒等磨难中最需要的勇敢，勇于牺牲的尚武精神，以及事业成功必备的文化知识和素质的前提——崇文意识。这两种结构成为八仙人人格世界中两个图腾，引导着八仙人历经苦难，经历历史长河的检验而经久不衰。

群体的精神寄托当然是核心关键，一个人、一个地域精神皈依，当是那个地方群体和民族的至高境界，在科技十分发达的欧美西方国家，宗教从来都是人们一种超脱现实、生存处世的首要大事。在八仙这块土地上，人们早已明白这个道理，生于斯、长于斯、兴于斯，从巫文化土层上搭建起来的道教肯定是八仙人不二的选择，只不过他们在确定自己的偶像时，把自己的喜好偏爱掺杂在一起，恰好那些都是凡间凡人出身的有些人间生活气息的吕洞宾、韩湘子也看中了八仙这个地方，在这里修炼悟道，自然就成了八仙立庙奉祀的神仙。

几分是豪气、侠气、侠肝义胆；几分是文气、慧气、书生意气；还有几分是神气、仙气，八仙的世界有如一个多棱水晶的天地，令人一目了然却又眼花缭乱。

总感到在当今的世界里，人们都在寻找什么，满世界翻了个遍，金银珠宝也都挖了不少，功名利禄也都收获不少，但还是十分茫然，有的在自己建造的豪华世界里，仍然感到没有着落、没有依托。不过也有那么些富豪似乎醒悟了，在用金银组装的大书柜中放着整套整套的书籍。但是，当别人和他交流时，他只好说自己是小学文化程度，是无法消化这些书的，令人只得苦笑。而更多的人，总觉得自己还差什么，却又总是想不起来是什么，我却隐隐约约感觉到，人们需要找的那个东西，可能就在八仙这块神秘的地域里，那是一种对自然山水的寄情和留恋，渴望曾经的"天人合一"的那种境界；那是一种在凡俗现世中挣扎、沉浮、奋斗之后，需要的一种内心的安宁和平静，需要的一种精神层面的膜拜和朝圣。

想起一个人，还是一位八仙人，我从未和这位八仙人谋过面，其实我初次到八仙的时候，他已经逝去十年了，我是偶然在一块坟茔墓碑上知道他记住他的，他似乎已经慢慢淡出了人们的视线，偶尔还有人提及他，这位名叫董学友的场长，就是他在20世纪七八十年代的时候，带领千家坪林场的工人育苗五千万株，次生改造三万五千亩，人工造林三千公顷，硬是把因修建千家坪劳改农场破坏的森林重新培育了起来。今天的八仙人，已经慢慢意识到这位最爱八仙、最懂八仙的先行者的那份心思，不再把热闹建在对大自然大肆地开采和挖掘上，而是像对尚未上学的儿女一样，心疼地呵护着八仙的一草一木、一文一说，让八仙恢复和还原本色、本真。

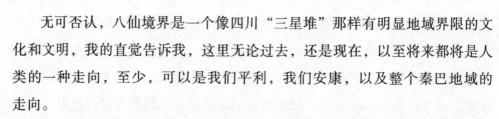

　　无可否认，八仙境界是一个像四川"三星堆"那样有明显地域界限的文化和文明，我的直觉告诉我，这里无论过去，还是现在，以至将来都将是人类的一种走向，至少，可以是我们平利，我们安康，以及整个秦巴地域的走向。

　　是这样吗？是，又不全是，答案还是在那神秘神奇、云雾缭绕的八仙山水之中。

　　希望我的感觉是对的。

洛河侧影

黄洋河最初的名字叫洛河。

发源于凤凰尖的清水河，在安、丰二坝吸纳了发源于药妇山的洛河，又在罗家堡汇合了发源于界岭的南坪峡河，到了迎太狮子坝，洛河走完了儿时的家园，那个被父母叫惯了的乳名就走完了他人生的一个阶段，此后，洛河将不再叫洛河。

是该有点故事了，也该说点什么了。

塔与寺

一座狮子头状山横侧在河道前方，逼着洛河从它的身前流过，恰时西来的线河从另一侧绕过狮子头状山，赶来和洛河聚会，在洛河镇的迎太形成了一个仿若半圆的、偌大的莲花池塘，而线河来聚会的时候将池塘一分为二，河西的名字叫莲花台，河东的名字叫狮子坝。

站在莲花台看狮子坝，整个山势蜿蜒数十里，活脱脱一头坐卧的雄狮，狮子头突兀河边，像是在河边饮水，又像是在守护这片莲花池塘。

站在狮子坝看莲花台。在一座扇形山坡环抱的台形小坝上，天然加人工的梯形田地依次收缩，又依次抬高，犹如莲花花萼、花瓣，恰如一朵盛开的莲花。

线河水在莲花和狮子之间缓缓流动，莲花环绕着狮子，狮子静静眺望莲花，就这样相视千万年，一幅奇异、奇特的画面。

奇异的不仅仅是画面，在距今一千七百年的东晋时期，洛河镇迎太狮子坝的异景也进入了僧人的视野，一座寺庙不经意间耸立在狮子坝的狮头上。在漫长的光阴中，僧人们时常用痴痴的目光注视着莲花台，看着看着，偶有朝霞和晚霞的时候，那莲花台霞光闪耀，仙雾浮动，竟盛开、绽放出奇艳灿烂的莲花，僧人们揉揉眼睛，不敢相信，这本是佛祖的"莲座"，竟在这儿显现，那是佛的召唤，是佛的灵光，僧人们一时惊呆，相互传告，心甘情愿地守在这里，虔诚地修行向佛，一代又一代，一茬又一茬，代代相传。

莲花台绽放莲花，久而久之，传到当地人耳中，不仅僧人们，还有地方的财主老爷都想把自己的欲望延伸到来世，想和这地、这花长久相伴。然而佛方宝地，岂容一人一僧独有？信徒们、乡亲们这一次不约而同站到一块，募捐、化缘，搬石砌柱，一夜间，修建起一座石塔，立在莲花的花心，犹如花蕊，直立花中，让这朵莲花永远地盛开，永远地属于大家，属于洛河迎太。那些快圆寂的僧人们和财主们望着塔，心有不甘又不能冒犯，只能在莲花的边缘搭建自己心中的梦，于是，有大大小小的五座舍利塔和许许多多的坟茔，在远处绕着莲花台生长出来，像是月夜中月亮身边那些若隐若现的星星。

多少年过去了，那个被叫作迎真寺的寺，毁了又修，修了又毁，其中最大规模一次重修是南宋嘉定十七年（1224年），唯独莲花台的石塔，长久地屹立着。

故事到这里，仍显得有些平淡和单薄，总感到这里还会发生点什么。果然，在莲花塔和迎真寺走过一千五百年的风风雨雨后，来到清代末年一个夏日，一场大火烧掉了迎太上游南坪峡河的一个更大规模的寺庙——白云寺，这一个占地二十平方公里的寺庙丛林，一个和南宫山仅一山之隔的地方，一个被誉为中国的"庞贝古城"的地方，一个被载入佛教名刹的地方，我曾在《界岭断想》一文中萌生居意和潜心研究的地方，被毁之一旦，不能不让人痛心、痛楚。然而，这场大火在烧掉了那些繁华的同时，却从白云寺烧出一个人，一个从火中死里逃生的人，昏迷中落入河中，顺着河水，漂至罗家堡，又顺着洛河漂至狮子坝，就在第二天清晨，一位早起的妇人在河边洗衣，从河边漂来的人搁浅在她身边，妇人大吃一惊，摸摸鼻息，还有一丝气，一心向善的她没有犹豫，就用被单包裹着奄奄一息的人，喊来乡亲抬回家，请人医治，细心地照料着。过了些时日，那人活了过来，对妇人笑笑，也仅是笑笑，没有告诉妇人自己的来历，妇人也不多问，只是一如既往地招呼着所救的人。在养伤的日子里，那人依然不甚言语，更多的时候，就对着狮子堡那残败的破庙沉思。终于有一天，他悄然离开妇人，在废墟的一角搭起一窝棚，长久地住了下来。

迎真寺有了新和尚，他的传奇色彩和他的乐善好施，吸引着远近的善男信女纷纷而来烧香敬佛，寺庙很快就重修起来，迎真寺迎来了又一个兴盛期，而医救和尚那位积德行善的妇人，家门竟也神异地兴旺发达起来。

那一个被妇人救活，最终成为迎真寺和尚的人圆寂后，慢慢地传出一些说法来。白云寺因藏匿敬神许愿的妇女姑娘，被当地民众发现举报官府，被官府放火烧毁了寺庙，驱杀寺庙内的僧人，司炉的小和尚因夜里在伙房添火烧炉，在大火中昏迷滚入河中，侥幸逃出一命。

白云寺从此再没有重建起来，迎真寺依然在衰败和兴旺交替中轮回，最后一位姓崔和尚，也终于被历史推下了舞台，他所拥有的当地方圆田地一百多担的石稞（粮食），也被老百姓收回，用于建学校、给老师发工资，算算时间，离今天已有七十余年。

公元2011年5月的一天，阳光很好，我来到了莲花台，望着莲花塔，努力地想找出塔的神异来，然而塔不语，像是一位饱经沧桑的方丈，极其普通而平凡，又在和蔼和慈祥中蕴含着渊学和博知。塔呈六棱形，塔身五层，下面为块石垒砌，高约六米，塔顶生出了不少荒草，听当地百姓介绍，常有胆大的孩子爬上去玩耍。

看完塔，又登上狮子堡找寻逝去的迎真寺，听说狮子堡往日里除了有规模宏大的寺庙外，还有两口大水井，两棵几人合抱也围不住的大柏树，两棵千年老桂，水井经年不涸，柏、桂郁郁葱葱。待登上狮子堡，果真有近六千平方米的平顶大敞，令人惊讶和称奇。但寺庙荡然无存，水井也不见了影踪。倒是大殿石台阶尚存，满地遍布宋代到清代的砖块瓦砾。

返回途中，正在悻悻然，意犹未尽时，意外在莲花台下一老户人家门口见

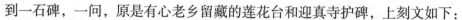

到一石碑，一问，原是有心老乡留藏的莲花台和迎真寺护碑，上刻文如下：

"狮子坝兴坪堡，为本乡钟毓之气，所关甚广，于光绪六年（1880年）秋公议，嗣后无论业归何氏，上下周围岩石不得挖毁，特此勒石禁止。"

一个缠绕心头许久的问题豁然开朗，佛教和国家的兴衰是联系在一起的，是和皇家的意志连在一起的，还和老百姓的利益是连在一起的，佛教在中国的几次兴衰，莫不如此。国兴，佛兴，国败，佛败；皇家信佛，佛兴，皇家削佛，佛灭。而在洛河，各种宗教在这些既有规律上还有其独特的一面，佛教的生存和老百姓的生存相互制约，此消彼长，当佛教的强大危及百姓生存时，反而会遭到揭竿而起的反抗，洛河教案就是最好的诠释，迎真寺和莲花塔一毁一存就是最好的结论：民保，佛兴，民反，佛衰。而那场烧掉白云寺的大火的来龙去脉就不必寻根追底了，唯一肯定的是，那火，不仅仅烧出了白云寺和迎真寺的联系，也烧出了洛河所有寺庙共同的命运的轨迹。

牌与路

洛河迎太狮子坝注定是一个异彩纷呈的地方，寺庙在这里聚集，故事在这里汇集，人文在这里堆集，随便找个人，都会有一段精彩的传说，随便找块土层刨几刨，就会刨出久远的岁月，这里几近历史博物馆、陈列园，哪里都是你痴迷的去处。

还是选择了庙，一个叫石庙子的地方，就建在狮子坝西北的线河路边上，中华人民共和国成立后，曾经作为村级小学。如今村小早已撤并，但石坎、石墩、石柱尚存，到处都是石庙的遗迹。我们东看看、西瞧瞧，总想多发现多阅读一些洛河的历史，这石庙究竟是什么样的存在？它在过去又承担了什么样的角色，当时，这座小庙是怎样热闹情景？这时，一个埋在村级公路边的半截石碑引起了大家的注意，刨开看，一位懂文物的同行者惊呼：

"呀！这是一块路牌。"

路牌，又一个历史的见证，总是伴随着一个时代和一个地域和一些领域的事件存在的。或官衙立，或民间自己立，是为行人指路或引路的，而这块路牌显然是官方立的，指向的方位是西北的三阳镇和今日的瀛湖、汉江，看来，今日这条已十分冷清的路，当年，曾经是一条车水马龙、人流络绎不绝的古道呢。

这绝不是一时的猜想，洛河，今日看来，远离交通主线，居巴山腹地，略显偏远，其实不然，在旧时，正是黄洋河的发源地和独特的地理地貌，洛河有一个非凡传奇的过去，你稍加注意，就会发现，黄洋河，由南向北，成直线把关中长安、安康和化龙山以及发源于重庆的巫溪、大宁盐厂连在一起。这一条由东南略向西北倾斜的中轴线，路径就像今天的高速路，是以最短的距离为目标的，成为纵贯古中国版图南北的大道，古时走最短的捷径，不可能是今日的穿洞架桥，而是顺河或逆河而走，或者穿山越岭，因此，跨越这条大道从汉江到四川这段艰难险阻的路，南走清水河，翻越凤凰尖，到岚河，进入镇坪，再入大宁河，就是最佳选择；北顺黄洋河直达汉江，再经子午路到长安，就是最佳选择。同时，向南，走南坪峡经界岭到岚河，向北，由线河到吉河再进入汉江，也是不错的选择。当然，还可以有第三、第四种选择，这些选择会开辟更多的四通八达的路，而这些开辟的陆路，就使洛河成为古时通过大巴山这条交通大道的一个重要驿站，同时，黄洋河天然的水道也使洛河成为古时过大巴山的一个很重要的水运码头。

那么，是什么时代的人在修这些路？是什么样的人在走这样的路？

丝绸之路的支撑是丝绸，茶马古道的支撑是茶，川陕大盐道的支撑则是盐。盐是先人们生存的必需，它参与了生命的合成，地球上没有一种物质像盐那样重要和普及了。发源于重庆巫溪大宁的卤泉，是上天给人类早期天然的恩赐，由此诞生了一个改变巴山命运的大宁盐厂，庸国和巴国都是因它而建，也因它而废；秦巴腹地也因它而名，因它而旺。历朝历代，莫不把盐作为国之根本，有如今日的石油，直到20世纪三四十年代，大宁盐厂的巴盐仍是关中、中原、汉江地区的主要食盐来源。而川陕大盐道就成了巴山输出食盐的生命线。细究这条路的来龙去脉，它先是从大宁古盐厂北上到镇坪钟宝镇，后在钟宝镇分为三路北上长安或南下武汉。从钟宝镇出发，其中一路经坝河到旬阳、宁陕入西安；一路经神农架、十堰到江汉诸地；一路经化龙山、八仙，走洛河后，水运到安康，后再发长安、汉中。而经八仙、洛河、到安康则是三条路线中的主线，洛河，就是这条主线驰名的中转站，被誉为"小汉口"。古书记载："商贾辐辏，富甲全境"。是盐成就了川陕大盐道，是盐给了秦巴腹地几千年灿烂和辉煌，也是盐造就了洛河一段骄傲和风流的历史。

就在洛河南坪街白云寺遗址中，署名"云水真人纯阳子"的吕洞宾，曾留下碑碣一通，上刻诗一首，题名《过水坪》，其诗云：

> 山巅云起日初辰，山径霜清绝点尘。
> 林下支锅炊饭客，道旁背笼贩盐人。
> 白崖岭峻藏风洞，碧涧泉音露石垠。
> 跋涉不知残腊尽，功劳宁复计冬春。

诗中真真切切写明了路和盐及贩盐人的联系和情景，单是吕洞宾本人，这位云游四海，又在八仙驻足修行的人，也曾往复多次行走在八仙到洛河的盐道上，无形中连通了八仙和洛河的那内在的关联。

有了这些路，南商北贾纷纷在这里汇集，舟帆车马在这里停泊，道教僧侣在这里传教建庙。当然，也频频发生大大小小的斗争和战争，路，使洛河不停地上演着一些精彩的、跌宕起伏的、有声有色的大戏。

路，曾经是纵横交错，四通八达，像身体中的脉络，让洛河热血沸腾，激情四溢，路牌不仅刻在石碑上，更是镌刻在历史和洛河人民的心中，可以想象，在洛河的这块土地上，立着大大小小、许许多多的路牌，每在拐弯、岔路、十字路口，总会有路牌引导着你。它记载着当时的繁华和兴盛，留存着当时的记忆和感情，然而，随着今天更宽阔的、更便捷的道路的修通，那些路牌会被层层埋没，也许石庙子已埋入地下半截的路牌，会是我们生活中看到的最后的一块古路牌，但洛河人和秦巴山区人会在心中建立起一个博物馆，永远给路牌和它所代表的路留出一块重要的、醒目的位置。

树与火

石庙子不大，石阶、石狮、石墩、石条、石坎、石柱、石墙、石瓦，建在石山之上，有一种自然历史于一体的厚重、沧桑和肃穆，除了石，就是庙前那棵三人合抱不住、没有广角镜的相机镜头就装不下的大树，已没有人知道它有几百年的岁月了，只不过那些过往的时日中，树和一座精巧的、全身用石头修起的庙，相伴相依，形成一种独有的风景，给庙旁热闹的盐道上川流不息的盐客们，一个躲风避雨的地方，给他们一种精神的寄托和慰藉，那情形是多么的唯美和美妙呀！

现在石庙子已残败消失，树却依然郁郁葱葱，刻录着那些值得保存的视频。

登迎真寺的时候，废墟上几乎没有完整的遗迹和有生命的遗存，两座石佛像底座雕刻的精细完美和高超的工艺，足以和任何名刹大庙的佛像媲美，但头颅遭人毁坏，而不知去处，被人供奉在一棵几百年的老桂树下。可以说桂树是见证这座庙的存在，它精瘦但却十分坚韧，它一干擎天，不蔓不枝，没有多余的牵挂，只有顶部枝叶充满生机，奋力向天，仿佛依旧执着寻问西天的路径和永恒的佛念。只是我发现那些信徒香客在虔诚中忘记了分寸，香火竟然烧去了部分树干，而桂树仿佛并不觉得，执着于信念、信仰，努力地向上生长。

我被感动着，由此想到了火，火引起了我的深思，火后面是人，人后面是社会，社会少不了残酷的战火，战火会使一切毁灭，毁灭之后又是建设，来来回回、反反复复，构成了一种怪异的循环。

战火是无情的，每次战争都伴随着洛河人的鲜血和财产的烧毁，每一次战争都浸泡着洛河人的泪水和伤痛，洛河这饱经战火创伤的土地，有着多少无言和惨痛的记忆呀！

战火过后，岁月把一切都消泯，唯独山水依旧，唯独那些见证着火与泪、刀与血的树，总有那么些许顽强地留存下来，它们或留在寺庙的废墟上，或留在山寨边，或留在古道坎下，或留在村头，或留在小镇身后，身躯神异的高大，枝叶非凡的繁茂，生命奇特的久长，或许是因为它们肩负着独特的使命，刻录着某个时代独有的记忆和故事，希冀有一天会有懂它的人，来品、来读。

离开洛河时，我再次来到黄洋河边，站在新修的已连通莲花台和狮子坝的迎太大桥上，看着西北向奔向汉江的河水，河边的风微微地吹着，莲花台边、狮子坝上，村民们正热火朝天地修建着家园。一排排新居拔地而起，而这样的情形、这样的场景，在黄洋河发源地这块平坦的川坝上，不在少数，小楼洋房雨后春笋般生长出来，街道宽敞整洁，洛河正发生着日新月异的变化，洛河镇的规模已超过旧时的数倍，我努力地想穿过时空，找回过往千百年的情景，但那些远去的背影已略显模糊，所有图片都有些泛黄，只给我留下一个个侧面的剪影……

但我深知，洛河的过往又是无须寻找的，因为所有的脉迹都浸入了洛河的山山水水中，所有的因子，都流淌在洛河人的血脉里，所有的缘果都植根在洛河的历史中，所有繁华都再现在当今的时代里。

黄洋河的水依然不停地流着、流着，正一如既往地演奏着千年不变的旋律……

遍域寨堡

一

那一天，登老县镇万福山山寨，完全是临时起意，只是在探访万福山村四方院时，听到平利县一至五届的县人大代表柯甫安的后人告诉我："万福山村有一到六方院，是按我们柯家上上辈兄弟排行顺序叫的，四方院倒是最阔气的。这四方院的爷爷排行老四，曾经候补山西省某知州。因告病在家，修了这四方院，可惜被土匪烧了。后来再建的四方院，就没有以前豪华气派了。"说罢，他自言自语地说："这土匪也太不像话，猪鸡牛羊都杀了，都吃了，东西抢了就行了，还要烧房屋！"

"土匪不是住在四方院吗？为什么还要烧房子？"

"他们攻占了万福山寨，也有的就住在寨子里边，离开时都烧了，破坏了。烧四方院肯定是怕官军再用这房子啰。"

于是，我执着地要上万福山寨，全程用了一个多小时。到了寨子，观山寨不是很大，亦不奇险，只是登高四临，才觉易守难攻。山寨已是几经演变，依然可见有几道石墙、土墙设防。寨顶还存有石门、石阶，不远处有水源，一应俱全。寨子可容纳几十人生活，若非全力，没十天一周，攻占不下来。虽然，万福山寨已经被后来的佛教信徒修缮改建，寺名宝相寺，但山寨的痕迹、功能依旧很完整地展示着，存在着。

在平利，万福山寨海拔并不高，站在山顶上，极目四眺：更远的女娲山缥缈的云海之中，似乎有无数寨堡出现在我的视野中。是的，女娲故里这2627平方公里的土地上，源生坝河、黄洋河、岚河、吉河的女娲山，化龙山、药妇山、光头山、秋山、冯家梁等十几座大山的山脉群，连绵起伏。村庄，农户就散落在这山水之间。又因地貌嵯峨，山川逶迤，峻山和丘陵，川坝相间，适合传统农耕的地理环境条件，吸引了大批外来移民；同时，也滋生了不少土匪。匪寇不断，于是，数不清的寨堡，雨后春笋般生了出来。匪寇是流窜式的，庄户人是常居的。匪寇来了，上山寨躲上一段时间。匪寇走了，又回家里种庄稼，过日子，构成了巴山平利奇特的建筑生态。山村之外，山岭之中密生寨堡。

二

处于坝河上游的龙头村后山，叫滚子坡。现在很少有人知道，滚子坡的最高山巅，曾经是有名的龙头山寨。整个山寨呈四级梯形结构：最底下的坝河两岸川道，是龙头村；村后坡是山地，像人的胸背；翻越令人望而生畏的山坡，有一个令人意想不到的上百亩的山坳端坪，像人的肩膀；这山坳，应该是一个练兵场和种庄稼的地方。再上去，便是壁陡的山，像人的头颅。2009年，我和文友登上去的时候，已经没有路了，满山荆棘。向导用砍刀劈出了一条毛路，我们还整整爬了三个小时。到了山顶，竟然是一个天然的带斜坡的小盆地。令人惊奇的是：虽然久未有人居住，已成草甸，可草甸之中，还有一天池。池水四季不消，四周草木葳蕤，一派生机勃勃。入寨之前，可隐隐约约发现围着山寨，有一道寨沟。又登上十来米，便是山寨的寨墙：寨墙环绕着山顶，低凹处是用石头砌成的二三米到几丈高的石墙。山脊上，是用黄土构筑的土墙。顺着山寨寨墙一圈，足足需要大半小时。据向导介绍，听老人们说，寨子里有几种营房。有礌石、滚木，有孔明灯、火铳、弩箭等，易守难攻。我们还在寨下百来米一个突出的石梁上，发现一个瞭望台，站立上面，方才知道：西北方向的县城，尽收眼底；东部三十里开外的秦楚关垭，隐约可见；方圆几十里的山川，都尽在视野之中。这山寨，应该是那个时代平利山城的前哨寨堡了。

四级梯形的龙头山寨，有水可饮，有险可依，有地可种，有房可住，防线长，攻守从容。对流窜的匪寇可有效地防御，也是拱卫县城的进退关键据点。

据县志记载："民国及其以前，设有山寨数十处。多为当地权势大户所把持。遇到有兵事，则将粮食、牲畜及其他重要物资搬进寨里，临时居住。其中，西南，东南山寨最多。"据考证，平利曾经著名的寨堡有：八仙寨、天星寨、中梁寨、白虎寨、朝阳寨、石梁寨、双龙寨、药王寨、万福山寨等。这些大大小小的寨子大多还遗存着，也有的寨子，已经无法实地考证了。更多的寨子，被留在村名或地名里。如广湘寨、三星寨、安乐寨、太平寨、黄龙寨、湘子寨、玉皇寨等。随着时代变迁，所有这些山寨基本上人迹罕至，除了探险者。

这些寨堡，和龙头山寨大致一样：既有易守难攻陡峭的山势，又有赖以生存的、必需的生活条件。涉及防御、储备、生存等众多因素。起码有建房舍之处，有水源，山不远有耕地。山寨随着山形地势，有大有小。小的数百平方米，可容纳十几到上百人，大的可容数百人。根据山势和防御要求，寨墙一般沿山势环绕修建，不同地段或垒砌石墙，或夯筑土墙。有条件的，在寨墙外还挖有壕沟，形成几道防线。寨墙大小高低，根据山崖陡峭险要程度而定，矮的三到五米，高的七八米。有的还砌有垛墙。寨内除配有刀、枪、剑外，还囤积有大量石块、圆木等，以抵御匪寇攻寨。同时，根据地形地势，不少山寨还在远处设有瞭望哨所，若发现有匪寇来犯，人们就可以及时躲进山寨，并可较长时间踞寨扼守。

清代的时候，由于山大人稀，饥荒灾害、匪寇频频出现，一些富裕大户人家成了匪寇袭击的主要目标。这些地主、豪绅，为保护家人生命和财产安全，更加重视寨堡防御。平利因为崇山峻岭，川坝河流相间，从安全或财力效应考虑，川坝防御性院堡发展得极少，多建山寨，都是把寨堡融合在一起，以寨代堡，寨堡一体。

在冷兵器时代，寨堡是敌对双方胜败的重要因素。很长一段历史时期，对流寇和土匪的祸害起到了很好的抵御和防卫作用，保护了不少村庄，大户和老百姓的生命和财产。

三

我小时候住在洛河区上游的水坪公社。那儿地理地貌大体是一条二十里长叫南坪峡的大峡谷，位于黄洋河的源头，和岚皋县、镇坪县，以及重庆的巫溪县处在一条线上，是川陕古盐道的重要一段。步行到区公所所在街上去一趟，路途就很险峻艰难。平日里，常听大人们说，旧社会常有土匪出没。小时候胆小，每次走这段路时，总担心有土匪突然地冲出来。平日里缠着大人问："原来那时候土匪来了怎么办的呀？"大人们说："躲进寨子呀。"成人后，我才明白，这并不是诳语。就在南坪峡出口不远，有一个石梁寨，这石梁寨又叫十梁寨。一座大山，有十条山梁，连峰绝壑，山势险峻。每一座梁子都有一寨，寨寨相连，是一个连环寨。这石梁寨的确不凡，闯王李自成兵败后，他的余部郝摇旗继续在鄂西北、陕南一带活动发展。平利县洛河区以穆大相为首，就建立起来一支数千人的义军。他们以石梁寨为据点，平时练兵和种地，抗衡官府，劫取官方和豪绅的钱粮。顺治五年（1648年），清朝安康总兵任珍带兵进剿，设计引诱义军下山，杀义军五百多人。后又引诱穆大相心腹义子叛变，借剃头杀害了穆大相。再骗开寨门，义军全军覆没。

明清时期，安康修筑寨堡，有三个阶段：一是在李自成、张献忠起义时期。民众和富家大户大多逃亡，在山中悬崖陡壁找地方筑寨避难。二是在清嘉庆年间，川陕白莲教起义时期。明亮、德楞泰、严如煜等相继上书献策皇帝，在安康围剿白莲军。嘉庆五年（1800年），皇帝下诏："修筑寨堡，坚壁清野。"陕南各府县纷纷建立自己的武装，大兴寨堡。三是在清咸丰、同治年间，捻军和太平天国起义时期。各地官府、乡绅相继组建民团，和民众一起，加固修复原寨堡，并根据情况，新增一批寨堡。四是在民国及解放战争时期。大大小小的战争不断，匪寇泛滥，寨堡更是成为民众躲战、躲匪的另一住宅房，修建兴盛。

尽管寨堡产生了后来在中国广泛运用的军事奇术——坚壁清野，但依然无法让平利人和陕南人逃避战乱、死难的灾难苦痛。寨堡作为自保、御敌的工事设施，既能御敌，也可制敌。官绅、民众可依托寨堡躲避战乱，扼守御寇；匪寇及山寨武装也可抢占山寨为巢，对抗官府，祸害百姓。尤其悲哀的是：民国及解放战争时期，寨堡被恶霸地主、豪绅武装盘踞，称霸一方，与人民军队对抗，让无数革命人士无谓地流血牺牲。更可叹的是：老百姓被官府、豪绅、地主裹挟着、威胁着，分不清官与匪，起义军和土匪，解放军和国民党军队。义军来了，躲；白莲教来了，躲；捻军来了，躲；太平军来了，躲；土匪来了，躲。一年四季，几乎没有多少太平的日子。小时候，我曾经和当地人夜里在山中的苞谷地里，防守野猪祸害到手的粮食，守一夜到天亮。当时那饥饿和害怕，瞌睡和寒冷，至今想起来还战栗不已。想想那时的妇孺老少到山寨躲避逃难时，男人们、青壮们在守寨堡，有些房屋，当然是有头有脸的人物和家眷住的，哪有普通人避风躲雨的地方？春饥饿，夏暴雨，秋蚊虫，冬冰雪……他们一躲就是十天半个月，甚至几个月，所经历的饥寒交迫、风雨交加，那惊恐忧愁的情景，不敢想象。

四

"伤心秦汉经行处，宫阙万间都做了土。兴，百姓苦；亡，百姓苦。"

寨堡本是石头垒起的，有人维护，修缮建造，便是兴盛；若无人躲住或守护，自是衰败。只是这寨堡，兴旺时，定有匪患或战乱；衰败时，未必是太平盛世。寨堡随着时光的演变，城头变幻大王旗，寨堡的功能也不断地延伸和变化。

三阳镇蒿子坝村山中有青龙寨，又名双龙寨，和岚皋县双龙镇交界，张献忠起义军曾经在此安营扎寨。后来被赫赫有名的刘金定、高怀德领兵驻扎。山寨约有一千四百平方米，防御工事十分坚固。寨内有正殿、青龙庙、青龙泉，尤以一棵古红桐树树龄久长而闻名，山寨前也有瞭望台。民国时期，在北京求学的大学生萧衍臣学成回乡，目睹了军阀战乱和重税赋对乡亲们的祸害，带领兄弟二人建立起了三阳神团，以青龙寨为寨堡，以蒿子坝为据地，武力抗击军阀税赋款。在平利南征北战，名震一时。

无独有偶，嘉庆年间（1790年），白莲教头领王之富等率兵由川入陕西，在正阳镇八仙河处和追杀的官兵激战，山上突然竖起了八面仙旗，官兵疑有埋伏，慌忙撤退，白莲教乘胜追击，大获全胜。之后白莲教便在山上修筑起八仙寨，抵御清军。1944年，农历元宵节前后，因国民党县府到八仙催丁和清查教产，借机敲诈勒索，民众不堪忍受，王兴学、王兴武发起暴动。暴动人员用计收缴了大恶霸贺之章等大户的枪支，并夺取了八仙寨，主张抗丁、抗粮、抗税款，组成了近百人的连队。后国民党在安康调来炮团，炮击八仙寨，攻破山寨，暴动失败。

民国时期，更是一茬接一茬的匪患。每次匪患，不少寨堡，都被匪寇所占，本是百姓避难之处，反成匪寇老巢，甚至用于对抗解放军，直到1949年7月，平利解放后，土匪仍十分猖獗。1950年5月，平利开展了轰轰烈烈的剿匪斗争，直到1953年底，全县的匪徒、流氓方才基本清理干净。

20世纪60年代初到70年代，天灾人祸，粮食奇缺。凡是寨堡附近曾经有训练场或粮食地的，总有人不怕山高路陡，又赶着把地种出来，收一季是一季。有的干脆在山寨住下，随着庄稼季节耕作闲忙，才抽空回家一趟。一家一年的温饱就解决啦。

20世纪60年代中后期，为了纪念领袖给江西共大的《给共产主义劳动大学的一封信》，全国掀起了"学共大"运动。平利有中学的区和公社，都开展了这一运动，把学校建在山上。若中学附近有寨堡，那便是当仁不让的选择了，有石墙，有墙基，搭茅屋草房，就简便得多；有水院，有摞荒地，更是天然的"学共大"的校址。洛河区迎太公社石梁寨再一次灿烂绽放，成为迎太中学的分校。无法统计平利有多少寨堡成了"学共大"的学校，但这终归让寨堡在平利教育史上打下了重重的烙印。

到了新世纪，又出现了一个新的景象。翻过龙头村的后山，在龙头山寨之下，那被我看作肩膀的山坳里竟然全部都种上了梨树。我们去时，正是梨花盛开的时候。那景象，漫山遍野的梨花，真真是一个世外梨园。如今，平利有不少山寨，在山寨之下，有耕地的，有条件的，都被有识之士开辟成了产业园。或桃，或梨，或核桃，或柑橘，或猕猴桃，或中草药……寨堡的衍生，也都产生了时代的效应。

当然，寨堡由于地处高峰峻岭，奇异险峭，又往往被传教的道士、和尚看中。于是寨堡又增加了一个新的奇观：变身为道观、寺庙。甚至有的寨堡，又有道观，又有寺庙，佛道一体，形成了平利特有的宗教建筑景象。

五

寨堡越来越荒芜了。随着退耕还林、移民搬迁，大多数寨堡都成了废墟，几近被遗忘。老县镇大营盘村村名当然就来自山寨大营盘。听一位当地人介绍，山上已经被荆棘、藤蔓全部淹没。几年前，有人听到有野猪在山寨方向嚎叫几天几夜，不知端倪，有胆大者爬上去看究竟：原来是一头大野猪落入藤蔓之中，挣扎中，缠得越紧越牢，被缠绕得动弹不得，已经奄奄一息了。于是喊来几个人，下了大功夫抬回家，过了一段丰盛的油煎火熬的日子。我听后，无论如何也高兴不起来。

寨堡其实是真真切切活在平利地域沧桑世事的史志。与平利的发展，有着一种无法割裂的精神、文化传承。平利人的性格风俗传承中，也有寨堡的基因脉迹。每一个寨堡，都是一方小地域的地理标志，亦是时代的岁月记忆。它和整个平利的山峰林立、沟壑纵横的巴山地区地形地貌相契合，当然，也是数千年穷山恶水、落后贫穷的代名词。正是这些地理、经济、文化因素，形成了一部战乱、流窜、逃亡、疾病、死亡等平利的农耕社会的延续史。其实，平利寨堡只是秦巴地区整个历史一个小的切片和缩影，或许可以由此在对陕南地区历史文化和关中平原对比联系中，找到我们中华历史文化的一些核心因子。

提起寨堡，总会勾起人们内心深处那些伤害、恐惧的记忆，或是狭隘地和土匪兵寇相联系的象征。其实，你若登上任何一个还残留着遗迹的寨堡，看着那些砌在悬崖陡壁上的，高大整齐的石坎、石墙和随坡就势筑就的土墙，进入到那些依稀可见的房、院、门基石的废墟里，抚摸着每一块石头，就会想象那些奔走在山间崎岖羊肠小道上，甚至没有路，边走边开辟路而汗流浃背的背客挑夫们。也许山上有些建筑物资可以就地取材，但只要你多看一些寨堡，会发现那些石头、木材等，大多数都还是从山下运上去的。很难想象过去那些砌匠、木匠、石匠、漆匠、泥匠等能工巧匠们，在选址、设计、建造时是怎样的匠心独具，巧夺天工？又付出了多少心血和汗水，在保证寨堡具有基本的防御、生活功能同时，把墙、房完美、贴切地建在山巅之上，山峰之中。可以说达到了天人合一的境界，简直是一部奇特至极的建筑学史。

生活永远是人类的主题。寨堡是阶段性的生活，或者是生活的一个分支。但平利的寨堡，构成了平利山水自然、人文社会一个重要的支撑。它让平利美丽的山水田园之中，拥有了一个最独特的、最宝贵的许多他处田园乡村不拥有的特质、特点、特色。

一山一寨堡，一村一寨堡，一镇一寨堡。一寨堡一故事，一寨堡一风姿，不同的寨堡，不同的特色打造和功能延伸。如果和地理、文化结合，和交通发展结合，和通信发展结合，和产业园结合，和特色饮食结合，和现代旅游文化娱乐项目结合……就像岚皋县民主镇的全胜寨，就像汉阴县漩涡镇的冯家堡子，在平利全域旅游、野奢旅游中，必是一个不可复制的特色支柱项目。若驱车到了寨子附近，留有或半小时或一小时最多两小时的攀登之阶梯，便是人们尤其是本地游客乐此不疲的选择。

或许有一天，所有寨堡都一一复生，凤凰涅槃，人们休闲、健身时，亲人相聚娱乐时，首选的即是当地的寨堡。或开车，或骑行，或索道，或攀登，在那里就能感受融所有的自然风光、历史底蕴、美食美味、本土特色于一体的平利风韵，平利魅力，就会哪儿都不去了，再也没有别处能勾得走了。

不为别的，就为这绽放的遍域寨堡。

武当情缘

　　有一位当代文学大师，以为人们寻景、寻山、寻水、寻楼、寻寺，实际是少儿时代课本诗文在心灵中意境构建的寻找，恐怕所有旅行者都会深有同感，可见中国语文和中国历史、中国地理课是极其厉害的。

　　记得20世纪80年代初期，一部电影《武当》风靡祖国大江南北，武当、武术、武当山开始进入青少年一代的视野。当金庸小说的武术门派武当派赫然其中后，武当和华山、峨眉、衡山、少林等一样，也就成了多少个年轻人心中的梦。及至后来，当电视技术逐步普及，武当书籍、影视自是多如牛毛，其知名度就可想而知了。

　　虽不是课文给我的构建，却依然是少年时代所承载的一个需要兑现的夙愿，我一直在试图兑现这个夙愿，了却青少年时代心中的梦，终于，我摆脱了烦冗的事务，经历了跨世纪的漫长的等待，在21世纪第一个时代的尾节上，奔向自己心中的武当。

一

　　选择了一条环形路线，搭乘班车经竹溪、竹山、房县、十堰，然后坐火车经白河、旬阳、安康回平利。

　　沿途穿行于鄂西北的莽莽崇山峻岭中，那山、那水、那房、那人，都有似曾相识的感觉，或许是多次梦境的再现，或是在书中、在电视、在电影中的描述的构图的投影，都无从得知。

及至从武当山归来，进入白河，看见汉江，骤然间，似乎有了一个情缘的答案，一路上，一个秦国人，在楚国周游一遭，又从白河回归秦国，这让人不禁想起朝秦暮楚的说法。两千多年前，我们的先人在这片土地上，或许是为了生存，或许是为了理念，或许是为了国界，远交近攻，连横合纵，不间断的杀戮，边界的土地，凌晨还在秦国的怀抱，傍晚已归楚人的手中。"渡尽劫波兄弟在，相逢一笑泯恩仇"，如今，硝烟散尽，同为华夏传人，车路、水路、高速路，四通八达，朝秦暮楚、朝楚暮秦的交通和自由往来的含义，却越发地突出了，陕南一位作家出了一本书，书名叫《楚界秦河》，倒真能形容我这次旅程。女娲、大禹、巫山、官渡等等这些风情、地理、历史、文化，密密麻麻写在这块神奇的土地上，对平利而言，处在这样一个地缘上，于当今飞速发展时代，实在是一个福地。

　　在祖国的心脏地带，靠北一座巍峨蜿蜒的秦岭，横亘于祖国的中部，靠南一座峰峦叠翠的巴山，平行于秦岭的对面，中间是我们的母亲河汉江，它们像一条车轨，连接祖国的东西，平衡着祖国的构造。而武当，西北部是秦岭山脉的支脉，西南是大巴山最后的注脚神农架，秦岭和大巴山之间约两百公里宽的谷地，从西向东延伸，武当山就高耸在谷地的出口处，他是大自然对秦巴山地最后浓墨重彩的一笔。而后，只有汉江，依依不舍环绕秦巴，由北向南，载着秦人的梦，向长江，向大海追寻。"众里寻他千百度，蓦然回首，那人却在，灯火阑珊处。"终于明白，原来武当并不远，武当就在我身边。何以对沿途的面孔似曾相识，何以对沿途的景色格外熟悉，何以对沿途的山水情有独钟，是因为我们共同的汉水，共同的秦岭，共同的巴山，是因为我们有共同的文化、共同的历史、共同的祖先。走来走去，无论在武当的最高点天柱峰，还是中国水都丹江水库，或是在华夏始祖之一神龙治所神农架，我们都能感受到家乡的神情、家乡的神韵，走不出秦巴的怀抱。寻找武当，寻找早已注进血脉中的那种情缘，或许，这已经是早已注定的宿缘。

　　查查地图，你会惊奇地发现，横贯平利和武当山，都处在拥有埃及金字塔、魔鬼百慕大、玛雅遗址、三星堆、珠穆朗玛峰、挪亚方舟、撒哈拉大沙漠等神秘奇迹的北纬31°至北纬32°这个纬度带上。

二

如果说，华山是险，泰山是雄，黄山是奇，庐山是秀，青城山是幽，那么武当山则以"仙"扬名。倘或一个自小在大山中生长的人，不去细细体味，很难感受到"举世无双胜境，天下第一仙山"的武当之精髓，一路攀登，似乎并不比登平利任何一座山更难。殊不知，武当山经历了两千五百多年历代帝王的青睐，无数道士的愚公移山式的扩建，已把崎岖艰险的登山之路变为闲庭漫步的乐园。然而，当你依然用大半天时间，沿太子坡、磨针井、中观、南岩、黄龙洞、朝天宫、一天门、二天门、三天门、太和宫、紫金城攀登，最后登临金顶时的金殿时，你不可避免地在感受登拜天宫神话的意境，恍若仙界。

登临海拔1612.1米的天柱峰金顶，举目远眺，确有一柱擎天的气势。金顶两侧峰林峰峦东西一字排开，金顶之东，峰顶西陡东缓，金顶之西，峰顶东陡西缓，形成两侧群峰向金顶膝跪之势，活脱脱一幅文武百官上朝时向皇帝山呼万岁的朝拜图，这就是"七十二峰朝大顶"的自然奇观。这一大自然的鬼斧神工奇妙的杰作，实在是让人拍案称奇、击磬叫绝。至于七十二峰之外号称的三十六岩、二十四涧，则有拼盘之意，实在是该让位于这一千古绝境的。

华夏大地武当山独有的自然奇观，自然不会被千百年皇权社会的皇帝所忽视，历代帝王曾多次在武当举行封山仪式，在漫漫历史长河里，武当成为皇权神权的象征，即使是代表上天的儿子皇帝，在科技尚不发达的时代，在内心深处，也会被这里的自然奇景所折服，分不清是神灵还是天意。

由此发展壮大的武当道教势不可挡，金州（今安康市）首当其冲，经一位又一位道人传播施教，道教的足迹已经遍及金州大地，及至元明之后，当一路传道士自金房路（今湖北房县到陕西安康）向平利发展，另一路传道士也不落后，从白河和旬阳挺进时，旬阳、竹溪、平利交界之处的平利长安不可避免自然成了两路道士的会合地。或许是为了平衡，或许是为了便于传教，经无数次协商，终于达成协议，一路在竹溪境内建观施教，一路在平利境内兴庙传教。

说不清是哪一个早晨，一个已不知是什么名字的道士，从白河到旬阳，来到和平利交界的地方，在平利一位老乡带领下，经过艰难跋涉，来到一个叫西岱顶的地方，登上主峰。他惊奇地发现，有五条山脉由西岱顶向五个方向起伏蜿蜒，像五条巨龙一样将西岱顶高高捧起。道士欣喜若狂，又一个大自然的奇观被发现了，他是注定和西岱顶的名字紧紧连在一起，也注定是把武当和西岱顶连在一起的那个人。冥冥中，武当的自然奇观在西岱顶复现，武当的神权和皇权寓意在西岱顶显现，于是他毫不犹豫拍板定案，平利的传教道观就在这儿了。冬去春来，斗转星移，已记不清有多少个日出日落，已数不清有多少次花开花谢，一个新的缩小版的武当在平利落成，在其主峰建成大殿，名曰西圣宫，在其南崖建成南岩宫，竟和武当三十岩以奇以险冠首的南岩起名一模一样。恰在此时，另一路在湖北竹溪修建的道观也已竣工，与西岱顶遥遥相对，起名东岱顶。

三

登武当山，让人不能不称道的另一个奇迹是武当道教建筑，从山脚下玄岳山门到天柱峰金殿，用清一色青石铺就一条长七十公里的神道，沿神道两旁建起八宫、二观、二十庵堂、七十二岩庙、三十九桥梁、二十亭台。据记载，当年明成祖朱棣前后用了三十万工匠，历时十二年，修成宫观八千余间，后来经不断扩建，武当的建筑达二万间之众。

武当建筑充分利用了峰峦的高大雄伟和崖洞的奇峭幽曲，将每个宫观都建造在峰峦岩洞间的合适位置，与林木、岩石、流水融为一体，相互辉映，毫无造作痕迹，并从建筑上把政权和神权理念蕴含其中，体现皇权、神权的庄严、威武、玄妙、神奇。

更令人称奇的是建在金顶的紫金城。据说，武当供奉的真武大帝是玄武真神，玄武代表北方，是水神，其形是龟与蛇的合体，而天柱峰形似神龟，建筑师们便按故宫的方式，环绕天柱峰，用单块达千余斤的条石修成了周长三百多米的城墙，恰似蛇缠绕神龟的天柱峰峰顶，把神权、皇权突出到极致。北建故宫，南修武当，又均为明成祖朱棣皇帝下旨所建，整个华夏大地，除京都外，享此殊荣的仅此一处。

自道教传入平利后，平利的信徒兴起修建道观之热，历经千百年来，平利的道观如雨后春笋，除西岱顶外，五峰山祖师殿、三阳泗王庙、香姑庙、洛河迎太的迎真观、广佛的香河观等，以及山神庙、财神庙、土地庙、娘娘庙等大大小小的道观遍布县境，随着时光延伸，秦巴人民的泛神观和文化包容性将佛道合一，及至和本土的女娲文化汇聚一流，用庙、观、宫等创造出辉煌灿烂的道教建筑，成就了平利佛、释、道的兴盛。

在武当镇购买的一个小册子上，细细记载了排在武当道教建筑史上那些永恒的名字，尹喜、张守清、米道兴、王道一、张三丰、李素希、孙碧云、沐昕……这一个个永恒的雕塑，共同构成了武当道教的辉煌。

公元1424年冬天，武当玄天玉虚宫为修建紫禁城死去的三十六万八千位亡工举行了一场盛大的斋戒法事，超度亡灵，而那些死去和活着的人都已经与那座山和那些建筑紧紧地融为一体。

然而我手头却没有资料提供修建平利道观的那些人的名字，但我却清楚地看到，在一处没有朝廷拨款，没有专门机构人员打理的天地间，那一个又一个道士，在崎岖的小径上艰难地跋涉、一家一户化缘的身影；我还看到那一个又一个信徒，汗流浃背，把石头扛上山顶的背影；我更看到那些工匠，在毫无机械的古代，营造属于平利的奇迹的剪影。

是不是该有那么一些人，甘守清贫，来描绘那些远去的画面；是不是该有那么一些人，甘于孤独，去拓印那曾经为平利奉献的足迹；是不是该有那么一些人，甘愿去挖掘平利值得我们保护的历史……

好在终于有那么一个人，他把自己用生活和汗水淘出来的千万巨款，把浸入平利的土地、浸入平利地名、浸入平利灵魂的八仙，融进了悟真观，把道教文化在平利的建筑文化上推向一个新层次。这次不会再有人犯错，而是把那些为悟真观出钱、出力、流汗的名字刻在碑上，记在书里……

今天，我们不应当为此再留下任何一丝遗憾。

四

据传，玄武真君在漫漫修道的路上，将梅枝插入榔树，许下心愿，修成正道此树成活。四十二年后，他在武当得道升天，榔梅树竟然神奇地开花结果。

榔梅即是榔树和梅树的嫁接，李时珍曾在武当山居住，他在《本草纲目》中记录了五百多种中草药，关于榔梅他写道："榔梅，"清楚说明，全国仅此一处有榔梅，而所产榔梅果，仅供皇帝及赏赐有功的大臣享用。而榔梅每每彰显神异，总是开花结果在世兴和改朝换代之时。然清代以来，榔梅树在武当山却突然消亡。

道教是一个以现实人生为出发点的宗教，在追求得道成仙的终极目标过程中，追求长生不老、向往永恒的逍遥是道教不变的主题，"命之不存，性将焉附"，性命双修，是对生命最大限度的珍重，道教的养生便作为一个理论和实践的支撑，在防病健身、预防衰老、延年益寿上有独特的建树，医道、仙道密不可分，生于山、长于山的武当道人，习惯用道医道药调理身心。

镜头还是切回平利，在我们生存的这一块土地上，你倘或生病，或大人或小孩，亲朋好友，总能给你说一两个土方偏方来，还有药膳、食疗谁都可以如数家珍，娓娓道来，你一生下来恐怕不可能离得开带给我们奇迹的那些植物生物。倘或在山村长大的一个孩子，生病的时候，你最不能忘怀的，是那些在乡村医院里的药剂师，从那写满奇奇怪怪名字中的抽屉中抓起一把树根、树皮等之类给你带来的奇妙。据记载，平利野生中草药有两百八十八科，一千余种，比武当的中草药还足足多出五百多种。

每一种中草药都有一种神奇的功效，每一味中草药后面都有一个美丽的故事，每一味中草药都可能成为一个新的奇迹。20世纪80年代初，其中一个叫绞股蓝的中草药被开发出来，它具有降血脂、降血糖，调节血压，延缓衰老、提高人体免疫力等等奇特功效，成为当今社会普遍生发的无药可医的城市病、富贵病唯一的希望。自此，就一发不可收，被人们视如珍宝，在平利被称为"人间第一仙草"，在日本称"福音草"，在我国其他地方称"东方神草""第二人参"，在美国称"绿色金子"。

秦巴深处的平利，自古就称药乡，以医传教，借医弘道，既有广泛的社会需求，也有取之不尽、用之不竭的自然基础；而武当道教，武当养生，也便深深在平利落地生根，开花结果。

明朝嘉靖五年（1526年），安徽齐云山道士来武当山寻访时，武当道士曾将一棵榔梅树赠予齐云山。公元1998年，武当山将榔梅果从齐云山引回，榔梅又重新在武当山再现。

平利人也慢慢明白一个道理，我们的家乡母亲无私奉献给儿女的一切，儿女们自当珍惜和保护，自1999年开始退耕还林后，已有退耕还林面积二十八万余亩，那一千多种中草药，也像武当榔梅再现一样悄然在平利的山山岭岭复现，自是我们取之不尽、用之不竭的宝藏。

我们也不吝啬，绞股蓝已在不少适宜的地方种植开来，为人类造福，道教的广结善缘、济世利人的理念也得到传承。虽不再是平利的唯一，但当一个又一个的人咨询绞股蓝时，我们都会自豪地告诉他们，绞股蓝的原产地在平利，在女娲故里。

五

如果说武当山和平利有不同的地方，那是必然，武当山相对于京城而言，位于南方，南方五行是火方，武当按古风水学地理上又对应天上火星，放眼望去，它又像一堆熊熊燃烧的火焰，火焰最高处自是天柱峰，火气太盛，须用龟蛇合体的水神——玄武真神镇在山顶，"非玄武不足以当之"，故名曰武当。

这便是阴阳协调的"阴阳五行说"，今天，我们许多家长在为孩子出生起名时，常常会请人根据"八字"的五行多少排列推算，如"金、木、水、火、土"，任何一样缺少或不足或太盛太旺，总会在名字中加些"五行"的

偏旁部首用来制约平衡，以寄托美好的愿望。

这中间道理极其朴素和简单，也预示着一个重要思想，即阴阳五行协调和平衡。道家宗祖老子在《道德经》中写道："道生一、一生二、二生三、三生万物"，后又讲："人法地、地法天，天法道，道法自然"，其核心便是以自然为法则，只有顺应自然之道，尊重大自然的客观规律，讲求天人之间的相互协调、和谐统一，才是道教应该遵循的根本。

道教以现实人生为基，给当世人们生活欲望以鼓励和肯定，是对现实世界的宗教补偿和人生生活欲望的虚幻延伸，当其和平利极其落后的社会经济、自然条件和生产力融合之时，平利便产生了天地崇拜，表现出对自然的敬畏，农业生产依节气时令而行，盖房造基讲求"风水龙脉"，结婚搬家讲求"黄道吉日"……无不体现和自然环境的和谐共存，完美统一。继而又产生了神灵崇拜，对所有传说的神仙英雄，一座山、一条河，甚至一方岩石、一棵古树都成为祭祀对象，从崇神和泛神，从中可看到一条自然和平利人共同发展共同进化的脉迹。也看到了平利人从崇敬自然、热爱自然、利用自然、适应自然的历史进程；至此，我们应该庆幸，武当道教给我们的有益启示。

时光走到20世纪初，一个生态之县的口号突然在平利被叫响，绿色、环保、生态悄然回归，茶、桑、药、漆、烟等一些久负盛名的传统产品开始复兴，一些依托自然资源引进的工厂落户平利，平利人苦苦寻觅、寻求的自身价值和位置，走过了一段艰苦曲折漫漫的长路，在一个不经意的回首中忽然被发现，原来，摇钱树和聚宝盆就在身边。

当女娲茶无声无息跻身西北三强和中国百强时，当徽派民居把陕西最美丽乡村变为现实时，当绿色成为两千六百二十七平方公里土地的主色调时，当山水园林县城成为我们走遍万水千山之后依然的最美时，当二十三万人和谐相聚在一个桃源世界里，道法自然或许就成为我们对自然最好的诠释。而这一个理念，注定会注入我们的唯物理论体系，注定会给我们带来绵绵不止的福祉。

写到这里，该结束了。离开武当以来，满脑子都是武当，挥之不去，思之即来。不知怎么，武当的一切我都能在我的家乡找到参照，找到影子，而家乡的一切风俗、文化、人格、道德、伦理又总和武当山有千丝万缕的联系，实在无法把二者分割开来，我已陷入了对二者相似性寻找中。我知道这种寻找是没有结果的，因为武当道教原本源于楚文化、巴蜀文化、秦陇文化汇聚的秦巴地区这块土地，经过不断升华，又进一步在秦巴山区的山山水水间传播、渗透，是你中有我、我中有你的太极关系。不过一个答案倒是愈加清晰，武当及武当道教其中的精华部分理当成为我们今人所用，而无须刻意去和武当割裂开来，因为武当是中华民族的武当、秦巴地区的武当、平利人民的武当。

第二辑

故里光景

百变八仙

　　每次到八仙，不同的季节我都有不同的感受。甚至同一日的清晨、上午、中午、下午、傍晚都是不一样的，八仙像是一个百变丽人，总让人常看常新。

　　在八仙的时间，总是那样短，然而多半的时候，我或在黎明，或在向晚，或在入夜之时，都会离开同行、同伴一会儿，离开宾馆，离开电视、离开麻将，离开现代人一切的一切；去寻觅自然的纯真，去找拾往日的情景，去体味人生的真性，去找回原本属于自己的但已难得一见的心境。

　　我最喜爱的一段路程，是八仙镇至千家坪林场场部之间那一段还带有原始又显荒凉的地段。两岸是刀砍斧劈的悬崖峭壁，岚河和岚镇路在两山之间行走，把自然和人类几千年走过的历程袒露无遗，那条被河堤限定着的河流中密集而又毫无规则的、大小不一的河石，在驯服中又显示出自然的野性和力量，总是让人明白，人类应该永远保持对大自然的敬畏。在八仙这样的巴山屋脊上，人类对她也有了成功的改造，可那是一个漫长的过程，那依然必须仰望的山峦，那更多的大面积的原始荒野，无不给人以无声的展示。

　　今夜的月光很好，我又一次行走在这段路上，忽然发现这条路所在的谷道已经被愈来愈多的桥、房、堤占据。那月亮，依然有无限的诗情画意，却多少有些无奈。我知道还是那个月亮，但已经不是纯粹的乡村月亮，虽不是城里的月光，但已是小镇的月光了。

　　不过，缠绕着八仙小镇的那些高大俊美的险峰，依然坚定地守护着那份执着，他们是传说中的八仙和众多的信徒吗？有了他们，八仙永远会保持独特的风韵，永远美丽。

春溢磨沟

今年的节令来得早，可心里总是迟钝着，以为时光还早着呢！不承想春已浓浓的很深了，这才被友人撺掇着走出了淡漠，去了乡下。一到乡村，那春的热情不减反增，没有丝毫埋怨我们迟到的意思，依平日里惯常的样子层层叠叠、热热闹闹的裹挟着来的人，整个儿就被氤氲着、感染着、蛊惑着，一时间，心情大好。

去的是一个叫西河镇的地方，是平利县的坝河和汉江交界的地域，随意选了两条沟钻了进去，不承想就是西河镇两个主要的村子。其中一个进去方知，是曾经到过一次的，可依然兴致不减。虽说住在所谓的小城，相对于城市的人，我们就是乡村，但对于我来说，更愿意来到这样占据着一条沟、一个梁、一面坡、一座山的村子，这样的村庄才是真正传统的、原生态的自然村庄。这些村庄的一棵树、一条溪、一块地、一畦田、一户农家的庄子，都是天然的、没有刻意装扮、不做作、本真的美丽。平日里，每一个季节、每一个时段都是美的，在这山野的花已经淡去，屋前院后果树花儿犹酣，菜花强悍成为主色调的浓春时光里，自然是更美了。

对于平利地域内被誉为小江南的西河，这里的美丽竟然是我心中最不愿惊扰和直视的珍藏，我的笔触从没有去真正地面对过她，更不曾去无端地叨扰她，总是想等到最好的时节、最好的情形时去表达。无数次来来回回，我都把对西河的欣赏和喜爱留在心底，是因为她的江南意味，是因为她的仰韶文化底蕴，是因为她和女娲山那一衣带水的渊源，是因为坝河牵着我汉江边的老家和老家亲，也牵着我的过去和未来……

另一个叫磨沟的村子，似乎更让我感兴趣，比起早先去过的那个村子，沟坝要宽敞些，依然是世外桃源般的路径，须得先走过一段的沟道，豁然开朗，柳暗花明，我不知道陶渊明是对自然山水悟道的精准总结，还是到过秦巴汉水对这里景象的临摹，倒是巴山山水和村子大多是这般的构建，总是在不惊奇和狭窄之后就有这些个美不胜收的河畔、田园，处处世外桃源，处处秀美山村。

这村子是处在安康汉滨伏羲山和平利的女娲山之间的，传世的伏羲女娲兄妹滚磨成婚的地点就在这里。平利县这个被证实的女娲居住地，这个村子更是把那场盖世洪水过后，仅留下的伏羲女娲兄妹俩为繁衍后代时，寓责任、道德、伦理和天意，以及民间智慧的复杂、矛盾、纠结和无奈的那个场景保存下来，充溢着地域的真实感、人间的烟火味和乡村的生活气息，真真切切、实实在在地一脉传承至今，实在无须赘述什么了。

从磨沟最宽敞的地方看去，委实让人惊讶，这磨沟，果真生得奇异，隐隐有仙气充溢其间，远处的山峦是扇形的，左有一沟狭长，右有一沟宽缓，中有一山梁隔着，都是奔着中间这村子来的，山梁也非同寻常，显得雄壮和宏大，犹如龙的脊背，隔着两沟也连着两沟，在龙脊下到沟底的时候，戛然而止，那两沟就会合在一起，于这般，也便明白当初那伏羲女娲兄妹各背一页石磨在山上滚下时，并非面对面滚下去的，虽处在两山之上，但磨盘是顺沟而下，相向而行，想那两页磨盘的重合，是天意，也是这磨沟独到的地形地貌撮合的，人类得以延续，这磨沟是有大功劳了。

也许那双沟会合处有太多的寓意，有一定要纪念的价值，在龙脊之上也便建有一庙，揣摩着那庙肯定是与石磨的磨盘重合有牵连的，或者和女娲伏羲本身有关联。其实不然，这磨沟有名的高王庙，与所想所思竟然没有直接的联系。待爬上去一观，只见庙已破败，只剩得一隅后庙，有几块石碑，要么年代很近，要么字迹漫漶不清，让人不知端倪。

高王是谁？问询许久，才有一个老乡告诉说，伏羲有兄弟三人，高王是他的长兄，这庙是纪念伏羲兄长的。依旧弄不明白，只得在手机上搜寻，原来真正的高王只有一个，就是颛顼，颛顼是黄帝的孙子，也是屈原《离骚》中"帝高阳之苗裔兮"那个高阳，这高王竟是屈原的祖先，令人感到磨沟的博大精深。但有一点倒是想明白了，这人类的祖先，是在这里孕育、诞生、成长的，莫要说颛顼，就是包括黄帝的五帝也都是女娲的后裔，也许这位颛顼是为了寻祖，在这里长久地居住过，或者做过很多造福磨沟人的事，让磨沟人世世代代怀念他。

似乎意犹未尽，就赖在村上的文书家不走了，也真是投缘，聊到热火处，才知道是我的本家兄弟，辈分排行一点都没有乱，大致是祖上哪一辈在汉江边生活得不下去了，才分了支顺着坝河在这里谋生的。若干年后，我们也是这样地过来了，偏是不认识的，只为着这磨沟，就重逢了。到底还须再次感谢共同的祖先伏羲女娲的，只为这一层，那兄弟泪眼婆娑，死活要留着我吃顿饭，在我不太坚决地推辞中，我就醉倒在磨沟的苞谷烧里了……

这一个春天，第一次出行，无意中到了人类第一村，这村子，山、水、田、园、路、堤、坝一派清明；树、藤、草、苗郁郁青青，各种花儿盛开着，姹紫嫣红，桃红柳绿。一种春天里春情春意饱满的味道，这春意勃勃、生机盎然的气息来自伏羲女娲滚磨成婚的那个日子，一万年过去了，直到今天午复一午，日复一日，没有消退过，也不会消退。因为人类不会丢失追求美好和热爱春天的激情，就会永远充满对春天的希望，春天也会一直和我们同在。

高山草原

在我的印象中，草原大抵是生在高原上的，我们所在的大西北除了戈壁、沙漠、雪山、黄土高原，似乎就是草原了。然而，对于一个生在秦巴腹地的陕西人而言，草原的亲身体验依旧是不容易的。

秦巴山地不缺山、不缺水、不缺川坝、不缺植被、不缺风景。所有的地理、地形、地貌，都会有相仿相像的地方让你体验、让你感受，唯独草原，尤其想找出大片的草原，那就极难极难了。

然而，八仙，还是八仙，神秘的八仙，又圆了那些无缘遥远草原的人们一个梦。

草原是辽阔的，草原是翠绿的，草原是涂染在一望无际的高原上的，这些似乎都成了已然定型的概念，唯独草原生于高山山巅，倒是有些新奇、奇特、神秘，让人神往。

于是我们就冲着那儿去了。

车子在崇山峻岭中走着，初夏的阳光照在峡谷两岸山坡上那大片大片的林子里，留下豆蔻少女般纯洁、自然稚嫩和一些羞赧的鹅黄色的光晕，任何人类的手段也制造不出如此纯真和鲜活的颜色。龙洞河的河水像是已游览完景点返程的一群姑娘，时而发出清纯的笑声，时而哼唱着欢快的山歌，她们迈着天然、矫捷和轻盈的步伐，一会儿跳跃，一会儿跑步，脚步声一会儿舒缓一会儿急促，有着山里女子野性的本色和天性，一路奔腾而去……

熟悉路况的师傅带着我们穿行在似乎没有尽头的山林、峡谷中，我们已全然忘记我们是冲着草原去的，车子是以拧螺丝的方式把我们一层层抬高，爬越了一层又一层的山峦。不知走了多长时间，在我们都痴迷于溪声林色山

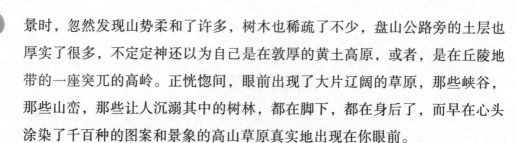

景时，忽然发现山势柔和了许多，树木也稀疏了不少，盘山公路旁的土层也厚实了很多，不定定神还以为自己是在敦厚的黄土高原，或者，是在丘陵地带的一座突兀的高岭。正恍惚间，眼前出现了大片辽阔的草原，那些峡谷，那些山峦，那些让人沉溺其中的树林，都在脚下，都在身后了，而早在心头涂染了千百种的图案和景象的高山草原真实地出现在你眼前。

震撼，我还是想用这个词来形容这场景，不仅我这没到过草原的人，即便是去过的，也会被这里的宏大气势所震撼，在万山之上，在群峰之巅，在一山连一山、一岭接一岭的巴山山脊，没有被传统的、熟悉的树木所占据，而是让柔顺、光滑的草所包裹，这里的草，没有人工草坪的娇弱，却有超出大西北草原的坚韧和坚强。这里似乎并不是它们待的地方，凭空跻身在这样一个似乎不该生长的地方，狂风、高山、冰雪、酷日、高寒，没有一样是温情和舒宁的，但它们却以娇小、顽强的生命抵御着恶劣的生存环境，它们以微不足道的个体连成一种征服一切的力量，营造出大自然的奇迹。

这里，用苍茫全然不妥，天是明净的，伸手可托；空气是灵动的，掬捧可饮；远山是透明的，一览无余；整个世界，没有一点杂质。天空的云彩是美女的围脖，曼妙而不含一丝邪念，远处的山峦是云彩的伴舞，美轮美奂，和美而不张扬。天地之间，满是圣洁；气韵光彩，满是柔和。置身其中，没有了方向方位，没有了时间概念，没有了地域界限；你只想躺下，耳边有佛梵的纯净之乐……

正在痴想时，同行的女同事的欢笑声惊醒了我，这位平日里在办公室矜持文静的白领丽人露出了少有的天性和天真，正闹着让人给她拍照。是啊，在这里，不用取景，不用等待，不用技巧，不用选择，从任何地方，从任何角度，都会是绝美绝佳的风景照、艺术照。

这大片大片的草原，会让所有来的人都流连忘返，山脊像各式各样家畜的背，形状柔顺而亲切，走在上面，有着亲和的柔软和熟悉的气息，有着家的温暖和梦境般的陶醉。你拼命吸纳着，占有着，爬上一个丘峰，努力地把一切装进眼帘中，待一会儿，又仰望着新的丘陵，一梁又一梁，都是新的境界，新的享受。犹如人生，因为有新的向往、新的期盼、新的感受，永远是有滋有味。

　　看得久了，倒是秦巴山区的主角——树，又引起了大家的注意。在这漫山遍野的高山草甸中，偶尔会有一株、两株，或者几株，全是在低洼或背风处，虽娇小却显得突出，虽突出却有些孤单，虽孤单却不失高贵。它们被草甸衬托却又点缀着这片草甸，唯有辽阔的平坦，才有树的风景，唯有树的醒目，才映衬出草原的韵致。

　　还有石，总是在该有的地方出现，在这里的石，像是草原牧马的汉子，和草原长相厮守，除了雄壮没有改变外，它自觉地把自己塑造成有棱有角、有形有状、形态各异、带有艺术味的模样。有的是雄狮卧岗、有的如蟒龙出山、有的像骏马长嘶，还有似牧犬巡视，远远望去，石散落在草原上，如羊、如兔、如鹰、如猴、如鹿，各显其能，想博得草原的爱怜。而它们又总是和树相生相伴，恰如英雄宝剑，相得益彰，守护着这片领地和钟情的爱人。

　　这万顷高山草原横跨陕西重庆的平利、城口、镇坪、岚皋四县，总面积五十万亩，平均海拔两千五百米，莽莽苍苍，蜿蜒透迤，成为秦巴腹地最原始的处女地。忽然想起一句赞美草原的歌词："草原是生命的摇篮"。是啊，生命的起始总是羸弱的，却是顽强的；是渺小的，却又是博大的。中华民族的生命河，长江和黄河，都源于雪山和草地。我们秦巴汉水的生命之源之一，毋庸置疑就是化龙山和光头山以及正阳草原所构成的三角地带。它不仅是岚河、堵河、大宁河的发源地，也用它的躯体，调节着舒适的温度和气候，它是我们秦巴山区当之无愧的共同的母亲，是孕育我们秦巴人的苗床。

　　这次到正阳的季节，草原还没有完全变绿，但草原就已经盛开了许多美丽而灿烂的黄色的小花儿，让草原平添了不少娇美。草原永远是爱美的，不会因为生活的艰难而淡漠爱美的天性，不会因为抚育大片的生命而失去对美好的追求，她在不同季节用不同的韵姿装扮着自己，又总是自然、本色、本原、纯真和柔美，永远保持对生命的热爱。

　　终于还是要走了，我知道，我还会再来，在不同的季节，不同的日子，我都会来，因为这里，是我们共同的家园。

关 外 风 景

有一个村子，去的次数并不多，可每去一次，都总会在心底激起新的感觉。二十年前第一次去那里，就一见钟情，写下一首诗，那诗，很是有些汪国真的清丽和婉秀的风味，虽然稚嫩，不过，倒是和村子的秀丽和气质是贯通的。

后来，又去过几次，每次总会有新的发现、新的感触，可惜，似乎再也写不出什么，而最初那首诗，也不知道弄到哪儿去了。

村子里典型的东西太多，令人心动的东西太多，让人喜欢的景致太多。

村子以我所在的秦域和楚地交界的关隘闹阳坪命名。

闹阳坪是秦楚之间比秦朝修建的万里长城还早五百多年的楚长城的一个关隘，在历史上，它的重要和发生的故事不亚于这条长城驰名古今的关垭和铜钱关。

偏是自己的脚步没有跨过闹阳坪关隘那边的世界。

没有去过的地方一律是朦胧的，一个没有了解的地方一定是美好的。

仲秋的一个日子，一伙友人约着去游玩。一问，去处恰是越过闹阳坪关外的地方，心情竟然有些兴奋，毫不犹豫地就应允了。

到了闹阳坪村关隘之处，几乎看不到什么遗迹了，那里的风景气势果然很是秀美壮观，但并不是奇险绝异。然一山之上，一边是秦一边是楚，是几千年自然和人文自然写就，沉淀了太多太多的人文历史文化。古往今来，不知经历了多少人和事，立于分水岭上，苏东坡的《浪淘沙》大江东去词中的那种历史沧桑感油然而生，在自然和历史面前，人永远是过客。

闹阳坪关外还有一个令人津津乐道的事，陕西闹阳坪这个村子一个组，却飞落在这里，组的四周都让湖北那个村子包围着，我们到那儿时，一个明显是组上干部、精明聪敏的庄稼汉子知是家乡来的文化人，有久见亲人的热情，他立即就把飞地的原原本本，过去现在都一股脑说给你听，仅仅是一山之隔的风俗就很是生动有趣。只是我们还要赶路，暂且了解个大概（留着以后探究追源了），便继续着对关外风景的追寻。

起步不久，一段溪流又让大家停留下来。那溪窄，充塞着大大小小的石头，流清，被河流常见的灌木遮掩着，已经分不清是溪还是滩了，反正大家就被吸引得动不了脚了，几个人都齐齐下了溪。我心里琢磨：这里绝不会有爱石的人来寻石的，只要顺着这溪走下去，定会有你钟情和中意的奇石的。正想着，友人就开始嬉闹起来。一时走神，竟穿着鞋子失足落水，索性便赤足走在溪里……

一时间却有了一份感动——我们不是"飞地"这溪流的第一批探寻者，但绝对是这原生态溪流的第一批觅石者，亲密接触者。这让人激动，也让人伤感，更是让人有开拓者的快意。

外面的世界总是精彩的，只不过，许许多多的追寻者一旦靠近和亲密接触，每每把精彩变为失望，把美好跌落成平常，只有那些总是能在普通中发现珍奇的人是有志趣的人，能把平常变得精彩的人是有底蕴的人，把美好化作永恒的人是超脱的人。

很想在这儿就这样尽情地戏要下去，至少待上几个小时，只可惜我们都做不到，大家多半想的还是开始自我设定的那个目标，目标又总是在更远的地方——关外之关外。这是人性，也是动力。

但又有另一种力量每每把我们拉着，让我们回过头来：一次又一次注视，那些曾经让我们向往，让我们心动，让我们追寻，曾经占据我们心魂的风景。

官田寻源

　　女娲故里，从不缺坝子。川坝相连，水沟纵横，每每沟出山的时候，沟与沟相会的时候，就有了坝子。

　　长安坝当是平利最大的坝子了，官田坝又是长安坝子中的坝子，连仙河、石牛河、冲河冲破南北二山，纷纷和横贯东西的长安河见面，几个"老伙计"簇拥在一起，就滋润出一个数百亩良田的坝子。那坝子生来就与众不同，产出的稻谷极是有名，舂出的米极是好吃，不仅占全了平利本地米的原味、真味，还多出了一种沁人心脾的清香。官府当然不会放过这地方的珍奇，把这米进贡到皇宫，皇宫里的人吃了这米，竟离不开了，下了旨意要平利年年进贡。官府霸道，索性把这一方水田全部归了官，那坝子便成了官田坝，因官田坝里供着长安城里皇宫人吃的贡米，久而久之，人们连带着把长安河这一河两岸的大坝子喊作长安坝。

　　同是长安坝，同是上游和下游的谷子也是不错的，可独缺官田坝稻米那别有的沁香，甚是奇异，自古以来，没有人说得明白，问官田坝人，大多是笑而不答，只是因为坝子的田地精贵，少有在坝子居住的，除却散落在坝子周遭的台、梁、峁、少量住户，更多的人家，是住在南山而来的连着官田坝那道沟里。

　　其沟貌不惊人，倘不特意去探，是轻易可从眼皮下溜走的，唯有一股清流，无声无息地从山里流淌出来，凭着那条清澈的溪，眼见它们分路流进那大片大片的水田里，你便知道那绝非仅仅是条沟，你便是非去不可的。

　　这沟有两名，一曰蛟子沟，一曰椒子沟。椒子沟是地名志上记的，蛟子沟是官田坝人叫的。祖辈人传着，沟里那个大石穴附近，时时有人畜神秘失踪，有胆大的便赶着羊群自己去洞穴，远远地瞅着。一日，果见一只羊，刚靠近洞穴，便被一巨蟒吸吞，方知石穴生有大蟒，自此便翻山越岭，绕着石穴走，苦不堪言，有信神的就日日烧香焚纸，祷告上苍。终有一夜，风雨大作，雷电交加，石穴崩裂，蛟龙随洪流而走。想来从进化的眼光看去，蛟子沟名当是在前，椒子沟则在后。

蛟子沟狭窄，一路深入，不久就有支沟，上有一小桥人家，有古树，有在石崖凿出的取水便道，无论从哪个角度看去，均是风景；无论从哪个时段截取，都是农家生态；无论从哪个境界来品，都是神仙味道。

终是要登山的，养活沟里人的土地大多在山梁上，一登，便更体味到蛟子沟的奇异，先有石梯，壁陡的两山夹着数丈高的石坎，沟水飞跃而下，除从崖边凿出的石阶攀登别无他路。再有石门，犹如大户人家的门楼，门楼之后更是陡峭，攀登时须得四肢并用，传说中住着蟒蛇的石穴就在石门一侧，经过时，生怕那大蟒蛇并没有走蛟，不知是谁，冷不丁扔了一石块，让人头发根根竖起，以为蟒蛇复出，那声音咕咕咚咚，许久才息，更知蟒蛇一说，并非虚传。最后一奇，就是石瀑了，这石瀑高约数丈，是先前石坎飞流放大的十余倍，石瀑在三面石壁中飞下，如天河倾注，又落在一巨大的石台上。令人惊叹不已。

继续攀登，在一个平缓的坡面上，竟有一片墓群，近观墓碑文字，方知是白莲教的亡者，这儿曾经是过往的战场。

不单是墓，一路登援，废墟不少，废弃的宅基地不少，残垣断壁不少，不少畦田，层层叠叠，荒地上建房，房屋弃了种菜蔬，人迁走了又种庄稼，像是一种地质的史书、人文的史书，堆积在一起，清晰而又难辨。

终是见着山垴上的庄户人家了，真正地种着地的庄户人家，还用牛犁着地的庄户人家，同路的人忙着抓拍，我径直走到年过半百的犁地的汉子身边，走在汉子身后捡拾虫儿草籽的八哥鸟旁边，跟着汉子犁地奋力而稳当的脚步，也似乎在耕种着一个季节。我就那样激动和兴奋起来，和汉子拉起家常，拉着官田坝的稻子和蛟子沟粮食的话题，拉着蛟子沟曾经的热闹和传说的话题，拉着蛟子沟还有多少户多少人的话题，拉着拉着，我执意不走了，要在这沟垴的庄户人家吃上一顿饭。那是真正的土墙房里土坯灶上用柴火烘出来，用吊罐煮出来，用铁锅炒出来的一顿农家饭，那是就着火炉吃着的一顿乡里的饭。这情景，就是我三十年前山村生活的复制和还原呀，就在这县城不远的地方，就在这官田坝身后的地方，一如既往地保存着，只不过这原生态，原生得让人心里一阵阵的潮湿。

官田坝没有成官田的时候，蛟子沟和官田原本是一个模样，日出而作，日落而息；官田坝成了官田的时候，蛟子沟的人是顺着沟出去在官田里劳作的。他们是随着蛟子沟的水把汗水渗入官田坝的粮食里去的，他们是随着蛟子沟石头的矿物质渗入官田坝的稻子里去的，他们是随着官田坝的贡米把民以食为天的真理装进王公贵族的脑子里去的。官田不再是官田的时候，白莲教和官府在蛟子沟争天下的时候，他们依旧是顺着沟出去种着官田坝的地，也种着自己的地，用种出的粮食供养着那些争来夺去、厮打血拼的人。

这般地一直到当下，官田还是种着，可眼见种庄稼的人是日渐减少，庄稼地是日渐缩小，年轻人大多远走，算上汉子，蛟子沟总共不过七八户人家，二十来口人，虽说饱着肚子，只是那原始的生活状态，在美丽的景色里，让人心里滋生阵阵钝痛。

汉子对自己的生活倒没有什么抱怨，只是对把坝子里的好田好地盖成房屋有些看法，他坚持种着自己的地，种着别人撂荒的地。官田需要劳力的时候，他守着先人传下来的传统，搁下自己的活计去帮着。他常常对着别人说："那米精贵呀，是蛟子沟人的精气神呢，再说了，庄稼是耽误不得的，是要人好好侍弄的，更是需要一溪好水滋养的呀！"

汉江船

对汉江的记忆，我是从一次次摆渡开始的。

小时候，曾经在汉江边吕河镇对面的松木沟里住过几年，每逢赶集，我必是闹着要去，叔伯只要稍露出难色，爷爷就不高兴了，"让娃去吧。"于是我回回都是去了的。大人们以为我是喜欢到镇子里贪玩贪吃的，怎么也不会晓得我最喜的是轮渡，从江北到江南，从江南到江北，那等待一渡船人满的急切和渴望，那一江水面的宽阔，那摆渡时的安稳中夹杂的一丝惊险和新奇，那清悠悠荡开的浪花，会让我几天几夜都兴奋和骄傲着。

我哪里知道，每次摆渡，那一来一回地加起来的一毛钱，是要叔伯卖几斤蔬菜，和不少柿饼或者几捆龙须草才能换来的。

后来我才知道，原来父母从安康师范学校毕业后，从旬阳分配到平利工作，把我放在老家里。我每每被爷爷惯着，让我的堂兄堂弟很是羡慕。

那些年，到了春节，父母一定是要带着我们回老家看老人的，只是回家的路，总是极其艰难和漫长，短短的路要走上好几天，从乡下到县城，从城里到安康几乎很少有顺畅通车的，常常是用两条腿跋山涉水。这样一年一度的行程，我最开心的路段，当是从安康到旬阳的客轮了，无论车路通不通，船票总会买得到，从安康到吕河镇，几个小时的行程，会和汉江亲近个够，看了汉江，坐过了航江的船，回到平利，巴山里那些小河小溪虽也是朝夕相处的挚爱，可对汉江的向往总会是心底里的期盼。

一直还记着最后一次坐船回旬阳的情景，始终很孝顺的父母还缺着爷爷的一副寿枋。说起来很是笑话人呢，老家松木沟别说松木，连灌木都极少，沟里长着树木的大抵只是柿子树和拐枣树，那可是老家人的一年的指望呀，吃不吃得饱，有没有酒喝，都靠着它们，万万是砍不得的，爷爷渐渐地老了，嘴里不说，心里指望着平利吃公家饭的大儿给他置办一副寿枋呢！那一年，改革开放才开始，从镇上到城里，从城里到安康，路终于通畅起来，父母刚好又被调进城。便花了两人一个月的工资，买了上好的杉木，找人做成寿枋，在暑假期间，请货运司机运到安康。父亲带着我和大哥，先是寻着一个架子车，帮着车主把寿枋运到水西门码头，又寻着一个船主讲好价钱，把寿枋装上船，这回的船，是那种有篷的机动船，坐着这船，因着寿枋，顾不上和汉水亲热，心境很是紧张，直到我们在松木沟滩顺利把寿枋一块块抬下来。

几年后，爷爷高龄去世，是用着在松木沟最上乘的不多见的寿枋入殓的，这寿枋是从汉江南岸巴山里运到北岸的松木沟里，走了一百多里的汉江行程，是汉江运送来他想要永远安睡的房子，想着自小在汉江边生活的爷爷一定是舒心和安然的。

后来，安康到老家的路愈来愈好，我们回到旬阳老家就再没有坐过船，再后来，安康城上游修了水库，老家的航运也终于没有了。

曾经在瀛湖里又坐过汉江里行的船，用同样的航行时间让我回到我的回忆之中。有一回在紫阳城，专门坐轮渡来来回回地渡，想着已经作古的爷爷婆婆、叔叔伯伯，眼睛就湿湿的。进入新世纪，安康城办起了龙舟节，我又专程带着孩子看，想起小时候父母带着我们在安康总是来去匆匆，那百舸争流、千舟竞发只存在大人绘声绘色的讲述里，就有着无限的怅惘。

时光匆匆，汉水从未停歇，今日的汉江日新月异，不再单单入长江大海，而是北上进了京城。或许，安康城至东到我老家一带，已经很少有行船，但在自己的感觉里，心知那些船还在行驶着，已然连接在一起，和整个汉江融为一体，成为一座高速行进的巨轮。

行走石滩

傍晚，一家人在院子里歇凉，聊起了石头。

不知是什么时候注意起石头的，当是受了长兄的影响吧。曾经有一块石头，因为和我的职业有关，便写了出来，竟有些声响，引得一些人爱上了石头。且有一个友人爱得痴狂，在小城里发起建立起奇石协会，把一件事鼓捣得颇有声势了，而我对石头的态度始终如此，不冷不热，不温不火，不离不弃，倒也就长久地坚持了下来。

有一块石，是汉江河滩上捡来的，是一方椭圆形上窄下宽的立面石，有着汉江石特有的光滑，不大不小，不高不矮，如配上合适的底座，应该是博古架上一个很好的装饰了。且这石是暗灰色的，正面有大片的空白，在石的底部，有些高高低低的凸起，是树，是房屋，也如挤挤挨挨的村落。石的上部，有一星并不硕大和明亮的月亮印，很是有些让人遐想的韵道。

我一直对这石多些喜欢，总以为这石有一种静、美、韵的元素，在安谧中显现着内在的底蕴，很像巴山里某个乡村的月夜，远离尘嚣，远离浮躁，有着切近自然和人类本真的成分。

这个傍晚，我借着石的话题求着长兄给我这块石头做一个合体的底座。兄和弟果然又对这石有了一番嘲笑，讲了一大堆玩石的行话，奇石的丑、漏、透、拙、清、颓等，这石都是不占的。我知道这世间所有事物的标准都不是唯一的，往往我总会由着性子争辩一遭，显现自己的审美观点和欣赏的角度还有一些人生价值的东西，而且总是在这种争辩中体味着别具一格的兄弟情谊和家的温馨，也增添着相互知识的了解和融合。往往多半的时候，谁也说服不了谁，只是这一个晚上，我因着有求于兄长，便面带微笑，任着他

女娲山灵

们说着，心知兄嘴上不论怎么糟蹋，也会对这石精心地琢磨，给石头配上珠联璧合自然天成的底座的。

我天生的笨拙，在动手和实际操作能力上几乎一窍不通，和兄弟们相差甚远，这也往往成了我潜意识中在兄弟面前说不上话的理由。看的书多了，不承想这天生的不足又附着了艺术性。中国的文人和艺术，大多重意境，重写意，重写景，重灵性，总是缺乏哲思和思辨的成分；而另一方面，又常常飘离在现实和生活之外，每每不屑于写油盐酱醋茶，吃喝拉撒睡，总归是不食人间烟火的了。偏是当下的时候，当所有的价值都在用一种物化形式体现时，当实际、实用、现实、现世成为主流时，文人边缘化就是注定了的。更不幸的是，我把这些不足几乎都组装在自己身上了。

兄劝我：还是专心找石吧，既有艺术性，又强身健体，还游山玩水。写文章，太费脑筋。

弟的话巧妙：二哥是一个理想主义者，与我们不在一个层面。

我不否认人生那些最基本的东西的重要性，但一些超越现实和不怎么实用的东西才可能是人类超越自身的希望。在我的艺术观里，也反思着中国文化和文学的不足和弱项，也赞同应更贴近生活和大众，只是觉得在纠偏的同时，也不可完全丢失那些实体物质之上之外的美和灵性。明明是对的东西，明明是该坚持的东西，每每被追求实用和价值的潮流压着。于是，我常常只有沉默。

曾经有一次，忽然见到垫在别人凳子上的报纸上，刚好有我一位文友发表的一篇文章，那文我读过，很是我喜欢的类型。见如此，我突然就很沮丧，在物质需求和精神需求对峙时，精神需求往往是不堪一击的。

曾经为一株紫薇写了一点感悟，那株紫薇着实让人惊叹，只是我觉得对紫薇而言，只需要绽放自己的美丽，发现美丽与否只不过是俗世的标准。

可用在奇石上就不对了，大自然每一块石头都是唯一的，一个人和一块石的机缘也是唯一的。石头的奇和意蕴是和人的眼光和内在的底蕴刹那间的结合孕生的，可以是一见钟情，可以是任何碰撞的宿命的偶然。

眼前忽然出现一片满是石头的河滩，对于芸芸众生而言，那是大自然的河滩；对于觅石者而言，是奇石的河滩；对于先知的创世者而言，是人类社会的河滩。

世上的事往往如此，选择了眼光，便成了眼光的俘虏，便进入了你的河滩，或踩着你不以为意的石头，或捡到你的奇石。或者也被当作石头踩，或者被当作奇石捡。

化龙山灵

化龙山小站

车子在化龙山巅驰骋了十几分钟，远远见到一个一个路灯时隐时现。很长时间里，感觉这灯也是在走着的，久久不能追上，终于到了路边的路灯下，停在小站的院落时，我似乎觉得自己是从天际翩翩降下的。

这是巴山第二主峰，海拔两千九百一十七米。夏夜，小站，友人，非旅游，非隐居，只是一次普通的寻访。这情景，过去只能是梦中的想象，当一切都变为真实的时候，我却又以为是在梦中。

群山环绕，万顷森林相拥，一盏金黄色路灯相伴，一座小楼静立其中。夜色中，灯光下，在小院里，在车路上，走近，远眺，忽而，诗意的心湖生出久违的感动。

月亮不知是什么时候，从山峦上露出了身子，所有人都被吸引了过去。一时间，现代科技衍生的手机成了主角，大家都去捕捉月之皎洁美好的形态。

山峦，树木，小院……不同人的手法，无法统计可拍摄多少不同形态、不同颜色的月亮，而不同人的思维，不同的想象，不同的思想，不同的情绪，又能衍生多少具有情感色彩、情感构图的月亮呢？

月明星稀，在这山巅之上，并不恰当，所有的星星，都在苍穹下同步出现在自己的位置。而所有人，在记忆中拼命地寻找少儿时每颗星星的定位，想起生命中那些伴随着遐想思绪的儿歌童谣，许多夏、秋夜的片段，就在这一夜复活……

黎明早早起来，原来，这小站是藏在大山一个山坳中的。冷杉林气势磅礴，随着山势铺展开去，如大海般壮阔。站在附近的山丘上看，小站仿若一只小船，美到了极致。

我无法想象不同季节小站的生态和形态。听小站的人形容叙说着百花争春晖之韵，繁花似锦夏之艳，层林尽染秋之静，银装素裹冬之琼……我立刻被它无边无垠的美的铺展所折服，又被这无穷无尽的美的演绎所痴迷。

一时间，我对小站充满着憧憬和向往，真想长留小站，做一个小站人，岁岁年年，年年岁岁……

小站里的诗与文

小站里亦是有人的，而且是一对夫妻。或许就是这对夫妻，一时间把化龙群山中这护林站从孤寒寂静的意境拉进了人间，充满着世间烟火的温暖和人间真情的温馨。

正是这对夫妻，把山下带来的腊肉、果蔬、香料等，变成一桌热气腾腾的美食佳肴；也正是这对夫妻，总是预备着茶水、食品、雨衣和一些药物及日常用品，为着那些熟悉和不熟悉的人的到来。

岁月悠悠，常常有做科普的、摄影的、旅游的、南来北往的、东奔西走的人来去匆匆，小站往往成为他们驻足休憩的驿站。

很多的时候，小站成为一些人的救护神，给一些突发意外的人以最好最及时的救助。当然，对于那些盗猎的、偷采山珍林宝的，小站会用最严厉的处罚迎接……

其实，这对夫妻并非同一个单位的，他们一个是国家保护区林场的，一个是地方林场的。这些年，每逢妻子节假日休息的时候，她总会上山来陪丈夫。尤其是冬季，大雪封山，一待就是一两个月。夫妻一起，再漫长的时光，也不嫌其久；再孤寂的日子，也不会枯燥。

也许，化龙山的风花雪月滋养着他们，化龙山的云雨雾岚熏陶着他们，化龙山的钟毓灵秀点化着他们。他们夫妻，已经成为化龙山上的代言人，一个用诗倾诉，一个拿文表达。于是，在安康的报刊、网站上，总会时不时有化龙山的诗文出现。那些诗，那些文，就像化龙山主峰盛开的杜鹃花，热烈而又自在，只有自然的天性，却没有刻意的张扬。

我是从那些描写化龙山美丽的诗文中记住他俩的名字，又在他们的名字下的诗文里熟识了化龙山的万般风情的。只是直到驻足小站的那一刻，才恍然知晓，这一文一诗的作者是一对夫妻。

且让我记录下女诗人的一段诗句吧：

　　　　生命的年轮舞出金色的婀娜

　　　　巡护人在自己的脚印里

　　　　守候化龙山顶那不息的圆月和灯火

　　　　明月当空，群星闪烁

　　　　孩子们，来吧

　　　　让我们坐在溪水边，目送它

　　　　向北，一路欢歌

记得四年前，我和一伙南方的北方的、专业的业余的作家，去了祖国最西北的喀纳斯。那儿的管委会主任康剑也是一位作家，这位中国作协会员，热情地接待了我们。他送给我们最好的礼物，除了"上帝的自留地"喀纳斯之外，就是他的《喀纳斯的笔记》。他执着地行走在喀纳斯的每一寸山林、水溪，又执着地用目光和镜头对着喀纳斯的土地、喀纳斯的星空，记叙和描述了一个长期驻守在喀纳斯的人独特的发现和思考。而东敏、共昭夫妻是不是就是化龙山的康剑，是化龙山灵魂的发言人和代言人呢？

化龙山灵

在此之前，我从资料上得知，最后一只野生华南虎死于1958年，当这只华南虎，悲壮地在猎人的枪下倒下，此后，再没有发现野外生存有华南虎，按国际通行的规则，宣布了野外华南虎已经绝迹。当我询问新结识的巡护员刘平时，他认真而严肃地纠正说："不对，最后一只华南虎，是一只雄性老虎，有人看见他时，是在化龙山千家坪柏子沟，最后消失的时间是1998年。"

提起这个话题，我有些后悔，最后一只华南虎孤独和悲壮的背影给化龙山染上了一种淡淡的感伤。

按照规定路线上山，一路上，我们认识了一种开着紫红色像狐狸尾巴的花的植物，巡护员刘平告诉我们，这是落新妇，我们都以为这是当地的土名字，然而他却说这就是学名。也怪，有落新妇一路相伴，我们就戏称这是天上下凡的仙女。于是，就有一路欢歌，一路笑语。

时值晚夏初秋，原始森林里花果纷纷争先恐后出现，丰富的地衣，鲜艳的草菌、正当时的猕猴桃、似熟未熟的五味子、似开未开的八月炸，还有数不清的奇花异草…

看得久了，慢慢地感觉到，令人吃惊的，不单单是这些植物、生物，而是身边这位一直解说的巡护员刘平，每当我们遇到一种新的草木时，他总是不假思索地报出这树木花草的学名和本地的叫法，还附带介绍着植物的特性包括奇趣好玩之处，大家都开始对他有了一种油然而生的崇拜和尊重。

在向上攀登的途中，刘平不停地给我们介绍化龙山的活化石植物银杏、珙桐、杜仲、香果树、黄豆杉、冷杉、长序榆等；还给我们描述化龙山珍稀保护动物云豹、黑熊、明鬃羊、林麝、大鲵、果子狸等；他适时还给我们讲解化龙山独有鸟类金雕、红腹锦鸡、蓝喉太阳鸟、杜鹃等。

终于有人憋不住了，询问刘平："你认识多少种植物？"他有些腼腆地回答道："大概有一千多种吧。""那有多少动物呢？""可能有三百多种吧。"

这时，身边的一位向导介绍道："他是我们的活专家呢，这些年，他在化龙山新发现了植物十四种，动物十三种，这些年他还用镜头拍下了几千张动植物照片，得到很多动植物专家肯定，好多照片还被中省市科普专业刊物、网站采用刊登。"

大家都惊讶得说不出话来，这时，我们都明白，刘平已经把自己的人生和化龙山的植物、动物还有化龙山，紧紧地融合在一起了。

一座山，一河水是有生命的，化龙山更是有生命的。有生命的东西，就有一种看不见的灵性、灵气、灵魂，每一个和化龙山生命相依的爱一定会有形无形存入化龙山的生命核之中，集合为无形之灵。化龙山人自己也有灵，山之灵，水之灵，人之灵，草木之灵，生物之灵，交织在一起，灵与灵之间相互碰撞、纠结、聚集，成就化龙山璀璨的光芒。

住在化龙山另一侧的周正龙大半生都生活在化龙山里，他始终坚信和坚持着化龙山还有华南虎，我认为他是把化龙山的灵当作华南虎了。

华南虎在野外肯定是绝迹了，但是化龙山所有的生命共同组成的山之灵一定是存在的，而且会一直存在。

吉河岸边

蒿子坝

生命的初始总是充满着神奇，又充满着迷茫，对江河源头的探索同样也是神秘和令人向往的。

吉河在平利境内平头山孕育、积累、成形，从山的褶子里渗出，点点滴滴，汇聚在一起，又经过一段无声、孤独、寂寞的生命之路，终于在蒿子坝呱呱出生，自此有了自己的声音和名字。

因为它的诞生，这里曾经的蒿草遍野不再，曾经的飞禽走兽的天地也甘愿成为配角，而成为一个山水、田园、人畜和谐一体的河源山村。

在几乎所有的河源都声名鹊起的时候，吉河之源一如既往地沉寂着，没有浮躁，没有张扬，安然地隐逸着，偶尔，也有探源者行色匆匆而来。蒿子坝沉郁如常，用山珍海味、秀丽风景声厚道地招呼着远方的客人。蒿子坝如同处子，如同深谷幽兰，在自己的世界自由自在地生活着……

家乡四大河流的源头，黄洋河、坝河、岚河，我都有幸涉足，唯独少了吉河，终于还是按捺不住心中的向往和渴求，在一个早春时节，踏上了追寻之旅。

过了泗王庙，溯吉河而上，吉河的风情就已尽显，每走一段，都会有奇异的景色出现，让人停车驻步。狮子洞，在河中突兀的一个形似立狮的巨大岩石，腰中生有一洞，可容数人，但见洞中漆黑，寒气袭人，便心生一分怯意，不敢进入，悻悻离开。又行数里，河道变得急陡，河床全是整块岩石铺陈，那地毯般的岩石有三处自然的落差，吉河水仿佛从天上而来，急泻而下，还没有立稳，又被裹卷着冲下，一次又一次，组合成连贯的三级跳跃，呈现出三道白色的银链。当河水第三次落下时，在谷底形成了一个碧玉色的深潭，那潭深不见底，潭后一侧有一块巨大的岩石，潭底有一深不可测的洞，深入到大石里。据说曾有一条黑龙在此长期盘踞，因名黑龙潭，那洞恰好和巨石顶部一个天窗式的洞穴相通。据当地人说，解放战争时，曾有一小股国民党部队由此逃窜。一名副班长慌乱中落入巨石洞穴，队友见人神秘失踪，更为惊慌。几天后，还是砍柴的樵夫听到潭底有人呼救声，便冒死潜入潭底洞里，将那副班长救了出来，让这潭更增添了一些传奇色彩。

如果你以为这便是蒿子坝，那就完全错了，这不过是入场前的宣传片。想进入蒿子坝，必须有一道关要过，过了黑龙潭，只见前方双岩对峙，几乎就要拥抱在一起，挤得峡谷仿佛只容得下两个人，战战兢兢地从那岩下走过。仰头看天，只见那山高耸入云，壁立锋利，直刺上天，只留得天空如梭子一般，被誉为"一线天"。当你过了"一线天"，你才算通过了检验，方可走进处子般的吉河之源。

再前行几百米，在一个山脊上，突生出一块巨大的石头，仿佛飞来之石，更奇的是，那石上活生生长出一棵树来，历经千百年日晒雨淋而不倒，被当地人誉为"天下第一石"。

最精彩的一幕终于呈现，当我们绕过一座山，忽见一大片坝子出现在眼前，吉河水从坝子中间直线穿过，将坝子一分为二，古树、小桥、村舍、田园，一派安静、祥和。当你回头看去，奇迹出现了，只见刚刚绕过的那山，犹如一只卧鹿的侧面，那侧面，又像是一幅浮雕，色彩、流纹都带着灵动和生机，而浮雕的画面表现的可以是千佛道场，可以是百官上朝，可以是车水马龙，可以是百兽千鸟，可以是你想象出的任何景象。远远看去，阳光照在浮雕上，更近似一个天然的照壁。一个川坝，有了这块照壁，所有的意境都出来了，一种灵气和仙气充溢其间，让你感到这里绝非一个寻常的地方。

果然，在20世纪二三十年代，这里诞生了一位青年才俊肖衍臣，他曾在北京民国大学就读，接受过反帝、反封建的先进思想的熏陶。1927年，他学成回乡，目睹了军阀之祸，萌生了武力对抗军阀的决心。在不长的时间里，他很快和陕南的神团取得了联络，带领兄弟四人，建立了三阳神团，并以蒿子坝为据点，杀军阀、抗赋款，南征北战，轰轰烈烈，名震一时。而更早的时候，在蒿子坝对面大山里的青龙寨，曾是当地赫赫有名的刘金定和高怀德领兵驻扎的地方，山寨上还存有点将台。我无法有更多的资料了解他们曾经是何等的叱咤风云，但他们注定是他们所处时代的主角。还有金佛洞、观音崖等一些奇观异景都集中在蒿子坝这个地方，每一处的自然奇观都有一个精彩的故事和传说。

如今，肖家大院尚在，英雄已远去，只有吉河水静静地流淌着。早春的蒿子坝依然保持着既有的风采，风和日丽，河边的柳树也绽开了嫩芽，一派清明的气象。信步在蒿子坝走着，时不时会遇到几个蒿子坝人，他们会用平常的眼神看着你，对你露出真诚和善意的微笑。那吉河河道和河岸仅两尺的落差，如果不是有小桥流水人家提醒，你不会觉得那是河，而是身边一只柔顺的小狗。这时眼前出现了一棵高大古老的银杏树，树就生在吉河的身旁，树身上披满了红绸红布，树下有一座小小庙，有一两个老人在树下祭拜着，树是这吉河源头的原生的伙伴，我想他们肯定是在祈求这棵千年神树能够永远神佑这方的灵秀。

树、桥、路、竹、田、房舍……河水滋养着田园，田园容纳着村舍，村舍住着蒿子坝人，还有家禽和家畜，整个蒿子坝，只有幽静、静谧、自得、安然。

我知道蒿子坝不是世外桃源，也经历过人世间的风风雨雨，可那骨子里的恬静会让所有人内心都充满淡泊，因为蒿子坝人内心会把这里作为心头的一块净土，用生命呵护，他们无论走到哪里，开始怎样的故事，开辟什么样的路程，都绝对不会把纷繁带回自己的家园。

这或许就是蒿子坝，见证了吉河从无到有的诞生，见证了无数生生死死、轰轰烈烈之后的平静，它懂得美丽和天地共生的哲理，也懂得永恒存在于流动和循环，它藏着吉河最原始的秘密，也蕴含了大自然的神奇，还有它自身与生俱来的禅意。

只要你来，除了旖旎多彩的风光，我相信，总会在蒿子坝悟到什么的。

吉 河

一条河，并不总是以流程、容量决定其位置。

一条河，也并不总是叱咤风云，从开始起就平步青云，直到进入大江大海一直都驰名世间。

有这样一条河，你想起它时，它就是一种思念，它静静地流淌在它的世界，不媚不俗，不艳丽，不扎眼，逶迤在平利县西北和汉滨区东南的大山里。那里的山、石、林、木，土地孕育了它，它也用绵绵的温情回报着亲人，用它的韵姿给那一片土地带来不尽的风情。你追寻它时，它就是一种期盼。从平利任何一个地方踏上期待之旅，几十里的路程，必须翻越四座山头，又四次下到谷底，四上四下，起起落落，那随山就势的蜿蜒的车道，曲曲折折，左转右旋。没有一番忍受颠簸的执着和坚定，你是见不着它的。如果你想换一条路，从汉江溯河而上，你将会登上一条有如华山苍龙岭一般的道路，车一直会在鱼脊背般的山上穿行。由两边看去，胆小的，不敢睁眼，胆大的，也会心惊肉跳，没有果敢的胆识和意志，也是会退避三舍的。当你终于进入它的世界，它会献给你一杯最好的三阳茶，然后又款款离开，在一旁微笑地看着你，它的举止清雅而曼妙，会让你痴迷忘返，她的风姿婉致而清秀，在一百九十二平方公里的土地上演绎着无限的美丽。

它发源于平利境内的平头山，先后经历了蒿子坝、泗王庙、田坝、吉河镇，一路逶迤，穿行在山涧岭壑之间，最后在吉河口注入汉江。她犹如一条浅色的飘带，勾勒出一幅山色、水韵、村景、古镇的自然水墨长卷。

它在平利的流长是二十公里，流域面积是八十九平方公里，论长度，它在平利是小妹妹，说流域，它也只是窈窕淑女。然而它从不自感娇小卑微，而用羸小的躯体撑起了一个美丽世界。它也并不因平凡而放弃，凭着骨子里一股坚韧的力量，独立地走完全程，毅然投入汉江的怀抱。也正是它清秀可爱的风采，独立自强的特质，也让所有平利人喜爱和青睐，把它列入平利四大河流之一。

它有一个好听的名字，吉河。

好听的名字也是千年的等待，千年的喜爱，千年的演绎。《水经注》有它的初始之名"急溪"，《九域志》给了它个学名"吉水"，光绪《平利县志》正式命名为"吉河"。

吉河的美丽是一种内在的底蕴，它距离繁华的兴安州府（今安康市）并不遥远，却隐逸在闹市身边的深山幽谷之中，有一种剥离红尘的高雅。它又是川陕古盐道一条支线最接近汉江的驿站，千千万万个盐客在这里驻足和歇息，吉河用它的微笑和美丽目睹了数不清的盐巴经过，也把它的温暖和热情留在了那流淌的岁月里。

悠久的历史也注定会给吉河留下一些难忘的记忆。晋太元三年（378年），南北朝时期，时任魏兴太守的吉挹在吉河和汉江交汇之处建起山寨，与前秦苻坚的强大军队进行殊死战斗，坚守两年之久。最终因寡不敌众，兵败被俘，却绝不变节，不食不言而死。后人为了纪念他，把他建立的山寨叫作吉挹城。也许是巧合，也许是神秘的谶语，吉河注定要等待这个姓吉的人，他也注定会为吉河写上浓墨重彩的一笔。

吉河的清纯和温和生就了上好的三阳碧螺春，那茶，有茶的青翠的汤色，又有茶的耐久的回味，犹如吉河的天生丽质，经得起时间的浸泡，更受得了茶客的挑剔，在陕南的茶家族里自有特质。

吉河的岸边还遍生着一种栀子花，那花，白色，有单瓣的，有多瓣的，灌木，绽放时，散发着浓郁的清香。那香，幽幽的，直沁你的心脾，生长在吉河这片土地上的人，终生都忘不了这香。于是，一个从吉河走出的平利籍作家戴吉坤，把吉字留在名字里，写出了长篇巨著《栀子花开》，写吉河如栀子花的美丽，写吉河人如栀子花的淳朴和清纯，写走出吉河的人对栀子花那浓浓的乡情……

吉河不语，还是款款地逶迤着，在家里等你。想它的时候，它是一种思念；你爱上它的时候，它是一种期盼。

楠木树

楠木树不是树，是一个村，早先的时候，肯定是长满楠木树的。

一个偶然的机会，我到了吉河上游地域，又是同事的一个偶然建议，我到了楠木树。

过了泗王庙，溯吉河继续上行五六里，岸东有一沟，不刻意去看，就不觉得是沟，会不经意地错过，如果错过，也许是一个无法言说的缺憾。

我本以为和常常见过的山沟没有什么两样，在登山的不久，渐渐感觉就不对了，那不是一个一竿到头的狭沟，也不是一个一览无余的山坡，而是一个卧佛般的山地，令人眼睛一亮。只见整个村子，一溪两梁，犹如一个打开的蒲扇，又像是一个门上的合页，中线就是那个院子山峰的小溪，那扇形的山地也不是常见的那种坡梁，全是梯田和水田，一直从沟底延伸到山峰，村舍就在这扇形的坡梁上随意地散落着，随坡就湾，却又恰到好处，和山身浑然一体，自然妥帖。时值春夏之交，山坡已披上一层让人心生爱意的嫩绿，山里气温升得晚些，还有些迟开的花正开得热闹，阳光穿过透明的天空照进来，和山涧的灵秀融在一起，整个世界都是水晶样的清丽、清明、清爽。

村舍是传统的村舍，却全是白墙青瓦，屋前屋后有树，有茂林修竹，有鸡有猫有猪有犬，房子里面会有老人、小孩，有男人和女人，有各自的生活，各自的天伦，各自的故事。门前来了人，狗就尽职尽责地吠叫着，这时会从屋子里走出主人，呵斥着狗，招呼着客人，热情地让你到屋里喝水……

站在山梁上看楠木树，那山势，那房舍，那梯田，那村道，都透着一种清澈、开阔、大气；那景色，那韵味，你会想到世外桃源，可这里比世外桃源更具时代气息；你会想到现世的那些新农村代表，可这里比那些新农村更朴质，更传统，更具本地味道。那些村是美的，是美的典型，我们生活的常态美，是一个山中的本真的新农村。

从山巅源生的那条溪流生得奇巧，水经年不断，汩汩长流，足以养活村落里几十户人家，灌溉这数百亩土地和梯田。那溪似乎格外钟情楠木树人，在山腰积聚成潭，逗留徘徊许久，然后才开心地流下山涧，流向田地，楠木树人当然也把溪疼爱得如同宝贝。这潭也是大人小孩都爱去的地方，女人们在这里洗衣洗菜，姑娘们也常来凑热闹，偶尔会悄悄地对着潭看俊俏的脸庞，小孩子在这里玩耍、嬉戏，大人们晨出暮归，路过时，总会掬上一捧，喝个痛快……

当然，庄稼人不会让水白白流走，他们在潭下修了堤坝，聚水修堰，将水引向两梁，于是扇形的村子里所有的地都是良田，是旱涝保收的一方富饶之地。

也有疑惑，那有如云南元阳田景的梯田是自然形成，还是人工打造？如是人工修筑，那工程量不下一个河南红旗渠，会是怎样的愚公所为？一打听，果然，是20世纪六七十年代"农业学大寨"时建成的，楠木树村曾经是全省一面旗帜，省"农业学大寨"现场会曾在这里召开。那曾经的辉煌，那曾经的荣耀，楠木树是不会忘记的，他们真正享受到了改造自然、爱护自然的好处，会真心体会到土地改造带来的恩惠，他们不会忘记天晴犁锄挖不动，下雨泥水顺沟流，年年吃不饱的岁月，他们骨子里有着一种团结、集体意识和荣誉感。直到今天，村上组织修路架桥，筑堰引水，护田植树，家家户户无不响应，投资投劳，热火朝天，让很难组织起来的邻村人羡慕不已。

楠木树人有自己的观念，他们从没有放松过传统的农业，但又不封闭和保守，外出务工，家里总会留下一个劳力，出门在外，也总是相互照应。插秧、播种、收割的季节，他们就像候鸟，分拨一批人回家里帮衬。因为他们知道，自己的巢在楠木树，根在楠木树，所有的付出，所有的努力，都是为了那个温暖的家。

村里有茶，有桑、有产业；村里有粮，有畜，有希望；村里有老人，有孩子，有生活。

泗王庙

20世纪末的时候，我初到吉河岸边的泗王庙，心底忽然对泗王庙产生了一种莫名的好感。也许是泗王庙和我少儿时代生长的地方有一种意境的相似，也许是泗王庙的山水、风貌时常出现在我的梦里，实在是无法诉说清楚的，兴许大致就是人们常说的一种前世因缘吧。

记得那次到泗王庙时，时候已经很晚了，一场酒宴之后，我们被安排在当时的镇财政所的客房里，不知是不是多饮了几盅，我夜里怎么也睡不着，就细听起窗外的河流声来。听着听着，我就感到有些异样，那水声，一左一右，此起彼伏，一个犹如清脆利落的扬琴，一个有如急促风行的琵琶，似在合奏一首欢快悠扬的流水曲调，一个内敛，一个张扬，一个微微地笑着，一个把头陶醉地摇晃着……但乐声却在相互的映衬中，恰到好处地表现着山高水长的主题，实在是一种无法再现的天籁。

晨起一看，果然是左有一河，右有一溪，原以为是同一条河绕过居处的，其实不然，这二河各自有源。右边的溪由东南而来，叫东沟，是支流；左面的河自西南而来，叫吉河，是主流。就在泗王庙汇合，把泗王庙造化成一个天然的半岛。

也许半岛在山水纵横的秦巴山地随处可见，可把一个镇建在半岛之上和环绕半岛的周边就增添了不少人文意味，奇在不知何时起，有人用原木作柱，作梁，作板，在两河半岛之间建起了廊桥。那廊桥是分段的，先是到半岛是斜的，然后跨过的另一河又是一个角度，走在廊桥上，赏景，脚下的木桥笃笃作响，还有些轻微的摇晃，是极富情趣的。镇上的居户，在两河一岛三岸环山上自然地散落，街是市，市是街。不像城里的街道一味地宽直，却多生出些生活的气息来。我想小镇的人，多半一早起来，都是要在这廊桥上往来一趟的，傍晚溜达，也必是到廊桥上走上一走。春夏秋冬，廊桥上下四时景色，各有不同。人际往来，也都在廊桥上吆喝着、招呼着，那情形，在秦巴无数个小镇里是不多见的。

　　记得当时桥边还有一个庙的遗迹，问及时，有人告知，是"泗王庙"。那时我对泗王不是很清楚，又不好意思问，恐人笑话，不料错过就错过，那遗迹就消失了。"昔人已乘黄鹤去，此地空余黄鹤楼"，泗王庙，却什么都没有留下。以后又多次去过泗王庙，但都是来去匆匆，仿若电影的蒙太奇，每次的画面如雪花般飘下又叠加在一起，时光就走过了十几年，小镇也就变得面目全非，眉目之间，俨然已是一个现代化的小镇了。那廊桥，也已建成了水泥钢筋桥，桥虽然还是顺着木廊桥的走向和角度建起的，可走在上面，再也没有那种味道了。

　　于是心里有些愧疚，暗暗地关心起泗王来，原以为泗王有形的东西没有了，但无形的内容是会渗透到这块地域的骨子里的。岂料问起来，不用说年龄五十往下的，那七八十往上的，也说不大明白，有的说是禹王，有的说是杨四郎，还有的说是杨泗将军。我去查乾隆、光绪年间的县志、庙碑和墓碑，竟也有四郎庙、泗郎庙、泗王庙等多种记载，没有定论。几千年来，一个以泗王为名，一个以泗王为标志的地域，竟失去了最初的人文记忆，那该是怎样一种断裂？我心中有一种莫名的失落。

　　其实年久失忆的岂止是我们，查查资料，华夏大地，有泗王庙、泗王墓、泗王岩、泗王殿的不在少数，他们也在为泗王是谁，和泗王做了些什么，为什么先人为他建庙而争议着。年代的久远，世事的变迁，沧海桑田，曾经历史上的泗王，是何等的英雄？是怎样的叱咤风云？如今却在今人的视野里淡化，渐行渐远，以致成为一个模糊的名字。

　　祭祀所塑泗王像，大多数为身披金盔金甲，手握利斧，或坐或站的武将。从现存的传说和遗址遗迹中，都说明泗王就是杨泗将军，是历史上曾真实存在过的一个人，他是一个带兵打仗的将军，尤善水战，平时还兼修水利和疏通河道，深受群众拥戴。

　　经过大量的史料和实地考证，史学家认证，陕南供奉的泗王，不是南宋农民起义的杨幺，因为杨幺没有到过四川、陕西；也不是抗金名将吴玠、吴璘的属下凤翔天兴人杨从仪，因为他生前仅在汉水上游活动过；更不是杨家将里的杨四郎，杨四郎是不可能到陕南的。

　　而真实的杨泗是湖南长沙人，参加过红巾起义，担当了一名带兵的头

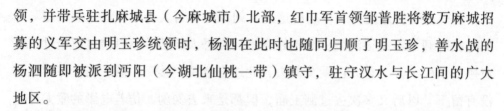

领，并带兵驻扎麻城县（今麻城市）北部，红巾军首领邹普胜将数万麻城招募的义军交由明玉珍统领时，杨泗在此时也随同归顺了明玉珍，善水战的杨泗随即被派到沔阳（今湖北仙桃一带）镇守，驻守汉水与长江间的广大地区。

元至正十七年（1357年）明玉珍和杨泗奉命进川征粮，随即攻入四川，明玉珍在四川建立了"大夏政权"，封杨泗为开国侯。

杨泗将军居川期间，曾到陕南汉水上中游流域活动过，并在无战事期间兴修水利，疏通河道，他在川陕的所作所为受到各地民众爱戴。

"大夏政权"是一个偏安一隅的短命小朝廷，洪武四年（1371年）后，被朱元璋收编，朱元璋"调用"了明玉珍大夏政权的"官庄"，而杨泗被"调用"到雅安汉源县，将二人分开。明初的时候，杨泗又被调用到陕西周至县厚畛子镇，当地广泛流传这样一个传说：由于大旱，皇帝命杨泗寻水，杨泗找到水后向皇帝口头报告："胥水长流。"皇帝听到后说："细水长流，怎能解决几十万士兵饮水困难？"便下令将杨泗处死。后来皇帝得知实际上是"胥水"不是"细水"，胥水水量很大，完全可满足军队饮用，自己"误杀"了杨泗，只得下旨，各地修庙以祭祀杨泗。尽管是传说，但可信度很大，因为这和朱元璋建朝后诛杀功臣的史上记载是一致的。

杨泗将军善水战，善水利工程，以屯耕安置，功劳不少，但他又是一个悲剧性人物。因为是起义军出身，又是"大夏重臣"，只是被重用而得不到提升，职务始终都是一位中层军官，其事迹不入正史，所祀庙宇也多是"一门、一殿、一偏房"而已。但民众从未忘记他的功德，各地民众每年元月六日他生日时，为他主办泗王庙会，每逢祭祀水神时，也会到他的庙里上香供奉，并赋予他能下水除孽龙和水妖，平息洪水和风浪，确保河岸民众在和船只航运安全等一些超人的、神秘的能力，渐渐地，他已经和水神融为一体，多为船工、行商等奉为本行会或个人崇拜的主神之一。

在追寻杨泗的过程中，我意外发现紧邻我们的重庆市城口县北屏乡也有杨泗庙、杨泗岩，岩上还有杨泗栈道，这栈道竟然和同一山体的陕西岚皋县杨泗古道相通连，而平利县吉河岸边三阳镇也是连接川陕古道的一个重要驿站，和平利县的八仙以及岚皋县是处在一个连接线上的。

我不知道杨泗将军当初由湖北麻城过汉江到四川是不是在三阳镇驻扎过，但泗王庙建在吉河和东沟交汇的半岛上，毫无疑问起着镇水、管水的作用，希冀当地气候风调雨顺，百姓康泰安定。

可以想象，三阳泗王庙曾经是怎样的车水马龙，香火兴旺，我似乎看到了杨泗将军在泗王庙安营扎寨、马嘶人欢的情景，我甚至还看到了杨泗将军没有忘记这个地方，带领他的将士回来和当地百姓一起疏导吉河河道、筑堤修坝的热闹场景。那个时候，他和他的部队是和当地老百姓，融为一体的，那泗王庙也是老百姓发自内心的对泗王的感恩和爱戴建立起来的。

因为有了泗王，才有了泗王庙，有了泗王庙，才有了一方的风调雨顺，才有了一河清澈甘甜的水，生就了一种独具风味的茶，地方因茶而名，茶因水而生，水因泗王而灵，那庙也就是这茶、这水、这方地域的魂。

仿佛中，那泗王庙又重修了起来，那水泥钢筋桥又变成了木廊桥，走在上面，有些晃荡，还发出笃笃的响声。那庙，也全是原木搭建起来的，雕梁画栋，朱漆金箔。泗王像在威武中透着一种慈善，对着这个世界露出他宠辱不惊的淡泊。

我知道这不是梦，泗王不会离开他挚爱的地域而去，泗王庙人终会发现泗王功德中所寓涵的大道和大爱，也许到那一天，庙的有无反而就不会那样重要了。

仙姑庙

第一次去仙姑庙，也是在秋天，我和同事曾经在吉河岸边驻留了不长不短的一段岁月。当时工作的事似乎卡了壳，那一天，找不到要找的人，也想不出什么更好的办法，琢磨着有这样一个去处，便寻着小镇上的人问了路，决意去一趟。大我十多岁的同事，和我总是十分有默契，我每每要做的事，从不问我，这次亦如此，就陪我去了。

仙姑庙在小镇不远一个叫小富沟的村子里。它的吸引力在于处在小镇不远，又隐藏在山中；它的神奇在于以泗王庙命名的小镇，泗王庙实体已

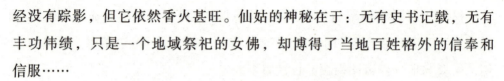

经没有踪影，但它依然香火甚旺。仙姑的神秘在于：无有史书记载，无有丰功伟绩，只是一个地域祭祀的女佛，却博得了当地百姓格外的信奉和信服……

仙姑是一个地方孕育生产的一个现实和宗教交汇的传奇，这其后依旧是一个传说很久的故事，主角是一个少年女子，生于清末年间一个姓王的人家，生来家境贫寒，父母便将其给人家做了童养媳，而婆家为了获得最大的回报，让仙姑一刻不停地干活，吃的是最差的，穿的是最烂的，饥寒交迫，受尽了折磨，仙姑有苦无处诉说，整日里以泪洗面。一日，仙姑在山中砍柴，和兄长相遇，妹妹述说了实情，两兄妹抱头痛哭。到底是骨肉连心，哥哥对妹子说："家里再穷再苦，吃糠咽菜，穿粗布衣服，总是冻不着饿不着的。"便变卖了不少家产，还了当初的礼钱，接妹妹回家。岂料这仙姑原是观音侍女下凡投胎王家，观音被仙姑兄长和家人感动，暗中授法，一夜之间，仙姑就有了治病救人、救苦救难、惩恶扬善的本领，福泽吉河岸边的百姓。只可惜不过二三年，观音有事，急召仙姑回天，那个日子是六月六日，仙姑年仅十三岁，家人将其葬于房后莲花山。仙姑仙逝后，每每有乡亲见其在莲花山打坐，知是其显灵，但凡有急事、难事、烦恼事，都到其打坐的莲花台祭拜寻求化解，竟然无不应验，一时间，慢慢传开，名声远扬，遍及川陕鄂，远近都赶来进香求拜，而仙姑全然是普世观音一般的慈悲，无所不应，播恩施惠，恩泽普照，尤以妇女所求所愿最为灵验。

那一次登仙姑庙，我们是从前山攀爬上去的。最初的拜访，总是有着异常的坚决，那陡峭的山路，也着实让我们气喘吁吁，汗水湿透了衣衫。最令人担忧的是，这崎岖的山路，有为数不少的岔路，很是让人发愁。当我正为择路着急时，有两个女人从后面赶来，年长的中年妇女长相清秀，颇有气质，面带微笑，只是在眉宇之间有一丝不易觉察的忧愁，年轻的姑娘一副嘻嘻哈哈的劲头，一看就是那种给人带来快乐欢笑的女子，询问时，方知也是奔着仙姑去的，便与我们一同前往。在同行的路上，说及仙姑的话题，年轻女子话匣子顿时打开，给我们说着和仙姑有关的许许多多灵验的故事。

转眼间，十余年过去了，现在去仙姑庙，村子从后山修了盘山公路，顺着村道走，在空旷和幽静的山林里，已不再是攀越，和在城市公园林荫道上散步几乎没有什么区别。不过这山谷，满是树林的清香和山花的幽香，那香融合在一起，就有着神仙的境界了，到了山顶，山下人家的言语还听辨得清清楚楚，让你忘了这是远离小镇十里的山中。回过头来，同伴不知什么时候不见了踪影，等了多半会儿，他竟然捡拾了不少的山板栗，双手捧不下，便用上衣兜着，汗水淋漓地赶了上来。似乎我们不是去看庙的，倒是一次家常的随意的山间游玩……

不知不觉地就到了庙宇，已和记忆中全然不同。仙姑庙虽然没有名寺名刹那般宏大，但在这小镇上，已是颇显规模了，有庙、有殿、有碑、有仙姑塑像、有香炉，一个庙该有的都有。那天或许不是当地百姓祭拜的日子，仙姑庙这一次很是清静，看守的尼姑也不知到哪儿去了，一只硕大的大黄蜂绕着我们飞来飞去，时值胡蜂蜇人事件闹得正欢，而这黄蜂好像是从山下一直伴我们上来的，似有契约，令人若有所思，我们反而没有什么顾忌了。

立在庙宇一侧，远远看去，山体颇有气势，正面的远山一片苍茫，那仙姑若不是生在那个时代，住在此处该是何等幸福和美好呀。

而我和同事那次从仙姑庙回来，忽然思路大开，寻得了一个有创意的法子，并在短时间完成了任务。

在即将离开仙姑庙时，我再一次游历了不足五百平方米大小的庙宇，凝视着仙姑塑像许久，心中恋恋不舍。在这个秋天的日子里，仙姑庙的所有自然和历史的元素用最感性而又宁和的舌头舔舐着我，在我记忆的存储中，渐渐梳理和归集这仙姑的种种踪迹，两次仙姑庙之行，让我在贴近本土孕生的宗教中，找到了家乡基因里最朴素和最本真的内核。

此时此刻，我仿佛看到仙姑立于仙姑庙前，一袭白衣，像仙女一样穿行在那些她救助的帮衬的人群里，加在她命运中曾经的那些贫苦，那些曾经的磨难，完全没有了影踪，都因为她那一颗慈爱的心，全然化解。她默默地奉献着、付出着，为了需要她的人忙碌着，活着。

那一种活着，隐含着一种无与伦比的美丽。

岚河雄歌

一提起八仙，总有种神秘和缥缈的气息浮上心头。八仙，巴山的屋脊，安康的高原，神奇的传说，富饶的物产。及至到了八仙，才发现一切是纯净清澈透明的，仿佛是真到了中国传统的山水画中。山，高大峻险，直入云霄；河，穿插掩映，跌宕起伏。一扫平凡和平庸，令人耳目一新。在这里，你感受不到高原的可怕，你也感受不到高原的宏大，却陶醉在和山水融为一体的农家、村庄和小镇中，真是一个神仙流连忘返的去处，而这一切只因有一条河——岚河。

这一条河，遍布八仙的山山岭岭，大川小沟，如一棵大树的根系，纵横交错，龙洞河、南溪河、正阳河、上岚河、百沙河、牙河、百好河、金鸡河等，一个庞大的岚河家族把八仙装扮得妖娆多姿。无法想象，没有岚河的八仙是什么样子。

岚河，不同的季节有不同的风姿，演奏着不同的民族曲调，春季的岚河是少女，哼着轻盈的茶歌，婀娜多姿，留下曼妙的倩影；夏季的岚河是小伙，突然爆发了青春的力量，奏响了激昂的劲歌，雄壮高亢，一副伟岸的雄姿；到了秋冬，岚河是安详的少妇，唱着家乡的民谣，质朴甜美，有着自然和天然的韵律，更是让人心动的模样。我从没有在夜里观赏夏的岚河，这一夜，恰逢雨后，暴涨过后的岚河依然充满着自然的伟力，让人惊叹不已，那满是河川的激流被河道的那些桀骜不驯的河石阻挡着，激起更强的超越的欲望，前赴后继，一次次激荡着，一次次撕咬着，像是奔马，像是滚雪，发出世界杯足球赛场般震耳欲聋的雷鸣……

岚河，是平利、是陕南、是陕西最靠近长江的一条河，或许，它曾在长江和汉江之间摇摆过、犹豫过，但还是选择坚定地一路北去，在岚皋注入汉江。正是它这一路风情，让平利，让岚皋，让安康，秦巴山区多了些许别样的美丽。也正是它的恒久的爱恋，让多少人的亲情，多少人的爱情，多少悲欢离合、多少喜怒哀乐，多少时光，都融入了滚滚的浪花中。

这一夜，咆哮的岚河依旧不知疲倦地投放热情，没有计算价值和意义。我知道，人类千万年的无数恩怨情仇，无数芸芸众生，无数英雄好汉，都随着这无休止的长河流向汉江，流向长江，流向大海。在大海面前，不会有任何挑剔，都会给予河流最宽容、最宏大的拥抱和抚慰，它们在那里得到永恒和永生，但情感终归像小草，像树木，像生灵，生过，爱过，开放过，灿烂过。我希冀我在岚河边独有的这个夜晚，会和那些无数个曾经有过，但已经流失的日子一样，在天地间流星般划过，归于永恒的沉寂……

而八仙，将会在岚河的歌唱中，不停地演绎新的浪漫和故事。

秋山松河

　　在巴山深处行走，你会对熟悉的地方没有风景的说法进行否认。

　　虽然崎岖，虽然艰险，可每每在你翻过一座山，越过一道梁，或者走过一段弯弯的村间小道，就会有你心生喜爱、流连忘返的地方。

　　一条大河的源头只能有一个，一个地域的代表元素也是天然的，而对于巴山里那更多的山、更多的水而言，对每一座山、每一条小溪而言，在汇入和融入某个生命洪流的行程里，也必定有着属于自己的完整完美的生命和过程。

　　发源于巴山秋山的松河，恰恰就是一个鲜活的体现。

　　它生来只能是汉江支流坝河的一个支流，任何遇到它的人，定会瞬间爱上这个夺人魂魄的地方，因为你一定会觉得这里是你梦中追寻和魂牵梦绕的地方。

　　那是巴山深处一条不多见的宽阔的河，两岸的良田，从和坝河汇合的地方一直伸展到秋山，直到翻越秦楚交界的闹阳坪，但始终是大气、宽阔、坦荡、秀美的。

　　松河生来就有巴山汉子直爽、豪迈、大度的胸怀，从秋山出发，一路三十里，坦坦荡荡，乐观自信，清爽阳光，把所有的激情和追求都汇入了坝河，最后汇入了汉江。

　　松河生来也有巴山女子的娟美、灵秀、婉约和妩媚，如同巴山人家一般，有家的地方，一定有女人们的爱烹饪出的烟火气息，美滋生出的娇美气息。松河这个巴山骄子，拥有天赐的完美，似乎一开始就有青梅竹马的女子如影随形，一路的刚与柔、力与韵、光月影、山与水、歌与笛、堤与柳恰到好处地结合，一路的风情，一路的美好。

秋山，一个跨越三省三县的十万公顷的原始森林，山不峻险，土质肥沃，成了松木杉木繁衍生息的最适宜的家园。

从秋山开始，松杉伴随着松河的水，一直延伸到小镇李家堡，莽莽苍苍、绵延不断……几千年来，想那青峻、利爽、挺拔的松杉，林间松鼠跳跃，鸟儿对歌，风声、河声、鸟声随着季节有着不同的韵律，该是何等的景色。一直到今天，松和杉少了，不再是绝对的主角，河名也简约了，可松杉河还是附近居民人口相叫的土名。

三十里的松杉河，一路的沃土稻田。这里是巴山深处原生的米粮之川，人们守着这方乡土，随着节令耕种，耕作出温饱，耕作出安适，耕作出田园风光，耕作出一方享受天伦之乐的乡村，耕作出一方勤劳善良美丽的松杉河人。

明修栈道，暗度陈仓。几千年来，汉水以南，巴山以北，秦楚之间为着疆土在铜钱关、关垭这些要道关隘互为攻防时，更为偏远的道、关便成了兵家胜败的秘密和关键，闹阳坪便是至关生死的通道。崇祯七年（1634年）七月，张献忠的起义军从四川还楚，避开要关平利和竹溪交界的关垭，想经偏僻的松山山巅的闹阳坪悄悄返回，不料官军早已算准，在松杉河沿线设防，张献忠的义军大败，余部只好从平利绕金州（今安康）奔走商洛。公元1946年8月5日，解放军汉江军区警卫团在松杉河和国民党部队遭遇，因寡不敌众，牺牲了七名战士，在夜色的掩护下经闹阳坪沿王家河向湖北竹溪转移。

许是闹阳坪经历了太多的战事，许是闹阳坪集聚了秦川楚三省盐客们太多的故事，许是闹阳坪在秦楚之间太过重要，闹阳坪在书籍的记载中被赋名"武陵关"。

刀光剑影终将远去，武陵关的本意方日渐显现，松杉河，这一方巴山深处的美丽河川，不正是陶渊明笔下武陵人误入的桃源吗？

误入桃源的岂止是武陵人，路径一旦被发现，一旦被知晓，一旦被传开，穿行于川陕巴山盐道的盐客、盐商们瞬间多了条省时、省力、省钱的捷径，一时间，这里热闹起来，成为巴山深处一个甚是有名的驿站。

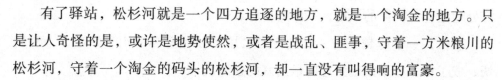

　　有了驿站，松杉河就是一个四方追逐的地方，就是一个淘金的地方。只是让人奇怪的是，或许是地势使然，或者是战乱、匪事，守着一方米粮川的松杉河，守着一个淘金的码头的松杉河，却一直没有叫得响的富豪。

　　一直到土改时，竟有人从不显眼的一个中等户院子里挖出了两坛金元宝来，方知这松杉河果真不是一个贫瘠之地。

　　金元宝一直是松杉河人走向小康的动力，一直到改革开放初期，一个姓贝人走出了松杉河，去了山西，慢慢地，找到了一条淘金的路子，一百万、两百万、五百万、一千万、两千万……他成了巴山深处家喻户晓的人物。接着，松杉河几乎多半都走出去了，一个又一个贝百万出现了，那松杉河真是成了巴山里一个标杆村庄了。只是二十年过去了，忽然有一天，村子里的人，又从那第一个姓贝的开始，渐渐地衰败了。一种挖矿的尘肺病让许许多多年富力强的汉子失去了劳动能力，走上了回家的路，还有的因为矿山的事故，永远回不来了。一番折腾，在家的便不再出去，又把目光折回松杉河这片沃土，忽然发觉这里遍地是宝，五谷杂粮、山货特产都有，只要勤劳，只要用心，是可以发家致富的。偏是闹阳坪又发现了重晶石，还有大量的铌钽矿，矿老板争着开发，那找了几十年的金元宝，还真是遍布松杉河呢！

　　秋山下的松杉河也生才子，曾经有一个村落，当年大学生最珍稀的时候，竟然出了十几个大学生，从此远近闻名。一个从秋山随着父亲走出的孩子，只因为小时候被父母送回秋山下的八角庙和李家堡住了几年，便融入了秋山松河的村户人家，只是把那儿作为生命的乡村，像村头那口老井，成为抒写巴山山村不竭的源泉。

　　一生一个乡村，《一生一个乡村》，是呀！刘云用整整一本书念叨着那里，念叨着秋山松河，只是巴山儿女都明晓，他念叨的岂止是自己的那份心思和情感，而是所有巴山人的那些心思和爱恋呀！

山水城

　　在一个地方住久了，就有感情了，正如自己所在的小城啥都是好的，看啥啥顺眼，都是亲的呢！

　　史书上记得清楚：平利城先是建在老县城，最后才迁至今日的城址。这城背依峻险的五峰山，面临长流的坝河水，对着蜿蜒宽阔的马盘山。我见过民国十八年（1929年）县城老画像，整个县城坐落河北岸缓坡上，被城墙围着，有东、西、南、北四个门。城借着山水的势很是坚固，坝河和城有着十来米的高差，用现代的话说千年一遇的洪水都淹不着的，而城大抵也是攻不可破的，当实在有破城危险时，可通过北门撤向山里。这城的山和水都是为了防战事、匪害、水患而准备的呀！

　　县城两山夹一川，在巴山里不甚稀奇，稀奇的是平利的坝河水是自东向西流的，这一流倒让人在意这河里的水了，这山水都和平利人默契、一心一意爱恋着那条大汉江呢！我平日里也琢磨着：先人们很是有远见，平利的坝子很是不少，偏偏把城址选在这里，为今日的发展留着后手。沿着河上游下游走几十里，都是坝子串接着，都是可以拓展的，更神奇的是，奔着这城来的溪流河水，是能供上十几万口人吃呢！

　　算起来，城两岸的河形成气候的有好几条，瓷器沟、大磨石沟、小磨石沟、纸坊沟、猫儿沟、药妇沟、长安河、冲河……十三朝古都西安是八水绕长安，咱这城也有着八溪滋润着。

　　这"八水"中最大的冲河在城南的马盘山后山峦里绕来绕去，形成一个大回环，今人在一个古仙洞所在的地方，修坝成湖，又将水引入马盘山后，直接凿洞穿山而过，在城的南岸飞泻而出，供应着城里人吃的水，发着城里人需要的电。最清爽的是这穿山引来直接注入城中坝河的水，让小城一年四季都有一河清澈丰盈的水，也让外来人很是惊叹感慨："这平利城真是一个天照应的地方啊！"

往年，植被好，雨水充沛，河水比今时丰盈得多。夏日里，男儿们就在河里乌水潭游泳，女子们远远隔着在河边大石头旁洗着衣物。这些年，桥修得多了，河的南岸也快速地发展起来，仗着这穿山而过直入城中的坝河的水，城里建起了四级滚水坝，截流成湖，"半城山半城水"，很是有些江南水镇妩媚的韵味。县里早早在下游修起污水处理厂，脏水污水不再排往河里，那河水始终清亮、清澈着，能见得着河里游着的鱼。

河水清澈，一早一晚，总见有好鱼者垂钓，夏日还有耐不住炎热的孩子在河中游泳。有一年冬天有月的夜里，一只麂子见河水如镜，竟当大道走了，扑入湖中不能出，清晨才被人施救后放生了。河水好，便有一群水葫芦鸟在湖里逮鱼虾吃，这鸟个头还没有麻雀大，水性极好，冬季里最是让人惊叹，一个猛子扎下水去，数十米开外才冒出头来，这个露出来了，那个又沉了下去，数了无数次，愣是没有搞清有多少只。倒是一群白鹭，几年间，从十六只繁衍到二十二只，多半时候，待在橡胶坝当口流水的浪花里，捉那些跳跃出的鱼儿，它们守着城里的河段哪儿都不去，以至于城里的人都认识它们了，为它们写诗、拍照、画画，它们已成了小城一个美丽的符号，只是它们自己全然不知罢了。

这里也是有山泉的，从五峰山山腹流出了碗口粗的泉水，任是什么样的季节都是恒定的出水量。那泉水冬暖夏凉，可直接饮用，有自来水之前，半个城的居民都是吃着这水的，至今还有一些老人们早晚约着提着热水瓶和茶壶去那个叫哈家槽的地方接上当日用的水，泡平利早已经名扬华夏的女娲绿茶和绞股蓝喝。

依着山，傍着水，小城修起了十里长堤，建了栈道和亲水广场、河滨公园，沿着河堤栽了喜欢的树。春天时，伴着杨柳走，秋天时，十里桂花香。夜里走时，满城灯火，晃着一河清波，自然生了不少朦胧、浪漫的韵味。若有小舟泛于河上，就是一幅陕南版桨声灯影中的优美画卷了。逢着月朗星繁的日子，又添乡村净阔、深邃、无垠之意，少不了涌出一些诗情诗韵了。

　　干净的水，富含矿物质的水，让郊区菜农侍弄出一城的好菜蔬。这菜有着菜本身的浓浓的气味和味道，个头远不及外面运来的大棚菜，可价格一直比外来的菜蔬要高出不少。有名气的农家乐，选的都是本地菜。小城的人嘴刁得很，一定是比大都市人吃的原生态得多，一个嫁到西安的表姐，最初嫁过去的那几年，还让家里寄着老家的菜，时间长了，知是不现实的，无奈停了，但逢年过节，必是要让人捎带老家的菜蔬，过过嘴馋的瘾。

　　近些年，小城的人也注重健康了，锻炼时多半喜欢爬山，一日里的劳顿，生活中的烦恼，爬一次山，出一身大汗，便通透畅快了许多。礼拜天，爬山的人更多，晒晒太阳，男人们更壮实，女人们更健美，站在山上看山城，又是一番感觉，一番境界。用手机拍着蓝天、河流、山峦、树林，拍小城全景，拍巨龙样的高速路……拍什么都是美的，不禁叹息起大城市的人来，每每来时，总是感叹陕南的好，山水的好，平利的美丽和好，可又不得不回那一年四季看不到几回日头的地方去。这和吸烟的人一样呀，明明知道是有害的，可就是不能脱壳。还是自己的小城好呀，山是真的，水是真的；山是绿的，水是清的。最最让人心情舒畅和高兴的，是不用听空气指标和预报，不用戴口罩，一年三百六十五天，空气都是清新的，天空都是瓦蓝瓦蓝的。

辛夷花开八角庙

约

"开了！开了！"八角庙村的袁书记夜里给我打电话急急地告诉我。"明日里是周末，快来赏花吧！今年冬春天暖，花开得好呢！"

去年此时，我们受邀去看花，花是初开，并不显气势，袁书记心里仿佛亏欠了我们什么似的，一定约我们今年再来。

心是诚的，花定是藏在心中的。那大片大片逾五千亩辛夷花总是在眼前晃悠着，花零星开时，就那样风姿绰约，盛放时节，指不定是怎样的炫目迷人呢！

抵不住那花的诱惑，我也就没有推辞，约上几个文朋摄友，去看花。

念

说实话，那些带着长枪短炮的家伙对花的兴趣远比我大得多，他们的那些心思我怎么不晓得？不过，我的心思他们未必就知道了。

这八角庙，远的不说，近几十年来，就出了好几个名人，先是黎氏兄弟，从文有二，是平利文艺界活跃的风景，从商有一，小城里新建的楼盘有三分之一是他开发的。更有秦岭刘大郎刘云，文章不晓得是哪里来的灵性，好多年来，国家权威的年度散文选，必是有他一文的，他那《风吹过秦岭》一书里，有十几篇都是写这八角庙方圆几十里地的。我总是想看看，这八角庙是不是真藏有什么让文人墨客文思泉涌的文心雕龙？

八角庙的袁书记是不是也有什么心思，倒不好猜测，不过，花开的时候，谁又没有一点自己的心思呢？

错

这八角庙的村口似乎是一道天然的村门，自古以来，都是半开半掩的，仿佛是藏着什么宝库和奥秘。走开着的那一半进村，是畅通无阻的，但路程是要多上一半的；走掩着的那一半，倒是一个捷径，可偏要爬上一个小山岗方得入村。自从修路变得不再是什么难事后，这个问题就化解了，索性两处都修路。但依然是两种方式，不同的感觉进村，自是一趣，或许，八角庙一开始就是与众不同吧。

刚到村子，出乎意料，袁书记未曾先带我们去看去年那片辛夷花基地，而是建议道："今日时间还早，不如请大家一块去看看我们八角庙秋河源一带的秋山吧！"

我立刻想象了起来：进了八角庙村门，便是田畴万亩的世外桃源八角庙腹地。过了川坝继续向东南往山里走，是一条河沟上山垴的，先是到岔路，再是半天云，那半天云，就已经在秋山的半腰上了……

"上秋山有三条路，也可以说是三条河，因为路都是随河上的，一条是秋山沟，一条是桐麻河，一条是野猪圈，每一条河都有不同的特点，秋山沟水急、山陡、景奇；桐麻河谷秀、水灵、景丽；野猪圈溪缓、道稳、云幻……"

袁书记认真仔细地给我们介绍去秋山的路，其实也在介绍秋河源留在他心中的景色。

我一听蒙了，哪里知道这八角庙所在的秋山秋河，竟是这样广阔丰富，如此多姿多彩，我竟然始终以为是一路到山顶的，这个错还被我写进一篇文里，发表在报刊上，心里有说不出的羞赧。

这世上总有一些自以为是的错，总有一些一知半解的错，还有一些一厢情愿的错，或许，大多又都是可以原谅的错。对于八角庙，我的无知无心之错，我一定会用自己的真诚和谦卑补歉回来。

醉

估计谁也没有我贪心，我先是选了去秋山沟一线，然后还报名去野猪圈河所在的半天云。秋山沟原本就是我心中一直以为的那条路吧！这水，果然是秋山三河最大最急的，溯着石、树、山、溪构架的河流而上，几乎是一路的美景，不时有佳景出现，步移景换，风光无限。我们一路而上，来到一个几溪归汇的半坡地带，时时可见一些颇有些年代的老式房屋，细细问后发现，果然，是旧时盐道的商铺和驿站。

这八角庙入得村来，听当地人说，先前是有一庙的，见过庙的老年人说，那庙很是有些气派的。顾名思义，当是八檐飞角的，但庙在20世纪60年代就毁了，很多人都为没有见过而遗憾。其实，我心下也明白，这庙只是一个时代、一方地域的记忆和象征罢了。靠着八角庙，在八角庙川坝和沿线生长出一个村庄，在四川大宁古盐厂至汉江巴山盐道上，八角庙所在的地理位置和自然条件，自是一个不可或缺的重要驿站，于是在秋河八角庙沿线上，无数个客栈商铺如珍珠般串联起来……

袁书记端直把我领到一个废墟上，介绍说："这个地方，就是县域内有名的八角庙锅厂。"我努力地看去，似乎很难看到锅厂一星半点的遗迹了，然而，从周围还垒着的石头地基判断，无疑，这曾经是一个十分火热的场所。

据说，从锅厂出发，继续向南边的山垭攀越，还有十几华里路程，翻过梅子坳，过了秋山，就到了和重庆接壤的镇坪县了，在那边，听说对应地，有一个铁厂。更远，便是天下有名的有盐泉所在的大宁古盐厂了。

锅厂、铁厂、盐厂，很是让我感动。在这条生生不息的古盐道上，或许有无数血汗交织的艰辛和苦难，但也包含着千千万万个挑夫、脚夫，盐背篓里藏着他们对生活的希望和寄托。兴许，正是这铁厂、锅厂生产出来的铁锅，搭在一路人家的灶台上，又成为挑夫们的生存之依。这锅，以及其他的生产工具和生活用具随着挑夫们走进千家万户，聚集和生发着多少人家的烟火气，又延续了多少情爱故事，藏着多少人间温暖的岁月呀！

幻

秋山下秋河源的三条小河是并行的，又都是单行道，从秋山沟返回去野猪圈，其实是冲着半天云去的。果真，这条河水流就舒缓得多，犹如一个文静的少女。一路上行，小桥流水，田畴村舍，都仿佛在哪儿见过似的。在河水舒缓处，时有数只鸭子戏水。春已渐深，感知快敏的树木已是满枝嫩芽，而且随着草木种类不同，形态纷呈，令人目不暇接。田间地头，间有庄稼人春耕，让人心情敞亮。正思虑了半天云是怎样来的，忽见远处迎面一山峦如一巨型画屏扑入眼帘，从山脚下升腾起一团团轻雾，缭缭绕绕，轻盈交融，忽起忽转，忽开忽合，变幻无常，须臾之间，山峦胸腹腰间，即被云雾缭绕，有若海上仙山。同行人皆被这曼妙之景惊呆了。半晌，终有人喊道："半天云！"是啊。这半天云，恰好和我们相遇，实是一件莫大幸运之事，待大家稍醒转，纷纷拿出相机手机，各显身手，把半天云变成自己永恒的存贮。

之后，仍然没有人停止前行，继续向秋山的怀抱里走去，到了山腰，又一幕胜景出现了，这段山峦又分三凹，从不同方向，扑下三股溪流，在山腰里汇聚，经年累月的冲刷，山腰里尽皆大小参差、形态不一的奇石，只是被树林草木覆盖着，远远看去以为都是一坡自然的山林，唯听得溪水和石头冲击交响出的清亮而又美妙的声音，更兼有山林间满是盛开的野山桃花，或浅白，或粉红，极是浓烈，格外醒目。急急扑入这山林里，方见这里是石与泉，溪与树，花和草，潭与瀑布，还有沙滩和灌木共同组合出的一个别有洞天的石与泉美景，似乎你选择任何一处，都是绝版绝妙的自然天成的溪谷园林……

依依不舍的归途中，忽然发现这村道边、田埂里、河堤上，都是人工栽植的小树苗，询问袁书记，他这才不动声色地说出了底细："这都是辛夷，我们准备几年内，在三条河溪也都栽上辛夷，让辛夷成为八角庙又一重要的产业。"我这时才心有所悟，原来，在秋山秋河怀抱里来来回回的旅途中，我们一直有辛夷相伴着。

花

不知是有意，还是无心，袁书记带我们进山时，错开了原本专门欣赏的千亩辛夷花，待我们回到八角庙半月形聚居地，来到辛夷花圃时，立刻就被这盛开的辛夷花震撼了。这紫色的辛夷花，单株开着的朵朵花儿就具有明显的气场，千千万万株拥簇在一起，占据着所有的田园田埂，层层叠叠，犹如大型影视节，群星璀璨。这种竞秀又用着同一种色彩剪裁出的千变万化的时装，那气势染紫了整个八角庙村，又被仪态万千的个体辛夷花展现出来，让八角庙村在静谧中有着不可述说的惊艳。一时间，竟没有人说出一句话来，只得悄不言语，三三两两散入花海里，去细细寻找花最佳的欣赏角度和最美的形态。

我来到一处地势较高的梯田里，远远望去，整个八角庙村充溢着一个乡村天然的气息，在离辛夷花稍远处，有更灿烂开着的油菜花的广阔田园。沿着一河两岸临近山边的地方，各有一排弧形的小楼，配着春天里嫩绿的远山，更有正在建设中的已成雏形的高速路，既带着乡村的安宁祥和固有的神韵，又添有乡村现代之风姿。这个昔日小汉口，几度起落，几十年后，不承想平镇高速再度选择了古盐道，不仅经过八角庙，还把八角庙作为平利广佛流域的唯一出口，让八角庙再度盛开。虽是神奇，但熟悉八角庙的人知道，是他们默默无语地守望，感动了岁月，让造物主把目光又一次定格在这儿。

尝

"村里有个姑娘叫小芳！"谭晓芳，这位外出务工，又返回八角庙发展茶叶产业的女能人，是常被本地作家写进作品里的人物。有着大片大片茶园的她，就居住在辛夷花圃旁，女人自然是有着爱美的天性，对花是格外喜欢，本是花迷的她，辛夷花更是成了她的至爱，与她朝夕相处。

听说我们来，谭晓芳硬是要把我们接到她家里，说是让我们感受一下她新开发的八角庙的新特产。有人问："是不是你自己用猕猴桃、桑葚酿造的原生酒吧。上次来我们就尝过了，和那种苞谷烧兑猕猴桃汁酒有质的不同，真的好喝，简直是一绝。""不是的。"谭晓芳说，"这次是我试着新弄的，你们来了就知道了。"她故意卖着关子。

一进屋，着实让我们吃了一惊，桌上已经满桌都是碗。早就知道八角庙的女人们个个一手好茶饭，皆是几百年驿站所造就，世代巧手所传承。谭晓芳自是其中的佼佼者，不过这也算不上新开发的特产呀！

"大家先尝尝吧。"袁书记笑着劝大家，桌上的人都吃了起来。其间，一盘凉拌的菜引起了我的注意，这节令，山野菜陆陆续续地出来，大致一吃就知道什么名目。偏偏这盘我尝了几口都没有品出来是什么，其味辛甘，似有一丝芳香味，正在揣摩，忽然有人说："你这所有菜里面怎么都有这种带香味的配料？"细细一看，是啊，在传统的农家菜里，都增加了这种花瓣似的东西。终有人猜出来："这是辛夷花。""对了。"谭晓芳露出了美丽的笑容，并指着一盘被面粉裹着的油炸过的菜说："这盘菜叫'八角心意'，大家趁热吃吧，辛夷花的形色味都在呢！"待大家都明白过来，便是一阵哄堂大笑。顷刻间，这"八角心意"就被一扫而光。

"辛夷花，辛温，芳香，具有发散风寒、宣通鼻窍、消炎消热、排毒养颜、降压减肥、健胃保肝之功效，今年又逢新冠，辛夷花防护作用正好及时有效。"袁书记恰到好处地介绍着，更让大家食欲大增。

最后上的是一道辛夷花炖土鸡，一端上桌，就芳香四溢，满屋子里的温暖，纯正的家养土鸡，传统的佐料，尤其是有辛夷花的加入，让这道菜顿时有了不同凡响的意味，更似有了隆重而又热烈的仪式感，把这次辛夷花宴推向了高潮……

愿

告别的时候，袁书记把我们送出了很远很远，顺着花间小路，他指着不远处的一座并不显眼的老庄院说："那儿曾经是中国共产党安康地区委员会驻扎三个多月的地方。"在我们正惊奇的时候，他又介绍到八角庙附近在解放战争中曾经有过几次激烈的战斗，并指着一个个山包不厌其烦地说，那儿守着多少部队，有多少人，仿佛是他自己参加过作战似的。他顿了会儿说："我们八角庙有许许多多历史文化的东西，时不时就会在什么地方找到一些盐道和战争遗存物，这些将来都可以一一挖掘出来，成为八角庙独有的、真实的资源。"

"还有，你们今天到过的三条河，其实就是三条路，不仅通往外县，通往外省，还通往历史，通向未来。每一条河和路，都各有特色，各有神韵，我们都在尽力地维护和保留、保护着，我们想用驿站、盐道、民宿串联起来，打造出三条既相互并行又各有特色的秋河源游览体验区……"

原来，这袁书记装着这样一个大大的心思呀！他这心思无疑是充满着底气和自信的，这底气来自村上飞速发展的基础，来源于回归古盐道出口八角庙的平镇高速，来源于乡亲们对美好幸福生活的努力和期盼……

时光是一个魔术师，八角庙因路而兴，经过几十年的沉寂后，又将因路而盛。一个地域或许也有自己的轨道，八角庙注定是一个和路命运纠结交缠的神奇之地。

看着远处长龙般开始定型的高速路，我心知八角庙人在近百年的守望中，这一次已然做好充分准备，会牢牢地把机遇紧紧地拥在怀里，用一川田园，一川乡亲，一川民居，一川茶园，一川庄稼，一川文史，一川热爱，用遍植一川三河的鲜艳浪漫的辛夷花，把机遇变成美丽灵秀，成就八角庙再一次的奇迹。

临上车时，袁书记对我认真地说："明年辛夷花开时，再来呀！记着，那三条河你还有桐麻河没有去呢！"

于是，我禁不住地笑了。

雪落雪国

　　住在陕南巴山里的人，一到冬天，心底总归是期盼有一场雪的。那该是怎样的一场雪呢？鹅毛般的雪花漫天飞舞，覆盖整个大地，把时空幻化成白茫茫一片，让白色主宰一切，占有一切，让天地一片纯洁素雅的美丽，浑然一体的辽阔。有了一场这般的大雪，一年里那些说不清道不明的向往似乎就有了着落。

　　对于大雪，我更不例外地有着对生命般的看重。陕南是一个四季分明的地方，依着大自然的山水树木、飞禽走兽等带来的时令特征，耕种着季节，更替着时俗，度过一个又一个恬然的日子。冬日里，雪下得最大的时候，就是腊月和正月了，大雪来临的时候，老人们便扳着指头数着在外游子归家的日子，小孩子除了急切地等待雪中那场无法无天的雪仗外，也知道要过年了。

　　小时候，我随着教书的母亲，住在巴山腹地一个极偏远的山村学校里，和一个山里野性的孩子没有什么两样。只是母亲把我带到这个世界上，是在一个下雪的日子，和别的孩子比，或许就多了一些雪的寂寥和空旷吧！我常常在下雪的时候，心中每每有着和年龄不相符的感怀和伤感。对雪的记忆就不是一般的深刻，那白雪覆盖中的山村具有的静、美、寂、虚，似乎潜入我的灵魂和骨头里，一生我都没有走出过雪的景深。

　　农历2014年陕南的三场大雪都如期而至，不曾想到的是：三场大雪和我都是在"巴山屋脊"八仙镇不期而遇。

　　一个人的生命里总有一个地方，不是你的出生地，也不是你的长居地，会有一种神秘、神奇的魔力，每每在你最需要的时候，悄然地靠近你，给你注入复活的心力。

一直是期待在"巴山屋脊"相遇一场雪的，见过了"巴山屋脊"早春桃花盛开的清丽，见过了"巴山屋脊"盛夏岚河的咆哮，见过了"巴山屋脊"化龙山气势磅礴令人震撼的红叶秋韵，那"巴山屋脊"冬日的雪花纷飞会是怎样的呢？

或许有征兆，也或许没有征兆，不过下雪之前，天地之间的温度会陡然下降，风呼呼地刮了起来，还没有来得及觉察，那纷纷扬扬飞的雪花就密集地翩翩而下，用一种万千划一又不尽相同的舞姿占据了眼前所有的时空。那气势遮天蔽日，将千里巴山全部压缩在一个纯白素净的世界里。雪中的巴山主峰化龙山犹如一座凌空而立的圣山，带给人的只有向往、虔诚和膜拜。一夜醒来，岚河两岸的山峦上、河堤上、房子上，全都铺盖上了洁白的一层，鳞次栉比，错落有致，由不得你不想起少儿时母亲用"下雪了"叫着我们起床时那种带来的欢喜，只是当下的年龄，兴许只有压抑着心中不可名状的喜爱。我静静地打量，静静地感受这雪镇的古与朴，净与美。在正阳河的泗水坪，我似乎走到了我前世曾经见过也一直期待见到的那个村子，那里的河流、树木、房屋在冰雪的覆盖中，犹如童话里存在那个雪国世界。在几度往返经过的冯家梁山峰，我近距离地在原始森林中穿行，不同的树木都被雪花簇拥着，有的在不长的时间里形成了晶莹透明的雾凇，形成千万种不同的风姿风韵，待你转过又一个弯道，迎面便是一幅新的大屏幕雾凇景象，如同进入一个玉树琼砌的广寒宫，让人不再贪恋人世间所有的俗念，只想融进这晶莹剔透的世界里……

"巴山屋脊"的雪，可以把雪演绎阐释到极致、浓烈、非凡，把白色铺陈为一种理念和气场，让所有的期盼和向往在亦真亦幻的布景里渐渐隐去，化有声有色为无我无界，可以给所有寻求雪意的人以完美的意会。

对于雪，不同的人有不同的感观，不同心境下看到雪的心情是不同的。雪于我而言，年少时是一种乐趣，青年时是浪漫夹带着感伤。曾经读过一首苏子的诗句："人生到处知何拟，应似飞鸿踏雪泥。"于茫然惆怅之中有着虚空感、寂寥感和孤独感，那个时候曾经挥笔写道："茫茫雪原觅小路，宛如海中舟。"我以此作为自己人生的寄寓之音。而现在，更多的是一种欣赏和感悟。

雪不过是自然变化的一种，是水的化身，是上天把水的柔美以另一种形态赐予人间的美丽，这种美丽用强悍的气势，主宰的白色，空旷的寒冷，刺骨的风啸把大地装扮得冰清玉洁，它按自己的心愿主旨把人间创造成纯洁、纯净、超凡脱俗的另一种景象。

在雪幻化出的景象中，我一直以为，这世间定然是有和皑皑白雪灵犀相通的景物的，骨子里便一直在寻找那一尘不染的纯洁无瑕的对应。或许自创世以来，无数人无止境地寻找着，终只找得梅花相配，于我看来，梅或许算得上一种绝配，但梅终是在雪的衬托下用一种有色的艳和幽幽的香成就了自己的瑰丽。更不用说那红尘万物了，在无穷无尽的生命渴望和诱惑中，于雪融冰化之后，大地迅疾地勃发出万千生机，还原为蝶绕蜂鸣的万紫千红，雪创造和编织的景象似乎很快就香消玉殒了……

雪的宿命或许也是我灵魂和骨头里那种飞越尘世之外寻找的一种宿命。

只是谁也不能否认雪和雪的景象给我们带来的那种浇灭内心浮躁和贪婪的宁静和空旷。它曾经给我们的心灵带来一种寂空、入禅般的美丽和气息，这种气息，会给尘世间所有的欲望或一点或一时的降温……

心中有雪，自己就是一片雪花；心中有雪的美丽，自己的心空定然是纯洁纯净超凡脱俗的境地。

"巴山屋脊"这个冬天的几场大雪，引领着人们对自然和生命的终极叩问，把所有的寻找，都指向我们自身。

几年来，我强加在自己身上的痛苦似乎也在慢慢稀释和淡化，一切都在随风远去。在美丽的雪的世界里，我自己也成了其中的一部分，无痛无忧，无悲无伤，无爱无欲，已然超越了人与生俱来的生命感伤。

早春天书峡

　　这是第二次上天书峡了，关于天书峡的奇、灵、秀、美，那些摄影家和探险者总是产出一幅又一幅令人惊艳的美好剪影。有的把图片挂在网上，是那样纯净和天然，那样令人神往和完美，文化人当然不甘落后，也用神奇的想象，多彩的文笔描述了天书峡的民间文化底蕴和大自然奇妙的造化。只要你去了天书峡，就会觉得不是虚夸，和那些早已闻名遐迩的地方相比它毫不逊色，甚至去了第一次，你还想有第二次、第三次……书峡就像一个秀外慧中、形神兼备的女神，会让你痴迷，让你陶醉，让你沉溺在它的世界里。你只要有一个好相机，再多些时间和吃苦的劲头，那你的内存绝对是不够用的。在这里，一步一景，景随人移，迷幻多变，即便是同一石头、同一溪潭、同一树木，同一山丘，变换不同的角度，都会有绝版的不同的美艳。

　　这是一个乍暖还寒的季节，天书峡不再有多姿多彩的颜色和服饰，但它银装素裹，袒露着最真实的本色，峡谷的雪水轻轻地歌唱着，像是翻阅自然的和人类漫长的历史，有着说不尽的感悟和哲思。

　　我知道我才思太笨拙，不会有独辟蹊径的书峡写意，我也知道我几乎是一个摄影盲，不会拍出更好的天书陈列我的书柜。然而，天书峡最神秘、最神奇的地方就是"天"字，它把自然的魔力袒露一角，让人充满惊叹，而又用"书"的形态表现出来，让人在领悟中不得不虔诚地膜拜和敬畏。所以，我明白真正的天书是任何人也读不完阅不尽的，我无需去刻意记录什么，拍摄什么，一拿起笔，一端起相机，天书峡就会离你而去。

　　你只需要静静地读，你需要真正地进入天书峡，没有衣食住行，没有功名利禄，没有杂思欲念，没有凡尘俗世，天书峡就会接纳你，你就会拥有你自己，拥有你的天书峡。

正 阳 冬 雪

遇上一场不期而遇的大雪，没有想到，是在八仙的正阳河。

正阳河，一个八仙初始活动的地方，一个八仙镇真正的发端地。世上的事往往如此，最初的美好往往被当下的风光覆盖了。

当四面八方的人们奔着驰名省内外的八仙正阳大草原而来，沿着新近修建的龙洞河瀑布连接的景色群的交通路线，陶醉在大自然原生的极致的美丽中，没有人去探究，以正阳命名的大草原名字背后特别的含义。

更少有人知道，在大草原的身下，藏着一个三河并流的巴山自然的奇迹，正阳河、龙洞河、南溪河都从草原出发，在正阳镇汇合，又一齐奔向岚河，奔向汉江。它们来自草原，每一条河都有自己抵达草原的路，而最宽敞的最快捷的，一定是正阳河走的那条。

只是怎么也没有想到，在正阳河，我同2014年第一场大雪相遇了，相遇在我一生都在期待的"巴山屋脊"八仙镇。

雪花在"巴山屋脊"纷纷扬扬地下着，满世界只见似鹅毛白蝶般的雪花在飞舞，天地间白茫茫一片，下得眼帘和心一片清冽空蒙。

路一直向着正阳河深处延伸，司机师傅默默不语地按我的意思在漫天雪花中尽力地向河的源头缓慢地行进着。其实，我心下是很明白的，对岚河而言，这已经是源头了，对于巴山而言，也是深入"极地"了。只是那溪流在雪花包裹的树木灌丛的掩映之中，依然向更高更远的山峦蜿蜒着，有着让人欲罢不能的神奇吸引力。

终于，车儿再也无法向前，停驻了下来，停在正阳河源头最后一个村子——泗水坪的尽头。

我无法想象泗水坪的春天是什么样子，夏天是什么样子，秋天是什么样子的，每一个季节，都会是怎样极致的美丽，而这一刻，呈现在视野里的是白雪主宰中的一个美得动人心魄的巴山"极地"乡村。

　　一路上，我沿着正阳河谷道走，小河两岸是在白雪装扮下干净整洁、齐整亲切的田园，在高大、密布、古老的树木的参差中，渐次映入眼帘的是一座座白墙黑瓦或者石板屋子的村舍，山峦是被白雪覆盖着，树木是被白雪缠裹着，村舍依然是被白雪轻拥着，真真一个童话世界中的雪村，一个琼瑶清宇般的雪国。

　　没有行人，鸟儿在漫天飞舞的雪花中早不知藏到哪儿去了，连鸡鸣狗吠都被雪花消声了，真是一个纯净静谧的天地。立在路上，身上迅疾落上雪花，头发上、眉毛上、袖领处，很快有了积雪，不一会儿，就成了雪人，也成为这雪的世界的一分子。

　　我们都不言语，在积雪深厚的马路上，继续用力地走着，在白净如绢的路面上，印上了自己的脚印。但很快，又被大雪迅速淹没。

　　选了一户人家走去，雪自然没有忘记这里，院坝里早已覆上了厚厚的一层，踩着雪走进，方见一把生锈的大锁牢牢锁着，门两边的对联虽然褪色，却整齐如初，显然是外出务工久了，禁不住有些怅惘，却见院子里一棵银装素裹的树如是主人，有着万般的留客的情意，终是宽慰许多。

　　我知道我的寻找一定是存在的——是大雪之中小伙伴们聚集一起奔跑、嬉戏、打雪仗、堆雪人；是一家人围着红红的火炉，聊着一些开心的话题；是雪停之后，孩子们用苞谷糁在雪地里等着自投罗网的雀鸟们；是大人们难得走门串户，吃着新宰杀的大肉，喝着自酿的苞谷酒，或者打着牌，或者聊着家常，述说着各自一年的经历，倾诉着一年的乡情，畅谈着来年的打算和希望……

　　这些可以从那畅通的村道可以找到，从那蛛网般串着家家户户的连户路可以找到，从那亮丽大气的村舍可以找到，从那整洁利落的院子可以找到，从那猪圈鸡舍的充实可以找到，从村落自古没有的新架的路灯可以找到，从店铺里琳琅满目、应有尽有的丰盈可以找到……

　　流经泗水坪的正阳河的水流向汉江，流向大海，又用雪花的形态复归正阳河，复归泗水坪；泗水坪的人走向了城镇，走向了平原，但一定会在冬雪纷飞的时候回到泗水坪。人类的未来在城市，但人类的珍贵和美丽依然在那些生命最初产生的地方。

　　大雪纷纷扬扬地下着，这场不期而遇的大雪似乎在告诉我，2015年的春节已经悄悄地近了，"巴山屋脊"最高最远的村落泗水坪一年最热闹、最高兴、最温暖的时期快要来临，那些散落在五湖四海的正阳河、泗水坪的乡亲们快要回家了。

第三辑

草木性灵

山上有棵爱情树

从湖河走村道到吉河，要经过毛家山。

毛家山的名字好记，总会让人把这山和伟人联想在一起，不过毛家山只是一个名字而已，如今山上没有姓毛的人家，也许最初的时候有姓毛的人户，不知何年何月搬走了。

每次车过山顶，我都会对同行的人说："这儿有棵爱情树，下去看看吧。"于是，感兴趣的，无兴趣的，见我热情，都下车去看一番、问一番，拍一番、感叹一番，然后又继续赶路。

这一次过毛家山，是一车采访扶贫的文人。见天色不早了，我有些犹豫，但还是说道："大家下去看看吧，这儿有棵爱情树。"

不承想大家都毫不犹豫地下了车，没有一个落下。

他们都把注意力放在树身上，我却不自觉地往路边树旁的人家走去。原以为大门是虚掩着的，走近一看，才发现是锁着的，这个时分，山巅这家的主人又能到哪儿去呢？按理，他们去干活也该回家了，而那老汉的身体似乎是做不了庄稼活的，大概是远走找亲戚去了吧？这次怕是无缘见到了，我不禁有点遗憾。

去年夏天的时候，是我第四次乘他人去看爱情树的当口，在老两口家里拉家常。自第一次老两口主动给我介绍爱情树后，到今天我已经和他们很熟了，我知道他们的一个女儿已经远嫁，一个儿子也成了家，儿子趁着搬迁的好政策在山下有了新楼房。老汉因为自己身体不好，便要守着这老庄子、老房子，死活不去儿子那儿，老伴当然也知道老汉的那点心思，趁势陪着他，我心下也明白老汉想着什么，只是不去说透的。

"一棵是枫树，一棵是'癫娃子树'，谁知道它们是怎样长在一起的！"第一次我站在这树下，好奇地打量着，老汉听着外面的动静，自己从不远处的房屋里走了出来，主动给我介绍着。

是的，初到时，从路边看去，看到的只有一棵枫树，伟岸地耸立着，高高地立在山梁上，对着来来往往的人和车，待走近一看，才发现是两棵树，另一棵是当地人叫作"癫娃子树"的树。这"癫娃子树"从根部和枫树同时生出，紧紧地缠结在一起，生长在内侧，已和枫树牢牢地长合在一起……

现在，已经无法弄得清当初是两棵树苗相遇在一起，还是外来的力量让他们生长在一起了。

乍一看，枫树从三个方面替"癫娃子树"挡着风寒暑热，细一看，再一琢磨，"癫娃子树"都是在把自己的身子和枫树捆绑在一起，增强着内在的站立和抵御外界冲击的力量。

"树有好大年龄了？"

有一次我问他们，大娘似乎有些不好意思，向着老汉努努嘴："你问他吧。"

老汉倒不以为意，接过话来："从我记事起，它们就是这个样子，据我爷爷说，大概有四百多年了吧。"

我顿时对这树生出了敬仰：从偶然的相遇，不同的树种，不同的习性，不同的襁褓记忆，到同根生，同体长，到长成如今的模样，相伴厮磨数百年，那是何等的奇迹呀！

这里有春夏秋冬，这里有云卷云舒，这里有花开花落，这里有气象万千，这里有静美如画；但这里更有风雨雷鸣，有酷暑寒冬，有漫漫长夜，有没有尽头的孤寂。这里还有春种秋收，有六畜兴旺，有霹雳雾霭，有流岚虹霓……

所有的美丽来自守望，所有的快乐来自守定，所有的温暖来自守护，所有的幸福来自守候。

数百年的坚守如一日，数百年的相伴如一日，这所有的神奇的秘诀在于简单和平凡、理解和宽容、和合和同心……

我们一群人在树下来来往往，这时，不曾想到从另一侧的破旧的老土墙的房屋里走出一个汉子来和我们打招呼。这汉子四十来岁，在这偌大的古老的、幽寂的、曾经颇有人气的老宅、场子、院子里，无疑带来一些生气。

我忍不住问他，"这家的老两口哪儿去了？"

"老汉去年腊月去世了，剩下老婆婆一个人，被她儿子接到山下去了。"

我顿时惊住了，尽管我早知道老汉的病似乎不太好，但他去世的消息仍然让我震惊。

我尽力掩饰着自己的情绪，和那汉子继续聊着。

"你家几口人？"

"就我和我老子。"

"你媳妇呢？"

"我没有说到媳妇，母亲死得早，就我和老子。"

我沉默了，不知道该怎样继续我们的交谈。

他似乎一点都没有看到我的变化，见我不说话，自己继续展现着他的表达意愿。

"我们其实也搬到山下去了，我是上（山）来做（庄稼）活路的。"

"那你一个人住在这里？"

"是啊！我老子年岁大了，住在山下方便些。"

……

生命和爱情究竟谁更长久？我心里有种酸酸的伤感。

守着爱情树的老夫妇终究没有敌过时间，他们都以不同的方式离开了祖祖辈辈几百年守候的地方。

现在，唯一留下和爱情树相伴的，是不时从山下回来种庄稼、一个终生未娶媳妇的庄稼汉。

可以预见，要不了多少年，这里会再没有一户人家，再没有一个人住在这里了，爱情树依然会在，它们依然会共享未来的时光。过去，对它们未必是沧桑；将来，它们注定还是寻常，它们其实真正在书写着一曲地老天荒。

告别了庄稼汉，车子渐行渐远，回首爱情树，忽然，一幅瑰丽的画面出现了：天边出现了一抹艳色晚霞，这不停幻化着色调、形状的彩霞把爱情树摄入了自己的画框，直入这个世界的心底。

这是一场真正绝版的血色浪漫。

巴山柳

　　柳在巴山汉水间是极其寻常的，山上、水岸、堤上、田埂上、村落里处处都是柳的居地，寻常得让你甚至忽视了它的存在。巴山柳生来就是巴山的，你在意它的时候，它在你身边；你不在意的时候，它依然在你身边。

　　巴山人经年累月地在山和水之间跋涉着，在葳蕤茂密的植被中穿行着，在春耕秋收的循环中劳作着。他们在秀美乡村的氤氲中，把生活烹饪得没有了时间的概念，没有了春的参照物，是河边的柳树绽开的新绿最先带来春的惊喜。儿时最深刻的记忆，总是以戴着用新绿初绽的柳树条编就的草帽在柳堤上下的游击战开始的，长大后身在异乡的人的乡愁或许就是村头桥边那沉淀着祖祖辈辈记忆的几棵大柳树……

　　巴山汉水的秀美，总会有巴山柳的身影。几千年农耕岁月，也是巴山人和巴山柳共同写就的历史，一个巴山人的一生，一定会渗透着巴山柳的情愫和情缘。

　　每一个巴山人对柳的记忆都是不同的，少儿时，我居住在汉江支流黄洋河源头一个叫三坪的地方，中考前夕，那几个月放学后，我总是把自己藏在河边自己借助柳树枝杈和树条搭建的"鸟巢"里，一遍又一遍温习课文，不久后，我成了小镇为数不多要翻越秦岭求学的孩子。

　　在学校里，我第一次读到了《诗经》，不知什么原因，《采薇》的这几句一下子就击中了我："昔我往矣，杨柳依依，今我来思，雨雪霏霏。"从这一刻开始，十六岁的我突然多愁善感起来，多少年以后，我才明白，那是乡愁。

　　对于离开巴山汉水的游子来说，巴山里每一座山，每一条河，每只鸟儿，每一个村落，甚至是一草一木，都是让人割舍不了的依恋。于我，最最难以忘怀的，是巴山柳，是黄洋河河边那些柳，那些树权和柳枝搭建的"鸟巢"。在外的那几年，巴山柳令我魂牵梦绕，终是拉扯着我，回到了巴山柳的中间。

后来，我慢慢知道，在巴山，柳也是多姿多彩的，是一个很大的家族，既有《诗经》中的杨柳，也有《阳关三叠》中的灞桥柳，还有贺知章的二月柳；既有山里的山柳，也有在河川里的杨柳，还有在村庄院落中的观音柳……当然，最能代表巴山柳的便是遍布巴山汉水的麻柳了。

这麻柳是有点泥沙、有点水便能悄然生存的轻贱的体子，普通得再不能普通，轻贱得再不能轻贱，有如沙漠中的胡杨、黄河岸边的沙棘、黄土高原上的刺槐，生命力异常的顽强，它们大抵都是顺着河流的两岸生机勃勃地生长着，不同的河段，配着不同的高高低低、粗粗细细的队列，有着不同风姿。巴山里的路，每每是顺着河走的，一路的景色、一路的风情，麻柳是当仁不让的主角，普普通通的麻柳，如何能变幻出万千景象呢？我一次又一次地在巴山汉水中行走，对着众多的遍布山川大地的，或杂乱，或整齐，或集中成片，或零星点缀的麻柳树，我常常疑惑着：这柳，到底是先人栽植，还是自然形成的？

在黄洋河的源头，有一个叫柳林的地段，宽阔的河面的两岸尽是硕大参天的麻柳树，遮天蔽日，河水清澈见底，缓缓地流着，鸟儿把这儿作为乐园。所有巴山的珍稀动物都在这儿留下了痕迹，更有五棵几百年树龄的麻柳树，均是几人合抱才能合围住的神奇的树。有户人家，不知什么时间就和这树相守着。据老年人说，自从有了挑夫和盐客，这人家就在，是古时盐客商贾必驻的驿站。今日的我们无论谁经过原始生态的柳林，都会停车驻步，流连忘返，不舍离去，这几十里的柳林用自己最肆意热情的宏大展示，把自然历史都装饰沉淀得美轮美奂。

在黄洋河即将到汉江的时候，又是麻柳，把一个叫县河的地方创意装扮出具有江南水乡的风韵，麻柳在舒畅、宽阔的河流两岸也矜持起来，粗壮、整齐，婀娜多姿，就像一群绿色的精灵，风姿绰约。农户多依着河畔和麻柳树建起农家乐，一年四季都吸引着不少安康城的人节假日来游玩和休闲，纯自然的山水乡村，那其中的美好韵味，只有到过、游过、尽情融入过，才能体味和感受得出来的。

在巴山深处，不知道有多少像柳林和县河这样的美到极致的地方。这麻柳貌不惊人，和杨柳相比，少了几分婀娜多姿，多了几分清纯自然，少了几分娇柔妩媚，多了几分干练爽利。它随着地域、流水、阳光，随意、随性地生长着，没有成材的欲望，没有出人头地的欲望，没有远走高飞的欲望，更不会怨天尤人，生在那里，就会生成天然自在的模样，不一味参天，不求高大耸立。它还会依照农耕的要求，任凭砍削已有的枝干，剩下疤痕累累的树桩和主干，来年又迅速发出满树的柳条来，在不停地手折刀砍和一次次地顽强地再生勃发后，麻柳树把屈根虬枝的苍劲老到和青春活力奇迹般地融合在一起，凸显出岁月的蕴含和魅力。一河的麻柳，是一条河的风景；几株麻柳树，是一截地段的风景；一棵麻柳树，是映入整个眼帘的风景。

在那些穿行在更高更远地方的大大小小的溪流边，你看到的是瘦细纤弱的麻柳树；在临近江河的时候，你会看到粗壮、硕大如帐篷般的麻柳树。春天的时候，树龄不长的麻柳树新生的叶子勃发出一溜溜、一排排、一处处嫩红，把视觉和心温润出一片灿阳；夏天的麻柳树，枝条上缀满了椭圆形、铜钱般大小的树叶，碧绿茂密的树叶遮挡着树枝，在河岸形成了错落有致的树丛树荫。孩子们把牛羊赶到麻柳树下，自己光着屁股下河洗澡摸鱼，牧归时用麻柳树条将鱼儿穿起来，兴高采烈地回家去了。村里的姑娘少女会在更远更静的麻柳遮掩的溪流里，去捉停留在河石上、灌木丛中的巴山里才有的色泽鲜艳的花蜻蜓，常常被机警、灵巧的花蜻蜓引得落入水中……

麻柳树亦是开花的，待花开时节，满树都是银灰色的柳穗，亦飞亦坠，有杨柳漫天飞絮的轻盈，也有回馈大地的厚重。

麻柳树是巴山的，恋着巴山、依着巴山的水和土活着，再瘠薄的地方，也能生根，无论有水无水、水多水少，都能存活，即便被洪水浸泡多次，依然会生机勃勃。它死守着巴山的清流，紧扣着巴山的泥土，在沙滩，在水中央，就是绿洲；在村头，在田间，就是绿荫；在溪边，在河岸，就是绿堤。

水在树间流，树在水中长，在巴山汉水之间，我无法分辨得清，是山水成就了麻柳世界的风景，还是麻柳生就了一江穿越历史享誉古今的清水？

大院鸦雀

又一个春天来临的时候，单位乔迁了，坐了十四年的办公室自然也随着搬迁了。

所谓搬，只是在原有楼房的后院里，又矗立起一座新楼房，依然还是三层，所不同的是，早先的办公室是在前楼的后排。当下是后楼的前排，坐在窗前，都对着同一块场地，只是如今的场地，已经被我现在所在的新楼切去了大半。

看看那剩下的小块场地，我时常有些失神，有些莫名的空荡，恍惚中，似乎有两排浓密高大的红叶李子树坐在那儿，有一株最高最大的树上，停着几只、十几只麻鸦雀，它们总是闹闹喳喳，其中那两只大的，一只刚从外边飞回，另一只就倏地飞走了……定定神，原来又是幻觉，那景象，早已随着新楼的开建消逝了。

十几年前，我从乡下回到这个大院里，被分到楼里一个靠边的房子里，整个人就那样地沉静了下来。乡下的岁月是小舟，起起伏伏，生活的浪花在小舟边飞溅，热闹而丰富；大院的生态则是一艘大船，在飞流的光阴里，景象是风平浪静，安稳而宁适。

决策建造大院的人早已不知身在何处，前前后后已换了好几任领导，来的人无不勤勉，总是不停地决策着，不止步地发展着，县里就成了建设工地，厂房、楼房、村镇的模样日新月异，人的力量和人的价值都如此最大地体现着。

大院里除了主体外，也是经常改改建建，努力地折射着每个时代的特质和每个阶段的理念。

唯有这场地，和我的办公室一样，居于偏隅，享受着难得的安静。

如此，在场地里的两排红叶李子树，便成了大院里，我初来时唯一留存下来的植物了，其余的，很不幸，因是生的地方太过招眼，都被迁移或者"改造"了。

小时候随着教书的父母住在一个乡下学校的后山上，也是有一棵野梅李子树的，那时候，只有野梅李子成熟的时节，才去注意的。每每在梅李子熟了的时候，我瞅着最大最黑红的几个，爬上树去摘着吃，可年年总是失望，眼见着那样好的野果子，到嘴里又酸又涩，是极不好吃的。

大院的红叶李子树年见年地长成大树了，每每春天的时候，悄不然地就开了一树浓烈而又大气的白花，又总是比常见的花木树草要早大半月的，多少带有一些院里没有的山野自然气息了。而秋冬之际，满树的叶子先是嫩红，再是肉红，最后便是暗红了，让人心情柔和明亮许多，从春到秋，从秋到冬，梅李子树随着节令变着风韵，令人从眼到心都美着、靓着。

偏偏也有遗憾，这梅李子树竟一直不结果，让人无限感慨。

不知何年何月，最大的一棵红叶李子树来了两只鸦雀，那两只鸦雀显见的是夫妻，它们是冲着这红叶李子树来的，并不顾及这院里的机构和所谓的级别。

这鸦雀是巴山里最常见的麻鸦雀，多半是喜鹊的一种，尾巴极长，几乎和身子等长，所谓麻，是因为，它的背上是黑灰色的，尾巴是黑灰色的，肚腹却又是白色的，比起华丽、漂亮的鸟来，不甚艳，比起一些普通且无甚特点的鸟儿，又甚是吸引人眼球的。

这麻鸦雀在陕南的口碑不甚好，一首民谣就是专门为它创作的，几乎所有的母亲都会在哄孩子睡觉时把这首民谣印在子女的心里。

> 麻鸦雀，尾巴长，说了媳妇不要娘，
> 把娘背在山后面，媳妇抱在床头上……

这对鸦雀夫妻是不是抛弃父母来的，是无从考证了，只是它们落户在我窗外的红叶李子树上，就成了我的邻居。它们叽叽喳喳，它们飞出飞进，陪我度过一个个平静的日子。在我的视野里，它们是动着的，我是静着的，不动的。在它们眼中，窗里常年坐着的不知道忙碌什么的汉子，兴许只是一个敬业的，不谙世故，只是常年耕作在自己庄园里的农夫吧？

麻鸦雀并不筑巢，就栖息在高大而又茂密的红叶李子树上，飞动的时候才能看到，不动的时候，不仔细认真地瞅，是望不到的。猛一日，那鸦雀就有后代了，叽叽喳喳叫得更凶了，鸦雀夫妻飞出飞进更忙了。我心欢喜着，在忙事的空当，细细辨数着新生命的数量，一只、两只、三只，竟然是六只了，到后来，已是十几只了。

一日里，一个和我相伴了十年的同事到场地里活动身子，一时兴起，对着一个小鸦雀做着驱赶的动作，不料被飞回的鸦雀妈妈碰了个正着，那鸦雀妈妈直扑同事头发并不多的头顶，同事慌乱地躲闪，头皮虽保无虞，但头发被叼去几缕，让大家笑了数年，自此，谁也不待见这看似平和却为着儿女凶悍的邻居了。

那鸦雀有时，也做些我最不待见的事，时常是有几只小麻雀在我窗前的花盆里歇息和觅食的，有天午后，一只麻雀刚从我的窗前飞向红叶李子树，那麻鸦雀竟箭一般精准地叼走了刚刚落脚的小麻雀，做这样残忍的事竟没有避我，让我很是生气了一阵。

不久，我竟又原谅它们了，它们不容易呀，它们一生所有的使命就是生存，就是生儿育女，它们要养活一群小鸦雀呀，联想到对它们不好的评价，那只是人的观点和想法呀，我也觉得该给它们平反了，它们父母应该还是有觅食能力的，鸦雀自己不会筑巢呀，自己领地的食物也是有限的，箍在一起，生活不更难了吗？再说，在父母面前，卿卿我我不好呀，大家都难处呀！

我是慢慢地离不开红叶李子树了，也离不开麻鸦雀了，曾经有几次离开大院的机会，不知端的地失去了，忽一日，发觉原本的同事，差不多都走了，走出了大院。那位相伴十年的头发不多见的同事也不知什么时候走了，大船虽然安稳，可推进的力量更大更沉呀！船里的人，多半都是计划着要走的。连船长不是也走了一个又一个吗？人往高处走呀，不单是高处，就是旅行，也该是有自己的目的地的，于是，这般地，就有一种无形的力量在左右着，似乎每个人都在掌控着别人，也被别人掌控着。

我自己也疑惑着，曾经那么紧迫，那么重要，那么认真的把守，那么努力做的事，都变得模模糊糊，微不足道了。

最最让我无奈的是，那无形的力量还是冲击了鸦雀，鸦雀最终随着红叶李子树的挖掉而迁走了。

世上有些东西真的那么重要吗？想起大院鸦雀，觉得未必；世上有些事情，真的是非做不可吗？想起大院鸦雀，也觉得未必；世上有些东西，真是一定要得到吗？想起大院鸦雀，还是觉得未必。

我是愈加地思念那些大院鸦雀了，计划着选一个晴好的日子，走出大院，在山涧、在野坡、在乡下，在村头，在那些大树上，去会会那率性、本能、自在的不懂秩序、不懂规矩的麻鸦雀。

歌者枞树

我一直以来就觉得，陕南人的乐观，陕南郎和妹子喜爱的山歌，定是和枞树有着某种内在的联系的。

陕南巴山里多枞树，枞树就是松树，是马尾松，巴山里都喊作枞树。你到了巴山山里面那些村子，家家户户、门前屋后至少都拥着一片枞树林，从房屋的庄子便知，那是房屋的主人在枞树林中间选择的空地，而且是风水极好的地方。当初修建房屋时，主人一定不会毁坏枞树林，房子建在枞树林里，枞树为房子里的人遮挡着风寒，很有一番自然和谐的景观。这枞树和庄稼户搭配在一起，在巴山里也是极常见的。

记得小时候每每砍柴走不远，就会盯着环绕着家四周的那些枞树，去砍那些枞树枝丫，这枞树林少荆棘，林间总有覆盖着一层或多或少的落下的松针，走在上面有一种软和的感觉。运气好时，我还会碰到令人喜欢的松鼠，我和小伙伴喜欢到枞树林砍柴还有一个原因，这枞树，经常长着球状和半球状的枞树疙瘩，疙瘩就是枞树油和木质的结合体，如是砍上一两个带着枞树疙瘩的大枞树枝丫，便可满载而归了，回到家里，一准会受到大人们的表扬。这枞树疙瘩晒干后，用斧头劈开，绝对是最肯燃又耐烧的柴火，庄稼人从地里回来生火做饭时，一般先用火柴点燃苞谷壳，再引着劈成丝状的竹签，才点燃劈开的条状枞树疙瘩，最后放上其他大大小小、杂七杂八的柴火，就再也不会熄灭，一定会在土灶膛里烧出一炉好火，做出一顿香喷喷的饭菜来。除夕夜里，放在火炉里的，也必定是这枞树疙瘩，那疙瘩燃烧的时候，火焰如舞者，热烈而充满激情，时不时发出噼里啪啦的响声，这来自枞树身体里的声音，若节拍，如音符，给年节带来生活的希望和美好的憧憬……

　　巴山里多水、多山、多树、多森林，用木头做生活、生产的用具原料的树木种类很多很多，但主角当仁不让的还是枞树和杉树。我不甚清楚枞树和杉树是不是有什么分工，是不是有各自的侧重点，兴许枞树从整体数量和个头上要更甚于杉木吧。枞树在我脑海中留存的要多许多，寻常人家里，桌子、柜子、凳子往往是枞树做的；抬起头来，看看房屋，椽子、檩子、柱子多半是枞树做的；老人去世时，寿枋（棺材）也常常是枞树做的。

　　生活在枞树的林子里，住在枞树搭建的房屋里，用着枞木打造的家具，即便是长眠于地下，也枕着枞木而栖。我深深懂得，巴山人对枞树的那种依恋。小时候，我最喜欢看木匠用斧头把枞木改成加料方的过程；喜欢守着改匠用锯子将加料方或者把木头改成木板的过程；喜欢看木匠把木板制成家具的过程。那斧头劈开的木屑向空里飞溅；那刨起的木花卷儿如鸽似蝶；那拉锯时泄出的锯末随着一种舒缓、平稳的曲子，如涓涓细流，不断地推延着时光。木屑、刨花、锯末以不同的形态轻舞飞扬，和着斧头、锯子、刨刀演奏下发出清晰而又明亮的声音，交织成一曲优美而又豪放的歌舞曲，表现出一种化茧成蝶、自我涅槃的欢乐愉快的主题……

　　巴山里的人是乐观的，一年四季唱着民歌和山歌，用着自制的乐器和响器，享受着乐观自得的日子。记得父亲有一把自制的二胡，是用竹子、棕绳、猪鬃和蛇蜕做成的。这二胡最神奇的是松香，就像竹笛的笛膜最好用竹腔内竹膜一样，那弓弦是要在松香上拉过几下，拉出的声音就分外纯正而清脆。那个时代，二胡拉出来的都是山歌和民歌，不像后来我在青年时期才听到的《二泉映月》那样婉转且带着几分悲凉，大多是欢快而又优美的曲调，一直都让我忘不掉。再后来，我上大学时，接触了小提琴，才发现许许多多的乐器都是离不开这松香的。尤其那小提琴，用了松香，《梁祝》那万千的情感和百般的韵味都仿佛随着枞树的针叶尖袅袅而出，我似乎有点奇妙的认知：有了松香，所有的情感、乐器都会让自己的音质表达得更为精准和完美，那传达的情感，欢乐会荡漾在你的心扉里，悲伤就会渗进你的灵魂里。松香，如同乐器的精魂，所有的音符都会被点化成为人间的精灵。

　　曾经偶然一次，目睹了脂匠如何从枞树上割取松脂，那似乎有些不忍直视，脂匠用刀把粗大的枞树皮剥去很大一块，然后在V形的底部用一种物什折成漏斗状，接着从枞树上渗出的松脂，这松脂经过蒸馏便有了松香和松节油，这和漆树割漆有着极为相似的过程。只是听老人讲，漆树如果不割漆，自己会被内在饱满的漆汁胀死，或许枞树也是如此吧？只是这枞树所包藏的松脂是一种音符和旋律，既可释放，也可存储。可存贮在树干、树根和躯体任何一个地方，任何时候都可以吟唱出来，燃烧时是音乐，被劈开时是音乐，被锯开时是音乐，被刨时是音乐，流出的脂汁结成晶也是化作音乐的玛瑙。那枞树，真是一个天才的乐者，天才的歌星呀，能把苦难化为旋律，把岁月化为音符，成为一个为音乐而生、为音乐而活着的音乐王子了。

如此，心下对脂匠的埋怨和责备也淡了许多，兴许他们正好为枞树的音乐才华找到了展示的出口。且不说那松节油有治病的功效，松脂还藏着另一个神奇，它还是油画里必不可少的材料，自然，那松香和乐器结合在一起，整个世界都是美妙的音乐了。终是明白，音乐、诗歌和画，你中有我、我中有你，原是这枞树写就的。

枞树是巴山里生就的极具音乐天赋的佼佼者，它汲取着巴山里的自然天籁之气，黎明，枞树在唱；夜晚，枞树在唱；天晴在唱，下雨在唱，刮风时更在唱，春天唱，夏天唱，秋天唱，冬天唱，有鸟儿和着鸟儿唱，没有鸟儿自己唱，一棵枞树在唱，一片枞树也唱，整个群山的枞树林一起唱，唱得激情澎湃，唱得气势磅礴。随着时光的步伐，枞树和巴山人一道歌唱，唱着时光，唱着心情，唱着生活，唱着巴山汉水，让日子在歌唱中具有枞树的清香和枞树林般阳光通透。

胡蜂新闻

　　胡蜂，是我们陕南很兴盛的一种野蜂，山重水复的地方，四季温润的地方，草木茂盛，植被不经意间会一茬又一茬滋生出来。陕南的地方草木不精贵，山水不精贵，野生动物不精贵，多半的时候，山里人爱着一草一木、一山一溪，靠着山水草木生活着，但有时也免不了为着过多的山水和草木烦心着。比如玉米，倘若不在特定的生长期薅三道草，那草绝对会比玉米长得高，长得疯狂，那玉米几乎就没有什么收成了。比如早先贫瘠的时候，桥几乎是没有的，那纵横大地如同血管般密布的河川、溪沟，每当雨水多的时候，水流暴涨，就会把人阻隔在某个地方，让许多重要的事就那么地搁着，就那么在房屋里无奈和焦虑地干等着，让人心焦得很，如此等等，这是那些山水草木精贵的大地方的人无法想象的。

　　这次，这些烦心事只其中一件就让陕南出了名：胡蜂蜇人了，胡蜂蜇死人了！胡蜂蜇伤人，过去倒也常见，可是时代不同了，一段时间内，竟然伤亡几十人，那就不简单了，就是大新闻了，上了中央台，上了凤凰台，惊动了全国。

　　于是全县上上下下都在做同一件事——全民灭蜂。

　　胡蜂的蜂巢外形是葫芦模样，一般都挂在山边、村头那些有些分量的大树上，很是显眼，秦巴山人因此把胡蜂的巢叫作"葫芦包"。小时候，我和伙伴们战争片子看得多，那"葫芦包"就成了最好的"敌人"，每每在行走的路上，在相互的挑战中，挑了合适的石块、石子、土坷垃远远地去攻击、投掷、轰炸"葫芦包"。单个投掷时，大家看着，准头好的，三五次就能击中，差点的上十次会打中，一见打中时，便齐齐地用箭般的速度跑了，山里的孩子在树丛里跑都如履平地，胡蜂一般是追不上的。更多的时候，是大家一齐轰炸"碉堡"，动静大了，那胡蜂就倾巢而动、蜂拥而至，总会有同伴中箭受伤，只不过那时，孩子们身子骨壮，被胡蜂蜇几下一般是不碍事的，不用药，用韭菜、大蒜汁涂上几天就好，最好的方子，当数奶孩子的母乳，挤上一些抹上数次，好得更快，很是灵验。

当今村子里的人户是愈来愈少，退耕还林让早先那些耕地都成了树林，"葫芦包"是眼见的多了不少，今天的孩子很是精贵和娇贵，都被关在学校和家里，人的破坏更是稀有，蜂子便自然地把那些曾经的人的地域认作自己的地盘，谁若是惊扰了它，就会拼死保护自己所谓的家园和地盘，那胡蜂追人极为神奇，会一条线顺着你袭击它或者你走过的地方蜂拥而至。抵抗力差的，一两只胡蜂蜇过就可致残甚至致命，体质强的，也抵不过数十只胡蜂的毒箭的。这胡蜂，是世界上团体精神最强的，所有的蜂都有严格的分工，都是为蜂王效忠的，那工蜂，为了尽职尽责，它在把自身带的那支毒箭射入人的体内时，自己也就死亡和尽忠了。

胡蜂素来并不可怕，不去惊扰，它们会安静地在属于它们那个世界里生活着，像是一户与世无争的庄稼户，但若有意无意地惊扰了它们，晃动了它们所在的树或者遭遇了外出采食的小股胡蜂，多半的时候就会招来无端的灾难。

不知是胡蜂变了，还是世道变了，抑或是人变了，人退蜂进、胡蜂袭击人的事件是越发多了起来，胡蜂的毒性也日渐可怕，蜇上几下几乎就有生命的危险，土方子根本就不管用了，必须在医院里救治。往年司空见惯的陕南"葫芦包"（胡蜂）蜇人的事一夜成名，成了新闻的主角，只是这胡蜂蜇人有损人与自然的和谐，成了一个敏感话题。胡蜂出名了，出大名了，别说秦巴山人，即便胡蜂自己做梦也想象不到。

胡蜂，委实也是与时俱进了，也许是山里的男人出门打工的多了，胡蜂蜇害的人多半是女性，也许是男人们不屑采摘山野的核桃、板栗、猕猴桃、野山菜之类，也许是女人们现世的衣着更为花艳，用的化妆品更为香，反正，这女人们还真成了胡蜂的重点攻击对象。

只是这胡蜂猖獗的时候，得意的时候，忘乎所以的时候，自己的厄运就会到来，所有的东西一旦超越常态，出了格，越出了自己的生态轨道，便会有灭顶之灾，那时所有的委屈和辩解都是无益的了。

很想给当下的胡蜂圆场解释几句，但又似乎什么都说不出来。

心下就有一种说不出的悲怆，清清楚楚、明明白白地知晓：我和伙伴们小时候打胡蜂巢"葫芦包"的那番情景，恐怕当下再也见不到了。

花 沟 铜 盆

"到铜盆沟看花去！"

文友相约，虽是应了，但还是疑惑着：定是好友用看花诱惑我去探幽的。这时令，山里的大株大株的山花已是开罢，山花虽亦是盛时，但多半是一些诸如倒挂牛、野刺玫之类藤蔓之花和山野草花。这般的花，却有着沁人脾胃的清香，思想着也是让人痴迷的景色，单是那香溢十里的七里香，也是让人无法拒绝的。

然大队人马开去，进沟不远，便令人眼睛一亮。顺沟顺溪而上，竟是人工栽种着一畦又一畦正开得鲜艳和闹热的花树，红的夺目，紫的醉迷，粉的娇艳，白的袭人，真是让人惊奇惊喜。

花畦旁，便是铜盆沟的溪水，那溪水，清澈得简直让人有些爱恋了，那溪边的水草，山上树木才成叶的绿荫，都若才会走路的妮子，有着生命的嫩色。这本是一个地地道道的自然山村，让人凭空里栽养出千万的花树来，活脱脱一个花沟了。且和那原本的自然的山水树木花草糅合在一起，更有平常里不一样的风姿。

女士们自然敏感，先惊喜得不能自持，忙不迭地钻进花畦里赏花去了，不知是人迷着花，还是花黏着人，简直是绝美的一幅幅画了。男士们，到底是反应迟钝些，被女士闹着赶紧拍照，这才愣愣地拿起了相机，对着花丛中的美女们找着角度，借着取景的机会，连着花儿和美女们一并地观赏着。

时有两只蝴蝶，就在男男女女的面前你追我赶，在溪前、在树梢，在花丛上起起伏伏、上上下下、远远近近地追逐着，旁若无人，大胆恋爱嬉戏着，很容易让人想起梁祝来。果真，有人即说起这种联想了，可迅即便有人否决，言说这当是"90后"少男少女恋爱的情形，倒是诗人观察得仔细，不单是这两只蝴蝶，沿小溪两岸，几十亩花畦里采花蜜的蝴蝶皆是黑色的，便认定那是黛玉焚书时书灰所化，更是让花沟和花有无穷的回味了。

一个普通山沟，粮农变花农，山沟变花沟，就惹得一伙文人墨客纷至沓来，一次寻常的逐花赏花赏出了别样的感觉，生发了别样的诗意情趣，倒是一次价值不菲的奇遇了。

寻常的岁月，平常的心态，宁静的生活，渐渐地成了当代人认同的日子。可这调子一直弹奏下去未免就有点枯燥乏味了，也许，每隔一些时光，能找到这般情趣和浪漫、诗意和感悟，也是人们内心深处都潜伏着的期盼吧。

化龙冷杉

每次到巴山第二主峰化龙山，一投入它的怀抱，就会沉溺在这北亚热带山地生态宝库中，流连忘返，无力自拔。

这儿有万卷石书天书峡；这儿有岚河、南江河等十四条汉江支流；这儿有云豹、金雕、黑熊等数十种国家一、二级保护动物；当然，这儿还有中华鸽子树、银杏、红豆杉等一百一十七种国家重点保护植物；有峡谷、有森林、有草甸、有流泉、有瀑布……"一峡分四季，十里不同天"。山水草木，雨雪云雾，随着季节的脚步，变幻出万紫千红的色彩和画面，成就着无边无际的景色和风光，任何一处一点，都可以让你痴迷，摄取你的心魂。

在化龙山这万千仪态和万种风情之中，待上一时半刻，你很快就会被一种主基调和主色调所感染和包围。是森林？对！就是化龙山国家自然保护区的森林。

有一次，在化龙山，夜宿正河垭护林站。第二天黎明即起，早早去观赏化龙山景色，才发现所居的小站，是生在大山中一个山坳中的。视野所见的山峦、山涧、山坳，全是整齐划一的冷杉林，随着山势蜿蜒铺开，林海波浪，气势磅礴。那乳黄色的护林小站，掩映在翡翠般的冷杉海涛之中，恍若一只小船，有一种令人心动心醉的美丽。

从那时起，化龙山冷杉就成了我心中格外的记忆和牵挂。冷杉毫无疑问是化龙森林主体构成，这次问顶化龙山，在登向主峰的行程中，冷杉仿佛是一种久别的重逢。从海拔两千米左右的柏子沟出发，一路攀登，冷杉便始终相伴，六月间的冷杉，满树还是新芽，虽然树身呈金字塔状，亦如小牛犊、小羊羔般可爱。一旁的护林员小程告诉我："这冷杉树是在冬天发芽的，整个春夏里冷杉都这般鲜嫩青葱。从冬天开始，时间愈早，便愈好看。"

我再次注视这正在发芽的郁郁葱葱的冷杉，树身上枝干根根斜上生长，枝上的叶子美如细梳，当下都如此俊美、帅气、青春、阳刚，"愈好看"会到什么程度呢？这护林员小程，我是认识的，他的父亲和我曾经是同事，20世纪八九十年代，就住在平利山城五峰山下，是五峰山的一名护林员，一辈子守着五峰山。退休后，还不肯休息，在五峰山下鼓捣出了一大块地，依旧栽树育苗。他的儿子小程当兵复员后又被分配在千家坪林场。化龙山国家自然保护区成立时，他主动要求到了这里，一干也是二十年。看着小程被化龙山岁月打磨成的壮实的体格，我有些感慨：父子两代人，一南一北守着家乡巴山的大山和森林，无怨无悔，生命相依，心里有一种说不出的感动。

一路上，小程不停地给我介绍化龙山自然生态知识。海拔每上升一段，在呼吸更加急促的同时，还会感到森林植物生态的变化——开始一段，是品目多样的树木灌丛相杂，在这里，我们看到了中国鸽子树珙桐；又上升一截，就见到一块又一块，一段又一段的红桦林，走在其中，遮天蔽日，莽莽苍苍；及至快到山巅，几乎就是清一色的冷杉了。在山坡，在山涧，在岩石缝中，在悬崖断壁上，无论有土无土，只要有一丝一毫的可能，冷杉都能扎下根来，成就一株株化龙山卫士，而且相互丛生，一坡一梁，一沟一坳，一峰一岭，整个构成一片，形成了化龙山震撼人心的冷杉世界。

在红桦林、冷杉林、草甸的边缘，我们还每每发现一丛丛杜鹃。曾经看过化龙护林人拍摄的满山的杜鹃美篇，那亦是化龙美景之一绝，火红的一株杜鹃已是鲜艳，一片又一片，简直是把整个山巅映红。只是没想到，化龙杜鹃花和冷杉竟然是相伴相生的。

冷杉林之上，化龙山之巅，是草甸，受数亿年的地质演变，数十亿个春夏秋冬的轮回，风雨霜雪雷电雾的打磨，海拔、温度、氧气的变化，形成了极为严酷的生存环境，可自然生灵没有却步，这里树木虽是零星和矮小的，可小草却顽强地生长着，形成了大片大片高山草原。回首来时攀登之路，从山顶次第而下：高山草甸，冷杉林带，针阔混交林，落叶阔叶林，自然植被层次分明。尤其是在草甸之下，冷杉林带更为鲜明突显，有如整装集合纪律严明的大部队，牢牢地守护着这高山草甸。

"这冷杉，在整个化龙山都生长吗？"看着这气势昂扬的冷杉林，想着一路相伴的冷杉，我问小程。"这个，让严哥夫妻回答吧，他们比我更加清楚。"小程说的这对夫妇我也认识，他们是化龙山又一个佳话。他们一个在化龙山国家级自然保护区，一个在化龙山千家坪林场。他们因化龙山结缘，因化龙山成婚，从年轻时候就守护在化龙山上，现在都已年逾五旬了，依然坚守在化龙山上，谱写着一曲化龙的长篇爱恋诗歌。

"真正的自然生长的冷杉是两千六百米以上才有，其他地方的冷杉，大多数是人工培育的。"严共昭没有丝毫推辞，马上介绍道。我一时惊异得说不出话来，化龙山海拔两千九百一十七米，这自然生长的冷杉几乎就在山顶上，原来，我过去所见到的大片大片的冷杉林，都是人工培育的。

是的。他这时说到了一个人。董学友。对，20世纪六七十年代化龙山千家坪林场的场长。他带领工人住在深山里。冒酷暑，顶严寒，战风雨，斗冰雪，忍饥挨饿，探索低海拔冷杉栽培技术。共培育冷杉苗五千万株，次生改造三万五千亩，人工栽培冷杉林三万七千多亩，保护了四十多万亩国有森林资源。而他却在一次往返路上，遭遇车祸，牺牲在工作岗位上。而今，目之所及的人工冷杉林，全部纳入化龙山国家自然保护区和天书峡景区，成为保护区和森林公园最壮阔最亮丽的风景线。

一时间，我才明白，我过去眼中所见的冷杉，是由一个个化龙山护林人创造出来的。化龙山的冷杉，不仅是化龙山自然的奇迹，更是化龙山护林人用心血和汗水守护和灌溉的奇迹。

如果从森林树木来赏析化龙山，中华鸽子树当是化龙山的精灵，杜鹃花就是化龙山的精魂，草甸当是化龙山的精华，而冷杉就一定是化龙山的精气神。

沿岚皋镇坪公路从化龙山山脚下龙门出发登化龙山，顺盘山路蜿蜒而上，整面山全是化龙山的育苗基地。一批又一批化龙山护林人，一面守护着两万八千公顷的生态森林，一面传承着董学友场长的传统，培育和栽培着珙桐、红豆杉、冷杉等珍稀保护植物，让化龙山生物区系的古老性、濒危物种的珍贵性、生物植被的多样性、生态原始的稳定性、自然景观的丰富性不断充盈和完美，散发出最原始、最神秘、最神圣的光彩。

在一大片冷杉林前，我们和小程、严共昭夫妇，还有化龙山保护区的领导和同志们告别。在车子启动的刹那间，我忽然觉得他们就是一株株化龙冷杉，车渐行渐远，慢慢地，慢慢地，他们已经和身后的那片冷杉林融为一体。

寂寞樱桃

我第一次在樱桃熟了的时候，回到了家乡。

老家的土地瘠薄，但上天依旧给了老家格外的关爱，让老家的土里多了不少矿物质。老家气候温暖，阳光充足，于是老家地里产有很是有名的三种果子：拐枣、柿子、樱桃。

记事后的家乡，家家户户都是有一两棵樱桃树的，或屋前，或院后，或地头，或坎下，整个陈家沟，山上山下，漫山遍野，都是樱桃。那樱桃树不高，树身粗壮，分枝分杈恰到好处，适合孩子攀爬。少儿时，那些樱桃树就是我们的乐园，男孩子总是在树上学着小兵张嘎，打着"麻雀战""游击战"，女孩子总会在树身横斜的枝干上，绑上两道绳子，就是一个上好的秋千了，有时男孩玩累了，看到女孩子荡得热闹，也会争过秋千，以谁荡得久、荡得高为荣。我平时荡得少，胆子却大，偶尔会荡得几乎和树腰一般高了。

只是随着父母在外地，每每和樱桃树的亲近，就是过年的那些日子，而樱桃花开的时候，樱桃熟了的时候，我都是无缘相伴的。

前几年，留守在家里的几个叔伯在一块琢磨：大集体时，家家都是穷的，一年的油盐酱醋，孩子的上学费用，都指靠着樱桃的那点收入，联产到户后，刚刚起步，底子薄，种子、化肥、农药等，往往是需要不少资金的，樱桃又成了粮食的补充。这会儿，儿孙们长年在外，庄稼种得少了，也少了孩子们的花销，樱桃就不再是当初那样的金贵。想着大哥这一房出去得早，晚辈们几乎是没有吃上家里的樱桃，便相约每人摘上一挎篮樱桃，一块儿坐车几百里来给我们送樱桃。那一次，一家大小都聚在一起吃家乡的樱桃，整整几天，我们把一生一世的欠缺都吃了回来。

平生里，樱桃见了不少，吃过的也不少，可也不是特别贪嘴，也没有细细地去探究过樱桃。潜意识里，我时常是把樱桃和女人联系在一起的，且不说樱花，单是樱桃，卖樱桃是女人，买樱桃的是女人，吃樱桃的多半还是女人，常见的文章也往往是把樱桃和女人连在一起的，樱桃小口、樱桃红、樱桃美女，离开女人，樱桃何所依？想那半街一字儿排开的卖樱桃的乡下妇人，总会让人想起农村的淳朴和美丽；想那刚刚买过手的一塑料口袋樱桃，转眼间被女人们消灭大半，就会感叹，所谓的樱桃小口几乎就是为樱桃而生的。

吃过家乡的樱桃，对樱桃的滋味和印象有了大改变——樱桃不只是酸酸的，也不再是女人的专利，那味道，是甜中藏酸，甚至是纯粹的樱桃甜，也会醉倒男人，让男人痴迷。

这次回老家，终于见到了家里樱桃熟了的景色，只见那坡梁之间，房前屋后，尽是结满红透鲜艳樱桃的樱桃树，似在闹市中的一个游园，到处都是靓丽女子，在妖娆中又半遮半掩，或大或小，或高或低，或远或近，各具风采和风姿，在热烈中充满着渴望。每见到一树，我都禁不住地走近，看那如玛瑙、如琥珀般晶莹剔透的樱桃，簇拥在枝头之上，掩映在绿叶之间，摘一些放在手掌里，能清晰地看见圆润的果儿身上，满布的细细脉络，啜几粒在嘴中，是熟透了的樱桃甜。

穿行在樱桃的世界，走着看着，看着走着，渐渐地我又感到有什么不对，在偌大的一个村子里，所见房屋大多都不再有人居住，房门通常都是紧锁着，偶尔发现一些场院里有人走动，都是年逾古稀的老人，连留守儿童都少见。那曾经的满村人摘樱桃、卖樱桃的热闹情景已经不再，那些被上辈人和堂兄堂弟种下的致富樱桃，在熟透的时候，竟没有人采摘。在不长的几年中，就是我们的陈氏本家，几个叔伯也已先后作古，堂兄堂弟堂姐堂妹，都散落在天南海北，真是令人感叹：世道的变化，社会的变迁，是那样令人无法捉摸、无法预料。忽然想起，几年前，几个年过花甲的老人，从樱桃树上艰难迟缓地采摘那满满一挎篮樱桃的情形，他们在极短的时间里，是怎样将樱桃迅速地送到我们居住地的？当时，山上那更多的樱桃不是都无人采摘了？我不禁眼睛湿润了。

如今，老家不再会有人给我们摘樱桃、送樱桃了，叔伯门前的樱桃和陈家沟家家户户门前房后的樱桃，依旧枝繁叶茂，果儿累累，显得更加鲜艳、迷人，只是很少有人采摘，连贪嘴的小孩子也几乎找不出几个，满村满目的鲜红，却有着一丝难掩的落寞和寂寥。

樱花灿烂而又短暂，轻盈而易飘落，樱桃何尝不是如此？它有着玛瑙般的形状，它有着令人眩晕的色泽，它有着独存于世的滋味，却决不肯为了赏识和采摘等待，在短短的时间里就坠地入泥，香消玉殒。就连从花季到成熟的时间，樱桃也是短促而迅急的，仿佛在用它所有的心魂力量告诉着世人，世间不会有所谓钻石般的恒久，也不会有能永久保存的凡胎肉身。

只是樱花绝不会因为倏忽易逝而不绽放，樱桃也绝不会因为无人采摘而不挂果不成熟，它只是努力地去走完自己的人生轨道，它只是努力地营造属于自己的生命价值。也许，这个世界上每一个生命都需要尽力绽放自己的生命价值，发现彼此的生命价值，终有一天，当人类发现自身所需要的不可脱离的那种生命价值时，还会循着原路回来。

其实在樱桃的内心世界，未必就一定寂寞。

廉石偶得

一

十几年前，我还在乡镇工作的时候，有一次下村，骑着摩托，去过淌水河。时值春末夏初，一场透墒雨过后，雨过天晴，天地间水洗般的嫩绿清明，溪沟里的水也比平日里涨了不少，当车子驶入水中，忽然天空映现一道长虹，七彩缤纷，十分耀眼。正惊讶时，水底一石块正好垫在了车子前轮，我稳车不住，侧身落入水中，弄得一身水，满身湿透，扶正车子，一脸恼怒，待要走时，心有不甘，水底里垫我的石定定地张望着我，仿佛嘲笑我，便立稳车子，俯身拾起。

那是怎样一块石头呀，身有书本大小，呈不规则的梯形方体，通身是石墨色的大理石，貌不惊人，便担心后来者和我一般，也会跌跤，有心掷远些。方要扔时，忽被石身上透出的白色线条所吸引，那横撇竖捺组成的结构分明就是两个汉字！不错，就是两个汉字。字体端庄中有浑厚，浑厚中有飘逸洒脱，然那字笔画中还夹杂草书的意味。一时竟看不出什么字，只是好奇，便不忍舍弃，犹豫一阵，还是放在车后的工具箱里，带回家中。

一日在家，不知怎的又翻出这块石头，引起家人的注意，都辨认开石上的字来，已退休、赋闲在家的老父亲，一眼就认出来——"公正"，真是"公正"，左看右看都是"公正"，大家惊呼起来，为何早先谁都没有认出这两个字呢？奇就奇在"公"字上面那两撇，造物主是用两点代替的，那两点，一个在西北，一个在东北，距离有些远，可看明白了，就越发地像了，且正和"公正"的本义——平衡、和谐、公平、公正。

就在得石的当年，组织上一纸调令，把我调入县纪检部门，干起了惩治腐败、去浊扬清的工作。忽地终于明白了，天赐我石，或许是有预兆和寓意的。

平利有山，平利有水，有山有水就有石，漫山遍野，崇山峻岭。大河小溪，处处都是石，但偏偏这个石头坐生在那一条乡间的不知名的小溪中。人来人往，众人皆过河，可就没被垫到，偏偏让我一跌一拜，便得了这石。得了石，一般是不经意地扔了就罢，鬼使神差，偏偏我就中魔似的带回了家。石上掺朵的石英组成的白色的线条，天工造物，成了形，成了字，独独被一个教书育人四十五载，桃李满天下，一生正直、正派，忠诚自己事业的省劳模的老父亲认出，石一得，我就成了一个为石上两个字效力的人，看来，这看似不经意的一个石头，还真是有些来头的。

于是，我便在意地选来一块黄杨木，按照石质、石形、石重，精心设计打磨出一款和石头合体、合身的底座来，将石放在上面，相得益彰，那石本是极普通的，如今那一帮一托，倒是愈发醒目、耀眼了，工作之余，望它一眼，仿佛就轻松了许多，而那石也真能说话似的，有时是严肃地看着你，有时是冷峻地看着你，有时是微笑地看着你，有时竟是痴痴地看着你。你的所作所为，你的荣辱得失，你的喜怒哀乐，它全然明白，全然知晓。

对着有灵性的石，我总是有许许多多的疑惑，那石，果真是那日雨水从山中冲刷带出来的吗？那石，被相知者邂逅时果真是要出彩虹的吗？那石，果真是只有修身养性，做到清正廉明像老父亲那样的人才能一眼认出上面的字吗？那石，果真是世间唯一吗？"公正"石出世，是说明自己公正吗？是说明这世间公正吗？是要求自己做个公正的人，还是期望这世上生出更多的公正呢？

查查《辞源》，"公正"词义是："不偏私，公平、正直"，它侧重基本价值取向。那么，决策需要公正，分配需要公正，奖惩需要公正，执法需要公正，市场需要公正，一个国家需要公正，一个地方需要公正，一个单位需要公正，一个村庄需要公正，一个群体需要公正，一个家庭同样需要公正。很难想象，一个单位、一个领导、一个公职人员，私欲至上，有了贪污腐败，有了不廉洁，他所履行的岗位职能和从事工作还能有什么公正，由此推断，公正，倒真是道出了廉洁的本质含义了，那么，我终是得到一个无价宝贝了，于是，就心花怒放起来。

日子一久，却又生出一些新的想法来，这石头真是世间唯一吗？有没有诸如生就"公开""公平""廉洁""正大"等天然字眼的石呢？或许没有发现，或许能发现。

于是，稍有空闲，就在平利的大河小溪里捡拾、寻觅，希冀能发现新的同样寓意的石头，渐渐地自己成了一个奇石的爱好者，家里的柜子里、桌子面、阳台上，到处都是拾来的有字的石，简直成了一个石头的世界。

多少年过去了，依然没有希望中的石出现。

二

有一年去苏州，基于对石的情结，别人是冲着古典园林去的，我当然也看园林，但更钟情于那园林中的石头。园林是由水、山、亭、台、楼、榭、廊、花、鸟、鱼、树等等共同构图的，但石却是别具一格的，或秀丽的灵璧石，或婀娜的太湖石，或玲珑剔透的雨花石，无不成为园中抢眼之物。石头或立或卧或俯或仰，无不成为园中的重要之物。石头或方或圆或规，或奇，无不成为园中的亮点之物。山无石不奇，水无奇不清，园无石不秀，室无石不雅，我流连在每一块石前，留影、拍照、静思、深念，仿佛石有磁、石有情似的。

当踏入文庙，原本是参拜圣人孔子的，当我细细寻求石头并从石头上追寻孔子生平的印迹时，一块矗立在文庙一隅高大的石头进入我的眼帘，石是花岗岩的，高两米，厚约七十厘米，宽不足两米，其形如常，其质普通，其貌不扬，唯有石上两个石刻文字让我为之一振——"廉石"。或是职业敏感，或是千万里地寻觅，这石顿洗我漫漫旅途疲劳，我久久立于石旁，想探究其缘由，恰有一当地人主动和我攀谈起来，告诉我这样一个动听的故事。

东汉末年，苏州一青年才子陆绩，通天文、历算法，博学多才，二十多岁就出任郁林（广西玉林）太守，在任十余载，任期届满，卸任回家时，所经之路要从郁江绕大海航行，临行大海，船公向陆绩诉说，"风急浪高，小船颠簸摇晃，随时会有倾覆沉没的危险。"陆绩询问："每次船航行都如此凶险吗？"船公回答："大人，这次正遇大风，风浪太大。"陆绩又问："有什么办法吗？"船公说："船必须要有足够的重量。"陆绩环顾四周，除随身的简单行装和数箱书籍外，什么都没有了，只得长叹一声，船公被陆绩的叹声打动，就说："将船靠岸，搬些石头压舱吧？"陆绩眉有喜色地答道："好。"于是船公将船划向礁石嶙峋的岸边。正有一椭圆形大石孤独地横卧滩上，陆绩顿觉有缘，"就是它了。"于是，大家用撬棍、木板、纤绳将大石滚、推、拉、牵到船上，船方平稳、平安地一路航行。归家后，陆绩把这块石头就放置在自家宅院，也未向任何人提及，人们开始猜测，有的以为这是含有玉的宝石，有的以为这是一块驱灾镇宅之石，但都不得而知。两年后，陆绩因辛劳成疾，三十二岁就去世了，当年的随从方才说出其中缘由，人们恍然大悟，钦佩仰慕。于是苏州人将其称誉为廉洁之石，加以保护。时至明代，朝中监察御史樊祉听说陆绩其人和镇船石的来历，下令将此石刻上"廉石"两个字，从陆绩故居门前移至闹市处，并修亭一座，以警示百官。清康熙四十八年（1709年），苏州知府陈鹏年又将此石移至文庙之中，和圣人孔子一起供世人缅怀。

　　这块石头，跨江过海，几乎经历了半个中国的海域，又经历了一千七百多年的岁月风云和历史变迁，至今仍完好无损地屹立于世，又和圣人孔子供奉在一起，长久相伴、相依。如今，又被我这个千里之外的一个觅石的人邂逅，冥冥之中，似乎仍是天意。

　　而苏州人拥有的这块廉石，已成为他们的精神象征，他们在进入21世纪后，把周恩来总理的指示铭刻在心里，实施到极致。他们将廉石制作成廉石首日封、廉石歌曲、廉石名片、廉石茶杯，有专门的电视节目《廉石》，注册了廉石商标，出版了廉石书籍，编排了廉石文艺节目，开办了廉石网站。廉石已成为一种文化，成为廉政文化园地的奇葩，成为一种文化品牌，成为苏州继园林后享誉中国的又一个标志。

　　这一块被廉洁、廉情滋养千多年的石头，是我要寻找的那块廉石吗？

三

远古之时，一些具有英雄气质的人开始崭露头角，他们带着自己的部落征战东西南北，最终，大地上留下两个英雄——共工和颛顼。在那个残阳如血的下午，二人在荒原上站立着、对视着，共工高大魁梧，颛顼英俊挺拔。本来，二人可以相视而笑，携手共治世界，然内心一种称霸世界的欲望充溢着共工的心腔，一山之中，岂容二虎，他挥矛刺向对方，颛顼岂能示弱，举棍应战，于是一场战争席卷神州大地。最终，笑到最后的是智慧和武功熔于一炉的颛顼，恼羞成怒的共工，拖着伤痕累累的身子，跌跌撞撞，一头扑向不周山，刹那间，天河被拉开一个巨大的口子，倾桶倒水似的涌向大地，地球陷入一片汪洋之中。时在女娲山的女娲眼见人类遭受灭顶之灾，心痛不已，便率众炼五彩石，用云彩黏合，将天缺之处粘补得严丝合缝，人们才又得以安居乐业。

据说，女娲炼出的补天石是三万六千五百零一块，补天时只用了三万六千五百块，只剩下一块未用。她深知，这个世界，需要补的缺口实在太多太多，便将这一块石头留存于世，作为警示，以期幻生万物，填补所有的不足。

几万年过去了，我们生活的女娲故里应该是有这块石头的踪迹的，我时常在文化广场漫步，久久地思考这个问题，有一日，忽见在雕有女娲补天浮雕的文化柱下，有一长约六米、宽约六米的不规则的大理石置放在那里。这让我心头一喜，我深为那些文化人的创意而充满谢意，女娲广场有了这块石头，虽非女娲补天遗留真迹，但仍然远胜过无数雕梁画栋，远胜过无数亭台楼阁，因为石头当是我们家乡最具代表性的资源之一，仅是大理石、重晶石，足足可以让平利扬名海内外，而这块石头更多的是我们历史与文化、现实和未来的象征。

古往今来，人们莫不在寻找补天石，"三国演义"以智慧为补天石，"水浒传"以忠义为补天石，"西游记"以圣教为补天石，"红楼梦"以真情为补天石。当今社会，时代飞速发展，物质生活极大丰富，但人的欲望却无穷膨胀，精神世界极为浮躁，时刻在给自己和给社会制造着或大或小的缺口。于是，我忽然感悟到，女娲留下的这块石，本意是想启迪人们，用来填补内心欲望这个缺口的，因为人类的欲望当是人类自身最大的对手，从这个意义上，我个人以为现实最需要以廉心、廉行为补天石。

石头是不朽的，千百年如一，无欲无求，无自私，无贪婪，沉浮不叹，宠辱不惊，却成就了自己的长寿，成为人类和自然天然的史书。

石头是坚贞的，它静静地思虑而不言语，它背负青山绿水，充当着世间灵物的游乐戏台，如果需要，把它焚烧，它依旧坚守着石头的本质。它不需要成为主角，但正是它坚定不移的骨性，使它成为大自然最出色的主角之一。

石头是伟大的，它不需要任何雕琢，默默无闻，却无私奉献，在任何时候、任何地方都会尽职尽责，不事挑剔，成为不可替代的基石。它用自身代表天地和人们对话，做人不要太圆滑，不要失去自我，你自会成为栋梁之材。

不过，人终归是高级动物，动物的本性，人的本性，逃不了，也否认不了。科学家证明生命的起源和进化，都源于私，私最易生贪欲，最难生廉洁。无怪乎共工、颛顼为称王称霸置苍生而不顾，然自女娲以来，顾大家，舍小私者却也薪火相传，代代相继。战国有屈原，明代有海瑞，宋时有包公，清朝有于成龙，他们都以廉石警心，戒贪戒欲，自己也成了一个个无形的廉石，补天之石。他们共同构筑起一座道德的大坝，让世界上欲望的洪水过滤，化作涓涓的清水，成为股股清风，荡涤人们的心灵，洗涤人们的灵魂，激励社会和谐前行。

忽然醒悟，女娲补天遗留下来的石头，是最好的廉石，最无价的廉石，是无字的廉石，是永恒的廉石。这块廉石，或有形，或无形，或有字，或无字，或有色，或无色。只要你愿意寻找，愿意拥有，你就一定能找到，因为那廉石，是女娲留存在人类内心世界中的……

紫薇仙葩

　　一株灿若烟霞的紫薇，高大而匀称。立在那么一个院子里，把所有的视线全部聚焦，却一点都不扎眼，也没有一丝一毫的矫揉造作。满身几乎看不到几片叶子，每一个或大或小的枝丫全都被紫色的花绒包裹着，真是一个清纯、天然没有任何瑕疵的中华佳丽，满世界都只是她的陪衬，不敢相信这是世间的造物。

　　我知道这紫薇不是天生就在这院中的，也许移来的时候，它和许许多多同伴们一般，娇弱而瘦小，然而她丽质天成，不挑不选，只是依着天性发育着、成长着，终是成为一个风姿绰约、不媚不俗的极品了。

　　也许，所有世间奇葩和普通花木本身是没有什么两样的，区别在于从不计较，院子里的紫薇也只是把自己看作山涧边、缓坡上、村道旁一株不起眼的小花木，只是努力汲取水分、汲取阳光，它知道自己是需要营养的，它用了更多的气力、更多的时间，把根深深地扎入院子底层的土地里，于是它把所有的岁月和时光都转化为一种气韵，一种超凡脱俗的雅致，成就了属于自己，也属于所有生命的本来模样。

　　对于一个灿烂的生命，发现和不发现都是俗世的标准，但生命自身决不能苛求大自然的给予，只需要尽情地自在地接受和拥抱，只需要努力地汲取自己必要的营养，就能绽放属于自己的美丽。

把美丽开进他人心田

　　这个春天，我偶然来到一条很少有人游观的小河。

　　山坡的野桃花，大约是开了两三茬了，河谷人家门前屋后的桃花、李花、杏花也渐次地热闹开来，就连一些高大的树木初发的嫩叶，在未完全舒展开时，有着各式各样的形状，又和初生的嫩黄、嫩绿、嫩红的颜色各色交织在一起，远远看去，也都是一株又一株别样的花树了。

　　在小河一侧的沙洲上，猛然间见着有几丛灌木，虽然没有花儿绽开，但极为眼熟，我不由自主走近，细细地打量起来。

　　这是一种常见在小溪、小河边，河道里的沙滩上、石滩里生就的一种和水不离不弃的灌木，在这个早春的季节，才绽嫩叶，那鲜嫩、碧绿的对生的芽儿，竟和要采的绿茶的嫩芽一样的形态，更让人多了些喜爱。

　　只是那灌木终不是茶叶，那些底部早一些长出的叶儿，就明显的硕大些，颜色也呈淡灰绿色，认真看时，上面还有一层淡淡的绒毛。我忽然为自己的念头自责着，这就是它原本的形态，为什么希望它和茶叶生的一样，拿茶叶和它比较呢？

　　我熟悉这灌木，它也是开花的，那花开得极其鲜艳和浓烈，就在一丛中某一枝的顶端，生出如同火炬模样的一串花来，那花几乎都是紫槿色的，也间或有白色和其他颜色的，大抵都是在夏秋里开放。夏秋时节，正是人去河里游玩和避暑的时候，岸边、沙滩，或者石岩缝隙里，忽地，就会闪现出一丛这般的花束来，无论你走在哪里，在河谷，河道里，一定会有这花的身影伴随着。

　　眼下，这灌木还没有到开花的时候，可是那枯萎风干的花萼、花瓣、花蕾都依旧留在枝上。我猜想，大概它们是等新一轮花串绽放时才会落去吧？

年少时，整个夏秋，自己似乎一直都是泡在河里的，整日里赤着脚，光着膀子、光着腚待在一条叫水坪的河里，在河里洗澡，在河里摸鱼，在河里修水堰、修电站，在河里捕捉蜻蜓和蝴蝶……这灌木、这花儿就天天陪伴在我前后。那时的我和一群小伙伴们，有意无意之间，有所谓的一身的男儿气，是不屑那些花花草草的，对这灌木和这花，没有一丝半点在意和爱怜地踩踏着它、折着它……

后来，我离开了乡村，到了城镇。后来，我也随着时代，开始认识花，了解花，记得和了解了一些外来的花，名贵的花，和各式各样不同的花，渐渐地，这花淡出了我的世界，甚至忘记了它。

岁月匆匆，再次注意这花时，竟然半生已过，似乎想对这花儿说点什么，竟然发现竟不知道这花是什么名。我心生惭愧，有一两次见着时在路边问路人，竟也是不知道的，再有几次，口述着形状问了几个人，可惜自己描述不甚清楚，人家也对不上号，也还有很多机会想问别人，又恐被人家笑话，就忍下了，便一直糊涂至今。

这一次再也不能错过了，正好遇到一位八十多岁砍柴的老人，我便拉着他询问这花木的名字，也是天意，他果然没有让我失望，告诉我："这是蒙花树。"我激动得心似乎都要飞出来了，不停地谢着老人，甚至想上去拥抱他。

高兴之余，依旧有些担心，这名是不是当地的叫法？能否在书里查到呢？

一查，竟然对上了。这蒙花树，原是有十几种名儿的，正式名密蒙花，蒙花树也是其中一种正式的名字。只是没有想到，密蒙花是一味中草药，还有很好的药效呢。更惊奇的是：云南一带的人竟还用这花和米蒸，蒸出黄色的有着浓浓清香味的米饭来，还给它起了一个香气四溢的名字——染饭花。

我终于是完成了心愿了，欣喜之余，禁不住问自己，这蒙花树是什么时候住进我心中，开在我心里的呢？

世上的花，只要你认真地、默默地做自己，努力地绽开，不图名、不图欣赏，或许，你的美丽就会给他人以美丽，就一定会开进他人的心田。

第四辑

灿烂星空

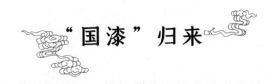

"国漆"归来

女儿红、女儿红。
比苞谷酒比老婆红火的名字，
燃烧得割漆的汉子们眼睛发直。

是该红火的时候，
便做次新娘子，
在秋风唢呐的护送下，
羞羞答答姗姗走过，
陡岩坎子挡不住，
纷飞的岁月挡不住，
漂亮得红艳欲滴。
流香溢彩得出奇。

哪个割漆的汉子不想您哟！
……

　　这是我的老师、安康第一位中国作协会员陈敏先生于1986年在《星星》诗刊第十二期发表的代表作之一。那时青春年少的我，虽然也喜欢一到秋天就兼有枫叶和柿叶之红韵、红得动人的漆树，却不能真正懂得那些衣着陈旧破烂，被漆汁斑染全身，皮肤被漆汁蚀烂成一块红皮、一块黑痂的割漆的汉子，如何可能爱上这被称作女儿红的漆树呢。

一

　　漆树在女娲故里平利县漫山遍野都是，这种貌不惊人的树，栽下一棵树苗，仅仅度过短暂的七年少女期便成熟了，身子里充溢着自生的饱满的汁液，需要割漆人去采割。一到夏秋时节，割漆的汉子就放下手上的庄稼活计，纷纷上山，在属于自己领地里的漆树上，用手上的漆刀在漆树上从下往上划开若干V形刀口，又用山里生长的一种金刚叶卡在漆树刀口的下方接住漆汁，待把要割的漆树都割一遍后再回头收割漆汁。割漆人常说："百里千刀一斤漆。"你可以想象，割漆人和漆树共同忍受着怎样的艰难和苦痛，才生就了这不可多得的红得醉人的琥珀色的液体呀！平利县山大林密，只闻割漆声，不见割漆人。但这个季节，你一定能感受到有数不清的割漆汉子就在大山之中。漆汁从漆树上汩汩地流着，流进了割漆汉子的小漆桶里，再收集在一个大漆桶里，又被商家装在特制的贮运漆缸里，不停地汇集着。这不停汇集在一起的漆汁就是割漆人今后的收成，不知道存贮着多少巴山山里农户人家一年满满的期望啊！

二

　　是什么样的力量让漆树有如此神奇的吸引力？果真是那如女儿红般娇艳的红叶，如浪漫血色的漆汁吗？是，又不完全是。这漆汁是一种天然树脂涂料，具有耐腐、耐磨、耐酸、耐溶、防腐、防锈、防潮、防辐射、绝缘、富有光泽等特点。在当代，除了用于家具、建筑外，也是中国工业的优质涂料，广泛用于国防军工、石油、化工、采矿、纺织、印染等领域。自古以来，人们就发现漆的用途，一座大户人家家院，雕梁画栋，上漆是决定其豪华荣光的首要标识；一套家具，上漆的好坏，和瓷器上釉一样，决定了家具的档次和品质；小户人家要有几件成器的漆得上好的家具，有客人上门，也是一件颇为光彩的事；大地方的人喝茶，那些茶具的漆工，自然的光泽也是行家鉴定的关键；还有许许多多漆工艺品、古玩漆工都是衡量其品质和价值的绝对标杆。在21世纪90年代前，中国日常生活中，到了无器不髹的地步。

上天格外垂恩平利，女娲则格外偏爱平利。《本草纲目》记载："漆树人多种之，以金州者为佳。"安康古称金州，所产土漆故称为金漆，这得天独厚的品质让平利生漆闻名于天下。当生漆可以出售换回银圆和生活生产所需物品，那漆树便是漆业汉子所有的寄托与希望。平利漆业的发展自然就进入快速时期。于是，一度天下生漆在金州，金州生漆在平利，直到20世纪末，平利生漆竟然占天下三分之一。

三

今人出城数里西去游玩，大多是奔着琵琶岛而去，何曾想着离琵琶岛相邻不远处有一牛王沟，生着大片漆树，所产的生漆的品质又居平利之首，是平利"国漆"的真正发源地。初始，平利割漆的汉子割来割去，经过漆匠使用，发现别处的漆树品质总是稍逊牛王沟所产生漆一等，让割漆人甚是疑惑，不知端的，思来想去，估摸着是这沟里牛王庙的神牛所赐吧。一传十，十传百，牛王漆就和不远处生出的三里垭茶同时作为贡品，上贡朝廷，一时名声大噪。明朝万历年间，竟有修建庙学和训导署只用牛王漆之说。

清道光年间，楚人饶学虞，慕牛王漆之名，越过关垭古长城，来到平利，在县城下游不远的长沙铺普济寺定居下来，专事经营平利生漆，创"正大明"商号，继而，几十家漆商应运而生，出现了百十家专业割漆的漆匠队伍，更生就了一批以服务于收购、储藏、装漆、船运、人力运送生漆的团队。一时间，围绕平利生漆开辟了水陆四大商道。陆路一路向东入楚，一路向西入川，两路水路一经黄洋河至安康，一经坝河至吕河，均入汉江，然后又转汉口到上海等地。

一日，饶学虞去牛王庙，拜谒牛王庙石雕牛头像，想着牛王漆独有的品

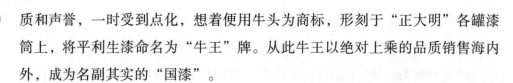

质和声誉，一时受到点化，想着便用牛头为商标，形刻于"正大明"各罐漆筒上，将平利生漆命名为"牛王"牌。从此牛王以绝对上乘的品质销售海内外，成为名副其实的"国漆"。

饶学虞之后，他的儿子饶逊安继承生漆营销事业，他励精图治，把生漆事业发扬光大，对经营生漆的范围进行了拓展，不再仅仅满足于收购，而是开始注重漆树的园林的发展。他从外地引进培育优良漆树，奖励佃农租户种植良种漆树，规定新培漆树达到规定数量，减免租稞，或给予佃农租户长期"事漆"的身份，从事拌漆、割漆、储运等工作；他还对从事漆树行业的漆农发放贷款，先付定金；此外，他还实施发行了"正大明"牛王漆银票，规定凡从事牛王漆县内外销售和生产者，持银票可在任何一家商铺兑付现金。他尤其对作假者深恶痛绝，严厉打击生漆作假者，对个别作假的生漆商人或割漆人，无论是谁一律拒收，让其当年分钱无收，让作假者再不敢作假，并长期坚持这一措施，平利生漆收购再无作假之现象。至1925年，平利牛王"国漆"有漆商近百家，"国漆"的事业如日中天，独鳌国际市场，远销日本、新加坡。直到1976年广交会，仍有日本商人询问"平利牛王"牌生漆。

四

走进龙头村，一个整体漆红色色调的庄园格外引人注目，尤其是"龙头国漆"四个大字十分醒目。待走进去一看，令人更为惊讶，室内装饰绝大部分与生漆有关。用的是漆树原木标本作立柱，在房间每一个空间，都用图文、生产用品实物对生漆历史演变、生漆采割流程一一进行介绍，把生漆的炮制、加工、运输过程都一一再现，活生生一个生漆产业的展览馆。这里还展有生漆的工艺品、生漆家具，在一楼是生漆调色、生漆使用的伴生用品生产间。在这里走一遭，你仿佛穿越了几千年生漆走过的历史，仿佛置身在生漆从孕生到装桶、运输的各个环节里，进入了生漆所天然富有的五彩缤纷及其幻化衍生的多姿多彩的世界里，让人流连忘返。平利"国漆"在这里得到完完全全的展示和全面深刻的诠释。

正当我们徜徉在"国漆"的世界里，主人袁恢志从他的漆树园里赶了回来。这位生于20世纪60年代初的生漆汉子，看起来和一个普通的庄稼汉子没有太大区别，中等个子，一副厚重质朴的模样，唯有一双眼睛，有一种天然自信和坚毅的感染力。及至交谈伊始，我顿时油然而生出对他的敬意。我能感受得到，他在谈平利"国漆"时，其实是一种从生命深处发出的倾诉。这位和平利"国漆"一生相伴的汉子，介绍他的生漆生涯只说了三个阶段：20世纪70年代到80年代在外贸公司从事生漆收购和销售；20世纪80年代末到90年代末从外贸退出，自己从事生漆收购和销售；21世纪初始几年，在广东从事生漆销售，几年后又回到平利县从事生漆收购和销售至今。

"你怎么想到去广东开店呢？"我有些好奇。

"就是1996年到1998年，好多从事生漆的人，在生漆中掺假，把平利生漆名声搞坏了，生漆卖不出去呀！"说到这里，袁恢志的神情显得十分沉重。

"掺假？"

"是啊，1973年，全国生漆会议在我们平利召开后，平利的生漆就进入了新的大发展时期，到20世纪80年代，平利的漆树面积和生漆产量都居全国第一。1985年，平利的'大红袍'漆树又被评为全国漆树优良品种之冠，此后，平利生漆需求量和价格一路攀升，每斤达四十元。正是因为供不应求，便有贪婪、黑心之徒产生了掺假之念，率先开始掺假，因无人制衡、监督、管理，开始不掺假的人也纷纷掺假起来，从割漆的人到收购者层层掺假，有的一斤漆竟然掺到三四斤假。"

"掺假后还有使用价值吗？"

"害死人！有的用中草药熬水掺假，有的用尿素化水掺假，这些掺假法使生漆不能久置，生漆没有好久就会发臭，失去了价值。还有黑心者用变压器油掺假，也有用白糖化水等掺假的，而这些方法可以长期放置，收购和使用者一时不易发现，可是出售后买家根本无法使用。于是，数千年的牛王'国漆'名声毁于一旦，无人再敢收购平利生漆了。一荣俱荣，一损俱损。1999年到2000年，平利生漆再也无人问津，那时百分之九十九的生漆收购商都亏了本，有的血本无归破了产，至今还有人无法还清债务，在外不敢回来。"

"你的情形也差不多吧？"

"不，我坚持不收假，不掺假。我知道做生漆是一个讲良心讲信誉讲质量的行道，害人终害己。有人把平利生漆总结有几句话：'生漆净如油，宝光照人头；摇动琥珀色，挑起钓鱼钩；入木三分厚，光泽永长留。'不光这些，而且我还有自己的一套经验，通过颜色、形态、气味就能看出漆的真假和品质好坏。掺没掺假我一看一闻一搅就知道，我那两年凭着自己的验收土法，收的是纯正的没有掺假的平利生漆。所以，我打交道的客户都相信我，我收的漆都卖出去了，不仅没有亏本，还稍赚了一些。但是我心里也不好过呀，看着做生漆生意的同行一个个垮了，看着平利生漆名声败了，我的心在流血呀！漆是我的命呀，不做漆，我一家怎么生活？再说还有千千万万漆农怎么办呢？那个时候，我整天想的就是怎样把平利生漆继续做下去。有一天，忽然我想到不能在家里等到，能不能走出去闯闯试一下？于是我找到了一个老客户，经他介绍在广东开了一个销售平利生漆的店子，试着收了几吨生漆在广东销售，因为我知道，咱平利的生漆品质绝对是没有问题的。慢慢地，果然平利生漆的高品质让一些用户极为满意，买的人多了起来，于是，我一点点把咱平利生漆的声誉挽救了回来，老客户纷纷回归，我经营的平利漆又恢复卖到广东、福建、上海、苏州等地方，现在已出口到韩国、泰国和日本。近几年，随着人们天然环保意识的增加，人们开始发现了化学漆的一些不足，更相信天然生漆的好处，生漆的需求量又很大程度地回潮。于是我觉得机不可失，又回到平利，专门经营平利'国漆'，把平利牛王'国漆'的牌子重新打了起来。"

看着袁恢志不紧不慢地说到他这番为"国漆"挣扎的守望、坚持历程，也体味着他走过的那无法想象的心路历程，我内心充满着对他的崇敬和深深的感谢之情。这位汉子凭着对平利生漆之爱，忍受着常人无法想象的巨大压力，一步步把平利"国漆"的声誉从最低谷拉了回来。

"平利还有和你一样从事生漆生意的企业主吗？"我问。

"平利目前独有我一家，我年收购六十到八十吨，收购价每市斤一百二十元，经过加工，外销可达到两百元一市斤。"

我惊讶地看着他，按这种效益，他年收入是可观的。

"你收购是面向全县的吗？"

"是的，我们县目前有生漆林三十来万亩，由于移民搬迁和漆树还很分散，致使大量生漆未能完全采割，随着市场生漆需求量的增加，漆树林和收购的生漆已经明显跟不上市场的需要，必须加快发展。我自己已经建成了一个万株的漆树园；同时，我正和许多农户签订协议，我负责提供漆苗，保证生漆回收，让他们安心发展漆林。最终让平利生漆面积和生漆产量稳步扩大和提升。"

谈到这里，我忽然想到饶逊安，今日的袁恢志许多做法，不正是有20世纪的饶逊安的影子吗？

五

其实，袁恢志家里，还藏着一个"漆仙女"，这"漆仙女"不是别人，就是他的女儿袁端娇。袁端娇是西安交通大学硕士毕业生，曾经在省城西安有一份稳定和体面的工作，2016年底，她毅然放弃了都市的工作，回到龙头村，和她父亲一起注册了龙头国漆文化产业有限公司，她想和父亲一起把平利的"国漆"发扬光大。她和父亲有了分工：父亲负责发展漆树和生漆的收购，她自己负责生漆的生产加工营销。她开始用现代的理念改变国漆的传统生产、销售模式。用先进的设备加工和生产生漆及伴生用品，她用电商和国内国际市场接轨，她用合作的方式和漆农建立合作社，形成和漆农一体化共同发家致富模式。

在袁端娇的桌前，我看到了一本龙头国漆产业园规划册，这个计划占地两万六千亩的园区，有核心区、漆树种植示范区、国漆文化民俗体验基地、科学苗圃培育基地、国漆文博体验基地等，从中我既看到了平利"国漆"发展灿烂的远景，也看到了平利"国漆"辉煌未来坚实的基石。

前几日我专门约上几个好友，去看牛王万亩漆林，登上山巅，在蓝天白云之间，我看见千万株漆树如海般起伏，气势磅礴，忽然明白了，这"国

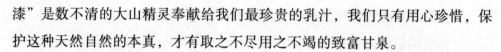

漆"是数不清的大山精灵奉献给我们最珍贵的乳汁，我们只有用心珍惜，保护这种天然自然的本真，才有取之不尽用之不竭的致富甘泉。

我们也要像袁恢志和他的女儿一样，永葆对这如女儿般的"国漆"的爱，让"国漆"昔日辉煌重现。

女儿红，女儿红，哪个割漆的汉子不想您哟！

界岭觅踪

一

中国的界岭多得数不清，有国之界岭、省之界岭、市之界岭、县之界岭，上网搜索一看，最有名的当然是旅游胜地西峡县伏牛山老界岭，而那里似乎今生今世也与我无缘无分的。

我要写的界岭，恐怕是中国大地最普通的一个界岭，虽然也是一个县之界岭，是除了当地人上山采药、放牧，偶或和它亲热、相处外，少有人能注目和关注这里，甚至是可以忽略不计的无名之地；但是对我却是一个魂牵梦绕的地方。戊子年腊月二十五日，寒风凛冽，我和几位同学相约重返界岭，屈指算来，离开界岭已经三十多年了。

我要说的界岭坐落在洛河镇南坪街村，20世纪属平利县洛河区公所水坪乡，自贵洛路在南坪峡下车，沿南坪峡逆流而上，先后经水利河、岱峡河、东沟、南沟、西沟几大水流，你仍需不屈不挠，一直攀缘至西河之源头，界岭才会露出如村姑一般的娇姿。

界岭，从平利的地图看，处在平利中腰西部，和岚皋县交界，跨过界岭就是岚皋县溢河乡。记忆中小时候，父亲、母亲带我走过这条人迹罕至的小路，经岚皋到安康到另一个县探亲。跨过那个大山，我见到了一条更大的河，便十分的惊奇，直到参加工作后，我才知道那条河就是汉江有名的支流岚河。

即使如此，它也是一个极普通的不起眼的地方，随着生活阅历的增加，加之工作便利，慢慢对我所在的县有了一定的了解。在这块两千六百多平方公里的土地上，山、河、沟、垭随处可见，十分普通，十分平常，可上书的山有两百四十九重，河流八十四条，谷沟两百三十四道，山垭口六十四个。一个再熟悉家乡的人，也不会攀登这每一座山，穿越完这每一条河，追溯全部的河流。这面积不可谓不大，但是平利县在祖国的版图上，只是芝麻粒大小，而界岭更是微乎其微，想来，一个人确实是十分渺小的。不过，我又静思，祖国的版图正是这样的一个一个米粒组合起来的，界岭也是其中的一分子，山不拒垒土成其高，海不嫌细浪成其大，作为在界岭生活的我，更有理由热爱这块土地，赞美这块土地。

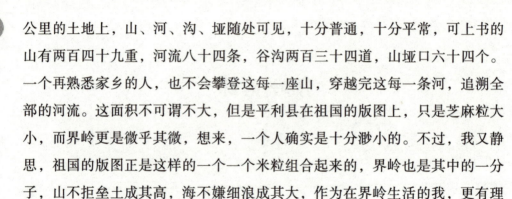

二

界岭静静地躺在那里，我离开三十多年没变，她是永恒的，山峦如旧，溪流如旧，季风如旧。我寻觅的地方是西沟界岭主峰颈下一个平塬洼地，一条小溪若有若无向山巅延伸，和平利许多地方一样，你顺任何一条溪流攀缘，总有这样一些柳暗花明得让你称奇的地方。无怪乎最初的女娲氏部落生活在这片土地，任何一个地方都可以建房搭棚生息，让你天地人和谐于一体。

记忆中的界岭有一个很宽大的谷地，谷地有一塃平地，靠山边是一个木头、茅草和毛竹盖起的二层竹楼，紧挨着靠小溪是摆满一个个木头板和木桩搭起的桌凳的一层竹楼，一条弯弯曲曲的小溪在竹楼上游源源不尽地延伸，而那二层楼就是我们的宿舍，那旁边一层的小竹楼就是我们的教室。此外，还有建在附近一个山间平台的牛舍和砖瓦厂等一些"附属建筑"。

如今，这些都不复存在，晚冬的界岭，不久前下过一场雪，积雪还未完全融化，深山遍野的山林少有绿色，唯有参差一片的树干傲然地整齐地排在山岗山峦，犹如兵马俑队队排排、纵纵列列地守护着这片土地……

那时，我们都是十二三岁的学生，周日我们从家里出发，带足一周的粮食，带足一周的菜，走上这个高一级的哥哥姐姐在更高山巅开辟的学校，上半天我们上两节课，下半天我们或开火地，或播种洋芋、玉米，或除草，或施肥，或放牛，或喂猪，男同学负责砍柴，女同学担负起做饭任务，完完全全一支学工队伍的模式。几十年过去了，我的睡梦中仍不时有那时的场景出现，一个挖地老鼠的能手王家胜总能从不同的洞穴根据脚印和洞穴新旧判断老鼠待的方向，找到老鼠的踪迹，然后用板锄顺洞开展追逐赛，十有八九能把老鼠活捉住展示给大家看。一群同学沿着涓涓细流的小溪挖着一个接一个脸盆大小的小池淘米，洗洋芋、洗菜，延伸几百米，把一条小溪摆弄得活脱脱一个珍珠项链；吃饭时，同学们总是把自己从家带来的菜相互交换，虽然大不了是豆渣、酸菜、洋芋丝和豆腐乳几种，可是家家的菜的口味是大不相同的，无形增添了几十种"菜肴"。而晚秋初冬时，当竹棚和薄被抵挡不住刺骨的寒风时，大家拥挤在一起互相取暖……

1961年7月30日，江西共产主义劳动大学创办三周年，毛主席题写《给江西共产主义劳动大学的一封信》，六七十年代在全国掀起了学"共大"的运动，平利也不例外。没有细致去统计，仅我知道的，光平利洛河区四个乡的三个中学均建起"共大"，洛河乡在红藤凹，迎太乡在石梁寨，水坪乡在界岭，先后在山上建起了共产主义大学，我们上初中时恰逢这个时代。不过仅过了一两年时光，就恢复了高考，于是我们迅速转向，发奋攻读，又戏剧性地搭上了恢复高考的最初那几趟车。

翻看《平利县志》教育事业部分，发现这一两年中这样轰轰烈烈的事有意无意间，竟然给漏掉了，没有记述，心中难免有些惆怅和失落，对一个人而言，某件事、某个过程的影响是刻骨铭心的，对我们那一代人而言，其影响也是深刻和深远的。我不想埋怨什么，但我以为今后在教育史或研究平利教育的时候，应该重重地补上这一笔。

哲学大师黑格尔有一个重要理念，说存在就是合理的，虽不敢苟同，但人必须面对现实，面对生活，那一个时代人的精神世界是单纯的。虽然缺衣少食，但我们从来没有后悔过，我们因为那时的劳动体会到耕耘的快乐；我们因为那时和山水的融合感到自然的美妙；我们因那时书籍稀缺而充满好奇，让我们终生充满童心和永恒的求知欲；我们从那儿的山山水水、斗转星移中学到了地理；我们从那儿的一草一木、四季交替开展了生物课。后来当我们每学习一个新知识，似乎都是在寻找那时曾经有过的困惑和问题的答

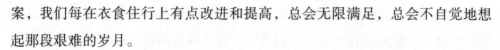

案，我们每在衣食住行上有点改进和提高，总会无限满足，总会不自觉地想起那段艰难的岁月。

几十年过去了，当现在的孩子在现代时髦的教学楼，吃着应有尽有的食物，而面对如山的课本作业，面对如海深的疑难和问题时，总是在书本和电视获得知识，或许缺乏与实际和自然联系的那些生动和生气。大人们是不是仍多少有些担心和疑虑，当素质教育走上前台和高考改革的呼声愈来愈强烈的时候，总感到教育也多少应回归到人类自身本能，而我时常总是有所迷糊，多少感觉到那时的"共大"和今天的职校、技术职教有些渊源关系。也许这并不能同日而语，但在教育日趋实用实际时，界岭所组成的"共大"的那个洪流，多少又有一些存在的价值，历史总是在作不同程度的重复。

三

少年时代所拥有的界岭，那时对我而言，没有美的概念、方位的概念，甚至没有知识的概念。一切是一个未知世界，一切是那样新奇，一切是那样精彩，直到成人后，我才知道这是世界上最为偏僻、最为原始的地方之一。

我于是开始有意识地了解界岭，界岭所在的水坪处在平利的中腰西部，不久前，我有意购买了一本陕西省地图册，却惊奇地发现，南坪街出现在安康市地图上，西沟出现在平利县地图上，而界岭就在西沟之源头。在南坪街这个地方，从东、南、西三个方位各源生一条溪流，称东沟、西沟、南沟，再延伸开来，还有岱峡河、水利沟，在南坪峡汇入黄洋河，活脱脱构成鹅形树叶的叶脉，而黄洋河之源头清水河发源地三坪乡即和水坪乡相邻。实际上西沟、南沟、东沟同是黄洋河源头。黄洋河——平利四大河流之一，汉江的重要支流；而汉江又是长江的第一大支流，这中间，少不了有界岭的贡献、西沟的力量。能融入汉族、汉语、汉字、汉文化发源地的汉水，能融入引入北京的汉水，能融入中华母亲河的长江，界岭自不必妄自菲薄。

不仅如此，我还发现，界岭还有另一个惊人的秘密。平利地处秦岭褶皱系南侧和大巴山弧形构造的东缘，紧邻岚皋和镇坪、紫阳等县，从紫阳红椿坝起始，经岚皋县自平利水坪界岭、三坪獐子坪、八道百果坪到镇坪县曾家坝终止，形成了自北至西南的大断裂带，断裂带以南大巴山高山林立，群峰迭起，断裂带以北地势平坦，坝田相间，山清水秀。而界岭，自不畏惧，站在风口险关，守看着平利的福祉，2008年"5·12"汶川大地震后，界岭更是一个警示界，提醒平利处在一个地震活跃的地带，一定要居安思危，切不可麻痹大意。

在一个老乡家里歇息时，闻说当地人和相邻的县一山之隔的乡村商议，打通相互连接的村组公路，因为界岭所处的位置正是南宫山国家森林公园的北面，或者说是处在南宫山的后院，这让人深感到界岭的深藏不露，处在红极红透的名山名胜旁，不事张扬，不去假名沾利，依旧保持自己的风姿，守着清贫、守着寂寞、守着自己的信念。

四

几千年的界岭，远非一些名关险隘那样驰名。不过20世纪六七十年代，在界岭所在的水坪乡沿路走去，时不时会看到一些古堡村寨，在山崖上有石头砌起的石房，询问大人，总是说是旧社会土匪住的。其实，水坪和界岭和巴山每处土地一样，任何时候都走不出历史，所有平利和金州历经的战祸战乱，界岭也不例外。虽偏远却居巴山中腹，虽荒凉却易守难攻，造就了水坪人的灾难，白莲教、太平军把这里作为和官军对峙的战场，可以想象的每一个山崖、每一个村落都几经易手，人们流离失所，走了又来，抓了又走，一片凄凉。

公元1902年，洛河发生了有名的教案，一个叫何裁缝的人组织发展起义和拳坛，仗义反抗葡萄牙籍诺牧师建立的凌强欺弱、鱼肉乡里的教会，不料被官兵镇压，何裁缝兵败，自西沟经界岭逃入岚皋县上溢，后终因寡不敌众而溃败，最终坠崖而亡。界岭目睹了历史上这壮烈永恒的瞬间。公元1988年，陕西省第三次文物普查，在水坪乡南坪街村南屏山下，惊人地发现有

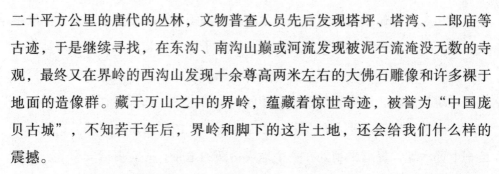

二十平方公里的唐代的丛林，文物普查人员先后发现塔坪、塔湾、二郎庙等古迹，于是继续寻找，在东沟、南沟山巅或河流发现被泥石流淹没无数的寺观，最终又在界岭的西沟山发现十余尊高两米左右的大佛石雕像和许多裸于地面的造像群。藏于万山之中的界岭，蕴藏着惊世奇迹，被誉为"中国庞贝古城"，不知若干年后，界岭和脚下的这片土地，还会给我们什么样的震撼。

站在界岭前，我忽然有一个奇怪的想法，我不知道我会不会专门消失一段时间后再回到这里，专门来研究这些奇迹，我想我会去探索它的由来，研究它和南宫山道佛文化的关系，或许，我会致力于南宫山外延的扩充，让南宫山和界岭这分割不开的整体重新复合……

<h2 style="text-align:center">五</h2>

一个不出名的界岭引出这样的话题，原本是没有想到的，但一个界岭蕴藏着一个又一个惊天骇世的奇迹，更是我没有想到的。从童年到少年，我在界岭脚下的南坪街村长大，在界岭的山巅建起的学校读了一年多的初中，从那里走出去，走遍了大江南北，走遍了万水千山，却又走了回来，走回平利，走回水坪，走回界岭。

来的时候，不是郁郁葱葱的界岭之春，不是幽绿滴翠的界岭之夏，不是层林尽染的界岭之秋，而是冷峻萧瑟的界岭之冬，有意无意之间，我给自己心中补上了界岭冬景这幅画卷。

站在界岭，三十年多年前一切的一切仿佛又浮现眼前，仿佛在昨天，那个朦胧的世界，永远是那样神奇和多姿，而今天，那不惑和成熟，却是那样的无趣和平淡。

界岭之所以给我人生刻下重重印记，或许那是我独立生活的开始，或许那是我真正和乡村孩子融合的开始，或许那是我面对生态自然的开始，或许那是我面对人生苦旅的开始……

我终于明白，再上界岭是我基于情感的寻找，基于人生足迹的寻找，基于人生价值的寻找。我相信生活中的每一个人，当你拥有大海，拥有长江、黄河的时候，你绝不放弃对唐古拉山长江之源和巴颜喀拉山黄河之源的寻找，因为那是你心中永恒的根，是你人生之旅的出发点……

是啊，当初在界岭的同学已分散到天南海北，但界岭仍然是他们的挚爱，有的同学至今还在界岭脚下耕耘，带领乡亲们改造着这里，一位在外也颇有成就的一起在界岭放过牛的同学，早在几年前便在界岭购买了一百多亩的荒山，植苗栽树，不要国家退耕还林补助，不为扬名，不图回报，只为滋润心中那个水坪的情结，界岭的情结。

那情结，就是乡恋。

攀越龙头

一

很惊诧龙头这个地方的存在，坝河水在快到县城的时候，和一座形似龙首的山邂逅，一见钟情，就孕育出了一个浓缩秦巴山水精华的村子，让这个村子自古以来就享誉坝河流域，进入21世纪，当新农村一词走热的时候，更是了得，一夜之间，红透了秦巴汉水，红透了大西北。

不知是不是真有着风水的玄机，我只知道当今都市人梦境中憧憬的那些元素，这里都有，山、水、田、园、池塘、林荫小路、小桥，都能尽情尽兴地过足瘾。这还不够，村里人仿佛也猜透了客人的心思，把近些年闲置的或者淡出生产生活的传统农具和农副产品加工器具不费气力地收集起来，便有了一个供人寻找回忆和亲切的农耕园；把一些早已弃之不用的传统工艺恢复起来，便有了各式各样的小作坊；把一些村里不甚精贵的瓜果和山里生的野菜摆上桌，就有了诱人食欲的农家乐；在村后的半山腰里，搞起了生态养殖，便有了野鸡野鹿野猪的饲养场。于是大城市人在这里能找到想要的山水山村情结，小城人能在这里找到传统意味，农村人能在这里找到现代感觉，艺术家能在这里找到灵感，孩子能在这里找到希望，家人们能在这里找到亲情，一时间，龙头成了梦幻中的布景，适应着各色不同的人群。

二

一次，和几个朋友又一次去了龙头，徜徉在清丽、悠然、如诗如画的景色中，忽见山后的山峦中升腾起漫如轻纱的山雾，禁不住有些痴迷。如能将自己永恒地融入这梦幻的山雾中，也该是最美最幸福的结局了，以致后来许多时候，我会常常想起那山雾，总觉得在那惊世的美丽后面，不会是那样简单，还会藏着什么。

几个月后，我抑制不住那种神秘的吸引力，走进了那山雾深处。

<h2 style="text-align:center">三</h2>

滚子坡曾经是坝河流域一个交通艰难的代名词，是县里早先通往中南部的唯一一条路必须翻越的一座大山。当路从山上改到山下后，这条路就那样被人淡忘了。只是没有想到，它的脚下就是龙头村，这才恍恍惚惚明白了心中那莫名感觉的来由，一些曾经的记忆，在生活中淡出，只是沉淀在灵魂的深处，会若有若无地牵引着你，会让你在不知不觉中回首。

再度的重逢不会是简单的重逢，总会尽力地走近，走近彼此未知的世界。从老车路往上，过去只是同路边的风景擦肩而过，这次就下决心去探究。只是那山，就更加陡，林，则更加茂密。最初的路，是诗意的，是山里人用力气自己开掘出来的，可容拖拉机通行。走在松软的泥路上，道两边的树木散发出清新的气息，还掺杂着松香的味道，回望四面的群山，自己仿佛在半天云里，山腰里是一畦畦田园，一垄垄绞股蓝，一层层绿。那景色，美不胜收，别说大城市的人，就是自小在山里长大的我，也会被这里的美丽征服。正在惊叹时，眼前出现了一个宽阔的大场，足有几十亩面积，简直不可思议，只见土地被打理得井井有条，清一色地栽植着二人高的良种大鸭梨树，树上梨果成串压枝，恍若天上的蟠桃园，而园子正中坐落着一旧一新的对排的平房。听到外面的惊闹声，走出了主人。主人看到我们，面带微笑地招呼着，整个人修长精瘦，看似木讷之中透着几分干练。见我们对梨的好奇和新鲜，就拿出用纸包裹着的大鸭梨，拆开包裹着的纸，招呼着我们吃。这时，我们才知道，我们常吃的鸭梨，并不是天然的鹅黄色，而是果农采用避光方式后由青变黄的。

在交流中我们知道，主人姓秦，他的父辈不知从何时起，就住在这里了，自打出生，他就没有离开过这儿。前几年，听人介绍，这里适合种梨，便从烟台引进了良种树试种，终成气候。偌大一个山，就是这样一个不起眼的人守着，他的一生的希望和热情都和这块土地连生着，和这片梨树轮回着，让我生出些许感动，便怀有更近一层的爱意在梨园里走着、看着。靠近梨园不远处，有一个天然的池塘。塘边有一个巨大的蟾蜍石，不知道是否和月宫的那个蟾蜍有联系？身后，是更大的山，往下看，梯田装扮着山腰，云雾缭绕其间，山脚下，就是那安详、静如处子的龙头村。此时，站在梨园，不自觉地想到世外桃源，但桃源是以水为障的，而梨园是山的急陡让人的感觉错位，藏在山的颈下的，以至于在出发的那老车道上，我怎么也想不出这壁陡的山上有这样的大场。桃源里是桃树，这里是梨树。桃源里的陶渊明能作诗，能把所有的爱恋和意味抒发表现出来。老秦话语甚少，更不会写诗，只能把对这里所有的人生感觉都变成一种无言的耕耘。桃源是外人不能进的，这里你是随时可以出入的，一切出自内心。桃源是不可逆转的，梨园是没有围墙的。我想，对世人而言，也许这种开放的梨园才是真正意义上的世外桃源。

四

更大的挑战还在等待着，闻听我们还要登顶峰，老秦没有阻止，默默地找出一把自制的砍刀，和我们一起登山。长达一个小时的攀爬中，没有老秦在前面开辟出的毛毛路，我们基本是不可能登上去的。及至山顶，大家都被一处遗迹惊呆了，所有景象，都说明这儿曾经是一个古寨的遗址，环绕山顶，寨墙依存。低凹处，是用石头砌起的丈余到几丈高的石坎，山脊处，是用黄土构筑起数米高的土围子。时光久长，山竹、树林、灌木、藤蔓、荆棘等把这些石坎和土围子几乎全部淹没，顺着寨墙绕行一圈，又足有一个多小时。老秦引着我们，从一个入口进了山寨，让人更为惊讶的是，山寨围着的，不是常见十分险要的"金顶"，竟然是一个天然的盆地。盆地里的寨房早已不复存在，但人迹活动的痕迹尚存，很大的一片缓坡地带，却没有他处一般的森林，呈现在眼前是二十几亩的一大片草甸。更为奇者，草甸中有一天池，汩汩地往外渗着水，草木葳蕤，刚走近，飞禽走兽轰然而散，只留下那些令人遐想的足迹。

这就是过去赫赫有名的龙头古寨，整个寨子有寨沟、寨墙、寨壕三道防线，兴盛时，寨子里有多处营房，存有礌石、檑木、孔明炮、火铳、弩箭等用于守寨堡。而且还挖了不少陷马坑，壁垒森严，易守难攻，站在寨上回望山下，这时才发现老秦的那梨园原来和这个古寨是一体的，他那儿很可能是寨上的兵士们平时耕种训练的地方，一有战事，抵挡不住时，就会退回山寨坚守。我禁不住感慨，这儿有水可喝，有险可依，有地可种，有房可住，真是一个天然的寨堡呀！

然而，再坚固的山寨也不是牢不可破的。近代百余年里，山寨也是几易其主，先是为村民躲战乱所用，后被土匪所据，再后来让李自成、张献忠所破，及至清末，又被国民党部队所占。公元1949年，我人民解放军势如破竹，和强踞在寨里的国民党部队激战一昼夜，将其全部消灭。自此，山寨再无人盘踞，只是大集体的时候，村里人没有忘记寨子里的好田地，种了好多年的庄稼，让不少人饱了肚子。

在山顶的一个支峰，老秦按照寨子当时的情形，在闲暇时，不知用了多少个日子，花费了不少力气，用木柱子搭建了一个瞭望台。立于台上，谁都会明白这里地势的重要，只见西北方向的县城尽收眼底，东部二十里开外的秦楚关垭隐约可见，方圆几十里的群山都在脚下，在那个靠肉眼和烽火决定战事成败的时代，一切尽在龙头古寨的掌控中。

五

从古寨返回，沿途还有一些登山时不曾留意的东西。一对雌雄银杏树，呈现着明显的个体和颜色差异，相距不过数米，相互深情地注视着，像是一对千年依恋不离不弃的情侣。而毛草塔，就是滚子坡曾经十分有名的白秋寺的遗存，在寺庙遭劫难时，被那个时代的信徒将佛像砌入石内，用石钉封存的地方。还有当地的老农拿出捡拾到的旧时的钱币，解放战争时的铁剑、榴弹炮壳，无不揭示着这里那古老和闹热的历史。

古寨、梨园、数百年银杏、千年古寺……一级级爬上去，一阶阶走下来，呈现出差异性明显的层面，让你一时难以和今天的龙头联系起来。似乎古寨、梨园是历经几个世纪的老人。那旧车道、养殖场所在，就像一只脚跨出新世纪，而另一只脚留在困惑时代的中年人，当然，龙头新村就是一个青春、阳光、靓丽的妙龄女子了。不过，最终理智会告诉你，这就是龙头一路走来的剪影，是历史的拔节，也是自然的孕育，更是生命的化茧成蝶。

坝河、村庄、养殖园、梯田、梨园、古寨，一个自然、恬静、立体的世界，自上而下，自下而上，浑然一体，周身散发出超凡的美丽气韵，从容而又安然，没有一点矫揉造作。这是自然的生态，也是人文的生态，还是时代的生态，意识的生态。或者说是生态的自然，生态的人文，生态的时代，生态的意识。

就在那一刻，我忽然领悟到了什么：龙头腾飞不是偶然的、随意的，而是经历了漫长而又艰难的过程，那些过往，曾经留在岁月和时空里的东西，总会给我们留下一些遗存，一份牵挂，甚至还有一丝迷茫。

其实也没有必要这样凝重，也没有必要频频回首，愿意去古寨的就去古寨，愿意去梨园的就去梨园，愿意去养殖园的就去养殖园，愿意去农庄的就去农庄，当然，你想去找全景龙头、立体龙头，也行。

秦楚"飞地"

　　无数次到过我们平利的边村闹阳坪，只是心底还是略有些遗憾的，自己的心思曾随着自己的向往，飞到了闹阳坪以东的楚国的地方，也随着情感的目光跟随川陕大盐道中的这条支路那些千千万万踏过的足迹，一起穿越了历史漫长的时光，独是自己肉体的脚步却止步于闹阳坪，而闹阳坪山那边真实的一切，委实是令人遐想的。

　　单是因为"飞地"，就足可以在此驻留些时日的。

　　"飞地"，顾名思义是凭空飞来的地方，百科全书标注为"某个地理区划土地内，有一块属于他地的区域"。从行政区域讲，有国际飞地，如整个国家都处在其他国家国土中的梵蒂冈，或者一个地区处在别的国家的地区内，如美国的阿拉斯加州，也有国内省级飞地、市级飞地和县域飞地，如河北省的廊坊市，被北京、天津完全包裹着。

　　闹阳坪的"飞地"，仅是这个村的一个组，小地名朱家湾，属陕西省平利县广佛镇闹阳坪村，有几百亩耕地，两千多亩山林，十几户人家。"飞地"离闹阳坪并不远，翻过闹阳坪，和陕西的由东向西的松杉河相反，一条河沟由西向东，湖北省竹溪县蒋家堰鄂坪乡梓桐垭村就坐落在这条被叫作王家河的两岸。从闹阳坪的分水岭顺王家河而下两公里，在河东岸，飞地朱家湾便到了。

　　"飞地"虽然小，可因着是省际边关，既是省域飞地，也是市级飞地，当然更是县域飞地了。

　　关于"飞地"的来历，可信的有三说：一是闹阳坪是楚长城的关隘遗址，山之东为楚，山之西为秦，山大人稀，地随人走，谁开荒种地就是谁的地业；二是大户人家女儿出嫁陕西，陪嫁的山林和土地；三是许久以前在朱家湾一棵核桃树下，发现一具无头尸体，两个县的县令商议谁破案谁拥有朱家湾的土地，后，自然是平利县先破案而归属平利。

无论怎样的缘由，处在湖北地域中的朱家湾就这样一直由陕西平利县管辖着。民国时期，听说二县县长还协商过该地归属，传说为此还红了脸，最终还是以朱家湾的人民意愿定案。也如此在陕西和湖北留下一个现实和梦幻交织的"花絮"，让人们在一个纠葛的神奇里追溯着朝秦暮楚的传奇，感受着历史的沉重和诗意。

站在闹阳坪看去，山之东湖北竹溪的王家河促狭些，山之西陕西平利的松杉河宽敞些，如果没有省界、县界之分，一山相连的地理景致实在难分彼此。闹阳坪所在的秋山横跨湖北省、陕西省的平利、竹溪、镇坪三县，山势不险不恶，河川平整肥沃，旱涝保收，十年九丰。沿途走去，如今早已少见的稻田秋收景象却在这里尽显，让久已落寞的心也就活泛起来。

一听是自己县的文化人来了，朱家湾组长胡明俭匆匆从地间赶回，招呼我们抽烟喝茶，说不清他一年要接待招呼多少批我们这样的人。刚落座，不用寒暄，他已经主动介绍起"飞地"的情况了，他再一次细致而真诚地介绍"飞地"的由来，介绍"飞地"的风土人情，介绍朱家湾和周边那个村子的发展与变化，介绍一山之隔的两个省民俗的同与不同。我在听他的介绍时，发现他是由衷和发自内心地想把他的感受告诉我们，而不是那种在官场里无可奈何的、做作的汇报。听着听着，我已经明白，他和朱家湾的人实际上全融入了所在的自然社会环境中，几乎没有什么严格的地理和行政区域概念，和湖北村子的乡亲已经分不出你我彼此了。我不由得心中涌出一股潮热，似乎和他和朱家湾人间的情感突然接通了。我想起所有那些出嫁的女子、我想起了出门在外的游子、我想从故土迁居的那些人，那种对家乡、对娘家、对故居、对老家亲人那种说不清道不明的依恋，我知道那是一种潜伏在血液中的东西，融入了生命中的东西，一种历史的东西，一种无形的东西，犹如母子之间的脐带，连接着彼此，连接着古今，连接着所有。

穿过稻田、穿过"飞地"，我努力地想尽可能多地拥抱我第一次到的地方，心头还琢磨着组长说到的一个奇异的现象：闹阳坪关隘一山之隔，同是栽种玉米，湖北地区的玉米棒长出来颗粒是双行的，而陕西是单行的。当时的我说什么也不相信，数了数那院里的玉米棒，当真是双行的。从自然和遗传几个方面看：同样的植物、同样的品种，仅一山之隔，又在同一海拔，这种奇异不可能出现，可这事实让人百思不得其解。

忽然，王家河呈现出了原始、清澈、幽美的景象，我们都不由自主停下来，下车享受着原始、自然山溪的初始生态，赤脚蹚在不过三至五米的溪流中，亲吻着同是巴山的山草，呼吸着同样是巴山的空气，却分属于两个省级的地域，心里自是有着微妙的不同。

"飞地"很小，离家很近，却别有一番生动，它刻录着千百年来川陕盐道数不清盐客的身影，它讲述着几千年前春秋战国那循环往复的"朝秦暮楚"的故事，它记载着边界人民用人性和人情建立起的风俗人情文化，更是一篇书写着真实、纯美的秦巴农耕文化鸿著。

除了分属的辖域和很少的一些差异和不同，"飞地"和我们的家园多半是近似的，但却用着它自身的浪漫和神奇点缀和丰富了我们所在平凡的世界和普通的岁月，如同人们需要节日来调节、人们也需要"飞地"充实希望，"飞地"和节日，都是一种心灵的放飞。我们需要"飞地"，感谢历史和先人们给我们留下了这块"飞地"。

"飞地"使得你中有我、我中有你，是历史留下的一个和谐的"眼"，是秦楚之间漫漫世事的沧海遗珠；而今，在中华一统的大中国，究竟是秦飞进了楚，还是楚融入了秦？

"飞地"告诉我们，它无处不在，在星际宇宙中，在茫茫人海中，在浩瀚星域中，"飞地"如同三月的烟花飞进彼此的世界，你无法预料，谁会是谁的飞地，谁该是谁的飞地，谁会成为谁的"飞地"。

有一株奇异的树出现在眼前，它立在河的岸边，树形硕大，枝头满是色彩斑斓的花，花是整串整串的，只是那花，在同一棵树上不同的地方，颜色是显见的不同，杏黄、鹅黄、淡红、靛红、嫣红等彼此交相辉映，娇艳中带着清丽，清秀中尽显妩媚，真是惊艳得让人说不出什么形容的话来。她似乎用着自己全部的风韵风情，无声为着"飞地"做着代言和表演。当之无愧地成了这"飞地"的另一种标志性符号。

问老乡，树在秦巴山也常见，五倍子也。

一个石牛和长安镇的前世今生

　　我相信，从朝秦暮楚这个成语诞生起，长安镇的地形地貌就是今天这个样子。我还相信，再退回五百多年，在秦楚将士和民工夯筑楚长城时，在关垭进行一场又一场殊死搏斗的时候，长安镇的地形地貌还是今天这个样子。

　　但是，我们数不清这块土地上到底经历了多少战争，有多少灾害，有多少苦难和伤痛，有多少人曾经在这块土地上栖息生活过，更不知道，有多少行色匆匆的人沿着这几十里的川道走过。

　　所有人都可以策马扬鞭，都可以风驰电掣，都可以匆匆走过长安走过关垭，唯独我不能，长安人不能，平利人不能。

　　今天来过长安的人看到的是在同一的地形地貌上的现代景色，见着绿的茶、秀的山、清的水、丽的花、雅的居……无一例外地都会惊叹，会赞赏，会感慨。他们登关垭，进茶园，逛茶市，从一个时间点穿越到另一个时间点，从一个画面切换到另一个画面，没有了中间那漫漫岁月，那些日出而作、日落而息。那些沉淀的光阴，喜怒哀乐、悲欢离合，那些无穷无尽的艰辛和汗水，都被一笔带过，被变化代替，被时间隐没。

　　但时光和变化无法带走一个地方的历史和记忆，也无法抹去我的记忆，无法带走平利人的记忆，尤其是无法清去长安人的记忆。

　　最能铭刻这种历史和记忆的，是一头石牛，是长安石牛河里那头石牛。

　　这石牛原本是牛郎终年形影不离、亲密无间的那头耕牛，在又一个七月七日的日子里，这牛见重逢的牛郎织女情深意绵，就自个儿顺着天河河岸悠闲吃草，无意间瞥见云层下的人间有一处美丽的地方，山清水秀，田畴如画，便身不由己地飞身下凡，置身长安，化身石牛。

天降石牛，实为神奇，女娲故里引为天佑之地，赋名长安，并将石牛所在之溪叫石牛河。

《平利县志》载，先是平利县旧治在白土关东（今关垭），继而迁入石牛河口。

平利县城经历过四次大的变迁，先是白土关，后是石牛河口，再是古声口（今老县城），最后于嘉庆七年（1802年）迁入白土营（今县城）。

从白土关到石牛河口，长安两次为平利县治所在，这城址是随着兵士的安营扎寨扩充而开始的，又随着人的聚集，慢慢地向关垭身后的这个平川迁徙的。一部平利的发展史，就是从长安关垭发端的，长安给我们留下了一个隐隐约约、断断续续的历史脉迹。

秦始皇统一中国后，楚长城的关垭不再是刀光剑影的争夺地，成了巴山北麓秦楚两地的重要连接点。于是，一条可以进入中国道路志的金房道出现了，这条道，从陕西金州（今安康）出发，一直到湖北房县。宋代名臣在平利走过这条道时，感慨道路的崎岖艰难，在平利女娲山女娲庙提笔写下了有名的《题女娲山女娲庙》：

> 揽辔金房道，崎岖难具陈，
> 浮岚长作雨，冷气不如春，
> 少见宽平野，多逢腋肿民，
> 欲知平处远，巫峡是西邻。

其实，千万年静卧在石牛河的石牛明白，金房道远远不只是因为这位在平利留下的诗而扬名的，早在远古的时候，就有一个尝百草、种五谷的神农氏从这条路走过。他经过石牛时，停了下来，和石牛有过一次目光的对接，在长长的对视中，他们就完全懂得了彼此，在相互的内心，成就了一个永久的承诺。在神农走后的几百年后，一个叫陆羽的人也从金房道走过，当他走过平利时，他感到平利的地域里散发着一种特有的清香，他还从这清香里隐隐约约闻到一种茶的醇香，他循着这香一直走到石牛的身边，用一种疑问的目光看着石牛，石牛立刻就明白了：那是织女采来泡上水用来陪牛郎解渴解乏的一种植物，自己也无数次渴饮过……陆羽在这个属于汉中郡西城的地方逗留了几个日子，他登上了女娲山，到了三里垭，又来到今天长安的羽丰山，脸上露出了一丝不易觉察的笑容。那香随着季节，随着风花雪月，随着漫漫时光，悄然地释放着，无声地潜入了平利人的基因里，最后在20世纪被复制和释放出来。而陆羽回去后，在一个风和日丽的日子里，在他的那部传世的《茶经》里，记下了这样一笔："金州生西城、安康二县山谷。"

在秦始皇把关垭东西两地都收归为自己的疆域后，神农和石牛的契约就一直履行着，粮食和农耕一直是这方地域守护和延续的根。两千多年来，长安人把长安坝变成了米粮川，把田种成了官田，把米种成了贡米，进奉到关中那个长安的皇宫里，成为平利名副其实的第一川坝。任何朝代，任何时代，这里都是远近四面八方的姑娘出嫁的首选，恁是多饥荒的岁月，长安都是有得吃的。

这样滋润的日子不承想在21世纪初发生了变化，不愁吃穿的长安人开始有了养生的理念，有了致富的心思，仿佛长安人的血液里茶的基因被突然地激活了，且正合上了农村改革土地流转的机遇，便有几个有胆识、有眼光的汉子率先在良田好地上栽植起茶来。慢慢地，长安坝成了茶乡，长安镇成了茶镇，山成了茶山，川成了茶坝子，一条穿坝而过的石牛街成了茶交易的去处，长安坝里不再是随着季节的庄稼一茬一茬地绿，而是四季不消停的绿。又是那几个汉子，把茶薅弄得越来越有兴致，跟着时代之风，盖了茶楼，筑起长安塔，建起茶市。忽一日，其中一个姓洪的汉子悄悄去了石牛那儿，在石牛庙认真地拜了一番，夜里果然便做了好梦，早早起来，自己照着梦里记忆一点点地比画和述说着，让手下人在电脑里鼓捣出来，依着样子在山上立起了一个陆羽塑像。或许真是石牛把记忆中陆羽的样子投了梦，那塑像还真是栩栩如生，引得天南海北的茶客游人都来观看拜谒，来时看到了锦绣如织、秀美如画的茶山、茶园、茶市……方知中国最美乡村、茶镇、茶县名不虚传。当然，粮食也是没有丢的，另有一个姓肖的汉子在村子里修起了农耕园，把神农氏供奉着，把所有农耕蚕织的家什都收集起来，顺带建起了农家乐，更是让人青睐，游人如织，不仅自己发达了，还带着村民们都富裕了。

到长安喝茶去！到长安赏茶去！到长安买茶去！小城人把长安当作一个

共有的大花园，逢着休闲的日子，带着家人、亲朋好友，纷纷出城，不出十几里，便到了长安，在这里，眼见的都是熟悉的人，自有家的味道。这长安的名气是愈加大了，关垭东的湖北人、陕西关中大长安的人，都纷纷赶来，以至于很多经常来的客人成了老熟人，见了面还少不了斗几句嘴："你咋搞的，总是朝秦暮楚。"

回的也不甘示弱："你不也朝楚暮秦？"

……

平利县治从白土关到石牛河口走过了四百余年；从石牛河到古声口再到白土营，走过了一千三百余年；而如今，当石牛河口再次成了县城副中心、省际边贸镇，和平利城浑然一体时，又走过两百多年。

这个春天，长安的桃花开得分外娇艳，茶绿得格外青翠，天南海北的客人们一批又一批地来到这个曾经朝秦暮楚的地方，既为心悦，更为长安。我忽然想起了一直目睹和经历了长安所有历史沧桑的石牛来，也想和它有一次内心真正的亲近和对话。

于是我再一次来到石牛身边。

千万年过去了，石牛依然卧在石牛河边，无论河水怎样冲刷，无论时光怎样变迁，石牛纹丝不动地卧在这儿，和它选择的地域不离不弃，眼里充满着自信和力量。

在石牛那从容、安详、自信的神态、形态里，似乎把石牛对自己和长安的前世今生完完全全地显透了出来。

双生娲山

世上许多情缘，未必都是一见钟情。

有时，更为恒久的东西，每每都是一波三折，让人铭刻在心的。

早都知道在金房道（今陕西安康到湖北房县）上，有两个女娲山，自己家乡的这个自不必说，而另一个女娲山却一直是我的心结，曾经也是认真准备去拜见的，偏是被一种无形的东西左右着没去成。最初的一次，计划着从十堰归来时去见见的，却因着路塌方归时太晚作罢，第二次已经是上车走了十几公里，硬是有事被逼着回来，以至于我时常想，我和那个女娲山，大致是有缘无分的。

但心里却一直很清楚，这相隔不过一百多里，是不能阻隔自己要去的那份心思的。机会到底来了，一天偶然和几个文友提及此事，他们竟笑我痴傻，本不是什么难事，竟藏在心中多年，笑罢，欣然相约同去，帮我圆了这个梦。

对女娲的向往，来自神话；对女娲的痴想，来自家乡境内的女娲山；对女娲的了解，来自家乡对女娲故里的打造；而对女娲的痴迷，却是来自自己对女娲史实的了解和研究。

公元2003年10月，平利县举办了"平利女娲文化研讨会"。平利被证实是女娲治所，晋代人常璩的《华阳国志》被发现后，平利女娲山就成为史书当中迄今为止，书面文献中记载女娲遗迹最早的地方，且自宋代以来，平利女娲山也始终是书中描述平利的标志。只是从事女娲文化研究的人都明晓，除了《华阳国志》，另一个女娲山却是无法回避掉，那就是湖北省竹山县女娲山。对此，平利女娲文化研讨会最终的结论是："将平利女娲山

224

和竹山女娲山两处女娲遗址归为一处，视为一个女娲伏羲神话信仰的集中地带。"

因为有两点实在是让研究者难分难解，在地理上平利女娲山和竹山女娲山相距不远，在历史上都属于古房陵和上庸；而在史料上，两个女娲山往往并见于史书，都无法排斥对方的。

《大明一统志》中卷三十四的《汉中府》写道："女娲山，在平利县东三十里。旧有女娲氏祠，灌溪河发源此山。"同书卷六十中的《郧阳府》又有："女娲山，在竹山县西，与燕子山对。山下有女娲庙。宋刘光祖诗：'女娲山下少人行，洞谷声中一鸟鸣'。"《大清一统志》卷一八八中的《兴安府》写道："女娲祠，在平利县东三十里。《九域志》：'女娲山上有女娲庙。'"同书卷二七二《郧阳府》又记载："女娲山，在竹山县西五十里。《舆地记胜》：'山与燕子山相对。'"

凡此，还有不少。以至于我的心情百味杂陈。

当然，我还是有理由相信，平利是女娲先到的地方。在二者学术讨论中，两处女娲遗址最大的不同是平利依据的是晋代人常璩的《华阳国志》，而竹山依据的是《康熙字典》，据此，我在写《回放女娲》时，按自己的研究和见解，还原了女娲当时的人生轨迹的。

我在《回放女娲》里，是根据女娲和伏羲的母亲是华胥氏，史上定论华胥氏故里是陕西蓝田这一史实，写了伏羲女娲兄妹从蓝田到平利，在平利造人后遭遇人类浩劫，通过补天发现人工造人失败，才兄妹成婚繁衍后人，最后又归老骊山的历程。

一路向竹山宝丰女娲山行进，过了秦楚边关关垭，虽然景色的总体风格依旧，但还是能感受着山峦和河流田野不知不觉地在变化着，画面的线条渐渐舒展，色调开始平和，一派由山区向丘陵过渡的景象。在注意这种悄然的变化的同时，我还纠结着我心中的那个情结，对于两个女娲山的纠葛，自己能否有新的发现和结论？女娲故里的人去另一个女娲居住地，该是怎样一种情形？

在忐忑不安中，一个村子进入了我们的视野，这是一个两山环抱的半月形的地方，总觉得和我们那儿一个村子很相像，停车驻步，就在这村子游览

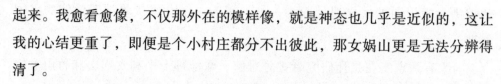

起来。我愈看愈像，不仅那外在的模样像，就是神态也几乎是近似的，这让我的心结更重了，即便是个小村庄都分不出彼此，那女娲山更是无法分辨得清了。

去的地方是很近很近了，那山，在路边就可以看见，远远看去，山，未必高耸，未必险峻，那距离，也就未必长远了，心里当然又有一层私念了：那般普通的山，大致是未必有什么特别的。待登山时，方才明白，须得绕到一个边远的山沟才上得去的，问了几个当地的老乡，走了四五十分钟，才到了山门，再一次证明了世间所有事物都不是一眼望去的那样简单。待登上山顶回望，又进一层明白，这女娲山，在丘陵中，是独自兀立的。山下，竹山宝丰镇大片的田园、村庄整个都连接着，虽然在山的基部，却一展地铺开，成为磅礴气势的烘托，而丘陵远处的山若隐若现，更是一种外延的拓展。一座山，有了大地的拥戴，其势其威就高大无数倍，及至登了问天阁，拜了女娲像，终是到了最高端。一个理念飞身而来：有形的女娲是存在于有形的女娲山，无形的女娲则是存在于人心中的女娲山。一时间忽然对这里的女娲山和这里的人所有的距离和疑问消失了，反倒是有一种心灵上的亲近。

和竹山女娲山的初见，是长达数十年时空交流后的相约，见面的刹那间，最后的疑惑兀自飘散，在女娲那无限宽厚的胸怀中，在母亲那无限慈爱的目光中，所有的狭隘和自私都荡然无存。

这一面见的，可以化解千年的思念，千年的心思。

塔说佛语

"南朝四百八十寺，多少楼台烟雨中。"

坐落在平利县汝河上游的中坪舍利塔，虽然和佛教兴盛的南北朝时期相距甚远，但依旧以两百多年的历史述说着岁月的沧桑。也许它没有法门寺里那古塔一般显赫和有名气，和长安城里巍峨的大雁塔相比，更是形微而位轻。它藏在陕南的巴山深处，除了蜿蜒的青山，除了潺潺的溪水，除了荒坡杂木，除了清风霜露，在方圆数百里没有闹市村镇的山野里留存数百年，却不减眉宇之间的轩昂之气，和略阳铁佛寺塔、岚皋奠安塔、白河县双塔寺塔、山阳县丰阳塔、旬阳文星塔、城固塔式钟楼、商洛东龙山双塔、丹凤大庵双石塔、平利迎真寺莲花石塔并称为陕南十大名塔。且不说中坪舍利塔让平利人和巴山人在陕南建筑史上留下十分出彩的一页，单是这孤独漫长时间的坚守，足可以赢得秦巴人和世间所有人的尊重。

舍利塔位于汉水支流汝河上游，熊儿沟东南山坡峰端，溯溪流攀缘长安岭向南有小路可达平利山城，旧时常有熊狼出没。自平（利）旬（阳）路、城（关）中（坪）路贯通交通闭塞的兴隆镇后，只有少数当地人进城经此羊肠小道。

村级公路可直达舍利塔坡底。半坡之上，远见有一棵千年古树，顺坡而上，行不久，一座悬崖齐天压来，原先眼中那棵千年古树突然消失，继续攀爬，绕崖蜿蜒而上，穿过一片深山老林般的人工林，方见那古树已在脚下十几米处了。跨越已是长满苔藓的石坎，有一块长方形的菜畦，菜畦上有一座石条门，再向上探望，又一层悬崖下显现一人工石洞，石洞借天然的崖壁砌起约有八平方米大的洞穴，石阶之上有佛三座，享受着供奉。这就是中坪舍利塔所依傍的平利三佛洞庙了，只见洞穴当中一个小方桌被水滴湿，应是许久未有人光顾了，显得有些落寞。走出洞来，见菜畦周围横七竖八摆放着许多石柱石碑，细细察看，原来，菜畦是往日三佛洞庙宇之所在，从残存的残垣断壁中可以依稀见到旧日这里的热闹和繁华。

绕三佛洞攀登而上，在几十株高耸入云的杉林中，有一座高大的墓碑，因林丛潮湿、浸蚀、漫溃，两边的墓联已不甚清晰，碑文笔锋虽颇见笔者之功力，但已无法阅其全文。再前跨几步，就是平利久负盛名的中坪舍利塔了。

舍利塔外形如楼阁，高十米，共有五层，是六角形的实心塔，仅塔顶有一处因年代久远、石块剥落可见塔内的石块外，其余都完好无损，令人难以相信这是公元1828年建造的，已经历了近两个世纪的风霜。尤其是中部三层镶嵌着六块石刻佛像故事，栩栩如生，令人仿佛进入了唐僧西天取经的故事情节之中。

在塔的正面，雕刻着圆寂老禅师——辉安平、辉林申的法号。

舍利塔，有两类，一类是存放佛祖释迦牟尼舍利子的塔，一类是存放后世高僧舍利子的塔。两千五百年前释迦牟尼涅槃，弟子们在火化他的遗体时从灰烬中得到了一块头顶骨、两块骨头、四颗牙齿、一节中指指骨舍利和八万四千颗珠状真身舍利子，佛祖的这些遗留物被信众视为圣物，争相供奉。相传，阿育王将佛祖留下的舍利收集起来重新分成若干份，送往世界各地，建塔供奉。据说，这些舍利的一部分传到了中国，中国各地便有了佛教舍利塔，最有名的当数法门寺了。

而中坪舍利塔则是收集圆寂老禅师——辉安平、辉林申火化舍利子（遗骨）的佛塔了。

舍利，梵语中意为"尸骨"，指死者火化后的残余骨烬。通常指佛祖释迦牟尼火化后留下的固体物，如佛发、佛牙、佛指舍利等。菩萨、罗汉也有舍利，佛教认为，只有虔诚奉佛、悟道得法的人才会自然结晶舍利，非常人可得。

对于辉安平、辉林申两位禅师而言，今天的我们已经无法知道他们的详细生平了，但今日的民间似乎还流传着他们是因为女娲娘娘才坚持在汝河流域传教的。《世本·氏姓篇》云："女氏，天皇（伏羲）封弟娲于汝水之阳，后为天子，因称女皇。"汉高祖刘邦命大臣陆贾所著《新语》云："天皇封弟娲于汝水之阳，后为天子，因称汝皇。"汝河西北有汝皇山（即平利中皇山）。他们执意要在女娲故里的汝河流域做自己要做的事业，他们在他们的时代和他们的领域做到了，在他们圆寂后，有许许多多的信徒为他们立碑建塔，这塔，或许是最好的证明。

和他们一起留存下的还有石匠——刘克仁、柯进猛和那无数虔诚的善男信女，是他们千万次地来来回回，上上下下运送着泥浆、石料，是他们的虔诚和发自内心的信仰，是他们无私的奉献和付出，是他们用聪明的才华把民间多姿多彩的文化具象化，给女娲故里增添了极具华彩的一景。

中坪散笔

中 坪

在现在的平利地图上，你不会找到中坪乡的建置，但细细在地图中寻找，在生活中寻觅，你仍然能发现它的存在。

终年生长在五峰山下的小城里的青年人，常常以华美的词文描述着背靠的秀美五峰山，怀中西流的坝河水，偶尔在闲暇时还会在山西侧的猫儿沟游玩，写上几首抒情的小诗，却少有人去探究山后的那个世界。

而在山城长大稍年长的人心中，那是一个神奇的地域，它才是山城真正的依托，在两百余年的山城成长的漫长岁月中，中坪就是漆家具时那一桶一桶的桐油，就是煮饭时那一捆一捆的木柴，就是饥饿时那一袋一袋的苞谷，就是冬天寒冷时一筐一筐的木炭……直到今天，山城还因为它的存在而能吃到纯正的土鸡、土鸡蛋，尝到鲜嫩的春笋，品到独有的梆梆黄瓜，买到正宗的猪血干、豆腐干，偶尔，还能享受到死于看守庄稼的农民手中的野猪的美味……

中坪长时间默默无闻地存在着，不因为道教圣地的西岱顶而张扬，不因为小巧玲珑的无梁殿而自傲，也不因为保存最大最好的舍利塔而炫耀，它在东北的西岱顶融化着和旬阳相望的心事，又用西南的长安岭保持和城里的距离，中坪用自己的脊梁牛头山源生出的溪流——猫儿沟保持和山城的血脉联系，还用蒙溪垭山口源源不断向山城输送关心和爱，山城就像是一个学子，在它的关爱中一天天走向繁荣富强。

偶尔，中坪也会勃然大怒。总有那些无心肝的人，贪得无厌，对中坪无度索取。20世纪20年代，军阀统治陕南，苛捐杂税。公元1926年，春荒饥馑，官府毫不怜悯，催款更甚，关押拷掠，中坪民众聚义抗粮抗款，在蒙溪垭几度血战，写下了平利人反抗军阀统治的壮烈和激昂的热血之歌。

更多的时候，中坪则是沉默，是袅袅炊烟的田野乡村，是荷锄而归的世外桃源，是牧童横笛的自在悠然，是世世代代的闲适恬静……

中坪明白，山城是自己的希望，但不是生命全部，对山城而言，中坪只是众多慈爱关爱中的一个，于是他们关切而不束缚，他们关注而不依赖，他们虽贫穷却从未放弃对幸福的追求，他们虽被封闭却从来不保守，从那里走出一个又一个美丽而又大方的姑娘，从那里成长出一个又一个聪明勤劳的男子。

写中坪，就无法把它和山城分开，写山城说平利，就不能淡化中坪的背影。

这就是中坪，一个伴随着日益光彩耀眼的平利山城后面的背景，是给平利带来安宁、舒适的脊背。我希望一个又一个走出平利的人，不要在遥远的异地他乡思念故乡的时候，不知道这个背景，或者在感恩家园母爱的时刻，遗忘了这个背影！

暮攀长安岭

公元2001年深秋季节，我在中坪完成交办工作后，舍易求难，不乘现代交通工具，而选择了由熊儿沟攀长安岭回城的体验之路。

似近实远，似远又近，山，是烟雨蒙蒙、独孤的一座；沟，是云雾叠嶂、苍茫的一片；上，如无穷的希望，不尽的艰难；下，若漂流的木舟，无形的失落。

一个梦中的小路，一条崎岖的栈道，绵延着千百年中坪人的苦难和希望的小径，多少期盼，多少情爱，都曾拓印在弯弯曲曲的被灌木荆棘装饰的无名小径中。

沿着被荒草掩盖的"之"字形羊肠小道爬行，时不时看到被废弃的房屋废墟、残垣断壁，间或能看到当地人不畏路远而开辟种过庄稼的山地。还能

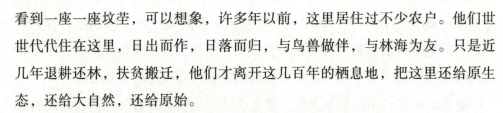

看到一座一座坟茔，可以想象，许多年以前，这里居住过不少农户。他们世世代代住在这里，日出而作，日落而归，与鸟兽做伴，与林海为友。只是近几年退耕还林，扶贫搬迁，他们才离开这几百年的栖息地，把这里还给原生态，还给大自然，还给原始。

在这种好奇和探索的环境中，日暮时分，阵阵晚秋瑟雨袭来，有一种惧怕的情绪，在荒无人烟的山野中弥漫放大。此时此刻，唯有一个念头，快点登上山头，唯有一种行动，双腿不停移动，生命顽强和求生的欲望，还有远方亲人的期盼，给我提供了巨大的动力和力量，在不停地攀爬中，我似乎看到几亿年大自然变迁的过程，似乎看到一代又一代中坪人从中走过，似乎看到了千百年中坪人的希望和梦想。一桩桩，一幕幕，和我对话，和我交流，和我共鸣，我经历了一种生命真实的体验。

终于，在最后一抹光亮退去之前，我登上了长安岭。

现代社会交通，信息的快捷，拉近和缩短了时空距离；城市情感和交流的简便，塑化和僵硬了人类的感受。唯有在大自然的怀抱，唯有自身肉体在天地间求生才是人类真实的本能本性，这大彻大悟，是那种追逐排场、阔气、奢侈、舒适、享乐的现代时尚所无法体验到的，而在这种体验感受面前，苦难、委屈、失望、诅咒、责备、埋怨都是一种铺垫，是一种必然。

生活在科技发达时代、物质丰富的社会，我们时常要有更多的挑战自我、感受自我的体验。只有这样，我们才能找到自我，回归我们人类本身；只有这样，我们或许才能冲出名利和世俗的重围。

第五辑

女娲乡亲

爱一个人好难

　　从鹞子沟上垭后，有一个支梁，顺着山脊，走上三四里的样子，就到了九里村王建友的家。

　　王建友，中等个子，四十来岁，生得壮实。初见时，没有什么特别的印象，除了他的一只眼睛有一点斜视，看得出是一个壮实的庄稼汉。询问中才知道，家里只有他和父亲两个光棍。父亲已经八十多了，身体还很健康，而且不肯闲着，还养着几头牛、十几只羊。大致是没人收拾的缘故，堂屋有几个木椅子，灰尘存留得很厚，一般人，屁股似乎是落不下去的。

　　于是就在王建友的房屋周围绕着观看。看得出，王建友是一个很勤劳的人，门前院坝很小，大部分做了耕地，种植上时令菜蔬，有猪圈，圈里有猪。还有养有鸡，狗，猫等。尤其让我钦佩的是：他随坡就势，就地取材，用石头、木头、石板等搭建起来一个二十多平方米的两层的牛圈，单凭从斜坡挖出地基上直角拐高达两米多长的大石坎，就让人赞叹不已。

　　王建友在村上是介于贫困户和非贫困户之间那种类型，他住着三间土木结构的房屋，另在一旁搭建了一个小偏厦作厨房。其实他原本住在更高更偏远的山梁上，现在的住房，还是从出嫁的姐姐手上转来的。房子按脱贫政策，是以自己为主，国家扶持补助的方式来解决的。

　　王建友还是一个孝子，原本在外打工，因为父亲年事已高，他便不再出去，陪着父亲，一起生活。虽然清贫，但是安心。他反复地说道："父亲一日不走，我就要陪着父亲过下去。"

　　离开时，我准备同他互留电话，意外的是，他提出要加我的微信。我问他这里有网吗？他说："时有时无，要站在场院外门前的那块菜地里，基本上都有。"于是我们就在那个本来属于场坝的菜地里，合了影，互加了微信。我接收后，一个名字跳了出来："爱一个人好难"。我有点奇怪地看了看他，又没有多问，心想，下次再来的时候，再问他名字的来由。

自从朋友圈多了这个名字，就像粘花草籽儿，缠上了我，每到半夜十点多，"爱一个人好难"就会连续发一些歌曲。开始的时候，我敏感地以为歌曲里是不是传达着他的某些请求，有时候也就打开听一听。听后，才发现都是一些情歌，而这些爱情歌曲，大多都如泣如诉，每每听起来，感觉有些凄婉和哀伤。后来，我终于明白：这原本是一个中年汉子，对爱的呼唤和对建立一个完整家庭的渴望。

渐渐地，我每个晚上，似乎总要等他发了朋友圈才休息，因为我知道，一个劳累一天的人，在夜里，在一个四面都是杳无人烟的大山的山梁上，走到门前几米外的菜园里，发朋友圈，发几首或者十几首的歌曲，本身就是一种让人感慨的无奈和无法形容的情景；而我，只有见到他在朋友圈已经发出的歌曲，才会安然安心。至少，这一天劳累过后，这一时片刻都属于他了……

有一次，我和别人谈起了王建友。我这才知道，王建友是有过一个妻子的。他在外地打工时，认识了妻子后结了婚。不料婚后，妻子患病，逐渐地神志不清，一不正常，就左村右庄地跑。劳累一天后，王建友每次一回家，看不见妻子，就深更半夜地找，有时连着几天都找不着。他也到过许多医院给妻子治疗，但效果都不大，而且妻子的病情还越来越重，日子几乎过不下去了，最后，只得把妻子送回山西老家。

晓得了王建友这番惨痛艰难的经历，我觉得王建友确实很难，于是就张罗给他介绍对象，谁料，在九里村这个长期以来就偏僻、贫穷的乡村里，方圆几十里的女孩子一毕业就外出打工去了，多半都嫁到了外地。男多女少，打光棍的现象很严重，像王建友这样的情况还有很多，一时半日，很不容易找到合适的。村干部曾经还给他在集镇上介绍了一个，但两人终归没谈拢。其实我们心下明白，穷根子不除，条件不改善，这问题想解决，恐怕不是很容易的。有几次，我半真半假地对他说："再多养些牛羊，多卖点钱。我再想办法给你介绍一个。"他倒是很高兴，连连说感谢。

也许这话真是给他提了劲儿，不到两年时间，他和老父亲把养牛的数量从三四头提到了七八头，羊也增加到二十来只。这反而给我的压力也很不小，我正在琢磨着，通过婚介网给他再介绍几个。倒是有一天，他突然打了个电话，告诉我："我要结婚了。"我开始不相信，继而开心大喜，这意外的好消息，委实让我替他高兴。

原来，他在网上结识了一个湖北女子。这女子，因为男人的长期家暴而果断与前夫离婚，毅然地投奔王建友而来，而且那女子也是贫苦地方长大的，没有嫌弃王建友住处的高远偏僻，没有嫌弃他房屋破旧。他们在网上，通过较长时间的交流，相互理解和关爱让他们走到了一起，她看中的就是王建友的勤劳和善良，还有，王建友对她的体贴和爱护。

不久，王建友果断地卖了一些牛羊，村上也给他申请到了房屋的旧改政策，于是，他把房屋重新修缮一遍，看起来焕然一新。房屋修好的那一天，我又到了王建友的家，也见到了他现在的妻子。那是一个贤惠温善、漂亮大方的中年女子。新房新人，屋子里收拾得干干净净，整整齐齐。王建友脸上，洋溢着幸福的笑容。

"爱一个人难不难？"我笑着问他。

他有些羞赧地说："说难就难，说不难也就不难。"

……

至今，王建友依然保持着晚上十点左右，在朋友圈发歌曲的习惯，只是现在，他发的爱情歌曲多半是甜蜜和欢快那类。只是有一次晚上，忽然又见他发出来几首伤感的歌，让我不由得担心起来：是不是两个人之间发生了矛盾，闹别扭了？第二天，我急忙给他打了个电话过去，问他还好吧，他说："好呀，很好呀！"可能也意识到我为什么问他了，他补充说："昨天晚上，想起了从前的事儿，百感交集，把过去的歌又发了出来，是怀旧呢！"

好就好，于是，我高兴地放下了电话。

二胡声中的告别

鹞子沟的水，有两个源头，两条山溪一左一右，在山下汇合，然后又走了一段路，才汇入湖河。

有一次，我从左边那条小溪最深处，走访了一户贫困家庭。归来的途中，忽然有一种乐器声传来，我仔细一听，是二胡声。在这偏僻高远的山村里，有人拉二胡，甚是少见。我问村干部，村干部指向一侧坐落在半山腰的一户人家，声音是从那儿传来的。说不出是什么原因，我立马决定去看看。

跨过小溪，爬了一个小林子，又攀登了一段不算短的山坡地，这才来到这户人家的院坝下，我已是大汗淋漓、气喘吁吁。看得出，房屋是下了大功夫才建造出来的。因为是建在坡地上，先用石头砌起了两层梯田般的地基，第二层才平整出了一个大房屋的屋基场；而从第一层石坎地基开始，中间就留出了两米左右宽的路。而这路，是砌上去的石阶，我不禁想，这家房屋建设之初，是用了多少心血和气力啊！

不过，再仔细观察一下房屋的周围，菜园大致是荒芜着的，石坎周围、院坝边原本是生机勃勃的花木，却被丛生的杂草遮掩住了，不过，当地有一种柿瓜藤子，却长得兴旺，结着一串小灯笼的小瓜，很是鲜艳夺目。还有几棵鸡冠花，顽强地在草丛里露出了头，显示出它们原本是主人关照的主角……

见我们到来，堂屋里正拉着二胡的一位老人，想停下来。我急忙示意让他继续，听得出他拉的是一首老歌《九九艳阳天》。只见他手法熟稔，揉、拉、推、顿都十分地道，旋律优美动听，音色纯正婉转，经久不息，让我们大家不由自主地沉溺其中。只是我隐隐约约地感到：老人的手似乎少力气，明显带有一些无力和软弱。

果然，一曲拉完，老人就停了下来，连声说道："病得久了，手上一点劲都没有了。"

"拉得好！拉得好！你这拉二胡的功底，至少有四五十年呢。"这话，他没有否认，看得出，他立刻对我产生了一种无形的亲近。

看了看挂在墙上的老人的贫困户档案，还有板柜上立着的一个老妇遗像，我很快了解了老人的情况：老伴才去世不久，有一个女儿，早已远嫁他乡，他自己还有严重的高血压和风湿性心脏病。我就和老人拉起了家常，拉着拉着，我的心情变得非常沉重。

归途中，我问村干部："他这种情况，是怎样解决的？"

"他已经被确定为扶贫兜底户，分给他的交钥匙工程的房屋也建好了，但老人就是不肯搬。说他活不了好久，要在老宅子陪着葬在不远处的老伴。就这样，每天到傍晚的时候，除了拉二胡，就是拉二胡。"

"让他拉吧。拉二胡或许就是他最舒畅的事儿。"

后来，听说我们单位驻村干部和镇上、村上的干部想了很多办法，请镇卫生院的医生定期上门给他诊治疾病；又找来一些他年轻时候的伙伴们和他一起回忆那些激情燃烧的岁月的事；然后，还把他带到一些安置区，去体验多人一起的生活；又给他说，他愿意什么时候回来看看老宅子都可以。甚至，还给他交代，如果他百年之后，会尊重他本人的意愿，可以和他老伴长眠一起。至此，他似乎不太坚决拒绝搬迁了。

搬迁的那天，村上特意把他嫁到远方的女儿请了回来，县镇村三级驻村扶贫干部，还有亲朋好友，也都到了。不知谁了解到，他曾不止一次地提到我，也请我去参加，我义不容辞地赶去了。

面对一大屋子人，他依旧没有出门的意思。很久后，我便对他说："拉一曲吧，还是那曲《九九艳阳天》。"他没有言语，缓缓地从墙上取下了那把二胡，对着板柜上妻子的遗像，一弓一弦地拉了起来。我听着听着，觉得这二胡声音已渗透到了历史的深处，岁月的深处，乡村的深处……

曲毕，我对他点了点头："搬吧！"

"搬！"老人也点了点头，顿时，满脸老泪纵横。

高 山 笛 声

　　行走在路上，时常感到莫名其妙的沮丧，莫名其妙的疲惫，有如生命中的血液遭遇长长的沙漠，在岁月中喘息，只有无奈地麻木地潜行时才能感到生命的体征。

　　每一个人来到世上，本质上就是为了活着，只是活着又不仅仅是为了活着，在一个生命历练的过程里，爱或许是活着的又一个层面。人的欲望是多样的，当我们把欲望用美好冠名后，这个世界似乎就丰富起来，不过这美好掺杂了太多的非人生本质的成分，于是往往一个诱惑、一个念头，就会让我们脱离了本真的轨道。

　　我们无法摆脱人自身的一些自然属性和社会属性，于是我们每每在得与失、名与利、情与爱里比较着和挣扎着，就在这无休无止的恶性循环中痛苦不堪。

　　当一次又一次地陷入挣扎，把生命折腾成一片狼藉后，你会发现，生命中的激情已经燃烧殆尽，很难再开始一次新的征程了。

　　或许，我们每一个人都有自己致命的软肋，一段时间里，面临着人生一些重大的阶段任务和追求时，心性好强的我，在又加上了一个"完美"的魔罩后，就超出了人生的本质和人自身的一些极限，用自己都无法兑现的完美再去要求所在意的人和事时，那注定是令人失望和疲惫的。

　　幸运的是，生长在一座巴山人都奉为圣山的巴山主峰的化龙山所在的地域，每每在失望和失意的时候，这座山会清洗掉你所有的疑惑，给你注入生命最原始而又纯真的原动力。

　　冥冥中，命运又给了我一次机会，让我在这个夏天又一次来到化龙山脚下。

我本以为这次短暂的行程只不过是一次平常和普通的赶路而已。就在不经意中，所有一切都发生了改变。

当我漠然地做完该做的事后，在一个单位的接待室里，发现了一支放在角落里的竹笛。多年来，为了赶路早已荒废了这年少时钟情的竹笛，我便随意地拿起来吹上几口，很快，一个同我说了不到十句话的中年职工竟然走了过来。他个子不高，四十来岁，浑圆的身材，浑圆的面孔，头发有些稀少，但体格一看就是硕健的那种，他满面的微笑，犹如世界里突然浮出一个知己。他似乎忘记了所有的俗套，什么都没有问，招着手让我跟着他走。我也没有犹豫，跟着他到了二楼的一间屋子，进了屋子，才知道这是他的宿舍。那哪里是宿舍呀？不到十五平方米的屋子里除了一张床，全部都是乐器。有二胡，有扬琴，有电子琴，有吉他，有音箱，有麦克风……活脱脱一个音乐乐器演奏室。年少时的我，曾经是执意要学几样乐器的，只是全凭自己拨拉学的，大抵都是扫盲水平，和他相比，就差之千里了。也许是在这高山之上，难得有人和他用乐器交流，他执意用他那熟稔的二胡努力地伴和我那笨拙的笛声，竟然让一曲《北国之春》有了完整的旋律和味道。一时间，我也忘了自己是何等的水准，竟然同他一起合奏了几曲。

在巴山屋脊，在极其平淡和寂寥的工作和生活环境中，竟然藏有这样的音乐爱好者，他几乎达到了专业水平。这让我明白，只有挚爱，只有锲而不舍，才能让传统的、被边缘化的乐器迸发出最美的、极致的，至臻至精的完美声音和音符。想着自己一点皮毛的乐器水平，有时竟然以为自己是会点乐器的，和他一比，就惭愧得无地自容了。

世间所有的事情都是如此，唯有深潜进去，才知道自己的肤浅；唯有比较，才明白自己同他人间的差距有多大。

想起了自己又一位朋友，他生命的全部几乎就是买书和读书，书让他不停地走，不停地飞，书和永不自满的心性让他超越了自我，超越了普通的俗世和名利，让他飞越了一个又一个山巅，也超越了平凡。

这世上，容颜会老去，激情会老去，生命会老去，一切都会老去，只有对美好事业的追求不会老。那起点和未来之间的高山，那山高水长的路，会是一个生命永远攀登不到尽头的距离。

　　拿着知音相赠的竹笛，我全然没有了许久以来的困惑和疲惫，一段时间暗淡下来的心情，就在这一次随意的行程中，寻找了回来。

建桥季

中国的桥很多，名桥更是不少，卢沟桥、南京长江大桥等都和国运国力密不可分，与时代紧密相连。在一个小地方、小区域，桥不仅是群众生产生活的依托，更是人们赖以生存的环境。平利这个山高水重的地域，自古以来，桥就是交通阻塞贫穷落后的最大的症结，桥的建设进程，几乎是平利发展的一部简史。

平利城历史上经历了几次人的变迁，然在时光面前，几乎一直是不变的模样，变化最大最快的，还是近些年的事。一河两岸修起了河堤、栈道，河里修起了四级滚水坝，小城的人，清晨和傍晚，都爱在河边游玩和散步，人在城中，城在水中，那情形，是不亚于任何一个名胜景点的。然而今年春天里一次行走中，我却又有些不满足了，在南桥和东桥之间，隔着两公里的距离，是需要一座桥的，便借着政协委员的身份，提了份提案交了上去。原本我是不作什么指望的，不想很快得到政府的采纳，当年就动工修建了，并且日夜地赶着工期。估摸着不久的将来，这座新修的吊桥便会出现在小城里，除了让人们游玩和休闲更加便利和随性，也让城里增添了一道新的风景线。

平利山城有坝河水自东向西穿城而过，20世纪六七十年代，坝河里还用着水里立木桩、上面架木板的滚水坝式的土木桥。20世纪80年代初期，平利才建起了连接南北两岸的真正意义上的西桥，当时的情形是举城轰动。20世纪90年代，先是修了一座吊桥，后来修了东桥，进入新世纪，又有了南桥。再后来，桥的速度便愈建愈快，先是在原来吊桥的地方建起了步行桥，和平利女娲文化广场连接在一起，形成一个集中景观带，后又在原来的荒沙滩建了马龙潭桥。这五年，变化就更大了，在城西陈家坝贯通了四车道的迎宾大道，修建了彩虹桥、二道河桥，把整个陈家坝两岸和城区融为一体，城区扩大了几倍，还把城东的老农场建设成了陕西一流的平利中学，还专门为学生修了杨家梁桥。算起来，整个城已有八座桥了，加上不久将会竣工的吊桥，平利这座山城就是九桥飞架。沿着河滨路走单程，也足足要两个来小时。每当夜晚来临，灯火映照着截水成湖的一河两岸，往来桥与桥之间，不经意间你还以为到了江南一个美丽的小镇，平利小城不再是当初人们戏称的簸箕城，已然从灰姑娘出脱成一个美丽的白天鹅了。

巴山里多山多水，小时候记事时起，那纵横的大大小小的河流和溪沟，带给我多半是阻隔的记忆，过河几乎都是在跳石、砍倒的树木搭起的简陋的桥上通过的。那时候，也是有吊桥的，就是几根铁索上面铺上木板，没有桥栏，胆小的几乎是闭着眼睛让人拉扯着过的。即便如此，我所在的整个洛河区也不过三四座铁索吊桥，一到夏秋季，雨水多时，洪水暴涨，住在沟沟岔岔的人便都封堵在家里，哪儿都不能去，若遇雨季，那油盐和点灯的煤油都是断了的。但孩子上学的事不能老停吧，许多家长便用绳索绑在岸边的大树上，背着孩子拉着绳子蹚着水过，可总有意外发生着，夏季暴雨隔田坎，河里的水说涨就涨，几乎每年都有孩子和大人被水冲走的消息。于是，那些河流溪沟对我们这些孩子来说，就是恐惧，就是魔兽……

改革开放后，政府和平利人民用勤劳和智慧不间断地建桥修路，乡村的桥渐渐地多了起来。到了近几年，就更令人感叹了，桥的数量雨后春笋般地生长着，和镇村干部拉家常，方知国家国力强盛起来。政府对农村、农业、农民扶持力度大了，项目建设多了，有水利的、有农业畜牧的、有扶贫的、有交通的、有工业的、有旅游的，这些项目都是和修路建桥联系着，多半随着项目产业的发展建设修着路建着桥，也有为着连通河溪两岸专门立项修的桥。最美的桥，往往是随着陕南移民搬迁建起的那些集中成片的社区里的桥，桥的设计也是配着徽派建筑的特色，恍若一个现代版的小桥流水人家了。也许是通村公路政策打开了平利人几千年来的情结，也许是修路建桥积善积德的传统观念潜移默化，也许是平利人被山水阻隔长久怕了，大家都铆足了劲修桥，组织部门专门抓村级公路到千家万户的联户路，少不了修桥；慈善协会按照规划修着桥；地方政府当然从地方经济民生发展出发，义不容辞地推进着所有该修的桥。更有一些先富起来的人，不仅修着自家该修的桥，也帮衬着附近乡亲们修桥……有大桥，有小桥，有路桥，也有景观桥；有水泥桥，也有钢架吊桥。桥，似乎是当下一个时代的奏鸣曲。现在的平利，有家户的地方，有村落的地方，有河流交汇的地方，必是有桥的，桥连着乡亲，连着亲情，连着幸福，连着富裕，连着快乐……有了桥，山不再险，水不再难，每一方地域，都是世外桃源，每一处地方，都让人流连忘返。

"十二五"即将结束的时候，平利迎来了一个最激动鼓舞人心的大事件，连接陕鄂谷城高速公路安康至平利段正式通车，从安康到平利仅需半个小时，彻底告别了几千年来交通滞后的面貌，完完全全走进了现代。而改变这历史的，依然是桥，从安康市东老地质队一出发，便是巨龙一般的大桥，现代科技的力量让桥不仅仅是横跨，还是纵越，整个路，是溯着黄洋河、老县河、坝河而上，除了隧道，几乎都是桥铺就的，桥把平利变成了安康市区的一部分，把平利融进了西安和十堰半日经济圈，平利已经驶入经济社会发展的快车道。

桥，让平利通向世界的脚步不再漫长；让外出的游子，回家的路不再遥远；让平利的小康梦会在不久的将来变成现实。

在桥热情而又密集生长之后，二十三万平利人还会把这种桥的情结演绎下去，让所有该架起桥的地方都架起彩虹一般的桥。随着时光的推移，将来的桥在延续过河和通行功用的同时，会凸显其美学价值和美学意义。所有来中国最美乡村的游人，在女娲故里，在青山绿水，在蓝天白云，在富硒生态产品，在茶和绞股蓝，在天书峡，在高山草原一系列的元素里，还会在这幅巨型山水画卷中，发现另一个重要的美丽构成——桥。

警服生涯

　　"哎呀！妈呀！"还没有等我反应过来，身边的几个人早已经冲上前去，把从屋里跑出来的一个人，按的按，压的压，双手反缚，牢牢地摁在地上，那人痛得喊爹叫妈。为首一个身着警服的同伴，迅速把一双手铐铐在那人的手上，然后翻起那人的脸，询问着姓名，听了那人的回答，所有人都松了一口气，没错，就是他，这罪犯终于抓到了……

　　蹲守了整整大半夜，我们白天从县城里走猫儿沟，翻蒙溪垭，到了中坪，悄悄地待在乡政府，天黑定了，然后由向导带着潜入这人家对面的山林里，仔细观察这人家的动静，最后锁定罪犯就在家里。我们便封锁了所有的出路，渐渐靠近房屋四周，待后半夜夜深人静，故意弄出动静，果然，那人急急冲出门时，落入了早已布置好的天罗地网……

　　这是三十多年前发生在魏汝中坪的真实一幕，我和我的"准同事"都参加了这次行动，也是我唯一一次参加的警察的抓捕行动。

　　20世纪80年代初，拐卖妇女在我县农村相当严重，对我县的社会稳定影响极大。适逢公安系统开展大规模的"打拐"活动，由于人力紧缺，县上从不同部门和乡镇抽调了一些青年干部配合公安局。前两天，据线人可靠消息，一个多次拐卖妇女的惯犯在严打声势下，在外无法容身，悄悄地潜回中坪，真是抓捕的好时机。县上把这次任务交给了我们行动小组，我因此幸运地成了这次行动的一员。

　　那一夜，待把人抓获后，我们又忙着把人带到乡政府，连夜审讯，那一个夜晚，我们谁都没有合眼。

　　经过这次行动，我亲身感受和体会到了警察这项工作的艰苦和危险。当时的我还是一个文弱书生，和他们相比觉得自己差距很大，就把这次行动记叙下来，写下了自己在行动中的感受和体会。这位大我几岁的警察，无意看到我的记述之文，连连表示了对我的肯定和羡慕，并和我一起认真探讨交流，说起了更多的警察的话题。从此以后，我们建立起了深厚的友谊。也因为这次惊险的抓捕，我们都以为彼此是同事，只是我此后再也没有参加过警察公务活动，再见时，便相互戏称对方为"准同事"。

那次让我印象最深的是他对自己身上那套警服的热爱，去的人很多，穿警服的真正的警察却只有他和另外两个，他给罪犯戴上手铐那一刻，他在审讯时那种神态，他和我交谈时对警服的发展和变革以及身上那83制式警服的自豪程度，都让我羡慕。也就是那一次，我才知道他身上那套警服，是1978年配发的，是在"72年制式"基础上改进的，称作"78制式"。

以后的岁月里，我们虽然并不多见，但彼此一直关心着对方，逢年过节，都打个电话，真心地问候着，单位变了，相互也告知一声。最为特殊的，是他的警服如果有了新的制式，他也是必在电话里告诉我的，我也每每认真地听他介绍，如果机会好，借看新警服的理由，我们还会聚聚，一起喝上几盅。

这样一位朋友，在这次政法专刊征稿出来后，我自然第一个想到他。多年来，他始终记得我是喜欢写点什么的，时常鼓励我把写作坚持下去，只是我这位"准同事"，似乎没有什么惊天动地的事迹，在全县几乎多半乡镇工作过，至今还是一名老干警，待在基层派出所里，按写文章的标准，是入不了文、上不了书的那种普通警察。

不过我还真是好久没有见我这位"准同事"了，还真有点想见见了。一个周末，我没有打招呼就到了他家里，他见是我，很是高兴，说："什么风把你这位大忙人大作家吹来了？""没有什么事就不能到你这儿来？"我故意反问着。

其实我们心下都知道，彼此都是很高兴的。

不出所料，说了没几句，他就开始向我说起他的宝贝警服来，这次，他把我带到他的橱柜前，让我看看他的宝贝。虽然我知道他喜欢警服，可他打开柜门后，我还是惊呆了，只见柜子里，挂满了各款警服，有套着白袖套的蓝色警服，有挂着红领章的白色警服，整整齐齐摆着数十套穿过的警服。

我一眼看到了和他到魏汝中坪执行抓捕行动时他穿的那种"78式警服"。他似乎注意到了我的目光，便对我说："这种警服，在1984年就更换了，以后公安系统统一又更换了三次。"

"第一次是1984年1月1日，开始换着83制式警服。警服为橄榄色，开始分冬服夏服了，警服上衣和大衣的袖口均缝有两条黄色袖线，肩部缝有黄色布边的肩襻。裤子两侧均有红色裤线，穿着能体现警察的庄重严肃、威武雄壮的气概，穿着这种制式警服的我在八仙派出所。"他看来记得很清楚，很肯定地说。

"第二次是1990年5月1日，开始着装89式警服，这式警服是对83式警服的改进，在大致不变的基础上，警服裤子取消了侧红裤线，红领章改为松枝衬托的红色盾牌领花，内有金色五角星。大檐帽增配了金黄色丝编装饰带。1993又有小幅改动，佩戴警衔标志。这种制式警服穿起来更能很好地表现警察的风貌。穿着这种制式警服的我在兴隆派出所。"看来，每种制式的警服和他共同度过的那些岁月深深地刻在他的记忆里。

"第三次是1999年开始，全国开始换发99式警服，这套警服颜色选用国际上警察通用的藏青色或藏蓝色，完全区别于军队的草绿色，形成鲜明的警察制服体系，在面料上也提高了档次。尤其是实行量体套裁，对每一位民警进行量体，按人制作，确保所有警察都穿上合身的制服，穿着这种服装我们感到自己一举一动都要严肃认真，觉得警察执法一定要代表着公正和正义，执法一定要更加规范。穿着这种制式的警服，我先后在三阳、老县等几个派出所待过。"

忽然，他似乎又想起来什么："哦，忘记了一点。99式新警服还分为常服、作训服和多功能服。常服主要用于民警执勤时穿，作训服用于巡警、特警等处置突发事件、执行追捕任务和进行训练时穿着。"

"呵呵。很多人都不过把警服看作一个工作服而已，穿过早都丢弃了，只有你这样一个警服痴还都收藏着。"我故意激他。

果然，他激动起来，很认真地对我说："不要以为每次换发警服只是简单的一次着装的变化，其实代表着我们国家改革发展的不同阶段和目标。赋予我们公安的历史重任也不同，'七二式（78式）'，那个时代是既要拨乱反正，又要整顿治安。83制式警服就是针对大案特大案的'严打'。89式警服就是'维护社会稳定安宁'。99制式后就是以'发案少、秩序好、社会稳定、群众满意'为指导思想和工作目标，最终实现警力下沉、权力下放。"

看着他对警服了解得这样清楚，对每一个时期国家的公安的任务知晓得那样透彻，我似乎明白了他对警察这份职业的热爱和执着。我仿佛看到了他走村串户，摸排盗窃案件线索的情景；我仿佛看到了他顶着烈日炎暑，查违章无证摩托车的情景；我仿佛看到他冒着"三九"严寒追查逃犯的情景；我仿佛看到他在大雨中出警去处理打架斗殴事件的情景；我仿佛看到他半夜三更出击抓获赌博人员的情景；我仿佛看到他连续几天几夜追击，替老百姓找回被拐卖的儿童的情景……他在介绍一种种制式、一套套警服时，我明白，每一套都凝聚着他在不同时期、不同地方工作的喜怒哀乐、酸甜苦辣，我可以想象，这一套套警服里面，都写着许许多多的丰富的经历和故事，包括汗水和鲜血。

多少年过去了，准同事还是一个享受副科待遇的基层老警察，我和他共同经历的那次行动在他的从警生涯里只是他数不清的工作中的一件。准同事也年过半百，双鬓已经被岁月染白，身体也曾经受过伤。准同事和他的战友们也曾在不同的时期，因为对工作定位不熟悉，思想上没有及时得到很好的调整和适应，迷茫和困惑过。曾经一段时间，社会上对警察和警察队伍有过很负面的评价，面对那些不理解的眼光和许多亲友的劝解，他也曾怀疑和动摇过。然而凭着对这份职业的爱，他坚持着，无怨无悔地奉献着自己的年华，他希冀和战友一道用真心和一份默默无闻地付出，让警察和警察队伍获得更多的老百姓的理解和信任。

聊到这里，我问他，你这样爱警服，肯定对警服有自己的独特见解吧。他想了想，回答我说："警服，是人民警察身份和从事执法活动的重要标志，不是任何人都有资格穿的；穿上了警服，就意味着一种责任，要对得起身上这身警服。"

听到这里，我忽然意识到：警察，首先是一种职业，但警察却又不是普通的职业。警察是凡人，一样有妻儿老小，一样有七情六欲，很多时候，他们需要在大家和小家里作出选择。他们既普通又不普通，既平凡又不平凡，每一个警察和每一个老百姓，最需要用心用情用爱去相互看待，相互感受，相互理解。

最后，我知道我这位准同事要是知道我写他，一定是不会让我报出他的真实姓名。一直以来，他始终对于工作兢兢业业，对于名利极是淡泊，就让他继续他的普通的平凡的生活吧。这样的人，在平利警察队伍中，有许许多多。想想，你所认识的身边的那些警察，可能和我这位准同事，就很相像吧。你就把他当作我的准同事吧。

考试失陪记

20世纪90年代后期，我经常在傍晚时候碰见一个美丽的母亲，带着她的一对龙凤胎孩子散步，在计划生育十分严的那个时代，我们少不了有一种发自内心的喜爱和羡慕。时间长了，同时领着儿子散步的妻子终于憋不住了，对我说，这对孩子的父亲是谁啊，为什么总没有见到呀？

终有一天，我们见到了这个姗姗来迟的爸爸，原来是认识的，一个早已工作近二十年的警察。

原来如此！

在我们县公安队伍中，这位警察我也是有所耳闻的，被叫"三火队长"。

风风火火地说话、风风火火地走路、风风火火地干事，凭着这"三火"，一种风格、一种责任、一种境界就伴随他一路走来，从一名普通的干警成长为县公安队伍中的一名骨干和一名领导者。

说来很巧，我的孩子和他们的一对龙凤胎同生于1996年，在小城里，自然成为同学，且从城小到城关中学，一路同学下来，因为同学成为朋友。虽然交往不多，但从孩子口里，总会知道彼此一些情况，偶尔在下午散步时，我们一家三口会碰上他们。有趣的是，大多时候是女儿陪着爸爸转，父女俩相互之间总是亲热地谈论着什么，只有极少的时候，男孩也在一块散步，却是远远跟在后面。女孩活跃，男孩沉稳；女孩健谈，男孩善思。二人的学习成绩一直在全级都是名列前茅，男孩和女孩的各科成绩不相上下，可每次男孩总成绩都要高出女孩十分左右。每每我和他们的爸爸说起这些，他都十分开心，从谈话中可以看出，"三火队长"对孩子很疼爱也很满意。

一次，在孩子们"小升初"考试后不久，散步时，意外碰见他们两个孩子激动地正在谈着什么，细一听，原来是女孩正在生爸爸的气，男孩正在劝说着。

"答应得好好的，爸爸总是不讲信用。"

"听妈妈说，昨天洛河镇发生了一起凶杀案，爸爸是刑警队长，去破这个案子去了，我们原谅他吧！"

"那妈妈为什么不给我说？""妈妈说怕影响你考试。"

女孩不作声了。

"你这次考试怎么样？"

"还行，等我们上了初中，让爸爸回来好好奖赏我们。"女孩子破涕为笑了。

又是三年过去了，孩子们学习都很好，一直在全级二十名以内。难得有一次遇上他，自然而然说到孩子，看得出，对他的一对儿女，他一贯充满着自豪和疼爱，不过很明显地感觉到他眼睛中有一种对孩子的愧疚，作为父亲，我是很能理解他的感受的。

中考时，没有例外地，作为父亲，他又一次缺席，未能满足他的一对儿女走进考场和走出考场渴望的目送和殷切的眼神。

过了几天，市电视台播出了一则重大新闻，在平利县抓捕到了两个重点通缉的逃犯。

这一次，和他一起收获成果的当然还有孩子们，他们都以优异的成绩被市重点中学录取。我不知道孩子是怎么看待这位英雄的父亲的，听孩子回来告诉我们，私下里，他的两个孩子和同学谈起老爸，总是充满着骄傲和自豪，可是当着老爸的面，还是不依不饶的，尤其是女孩，逼着老爸不停地赔着不是。

经过十余年的寒窗苦读，孩子们人生最重要的一次考试来临了。这一次，大概所有的孩子都希望爸爸妈妈能陪着自己经历人生这关键时刻的。"三火队长"的女儿这次早早在老爸面前明里暗里提醒着，男孩似乎没有什么动静，只是悄悄地把莫言的《陪考一日》拿给妈妈看，想必是希望通过妈妈这个桥梁和纽带让爸爸看到这篇文章吧。

"三火队长"心里当然知道这次考试意味什么，这一次无论如何也要陪着孩子。他早早向局里请了假，而且他真的把那篇《陪考一日》反复地看了几遍，自己也早早预想考试那几天的情形，猜想着孩子们从考场出来的表情……

你能猜想到高考时他到底去没，其实你不猜也知道的，他的孩子反正没有看到父亲。一场高速路拆迁引起的较大规模的纠纷，让他又匆匆赶往现场……

孩子上大学之前，"三火队长"特意把两家的孩子和我们请到一起，让大家相互交流，一起开心联谊，特别要提到的是，他的两个孩子双双考上重点大学，是值得特别庆贺和热闹。席间，提起一路陪考过程，这位"三火队长"眼睛有些湿润，他不无动情地对我们说："作为孩子的父亲，我对不起孩子。作为丈夫，我对不起妻子；但是面对我的岗位和神圣职责，我必须对得起自己身上的警徽、警章。穿上这警服，我就要和队伍里同志们一样，不能有例外；作为一名领导，我更要严格要求自己，要有责任和担当，时时刻刻担负起属于自己的担子来，无论艰难险阻，无论平凡伟大，无论生死荣辱，都必须义无反顾，无怨无悔……"

还是女孩聪明活泛，她立即站起来说："爸爸妈妈们好，我们从今天起，已进入了人生新的阶段，感谢你们对我们的培养、教导和言传身教，我们明白你们既要工作，又要操心我们，你们是好爸爸妈妈，也是好警察、好领导，你们是我们的楷模，我们为你们自豪和骄傲。我代表我们大家向爸爸妈妈说一声，谢谢你们，你们辛苦了。"

我们心中一阵感动，然后一阵掌声响起来。

是啊，在一次次考试和考验中，孩子们已经长大了。

酿蜂蜜的生活

去见艾全新时，他早已出名啦！我们单位几十号人，从领导到普通干部，没有不知道他的，其中的奥秘是：我们都吃过他饲养的一两只鸡。

不仅吃过，而且都帮他卖过鸡，2018年秋天，大家除了自己购买，托亲戚买，找朋友帮买，艾全新自己饲养的几百只鸡，很短的时间里，全都销售了出去。

当时，艾全新还躺在医院里，一次突然的摔跤致使他胸部骨折，让他不得不放弃这几百只鸡。家里除了双目失明、多种疾病缠身、长期卧病在床的老母亲，再没有人看管那些鸡了，而他的老母亲，还是村上找人照料着。一个姐姐，早已远嫁。坚强的艾全新，拿着单位干部送给他卖鸡的钱，感动得不知道说什么好。有时候，想着家里，想着老母亲，想着帮扶的村干部，当然也想到他那些几百只已经不再闹喳喳的鸡，在身边无人的时候，偷偷地抹几把眼泪。

今年五十出头的艾全新，命运多舛，年幼时一次小儿麻痹症，让他的左手严重残疾，右腿也落下较重的残疾，走路不利索，偏偏他内心坚强，有着强烈的自尊自强的信念。他不愿意全靠扶贫政策来救助，他要做一个有用的人。最终在县镇村包联干部的帮扶支持下，他建起了养鸡场，开始养鸡。老天似乎和他作对似的，刚刚有了起色，在致富脱贫在望时，被意外的灾难又打碎了他即将成功的努力。

挫折只能打倒不愿重新站起来的人。摔伤康复后，艾全新行动更为不便，但他依然没有灰心，他琢磨着，自己有着养蜂的技术，看能不能养蜂，养蜂照看得少，活动量也没有养鸡大。加上自己过去养过蜂，虽然一年只养两三箱，但早年父亲还传授过一些独到的养蜂技术。几十年来，自己也摸索出不少的养蜂经验，只要能把蜜蜂招得来，自己就能留得住，管得好。多发展一些，收入不比养鸡差。他说了这个想法，包帮干部十分赞同和支持，在包帮干部的帮扶下，他又一次开始从事养殖，这一次，他是养蜂。

爬了一面坡，转了几个"之"字形羊肠小道，和我想象的一样，在两山之间，形成一个弯月形的山坳，艾全新的房屋就坐落在山坳的一边。显然这原本是几户人家住的一个院落，虽然是土木结构的瓦房，看得出，往日这里，曾经是一个热闹安逸的大家院生活。如今旁边的几户，都已搬迁走，就剩下艾全新和他的老母亲。虽然人少，但周围的地块都被他薅弄得很整洁，蔬菜瓜果和庄稼种植得生机勃勃，整个院子并不显得孤单和冷清。而在那个山坳的庄稼地里，独生了一棵李子树，郁郁葱葱，虽被风吹得有些倾斜，但绝不会倒下，格外显眼和精神。

大湾的背后，是一面连成整体的山林。大片大片的山，漫山遍野都开着野花，开得热闹而烂漫。此花开过他花开，次第不断，简直是花的海洋，花的世界。这里真是修心养生、怡然自乐的地方，更是养蜂的天设地造之处。

我正在思索，艾全新的蜂养在哪儿？只听见蜜蜂群，已经传来嗡嗡之声。循声看去，原来屋檐下、房台上、楼阁上，到处都藏着一箱又一箱的蜜蜂。有桶形的，有方箱形的，还有柜形的，所有的蜂箱正面下边都留有一个小出口，蜜蜂们才一批钻进蜂桶，另一批又飞走，不间歇地飞出飞进，去采花粉酿蜂蜜，仿佛是一个巨大的战场。一排排飞机飞起，归来，忙碌而有序。

见到艾全新那一刻，我立刻放心了，完全不用担心。虽然开始花白的头发成为岁月和命运在他身上留下的痕迹，然而他的脸上却满是淡定和从容的神色。他用左手和我们握手，有些跛的腿让他走路虽然不方便，但长期的磨炼，让他有着同样人少有的稳当。

话题围绕着养蜂展开。同去的一个同事也对养蜂很感兴趣，细致地询问着养蜂要点。艾全新不厌其烦地讲解，从如何从野外收蜜蜂，到一箱蜂桶里蜂王开始分家如何回收，再到如何取蜂蜜，每一个环节他都讲得极为生动和有趣。如果不去想象那过程中的辛劳和艰苦，不去想时常有极个别蜜蜂的突然袭击，真以为这是一个将军和成千上万个蜜蜂之间的美好的互动演戏呢！

"那最最关键的是什么？"

"是防止一种马蜂，当地人叫'七子牛'的。它个头虽然很大，但它能咬开蜂箱出口，钻进蜂桶吃蜂蜜，也吃蜜蜂。只要钻进一只，这箱蜂蜜就前功尽弃。"

交流中，我们发现，艾全新在养蜂方面，确实有独到的技术和经验，他不仅会养蜂，还会自己取蜂蜜，自己加工蜂蜜的副产品，比如蜂蜡等。所以他不无自信地说："我养蜂是最稳当的，也比他人养蜂收益要高得多。"

至此，我们已经明白，艾全新为何和有些人不一样，不去争贫困户，不争着要去救济，消极地等、靠、要。他似乎和他的蜂蜜一样，找的是自己生来的价值。正是他在和蜂蜜的互动存在中，有了自己生命的乐趣和人生的意义。

想着他养鸡销售的问题，我便问他："蜂蜜好销售吗？"

"不消说好不好卖，简直是供不应求。现在野生无污染的蜂蜜，是抢手货。野蜂蜜喝后效果大不一样，懂的人，都奔着野蜂蜜来。"

这个时候，他拿出手机，对我们说："只要开一箱蜂蜜，我在群里发一个消息，不到一会儿，就会抢订一空。"

又是一个借助手机微信改变人生命运的人，在偏僻高远的九里村，现代的气息，终于茂盛地生长开来，未来一定会遍地开花，带着九里畅游天下。

后来，在他的朋友圈里，知道他分得了一套安置房。可惜他八十多岁的老母亲，就在搬迁的前夕去世。老人到底没有跨过这个时代的分界岭，心里有一种说不出的难受。再后来，8月28日，艾全新在房屋修建了基本生活设施后，购置了一套全新的家具，搬到了安置点安置房。

前几天，我在微信上问他的打算。他回道："蜜蜂肯定是要养下去的，今年的蜂蜜还没取完，再经管一阵子。以后，住处也不远，我想在老庄基地里，搞一个蜜蜂产业集中养殖点，那时，要雇人照看。我自己呢，请人背，背也要背到那里去，每天去看一看。"

想想，也对。这或许是山里面今后一种生活生产新模式，一个致富发展的新路径吧！

三年写一文

"你们县上，那个通讯报道、文章写得好的魏欣哪里去了？"

每次到市上，总有原来分管他们的上级领导询问到他。

我也一次一次地回答："他被我们单位派到村上脱贫攻坚去了。"

其实我们单位的同志心里都明白，魏欣下村扶贫大概率是他主动要求去的，而这主动，是源自大家对他写文章的评价："魏欣的稿子写得'快''优''特'，要是再多一些地气就更好啦！"

在单位写了六年多的通讯报道的魏欣，在我们系统内小有名气。省市业务上的报刊网站，经常能看到他的稿件，有时候一日写三文，或者刊登三文也是常见的，或许就是地气让他下定决心去了三阳镇九里村。

一直担心魏欣能否适应得了乡村的生活。记得几年前，曾经约了一伙人和魏欣一块儿去西北旅行。长得特别帅气，十分年轻的魏欣，总是成为一路上的焦点，因为他长得又特别像新疆的小伙子，经常成了大家逗趣的话题，也自然是大家关顾的对象。每次外出上车下车，魏欣都是最后一个出现的。有次上飞机，快到登机时间了，还不见他从卫生间出来，急忙派人去喊他，原来，他借这点时间刷了一次牙。

魏欣去九里村的时候，村上还没有村委会的活动场所，村上临时租了一户未完全装修好的房子，一楼村党支部、村委会办公用，二楼腾出一间给他做宿舍。大部分时间，他都是自己在县城里买些菜带回村上，一次管一星期。开始是自己学做饭菜，后来人多起来了，才请了一个炊事员。

有一次我去村上，夜里睡在同一张床上，他感叹道："太穷啦！太穷啦！没想到，世上一切奇奇怪怪的事儿，听这儿的一些村民谝闲传，村上

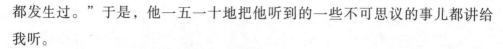

都发生过。"于是,他一五一十地把他听到的一些不可思议的事儿都讲给我听。

后来,因为分工调整,我村上去的少了,好几次,都是他回城到单位才见到。一次是他帮一个养鸡户卖土鸡,一次是他为一个他自己帮扶建起的农户粉条加工厂找市场,还有一次,他请我打听哪儿的梅花鹿养得好,他想带他准备养鹿的另一包保户去参观学习……

就这样,魏欣完完全全和九里村融合在了一起。从春到秋,从冬到夏,九里村有了标准化村党支部和村委会活动中心,建起了三栋安置房,发展茶园三千亩,栽植中药材吴茱萸一千亩,核桃园五百亩,发展合作社八家,茶叶加工厂两家,养猪场六家,还有粉条加工厂一家。贫困户也由二百二十户五百八十五人减少到了一百零一户两百二十七人等,村上取得每一点成就,发生每一点变化,魏欣都是亲身的参与者和见证者……

2018年,全县根据工作和各单位及镇村情况变化,对第一书记作了一次调整,魏欣有机会回单位,但他已经舍不得乡亲们,舍不得九里村了,他想兑现对九里村的承诺,和大家一起实现九里村的脱贫摘帽。于是,他主动要求留下来,作为扶贫工作队副队长,协助驻村工作队长和第一书记继续抓扶贫。

他人晒黑了,但壮实了。三年多的时间里,魏欣走遍了九里村的家家户户,山山岭岭,沟沟岔岔。几乎所有的九里村的人都认识他,都亲切地喊他魏书记。

魏欣还是那个魏欣,但又是经历了蜕变的魏欣,2016年他被平利县评为脱贫攻坚最美青年,2018年又被评为平利县优秀帮扶干部,成为全县下派扶贫干部中坚持时间最久、极为出色的帮扶干部之一。

不过,三年多了,魏欣自己写的文章却并不多见,除了九里村的一些必要的宣传,他几乎没什么大的通讯稿件。每每有人问他:"现在你全身上下都接着地气,怎么还是写得不多?"他都不言语,只是笑笑。

有一次,又有人提起这个话题,没承想,旁边坐着的村上的一位六十多岁的大爷,突然忍不住大声地说:"他在写呀!魏书记是用三年的时间,写了一篇大文章呀!而且我们都知道,他这文章是为我们九里村写的。"

表　哥

　　表哥大我不到三岁，我们是在陕西最南边的"巴山屋脊"平利县八仙镇一块儿长大的。

　　小时候的表哥，总是让我十分地佩服，他领着我们一起到树上掏鸟窝、下河摸鱼，到竹林扳竹笋子，多半的时候，我们都是两手空空，可他总是满载而归，因为他是我的表哥，他常常把自己的猎物分给我一些，让我在小伙伴里很有"面子"。

　　有时，表哥会趁他爸爸回家不注意的时候，偷偷地把他那个工作时用的帆布包挂在肩上，很是得意的样子。我们当然都很羡慕，那是他爸爸走村到户收税的标志。

　　突然有一天，表哥搬家了，从祖上留下的三大间白墙瓦屋里搬到村上一个很不起眼的小茅草房里。我见表哥偷偷在一边哭，问他，他摇摇头，什么也不说。

　　以后，他爸还是走村到户收税，可家里的日子再也没有以前那样宽裕了，一直清苦着，再也看不到表哥拿他爸爸的帆布包给我们表演了。

　　1980年那年，他爸爸退休了，他参加高考差一分没有考上，适逢县里招考税务干部，他就试着报考，竟然以第二名的成绩成了一个税务干部。乡亲们都笑着说："这家祖坟上该不是有什么奇迹吧，竟然都是给国家收钱的。"

　　只是表哥似乎和别人都不一样，别人都是想办法留在城里，最不济也是要设法分到交通好、条件好一些的乡镇里，可他偏偏要回山大人稀的八仙镇。也许是家乡的情缘，也许是他真的要接他父亲的班，这一待就再也没有挪动过。

受表哥的影响，从省城的大学毕业后，我也回到了家乡，只是我在乡下待了几年后，就调到县城的一个部门工作，几十年过去了，还做了一个部门的负责人。

慢慢地，我对税务工作也有了真正地了解，税务工作哪里是什么风光的活计，表哥父亲那一代税务人，税源分散，不要说没有交通工具，就是有也没有车路，全靠税务工作者迈开双腿走街串巷，进村入户一元一角一分地收。表哥最初工作的时候，这种状况还延续着。税种多，税源少，大量的工作在乡村，他为了几十元的生猪屠宰税，要在寒冬腊月跑遍所包片村所有的人家，为收取临时经营税，他对个别经商人和铁匠、木匠、泥瓦匠、油漆匠的情况可以说弄得一清二楚、了如指掌，每个人都是三番五次地跑才能把税款收齐。巴山里农村住户分散，有时一个村要走几十里山路，到一个收税户就要爬几座大山，过几条河，而且到户后经常是人不在家，饿了要等农民收工回家才弄点吃的，天黑了，哪家方便就在哪家住宿。有一次，在收税途中，天下大雨，山路打滑，表哥跌下几米高的大坎，摔断了右腿，幸亏被路人发现，抬回乡卫生院治疗，才没有落下残疾。

事后有亲戚数落他，区区几十块钱税款，要走七八十里的山路，还差点搭上一条腿，值吗？表哥却认真地回答："没有这个几十元、那个几十元，国家的资金就集聚不起来，就没有钱干事发展，拿啥去建设发展？"

渐渐地，表哥的认真和负责在家乡无人不知了，他的真诚和付出也得到了纳税人的理解，山路弯弯、山路崎岖，正是在这弯弯曲曲的山路上，表哥不仅为国家聚集着财富，也在日出日落的岁月里，与纳税户建立起了不可割舍的感情。

表哥曾经有几次离开税务系统和八仙镇的机会，他每次都选择留下。1984年，财政税务分家，领导征求他意见，他不假思索地就选择了留在税务上；1994年税制改革，领导又一次征求他的意见，他说："国税不在八仙镇设所，那我还是待在地税所吧。"还有几次县上几个部门需要人，我劝说他，年龄大了，到县城里可以规律和稳定些，他每次都说："算了，新的岗位和工作我不熟悉，会耽误事的，我还是搞我的老本行吧。"

今年三月，进城次数可以扳指头数的表哥很稀奇地专门到了我家里，告诉我他主动要求不再当所上的负责人，让年轻人干了，并满面春色地说："八仙镇的'天书峡'、高山大草原驰名省内外了，来旅游的人络绎不绝，八仙镇的税收比我最初参加工作时翻了八番，成了县里税收第一镇。"喜悦之情溢于言表，我也为表哥感到骄傲和自豪。

　　席间，几杯酒下肚，我看表哥高兴，忍不住询问起当初他父亲为何卖房搬家这个多年的疑问来。表哥马上激动了，他终于说出了其中的原因，有次，他父亲在收税路上，几本已经开好的税票在过河时遇山洪暴发，被大水冲到河里了，人爬上了岸，但包里的税票被水冲走了，没有税票无法向税收人收税。在向领导说明了原因后，他父亲拒绝了领导向上级报告减免的机会，自己承担赔偿了这在当时来说的巨额税款，除了卖掉房屋外，其余的直到退休时才还清。他成为税务干部后，父亲才把真实情况告诉他，而且是千叮咛万嘱咐，让他好好干，不要出任何差错。说到这里，他仰脖子又喝下一大杯，大声地喊道："爸，今天，我可以答复了，你说的，我做到了，几十年了，国家的钱我没有少收一分，更没有错过一分。"

　　看着表哥，我惊诧了，面对着这父子两代人的收税人生，我眼睛潮湿了。

小河深深

那一条河是极美的。

从药妇山积聚而成的泉溪，慢慢流出了一条小河，药妇的故事沁入河水，小河就有着药妇般的清丽和散发的温暖。河水千万年地流淌和冲刷，把一条宽数米至几十米的谷道装饰得清秀可人。早几年，一条村级水泥路沿着溪流钻了进来，非但没有减少它的美丽，倒更是凸显出了小河的天生丽质。

在河的深处，溪流的一个拐弯处，河的对面山坡上，迎面有着一户人家，是用黄泥筑起来的土墙、架着用树木搭建的椽檩、盖着黄泥烧制的土褐色瓦片建造起来的巴山里常见的"瓦屋"。太阳好的时候，门一直都是敞开着的，在河这岸的乡村路上大声地吼叫几声，便有狗吠起来，很快地，就有一个老人走出门来，站在门前的院坝里四处地张望着，跟在他身边的是一群狗和猫。

这是我们第二次到老人的家了，待靠近房屋时，老人立刻就认出了我们，招呼着我们屋里坐。那屋里的构造和摆设迅速就映入脑海：传统式的三个开间房屋，中间一间是一直通到里头的堂屋，两边的那两间，对着堂屋分成了四间小房，这原本是一大家人口住的，现在原来的人家早搬迁走了，荒废在那里。村上管事的人就把老人从更高更远的山上搬到这儿，偌大一个房屋，独住老汉一人，靠里面两间都空着，是猫狗占据的地方。老人把外面两间房，一间支了一张床，晚上睡在那里，没有家具，东西杂乱地堆在里面，几乎让人进不了屋，对面另一间靠墙角有一个火炉，总是有几根冒着黑烟的柴火，火炉上空，还用着当下几乎消失了的吊罐。进门的地方，还有一个土灶，显见是极少用的，让人疑惑他的饭菜是一直一罐炖的，看看窗台，油和盐倒是有的，便少了一些担心。老人八十多了，自己还种着庄稼地，楼顶上还堆着老人从地里收获的玉米棒子，老人还热情地让我上楼看看，我见那楼梯颤悠悠，想着自己的体重，很是担心，也就没有上去。一切的一切，完全是20世纪70年代我在乡下生活的留存，而那个年代，这样的土墙瓦屋，甚至还是那些住着茅草搭建起来的茅屋人家的向往和追求呢。只是那屋子里和几个简陋的柴凳上，满是尘土，几乎是无法入座的，大家便都掩饰了这份尴尬，闹着太阳好，就不进屋里了，就着阳光，坐在院坝的柴堆上和老人谈了起来。那一刻，心下明白我已经再也无法回到在泥土中打滚，在泥屋里闹腾的那个泥孩子时光了。

老人没有后人，年轻的时候上过三线，修过襄渝铁路（成都至襄阳），大集体时，还是村上的记分员，也曾经是一个风风火火的人物。

老人老了，变成了五保户，日日伴随他的，是那几只狗和数只猫。

老人曾经喂养过猪，猪在有两百多斤时翻栏后让人乘机牵走了，老人翻山越岭探寻了三天三夜，虽然知晓一些消息，但终是没能把猪追寻回来。

老人直接经手领过一次国家的五保补助，被一个外来的打短工的人知道，强行住在他家里，在一个夜里，两千多元现金全部被盗走。

老人还不知道，自己的名下有一个存款折子，里面有国家给他的这样那样的优惠补贴一万多元，一段时间里，我们一直围绕着折子和折子里的钱锲而不舍地追着，可我们又无法把所要做的事情告诉老人。

阳光下，老人比上次明显精神一些。老人告诉我们，村上已经给他买了一副寿枋，说这话时，老人露出难得的一次高兴的笑容。我深深知道，在巴山，在乡村，对于一个八旬的孤寡老人来说，一副寿枋对他的价值和意义。其实我们当然是晓得这副寿枋的来龙去脉的，让老人高兴高兴吧，一年四季，年年岁岁，老人高兴的时候不多。我们也就什么都没有说，陪着老人高兴着。

老人不晓得我们几次找他是为什么，或许他见着我们凭空来到他家里几次，似乎很是过意不去，在问话的间隙，他突然对我们说："你们跑路辛苦了，给你们一些跑路钱吧。"

大家愣住了，工作多少年了，从没有遇见过这种情况，一时间，我们都沉默着。

半晌，还是我反应过来，有意岔开话题，按照我们的思路和老人聊着。时间过得极快，太阳快落山了，事情大致也清楚了，我们便起身和老人告别。

"这就要走了？给你们一些跑路钱吧？"老人固执地再次提起了这个话题。

我心里潮湿了，握着老人的手说："大爷你不要操心这个，我们是政府的人，是不用给跑路钱的。"几十年了，我第一次说出了报刊影视中常见的台词，可这一次，泪水真的涌了出来。

一直以来，从事的工作总是面对和追逐着阳光很难照到地方的人和事，便执意坚持自己的一点心思：家乡虽然贫穷，也有些不尽如人意的方面，但家乡有富裕发达的地方没有的原始生态美，家乡更是一天天在变好。于是我总是尽力淡化着现实，删除着那些不快，总是力图把家乡的美丽和美好的一面展示出来，这一刻，我惶恐地怀疑起自己来。

快要上车时，我回头望着，老人和他的一群狗和猫依旧站立在房前的院坝里，夕阳照着，房后是青山，房前的小坡下是药妇山流下来的河。我忍不住用手机拍了下来，却发现这画面正是我不停想要采撷的乡村自然生态的那种没有任何掩饰的美，简直是美到了极致，似乎穷尽了巴山乡村的全部，那美丽的景深像一个永恒的旋涡，把过去、未来，所有的所有都旋转容纳了进去。

尧远兴和他的九个兄弟

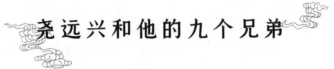

一个都不能少

有那么些地方，会被岁月在某些时段遗忘，也总有那么些地方，会在岁月的河流里，如明星般时时在你的世界闪烁着。

黄洋河畔，一个不起眼的支流淑河，就是这样一个让人时时想起的地方。

据年长的人说：早先的时候，原来的羊肠小道，从黄洋河和淑河口交汇处，走到现在村委会的所在地花门楼，要来来往往过河三十六次，时岸左时岸右，要小半天呢。而如今，新修通的一条宽敞的水泥路，直达花门楼，全程近七公里，不足一刻钟就到达了。

初听到尧远兴这个名字的时候，我还以为他是一个身强力壮的汉子呢。见到他时，原来他已经是六十多岁的进入老年行列的人了，矮小单薄，貌不惊人，如果不和他交流，了解了他是思维何等敏捷，精神何等有力，就很难想象，他能够把一个大家族牢牢黏合在一起，把尧家这个大族小家，弄得步调一致，让邻里乡亲都十分地钦佩和羡慕。

当我问道："为什么在淑河人人都说，只要是尧家的事情，找你就没有解决不了的事？"

他似乎有点不好意思，解释道："主要因为我是老大。我们这一房在尧家是三代老大。到我这一代，堂兄堂弟，共有九人。反正每一家的事，不能分亲疏你我，能帮助到的，能指导到的，我只是尽力去说到做到。久而久之，大家都信任我，相信我，有什么事就找我，说什么，他们自然也都相信，愿意去做。"

"九兄弟？把他们都箍在一起，你是怎样做到的？"

"走，我带你们去看个地方。"

我们也没有问，默默地，跟在他后边，没走上十分钟，我远远看到了一个河边的小山岗上，有个小树林。近看时，这小树林原来是七棵参天耸立的花栎树组成，每一棵都十分硕大，颇有气势。

面对着这七棵树，他告诉我们说："这儿叫四方树，原来也叫龙王庙。听老年人说，这里原有九棵树，只是有一棵树因为赢弱，禁不起天旱雨涝，风吹雨打，到底死掉了。另有一棵，一直也是萎靡不振的样子，不知什么时候，被人砍去当柴烧了。

"娘生九子，九子九不同，我父亲去世的时候，悲伤中的我独自来到了这里。看着，想着，这儿原本是九棵树，九棵！每每听人说这儿时，都无一例外地遗憾叹息说，不该少了两棵。我突然地意识到：九棵树，原本是一个整体，缺一个，就显得不完全，不完整。而我们堂兄堂弟刚好也是九个，我们可不能少两个呀！于是，我暗自下了决心，我是老大，一定要把九兄弟紧紧地箍起来，一个都不能少。

"说来也奇怪，我们父辈那一代，兄弟三人，生了九个儿子。二叔、三叔各生养两个儿子，我父亲这房生了五个，偏偏老二是个哑巴，老四又是个病壳壳，我必须首先做到互帮互衬，幸好二叔三叔的几个儿子，身体智力各方面都不错，都成了家，他们和孩子现在都在外面打工。我这房兄弟五人，只有我和三兄弟成了家。后来，慢慢地，兄弟们年纪也大了，我看四兄弟身体越来越差，自食其力都很艰难了，就把他接到我家里住，好有个照应。虽然兄弟九人，身体状况不同，生活条件不同，但由于相互支持，相互关照，再逢上党的扶贫好政策，大家过得都很好，衣食无忧，也都住上了安全的房子。兄弟九人，相互住的也都很近，大小事一说都一同齐心协力地做，没有事也常来常往，其乐融融。"

一旁的侄子突然插话说起来："这一切都幸亏了大伯您，付出最多的，还是大伯您，做得最多的也是大伯您，您是大家的榜样。"

"这是我应该做的，也是我必须做的。只要我们兄弟同心，其利断金。大家只要团结在一起，就没有办不了的事、过不去的火焰山、跨不过的坎儿，日子一定会越过越好。"

珍藏的尧氏家谱

尧远兴家，住在淑河岸边的车路旁。和大多数山里人家一样，沿车路山边砌起一个高大的石坎，房屋建在砌起的地基之上。房屋是土木结构的，是一个典型的贫困户。房屋显然按扶贫政策经过了旧改，焕然一新，掩映在山水之中，和自然很是和谐。家里陈设虽然不多，但收拾得很干净利落。看得出，家里的人都很勤劳、勤快。转到厨房、猪圈去看了看，虽然面积规模都不大，但分区清晰，卫生整洁，很具当下农家气息。我觉得家里女主人不简单，就问女主人哪里去啦？尧远兴这才说，前几天被女儿喊去南方，到女儿所在的酒店打工去了。旁边有人介绍说，他妻子腿上有残疾，但不等不靠，勤劳操持着家，里里外外一把好手。不禁让人心里肃然起敬。

尧远兴不以为意地说："庄稼人，过去不讲究，现在条件好啦，早该这样了，现在交通、文化、信息都发达了。脱贫致富，树文明新风，是党和政府的号召，文明生活、干净卫生是基本的要求。我们村里大多数住户，都是这样的了，我们这算不了什么的。"

原以为尧远兴姓氏是"女兆姚"，却是史前尧帝的尧姓，便随口问道："你们这个尧姓，不简单，肯定有你们家传下来的规矩吧？"

"是的。我们尧家不仅有家规家训，还有家谱呢！"果然，我从他的姓氏中找到他不同于一般人的切入点，让他打开了话匣子。

"我们尧家老祖先，就是尧帝，是从我爷那辈，从湖北阳新县搬到淑河的，最初，野兽众多，他们把房子建在树上，慢慢创业安居下来，但我爷那辈往上一直是有文化的，祖上家规家训一直传承着，我们一刻也不敢忘。"

说话的当口，他赶到里屋去拿出来一个红绸布，里面包裹着的是尧氏家谱，家谱是红封面的。一打开，最醒目的第一页，就是尧帝的画像，对中国的家族来说，每一个姓氏，都会找到最值得骄傲自豪的源头，尧家也不例外。而这位尧帝，他的让位贤者的故事更值得我们崇敬和敬仰。当然，我有理由相信，这五帝中的尧帝，所有的美德风范，都一代又一代在尧家传承了下来。

在尧远兴身上，自始至终都显示着那种传统的、淳朴的、善良的、内在的东西，这无形的东西，从每一个人的身上，从每一个家族的身上，从一个村里，呈现出来，形成了一方地域人们津津乐道的淳朴的民风乡风。

这时，从他对面的老房子里走出来一个年轻的媳妇，带着一个三四岁大的孩子。那孩子见着尧远兴，大老远亲热地扑了过来，口中不停地喊着："大爷爷！大爷爷！"尧远兴一把把孩子抱在怀里，亲着搂着，那疼爱的样子，让人羡慕。

听着孩子的叫法，我知道这应该是他的侄孙子，就问道："你有孙子没有？"

"没有，现在的孩子，不听我们的。是呢，要先创业，后成家。大女儿在南方一家酒店，是一个大堂经理呢，二十多快三十岁啦，还没成家。小儿子大学毕业后，开始在南方学校里当老师，觉得有点捆人，自己出来开办了公司，也还说，早呢，早呢。"

"你一家都到南方去了，你怎么不去？"

"我不去，我还能自食其力。再说，这儿一大家人，都还需要我。鸡呀，猪呀，都还要喂养，三亩茶园，两亩魔芋还有三亩农田还都需要我种和照料呢。我把家守着，这根不能丢，逢年过节，他们都会回来呢。"

听村上李书记说，他不单是经营着自己一家的事，还顾着老少兄弟，关照着每一个侄儿侄女，还有侄孙子侄孙女。

他为这个大家庭里的每一个小家庭，规划和盘算着，干什么事儿，种什么产业，打什么工，保证每家都有稳定的收入来源。家里身体好的劳力，就到外地去打工；差一点的、行动不便的，就近在村上重晶石矿做些力所能及的事。他自己也带头做些力所能及的事。随着季节，就着空闲，替乡亲们杀猪宰羊、割漆等，他还会做一些篾工木工技工活，邻里乡亲有什么事儿都愿意找他询问，都愿意找他帮助解决，也都愿意听他的意见。没有他解决不了的问题，没有他化解不了的困难，他成了远近闻名的热心人。

去年，尧远兴被乡亲们一致推选为淑河村好村民。

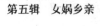

永远的花门楼

中国人一向好面子，讲究门面，撑持门面。有钱就讲排场，盖房讲究门楼子，门面高大，不能寒酸，"穷院子，富门楼"。即使家里并不富裕，也非把门楼子盖好不可，以求彰显身份、地位，把精神和希望都寄托在了门楼之上，门楼子上的文化内涵信息含量相当高。

而淑河村，在老人的记忆中，在平利这块地域上，最为人津津乐道的就是有过连续几道花门楼。

藏在黄洋河洛河和大贵交汇地域的淑河村，是一个风景优美的世外桃源之地。据说这淑河虽然道路崎岖难走，却是方圆几十平方公里人旧时走捷径进县城的交通驿站，曾经出过几个大户，大户里也考中过秀才，这花门楼就是大户所建。

这花门楼是就地取材，用好石头和名贵木头磨凿雕琢镶嵌起一座座流檐飞脊、斗拱花翅，梁、柱前后均饰以龙狮鹤鹿等镂空浮雕，图案优美，立体对称的门牌楼阁，其精湛的凿工雕工技艺，漂亮的牌楼造型惊艳四面八方，名传十里九乡。

话题自然而然转到了村上，谈及村上的变化，尧远兴感慨万分："我们淑河村，也曾经有过辉煌的过去，最早的时候，在这儿定居的尧家、王家、陈家、沈家等相继发达起来，花门楼，就是那些辉煌时代典型的标志。而花门楼据说是我们尧家最先建起来的，后来，又卖给了王家，王家又卖给了陈家，最后是在'文革'期间被毁掉了。花门楼每一次增量和改姓，都意味着一次社会变革；时代或家族的每一次变化，让大户房屋和花门楼都更加富丽堂皇。淑河这个地方，有着它独到的地域价值和发展价值。"

改革开放后，随着交通条件的改变，淑河村自然交通价值慢慢退化，不断地边缘化。贫困程度逐步累加，加之外迁户越来越多，以至于淑河村成为全县八个深度贫困村之一。说到这里，尧远兴摇了摇头。

这时，从厢房里走出来一个老头，身子佝偻着，看上去七八十岁，不停地咳嗽着。尧远兴急忙介绍道，这是他的叔岳父。从他的介绍中我们知道，他的亲岳父岳母，都已过世，虽然叔岳父有自己的儿女，但他们都不在农村住了，他又不愿跟去，就独自一人生活。尧远兴担心他身边没有人照顾，不放心，把他也接到自家住，一个家，多了两个老弱病残，要增添多少担心和事务呀？可想而知，尧远兴有着怎样的思想境界。这里，没有豪情壮志、豪言壮语，有的，只是行动和付出，用他的行动，体现和展现出毋庸置疑的崇高的道德境界和良好的家风。

"不过，现在好啦。扶贫政策彻底改变了我们村上的面貌，近七公里的水泥通村路，让过去几小时的路程，不到半小时就可到达；几千米的新修河堤，保护了好田好地，让我们这儿也成了小川坝子；一排排整齐的漂亮的安置楼房，让淑河村村委会所在地，不亚于过去乡政府所在地柳林。这是自古以来想都想不到的事呀。还有，我们这里良好的自然条件、气候条件，可以发展别处无可替代的产业经济，比如魔芋、茶叶、蜂蜜等，还可发展养猪、养鸡、养羊等养殖业，天然无公害。脱贫致富，指日可待。"尧远兴说起这些，眼里脸上饱含着期待的神色。

在淑河村，待了两天，我竟然舍不得这儿了，觉得有些不可思议的，这里让人留恋的，除了这里的山清水秀，这里的世外桃源景色，应该还有别的什么。顺着和尧远兴交流的过程去回忆思考，我一时就明白了，这里最能让人感受到的，是还依然保存着和珍藏有当今社会最稀缺的珍贵的东西：那是珍藏传承在尧家这类为代表的姓氏家庭里的，那是流淌沉淀在淑河这神奇河名之中的，那是深深雕刻在花门楼这希望和遵循之中的——懂得感恩，懂得付出，懂得自强自立，懂得互帮互助的几千年来的淳朴、善良、勤劳的民风，而这民风和今日的新民风建设一脉相承，又和今天脱贫攻坚政策完美融合，形成了一道纯正的、传统的、现代的，飘荡在景色家园之上的乡村文明之风，让人流连忘返，久久不舍得离开。

告别尧远兴的时候，有一个强烈的愿望产生了：我觉得应该把花门楼重新修建起来，让淑河村这个辉煌的标志在人们心中重塑起来，让花门楼的传统文化内涵借淑河村在平利大地真正复苏，而这次要赋予花门楼的文化内涵，当是今天文明新风的全部。

第六辑

客在旅途

病中殇语

　　一场秋雨一层凉，一遭病痛一季殇。

　　每一次疾病都降低着人生的温度。

　　似乎有一些巧合的意味，先后两次都是在同一会场开着同一类型的会议，又都是自己发言的时刻，鼻子就不争气，猛然地就流起血来，而这一次竟然如同拧坏了的水龙头，再也止不住了。

　　县医院建议我到市级医院去检查，在前往市里的一个多小时行程中，我一边捂着继续渗血的鼻子，一边忐忑不安地想着，这次我可能又要跨过自己心中设定的某个界限了——一般情况绝不住院。

　　小时候住没住过院我似乎没有印象，但上一次是十六年前住过，倘若那时有今天这般对医药知识的了解，我就不会住那次院了。

　　到了市上最好的医院，看了三个医生，竟然是三种不同的说法和要求，几乎让人无所适从。当我弄明白是鼻子血管破裂，是不要命的病，当机立断，又一次决定不住院，还是检查、打针、吃药。

　　医生的观点和看法的不一致，让我自己对自己的治疗做了决断。

　　这让我想起自己的发言，明明是无用的，明明是说与不说都是一样的，可自己总是认真地说着。就这样说了做了几十年，免不了生出一些叹息：这一生，是不是所说、所做都是这般的可有可无呢？

　　于是开始怀疑，怀疑人一生的价值，怀疑人类的价值。时常在想，人类社会的发展和社会体制造就了数以千万计的不创造价值的人，大家都在一个古老而又千疮百孔的大树上忙碌而奔波着，似乎在为着某种价值和构架奉献着高尚，其实要么掩盖着一些丑陋真实，要么就是被愚弄，说穿了一文不值，远不及农民、工人、老师、医生、科学家有用。

病的时候，心境总是黯淡的，全部的念头都降了湿度和温度，会想到死，会想到消失，会想到一切的一切，平日里所有的在意都是无味的，所有的重要都是鸡毛蒜皮。什么坚强，什么顽强，在痛面前都是一些空洞的词汇。

意外的，一本书因此同我结缘。记得自己写过一篇短文，大意是一首歌曲往往是自己心中的某个季节、某个片段、某个人、某个际遇、某个感情……它们会如影随形，就在生命的旅途上串接着一个人人生的那些忧伤的、伤感的，却又是摇曳多姿的美丽风情。只是这次，我会有新的补充，对于一个喜欢读书的人，一本书，往往是和某次疾病连在一起的。

史铁生又一次进入我的生活，平日里想到他和他去世时我都会想到他的《我与地坛》，想到他的《命若琴弦》，想到《我的遥远的清平湾》，想到他几乎完全投入在文中的生命和情感，用那全部的生命和情感让自己的人生和每个读者的人生一起融入生命旅途的远方；而这次他的《病隙碎笔》一书中，却没有那种拨动生命琴弦的什么之殇，而是以自己的病为引子，用思想和智慧的思索直逼社会、人生、自我、宗教等终极意义的本身，用理性和博识深邃思考不停地叩问生命的价值和意义。

我生来多病，但和史铁生相比就无颜提及，铁生先生就是在瘫痪、尿毒症，每隔一段时间透析的巨大痛苦的折磨中，完成那些伟大的作品的，我们谁都做不了史铁生，世界上不可能再有一个一模一样的史铁生，在铁生先生面前，那些脆弱和消极真该是惭愧和羞赧的。

铁生先生在《病隙碎笔》中自嘲道：我的职业是生病，一生中有一半时间在生病。对于身体和人生，他是这样说的："人生便是和给予自身的肉身来较量的，你怕他折磨你，更怕他倏忽而逝而不再折磨你。"他所说的肉身，其实也包括肉身所产生的欲望。

在这种意义上，每一次生病，对肉体和凡俗的欲望，是一次冰霜，但对于人生的本质，就是一次亲近。

我知道，在自己的人生的履历上，2013年夏冬之交的这场疾病将会和铁生先生的《病隙碎笔》交融在一起，成为永远的背景音乐。

老家亲人（一）

——谨以此文纪念我的二爸

二爸殁了。

昨夜，闻听这个噩耗，我被震得半天没了声息。

我立刻决定去奔丧，许多年了，旬阳老家的上一辈亲人一个个离我们而去，我总是因这事那事，或者下不了决心，没能去做最后一别，因为我怕，怕这种生离死别的悲痛和惨不忍睹的永别。

看了不少文章，常将这种亲人逝去写得泪雨纷飞，感情也至真至诚，但读的人却难以共情，就像去吊孝的亲戚朋友，死者家人的泪水偶尔会让人动情、同感，但绝不会体会到失去亲人的那种撕心裂肺、肝肠寸断、悲恸欲绝。

因此，我几乎不写这类纪念性文章，或许，我感到语言文字是永远也表达不出那种真正的情感感受的，或许是这样的以为，母亲走了十五年，我从来没有写出一篇像样的东西纪念她。但我常常在日记中散见着一个儿子的思念和怀念，我知道纪念一个人，应是在自己内心和情感中自然的流溢，就像《背影》里朱自清心中那一个慈爱的父亲，史铁生多年以后在《我与地坛》中体会到母亲面对儿子残废的苦闷时那无奈而又饱含疼爱的神情，那才是人类最真实的共同的情感。

二爸，是我父亲的二兄弟，居住在旬阳吕河镇松木沟村的上游陈家沟里，那里是紧挨着汉江的，也是平利坝河的汇合地。或许就是那样的奇巧，父亲当年走出陈家沟，出外求学，最终被组织上分配到平利，绕来绕去，还是和旬阳的山水相连。或许也是这种血脉相连的力量，多年没有回家的老父亲，这次以七十八岁高龄回归故里，待在家乡十几天，竟然陪伴了一母同胞的二爸人生的最后岁月。或许也是这种血缘的力量，我们在平利的三个侄子昨日里都给父亲打了电话，询问二爸的病情。或许还是这种血缘的作用，二爸选择了星期五离开这个世界，让他所有的亲人都能回去看他最后一眼。

二爸在兄弟三人中，是最聪明、最不安分的一个，他一生中的想法奇特而繁多，且常常为这些奇思妙想做不切合实际的行动，让我的爷爷和奶奶对他十分担心又无可奈何。他可以为了一个信息失踪好久，千里迢迢奔往一个不知名的地方，他热心肠，可以把自己再紧要的事丢下，去帮助别人家的事，他可以因一时冲动放弃教师的职业，办起乡村医疗室，当起医生来。然而，他的这些奇特的思想，却又把一些不可能变成可能和现实。当陈家沟我们的老庄基地滑坡再不能住人的时候，他顺沟而上，找到一个从未敢住人的坡地，开挖出来，又靠肩挑背驮从汉江边运回沙石、水泥，自己做砌块砂砖，在陈家沟率先盖起一个石块结构的三间农村式砖混平顶房屋。刚土地到户时，当人们都在种粮食的时候，他却在房前屋后承包地植树。今天，这些树，虽不是陈家沟最古老的，但也是成片成林的那一片。晚年的时候，一次他从云南回来，就琢磨起来，没几天，就在一块空坡地上，紧挨着那曾经风光一时的房屋用木头和竹子搭起一个吊脚楼。那风格各异的两种房屋混合在一起，让人忍俊不禁，仿佛是当今社会传统文明和现代文明并存的象征，也似乎反映了二爸内心在现实和思旧之间的矛盾冲突。他生命的最后时段，就是这个夏天在这个吊脚楼上度过的。这次我们回来，和二爸做最后的道别，在纪念二爸的锣鼓声、孝歌声中，整整一夜，我们唯有在这个吊脚楼能休息一会儿。大概二爸就是想我们哪天能回来，让我们在这儿放松休闲的，想不到竟是这种时候，泪水忍不住就流了下来。

二爸又是一个非常讲究的人，在陈家沟，我们祖上是寓医教于一体的大户人家，不过中华人民共和国成立后就失去了那种优越。虽然，他的文化底子不错，智商不低，做过民办教师，当过乡村医生，终因时代原因加上他的性情而一无所成，最终还是在陈家沟做起一个农民来。可一种曾经有过的心性和文化品位让他又有异于一个普通的农民，于是他的那种讲究基于陈家沟贫瘠、落后的自然条件和时代和家庭背景，又使他总是在时代的洪流中挣扎，成为一个喜悦和落寞交织的人。

　　他的个性在后代中也有泾渭分明的反应，他的敢说敢为遗传到下一代，让一个儿子成了陈家沟屈指可数的大款，他的固执和较真遗传到下一代，让另一个儿子几近走到时代的最底层和边缘化的角落。不过他的乐观和积极向上以及对美好的执着追求，传承下来，让他的孙辈一代充满着热情和活力。因为，他的孙辈们遇上了和他截然不同的时代，那种开放理念，对新事物探索的不竭热情，必将和这个美好的时代融合在一起，结出最灿烂和最阳光的硕果。

　　儿时的我，因为父母年年回老家探亲，大半春节都是在老家度过的，便和陈家沟的亲人们有着浓浓的感情。听母亲说，在我两岁的时候，单位让她去培训学习，曾让我在老家住了一年多的时间，我老家的亲人和二爸对我自是格外地看顾和照料。成年后的我有次回老家，和二爸交谈时，把我学的周易知识和中医知识卖弄出来，竟让二爸对我赞赏有加，说我将来能有一番作为。虽然我至今也是一无所成，但我从来没有放弃追求和努力，或许，就是因为有二爸和老家亲人们的鼓励的眼神和力量吧。

　　一直把二爸送到坟茔边，看到二爸下葬，从此与他永别，想到二爸永远地离开了我们，离开了我，我泪眼模糊。在苍茫的世界中，人的生生死死日日都在发生，平凡而又普通和司空见惯，但每一个人的离去，对亲人来说，那种撕心裂肺的悲痛是无法抹去的。

　　人在生命的最后的时候，都不会知道自己将会和这个世界告别，也不愿离开这个世界，二爸在病逝前一天，还在谈论他的一个新设想：把留守在陈家沟的十几个老汉老婆组织起来，建一个乡村响器队，让这个已变得不像乡村的略显荒凉和落寞的山沟，能重温旧日里那种浓浓的乡村味，能回归到农村那种最快乐最开心的一种心情，在那快乐的娱乐中，感受农民真正的幸福的滋味。

　　二爸生前还有一个非常宏大的愿望，他要把陈家沟陈家这个起伏升沉的悲欢离合的大家族写成剧本，拍成电视连续剧，再现和演绎陈家沟人千百年来曾经发生过的大大小小的故事。

　　让人心酸的是，他的乡村响器队，竟然是在他的丧事上实现的，他的丧事很是热闹，非常铺排，发了家的儿子让二爸走得很风光，让邻村的一个响器队通宵达旦为二爸敲打着，吹唱着。那些走出去的散落在四面八方的陈家沟人纷纷回来，来和自己的亲人做最后告别，送二爸最后一程。无论他们身在何处，在哪里谋生，他们知道，自己的根在家乡，在陈家沟，只有在这时，二爸期望的陈家沟那种热闹和生机再现了。

但这只是昙花一现，人很快就会散去，就像一场聚会，只留下更大的空旷和更大的寂寥，只留下二爸独自在他那个世界里孤独地行走着，独自面对着他一生的梦想和追逐。听二爸那成功的兄弟说：二爸终其一生所创造的家业，那些房屋、庄园、树木、家具，他一概都不会要的，只是把我二娘接回城里去住。可以想象，不久的将来，二爸所创造的那个小天地就会和陈家沟许多的废弃的房屋一样，杂草丛生，荒芜破败，二爸的汗水、感情，付出的一切一切，都会和他那一代人一起归于平静，归于永恒，什么都不会留下。

果真吗？或者又不是，二爸的音容身影都仿佛和他本人一样，正穿行在陈家沟的每一个地方，听，在他种植的那片树林里，在他到过的庄稼地里，在树木掩映的陈家沟里……

老家亲人（二）

再用这个题目，心里忽然有一种揪心的痛，当老家亲人出现在我的笔下时，是不是都用生命叩击我的情感和灵魂，让我岁月深处那些浓烈和鲜活的人生记忆迸发出来。而这些文字，仿佛是他们拼尽最后的能量发出的耀眼的光亮，让我的心魂聚焦在他们身上的生发。

这一次是舅父，我唯一的舅父，他在三个姐姐都去世的若干年后，在六十三周岁的那年走完了自己的人生旅程。我母亲这一辈的兄弟姐妹，继外爷外婆那一代之后，走得一个都不剩，把人生那种永恒、永寂的悲哀沉沉地压在了我们这一代人身上。

记忆中的舅父，总是一脸的温善和疼爱我的微笑，外爷外婆活着的时候，我们一年总是要回老家一两次的，因各种的原因不能回的时候，也是隔年回去一次的。每次回去，除了外爷外婆的疼爱外，舅父那种喜爱和亲近，是身为小孩的我都能感受得到的，他总是"利娃、利娃"的不停地叫我，招呼着我，老家旬阳的三大宝，除龙须草外，红苔和柿饼总是能管我们吃个饱。我最大的乐趣，就是在腰上系着绳子，到地窖里找南瓜苕（红心薯）吃，再就是跟着几个舅家的表弟表妹，去漫山遍野地放牛放羊。

生儿像舅舅，在舅父众多的外甥中，我是最像他的，有一年，还是少年的我回老家，在路上有一个我不认识的人把我叫表叔，弄得我一脸愕然，事后问起来，原来是把我当作我舅父了，于是这就成为许多年在舅父家每每逗人开心的话题，或许有这层原因，我和舅父在感情上似乎更为贴近些。

最近，我现居的小城里来了一位算命的先生，散步时，我时常在他的摊前逗留一会儿，看得久了，发现他最拿手的，也是说得最多的，就是算来算命的男女在年轻时，或心仪，或介绍，或谈的对象最后成了还是没有成，婚姻幸福不幸福之类的。我也在观察那些来算命的人，在说这些的时候，几乎没有异议，大多数都是微笑地点着头，于是找他的人就逐渐地多了起来，他也因此收入颇丰。我不禁哑然失笑，因为那不过是一种普遍的常理，人年少时，受地域、生活圈子限制，少男少女怀春是人生阶段的必然。

我的父亲和母亲就是这种现实的标准范本，在老家旬阳吕河镇叫陈家沟的地方，顺沟而上，本应是一个地势很高的沟坡，而对面却立着一个如同照壁般的陡峭的山。那山直立着，或上或下，都需要个把钟头，在登上那座山之后，便有一个大湾豁然出现在眼前。那湾，就是朱家湾，这山上山下的两个地方，一个以我父亲家的姓命名，一个以我母亲家的姓命名，足见我的本家和外家不是一般的小户人家。尽管在中国的大地上，这地方可以忽略不计，但对那沟里、那山上聚居的人而言，就绝对是声望、名望、家世、地位的象征。

自记事起，我就知道这两个地方并不属于一个地方管辖，一个是在我们今天居住的地方最大的河流坝河和汉江的汇合处，属吕河镇；一个在老家县城的所在地后面的大山里，属蔡湾镇。我无法知道这种建置是从哪朝哪代开始的，但我又知道，这种行政上的分属从来不会对当地的人有实质性的阻碍，当然也造就了我父母之间的爱情。于是我母亲从山上走到了山下，从朱家湾走到了陈家沟，从蔡湾镇走到吕河镇，又和我父亲一同走到了现在的居住地。

母亲在世的时候，常常给我讲外爷家的事，讲他们一家的事，外婆一生生了不少孩子，然而生的女孩生命力出奇的强，男孩却总是难以抚养成人。外婆曾经在舅父之前，有过一个男孩，倒是养到了上十岁，一天和一个姐姐放羊，突然不知从哪里蹿出一只狼，一口叼走了他，同行的姐姐拼命地追赶和喊人，那狼竟一点不怕，依旧死死咬着不丢。待附近来援救的大人赶到，从狼口里救下人，他的脸已被咬得面目全非，半边头皮耷拉下来，惨不忍睹，不到一刻，就没了气。而舅父那个姐姐，胆子似乎被吓破了，魂魄似乎被吓掉了，从此病恹恹的，不久也死去了。

中华人民共和国成立前夕，据说处在老家县城后舅父家所处的那山里，解放军和国民党的部队曾经打过几次规模不小的仗，战后只能是将死尸草草掩埋，当地住户也因打仗东躲西躲。人烟稀少，狼也就骤然地多了起来，那山野之上，人在行走之时，猛然间，就会有狼扑来。

正因如此，当舅父出生后，外爷外婆和三个姐姐都形影不离、精心细致地照看他，抚养他，哪里碰点伤，外婆要哭一场；有点小病，外婆要哭一场；和别人家的孩子闹别扭吃了亏，外婆要哭一场。曾有一次，舅父在上学期间，响应学校的倡议，给一位病人献了一次血。外婆不知是怎么回事，以为血抽走了就无法回原，竟然心痛得几天几夜守着舅父，直到没发现舅父身体有什么异常。

舅父终于成人了，继承了朱家湾那个院子，继承了朱家的土地，继承了朱家的山林，也就继承了朱家的衣钵。家人对他的宠爱也让他骨子里对家，对土地有着深深的依赖和爱恋，几乎没有离开家乡一步。他日出而作，日落而息，伴随田园农舍，享受着春耕秋收，穿行在邻里乡间，没有对富贵的羡慕，始终和朱家湾的父老乡亲在一起。在几乎所有人都进入务工潮流时，他不为所动，他和这片土地的相处，没有丁点儿的做作，没有任何矫情，也没有任何所谓的文化、思想和理念的影响，就像小草，就像家中院子后那与世俱来的崖壁上四季常青的青叶子树扎根在石壁那样自然。

我始终没有和舅父探讨过这些对他来说无用的话题。我知道对话也是徒劳的，他不是谢灵运，他不是孟浩然，不是王维，当然更不是陶渊明，但他的心灵状态，却是陶渊明也未达到的平静和平和。因为有了文化这既是先天又是后天的屏障和鸿沟，就会让他们陷入一种寻找的焦灼和不安，就永远回归不了原始和天然；而舅父的内心世界就是自然，就是四季更迭，就是云卷云舒，就是花开花落，他唯一的爱好就是酒，除了农耕，他全部的兴趣就在于制酒、熬酒、泡酒、藏酒和喝酒上。老家的物产和地产有着自己鲜明的特点，他几乎把所有的自产的东西都尝试着熬酒，比如拐枣酒、柿子酒、甜秆酒、苞谷酒。在粮食紧张的时候，他还用苞谷秆和一些别人从没有尝试的东西熬酒，而那些酒，在我看来，一点也不好，入口和水一样，喝的多了，不知不觉就醉了。当然就当地所有自酿的酒来说，舅父的酒肯定是上乘的。每当出新酒的时候，他会请人品尝；农活忙的时候，他会请人把酒解乏；闲暇的时候，他会请人畅饮话家常。在舅父的酒趣酒乐酒情之中，就如同树自生、燕筑巢、蚕吐丝、水自流那样天经地义，那样的乐此不疲，在酒的天地里。时光在不觉中延伸，天体在不觉中运转，一切来去自然，来去从容……

无为，自然，这对于处在文明现代中的人几乎是无法理解的，家境殷实的舅父，养育了三女二子，在外爷外婆还在时，就在朱家湾正中位置建起了一座庄院，庄院的后面突兀地立着一个天然的石崖，应该是风水极不错的。他们靠着勤劳起家，节俭持家，又绝不追逐不义之财，在乡间邻里声望极佳，因此土改时，没有民愤民怨，甚至连过分过激的人都没有一个，理所当然地被定为中农。然而，自外爷外婆过世后，我们也间或回老家，每次回去，家里一切如故。堂屋、厨房、磨坊、牛棚、天井甚至是家具摆放，都和外爷外婆在世时一样，舅父从来就没有维修和发展过。

在这个守灵的夜里，我默默地在舅父的家里看着，所有的一切都还是那样，就连我小时候在舅父家最喜欢的红苕地窖，还在老位置，那冬天烧火的火塘都原封不动。唯一变的是房屋更加陈旧，地面更加凸凹不平。我记忆中朱家湾独一个有台阶、颇有气势的让我自豪和骄傲的那个门楼，也从来没有整修过，只是在苍老和沧桑之中微微透示出一丝曾经的荣光和气势。

是不愿改变外爷外婆家的旧貌吗？是生活拮据吗？是怕劳神费力吗？还是为了将这种改变留给我的表妹表弟呢？所有的理由几乎都是不成立的。我多次想问舅父，但都无法开口，而如今，这也成了永远的谜了。

或许是宿命，舅父家的遗传基因里有一种无法破解的密码，我母亲三姐妹都在五十七岁辞世，而舅父，虽然过了这个门槛，但也不过过了六年，也匆匆离世。不过他有致命病因，肯定不是宿命的，他一直酷爱的酒，让他提早若干年去和外爷外婆和三个姐姐团聚了，在天堂里，舅父又成了一家人都宠惯的独子。

这一个夜晚没有月亮，那座熟悉和充满着温暖的、热闹的朱家大院灯火通明，邻里亲友乡亲都聚集在院里院外，为舅父守夜送行。舅父家的表弟表妹们也从外地和各自的家里赶回，都处在悲痛之中，又必须忙里忙外，连说话打招呼的时间都没有。我知道，丧事过后大家都会各奔东西，永远也回不到年少时那样亲密无间了。没有了舅父和母亲那种必备的往来，我和朱家湾陡然失去了一种心魂的依赖和连接，心中有种说不出的悲伤。我默默离开那个院子，离开那些静默的人群，登上朱家湾远处的山梁，回望朱家大院，为舅父整夜唱孝歌的乐队一首又一首地演唱着那介乎民歌和流行歌曲之间的歌曲，在夜的上空飘荡，给人一种遥远而缥缈的感觉，又多了几分哀伤和沧桑。我明白这可能是舅父家最后的热闹了，即便如此，在乡村的夜里，那热闹依然显得稀薄和微弱。当时光愈前行，舅父和母亲那一辈的声影就会慢慢后退，退得越来越远，以至什么都看不见。

这时又有吊孝的人赶到了，且放起烟花来，倏然间，在天空上，在烟火之间，出现了一张熟悉的面孔，温善而又慈祥，依然是对我微笑着，我分明听到他叫我的声音："利娃，利娃，不要悲伤，我回去了。"一定神，又什么都没有了。

我擦了擦潮湿的眼，对自己说，是呀，舅父他是回去了，回到了他来的地方去，回到了所有人都该回到的地方，和几千年来中国大地那数不清的中华儿女一起沉入永寂，和朱家湾的祖祖辈辈一起沉入永寂，和所有逝去的历史时代一起沉入永寂……

那永寂，是无苦、无痛、无悲、无伤、无忧、无喜的。是永恒，但又无须永恒。

老家亲人（三）

去年腊月的时候，四爸从南方回来，专程来看望我父亲。好多年没有见到四爸了，本是很高兴的事，但看到他枯瘦如柴的模样，和那除了轮廓还有记忆中的俊朗外而今已经变形的面容，便有一种沉重和悲怆压在心头。我悄悄地把随同的堂弟喊到一旁询问，果然是食管癌晚期，南方大医院医生只是对堂弟说："让你爸回家好好静养吧！"堂弟强忍着悲痛，辞了工作，陪着四爸回老家。四爸心中明镜似的，路上就给堂弟交代："回老家前，先到你大伯那儿看一下。"

那几日，我也在单位告了假，陪着父亲和四爸，四爸少有话说，只是守着戏剧频道看，只要一有他感兴趣的文艺戏剧曲目，似乎就忘了疼痛，眼光中有一种痴迷的神采。

四爸待了几日就回家了，这一去，就成了永诀。

我又匆匆往老家赶，进了沟，远远就听到那揪心的哀乐和阵阵的鞭炮声，到了四爸家的山脚下，看到靠沟边小时候常去玩耍的一户人家，只见一个老人独自立在偌大的宅子里，老远就一直认真地看着我们走近。

近了一看，原来是郭大婶，一个年轻时在陈家沟风风火火的阿庆嫂似的人物，如今已是八十多岁的老人了。她热情而又努力地弄清我们的身份后，泪水止不住地流了下来，不停地说着："你们的四爸，好人呀！好人呀！"

是呀，好人，这或许是对四爸最贴切最准确的评价了，看看四爸那不足六十平方米的板石房和简陋的家，那些四面八方赶来的人，不都是奔着这个好人来的吗？

生于中华人民共和国诞生前夕的四爸，在少儿时代便经历了土地改革那场变革，生活环境和生活条件的剧变，在他年少的内心世界形成了一种冲击。沉重的家庭出身的包袱伴随着他的少儿时期和学生时代，贫穷、歧视构成了一种暗淡的色调，让四爸的一生完完全全的低调。他从不和人争，总是以息事宁人的、委曲求全的方式处世。时光不停地流泻，把那些曾经的生活变成历史，但个性已然成型，忠厚、善良、胆小、谨慎，四爸成了陈家沟出了名的好人。以至于到今天我也常有一个疑惑在心上：到底是性格决定命运，还是命运造就性格？

一个地主家出身的孩子，在该上大学的时候，却没有那个平台了，当兵的门也是堵死着的，唯一能够改变命运的闯荡江湖的方式，在当时的时代，需要足够的勇气，四爸当然也就不可能迈出去那步。于是生活的路，留给四爸的只有种庄稼一条——当一个老老实实的农民。出身、农民、贫穷，一无所有的四爸到三十岁还没有对象，还是我母亲在所在学校的大山里，给四爸介绍了一个女子，同他成了婚。不料山里的女子文化水平低，出了大山，到了浅山地带，又兼神志有些糊涂了，和四爸生活了几年，生下堂弟和堂妹后，就不辞而别，一去无影踪。四爸遍寻不见，于是心灰意冷，独自拉扯着两个孩子，硬是把日子过活了下来。

四爸是一个不求变的人，可是他的生活环境，他身边的人，总是不停地变着，祖上留下那个庄园因为遭遇滑坡，房子无法再住下去，几个叔伯只得分头去找各自新的房址。唯有四爸在离老庄子不过十几米附近的石梁上，发现了一块可以开挖的庄基地，竟然独自用石头盖起了一座石墙石板瓦的房子。他迸发出别人无法想象的毅力和能量，完全不是原先他人眼中的文弱的、文善的四爸了，我想，一个人用不变应对变的时候，力量也是无穷的。就是这不变，让四爸成了坚守下来的人，在我爷爷婆婆都去世后，在兄弟都离开老宅子后，四爸独自和陈家祖先不知从何年何月开辟的房宅相伴相依，也许，还有他舍不得的那园永远茂密旺盛的竹林吧。

四爸渐渐老了，终有一天，他不得不离开陈家沟，他的一双儿女都汇入了去南方的那个潮流中，成为爷爷和外爷的四爸必须去做一个儿女的"看家大使"，这一走，竟然就是十几年。我不知道这十几年他是怎样憋着过活的，不通的语言，不适应的饮食，终日里守着出租屋，那病兴许就那样地滋生成气候了。

四爸也有最开心、最得意、最风光的时候，那是20世纪70年代农村开展文化文艺活动那会儿。那年月，没有电视，没有收音机，电影也很少见，每日里，集体收工回来，吃过饭，男女老少几乎全陈家沟人早早地挤在村上的小学里，编排着文艺节目，用的是村里人都喜欢的民歌、相声、快板、舞蹈、三句半等文艺形式。四爸年轻，长得清秀，又有着一副颇为地道的男中音嗓子，每次免不了成为排演戏目的主角。机会好时，他还会被选到县里组织的各乡各镇的演出队里，走乡串户地演出。选中的男女演员，总是村里羡慕和热议的对象，那情形，那乐趣，该是四爸一生最滋润的时光了，在四爸漫漫人生旅程上，也许，只有那些日子，是他最美好的回忆。那一唱一和，一招一式，都带着无穷的味道，成就了他内心的挚爱，也让他面对着贫穷、艰难和劳累，有一份可以坦然的心情，和一份永久的寄托和期盼。

堂弟是懂四爸的，把四爸葬在屋旁一小块平地里，让四爸和我们陈家老庄子永远在一起。

不抽烟、不喝酒、不打牌，四爸没有任何不良嗜好，然而他竟然得了不治之症，在六十四岁时就过早离开人世。如果说好人都是如此结局，那上天无疑是残酷的，如果说好人都是这般的因果，那世道几近是残忍的，每每想起，心中有如刀绞。命运是什么？没有人真正地弄透彻，但四爸的一生，分明被一种冥冥的东西左右着，他渺小而卑微，不伤害任何人，不影响任何人和事，存在于这个世上。静静地来，又静静地走，所有人世间的苦难都经历，都熬过，没有任何埋怨，没有任何责备，像一阵风，来了，又离去。

只是，四爸还是四爸，绝不会对命运有一丝一毫的怀疑和抱怨。如果有来世，四爸还会是个好人。

农历四月十二，四爸永远地离开了我们。整整一个多月，我无法起笔。四爸普通得不能再普通，但他身上又似乎能看到一个时代的影子；四爸善良得不能再善良，可命运却给好人开了一个冰冷而绝望的玩笑。世上的事大抵都是这样，付出的人不会在意自己的付出，苦难的人不会觉得自己的苦难，也不会抱怨和怨恨。这又分明是古往今来那些忍辱负重的亿万百姓的素描。想到这些，我会忍着悲痛，洗涤自己的灵魂。

谨以此文献给我的四爸。

蓼子花开酒曲香

每年五月，巴山的蓼子花总是不经意就开了。这蓼子花，在陕南巴山山区，极其普通，其茎不高，其叶不大，其花不艳。在山坡、在河涧、在村头、在田园，你总能看到蓼子花的身影。

乍一看，蓼子花有些像狗尾巴草。细细看去，却是完全不一样的。青绿柔软的枝叶间，伸出一枝枝醒目的紫红色的颗粒聚集成麦穗状的花穗。每每见时，你总会感到世间平添出了许多亲切和美好。

每到蓼子花开的时候，母亲总会对我和大哥说："平娃子，利娃子，明天起早点，去采蓼子花，割茅草去。"我们知道，母亲要做酒曲子啦。很快，就要喝上甜米酒啦！

不过，一上山，我和大哥便为采蓼子花和割茅草闹开了。我们都抢着去摘蓼子花，不愿意割那让身上湿透、叶缘有锯齿又割手、弄得身上毛焦火辣痛的茅草。于是，每每争得互不理睬。到最后，只有用最公平的办法：每人采一篮蓼子花，割一捆茅草。我们把蓼子花一背回家，母亲总是微笑着，夸着我们兄弟俩。然后让我们一块把蓼子花洗干净，装在竹栲子里摊开，放在干燥通风处晾干，再抽去蓼子花茎或梗。这之后，才把提前准备的酒米（糯米），放在木头舂子里和蓼子花一起臼碎，然后下面铺上白布，摊在竹栲子上。再把上一年的酵母酒曲子捏碎，均匀撒在蓼子花糯米粉末中，再拌匀，捏成核桃大小的小圆球，放在洗净晾干的鲜嫩的茅草上，一圈圈地摆上去。记得母亲做酒曲子时，总是做得很多。用一个大扁木桶，铺一层茅草，摆一层酒曲子。最上面，盖上一个被单，用方块木头压上。待发酵一个对时（二十四小时），揭开茅草，那些球状酒曲上面，会长出一层细茸茸的白毛，酒曲子便成啦。那酒曲子，融着浓浓的茅草的清香和淡淡的蓼子花的芳香味，还有诱人的米香。每次酒曲出炉时，我们都感到这是人间最别致的曲子香了。

酒曲子做好后，又散放在竹栲子里晾干。待干过心了，用细麻绳穿起来，像佛珠一般，挂在木梁柱上。往往都是好多串，用时撸下一两个，甚是好看。逢年过节时，用得最多。不过，无论如何，母亲都会留上几个酒曲子，来年又做酒曲子的曲母子。一年四季，看着酒曲子串子上酒曲子多少，我们基本上能判断出一年中的节令。

有了酒曲子，就会在需要的时候酿米酒啦。这米酒，是很不好把握的。先是米就很讲究，最好是酒米（糯米）。母亲不知哪儿来的能量，每逢过年或端午，总是用其他的东西，换来几斤酒米。到时候，选上一个好的天气，把米淘净泡上三四个小时，然后煮出来沥干，放在灶上蒸笼里用明火蒸。蒸的时候，把蒸笼周围用毛巾或者白布围好，不让漏气。等热气上顶时，再估摸着等几分钟，待糯米软、散、黏，呈柔和透明的亮色，就可出笼啦。然后把糯米摊开，晾到温热，把碾碎的酒曲子一起拌均匀，最后装在坛子里，或者洋瓷盆子里，再倒进适当温度的水，放置在案头。如果是夏天，一夜间米酒就酿成了。如果是冬天，则要围上毛巾、衣服或者棉被，最好放在地炉子的出炭池子里。酿米酒，温度不够，时间过长，酒米甚至会发霉；温度太高了，米酒会变酸。记忆中，母亲总是把温度把握得很好，酿出来的米酒，每每甜味都是恰到好处。每逢端午、春节，母亲是必做米酒的。记得元宵节，母亲还会用平时细心留下的芝麻、橘子皮、白糖包汤圆。而每次煮汤圆，都放上米酒，米酒煮汤圆成为我们最佳的期盼和最美好的记忆。母亲好客，在传统的节日里，有客人来，母亲总是煮上一碗甜酒，端给客人，让客人感受到我家节日的喜庆和亲密无间的乡情。

小时候住在乡下，我母亲教书所在的学校周围，大体都是庄户人家，又处在贫穷年代。若干串挂着的酒曲，每逢传统节日的米酒，已是让母亲远近闻名。许多农户人家，也想学做酒曲子，母亲总不厌其烦地介绍方法，可没有几个人真学做的。其实我们知道：他们哪里有多的粮食来做酒曲子、做甜米酒呢，倒是过年时还是有些人家做米酒，多半是问母亲来要酒曲子，母亲也是有求必应。只是来年做酒曲子时，量一年年地增多。这样，我和大哥割茅草和采蓼子花，也是逐年地加倍了。

记忆中，总是缺衣少食，用大米、用酒米来做甜米酒，几乎就是最大的奢侈了。许多时候，母亲尝试着用豆渣、用苞谷米还有麦子做甜米酒。几乎把能尝试过的粮食，都试着做过甜米酒。那真是一种奇迹，而每一种不同粮食尝试过的甜米酒，都自有一种独特的甜酒味道。不过，做米酒最多的，还是豆渣。因为逢年过节，豆腐就是最重要必不可少的菜肴，而做过豆腐后，豆渣不能浪费，这豆渣常常也成了一道菜，母亲便用豆渣做甜酒，没承想味道也很不错，一点都没浪费，把粮食最大程度地美食化。

20世纪80年代初期，我们因父母工作调动全家搬到了县城。开始，母亲还做酒曲。后来街上开始卖甜酒曲，就做得少了。但是母亲忘不了乡下那些邻里好友，逢年过节，或者是周末，无论经济多么紧张，都会把乡下那些亲朋好友在城里头来上高中和初中的孩子，喊到一块，吃上一顿饭，喝上一碗甜米酒，让孩子们改善一下生活。几十年过去了，那些孩子，大多成为平利的栋梁之材，但每每见到我们，都会提到母亲请他们吃饭喝甜米酒的过去，说起来总是充满着对母亲的感激和敬仰。

母亲是一位教师。无论在乡村，还是在县城，她都爱岗敬业。在那艰难的岁月里，按当时的规定，她始终没有待在父亲负责的区公所中心学校，而是带着我们在不同公社的学校甚至是村小教书，含辛茹苦地把我们兄弟四人养育成人。她工作兢兢业业，一丝不苟地教书育人。曾记得在城关小学教书时，她经常把那些学习差的，学不进的后进的孩子放学后留着，一遍又一遍地辅导。我们有时很不理解，每次回家吃饭，看着这些不争气的孩子，就有些生气。可她从无怨言，心甘情愿，硬是把很多孩子拉到了班上平均水平。年年岁岁，岁岁年年，都是如此。

记得母亲去世的那一年，头年的腊月，母亲又准备做过年的米酒了。上天或许是真有什么预兆，母亲连做了三次米酒，三次都没有做好。我们万万没想到，母亲因为年年在讲台，几十年在乡下的艰苦生活，工作又和粉笔灰打交道，患上了不治之症。从那年的正月发病后，母亲熬过了端午，熬过了中秋，却终于没有熬过冬月。

　　整整二十六年过去了，但每每见到蓼子花时，我就会抑制不住对母亲的思念。母亲的笑容似乎就掩映在漫山遍野的蓼子花里。我知道，母亲就像是蓼子花一样，把真善美揉进酒曲子里，如同酵母，所有经过她的手教育培养和教导的子女或孩子，都像那些被酿造的米酒一样，有着这世界上最本真、最纯正、最善良的美好，散发着无比纯美、阳光、自然的清香。

秋夜转山

秋意渐浓，一到傍晚，天早早地就黑了。

平日里总有人约我去小城边的山上转转，即便没有，我也会约着别人。偏是今日少有的安静，自己的心又极是清寂，就独自地去转山了。

不知何时起，自己就生活在某种热闹和热烈的心域中，行进在飘升着许许多多明亮、热烈、喜庆的充满希望的孔明灯的时光里。就在一个不经意的刹那间，孔明灯齐齐地坠落和消失，灯火尽灭，烟花散尽，满世界只是空荡，弥漫着一种惆怅的气息。

幸好有月亮，只有月亮是不会坠落的。

一个人转山，又是在夜里，自是有一种别样的感觉。那山峦、沟溪、庄稼地在月下极是干净和清爽，经历了长长的旅途、思想和认知的反反复复、春夏秋冬的来去轮回，那自然的天和地就是一对相识相知的老邻居，再也不会有小时候走夜路时每每害怕的情景，怎么也生不出怯意。倒是那月空、山色、心空有着极为贴近的境地，仿佛漫步在最爱的庭院中，那绕过一个又一个山头的路竟变成极短的一截。

还有萤火虫，就那样远远近近地在你的视野中游动着、飘浮着，有一种久违的感受，让我想起少儿时对着萤火虫那无穷无尽的遐想，以及和伙伴们整夜整夜追着萤火虫闹耍的乡村之夜。更让我今晚这独自转山的夜，不再全是失落的旋律，而有了一些希望的生动。

最近一段时间来，心思迷茫得很，总以为自己失去了许许多多：希望、快乐、寄托、健康等，而又把它们和自己的心魂以至生命捆绑在一起，似乎是连体的生命，不可分割。当它们真的离我远去的时候，才发觉那只是内心强加在自己灵魂上的东西，是走在路上无意增重的行囊。

我不自觉地把孔明灯和萤火虫比较起来，都是光明，都是希望，都是快乐，都是寄托，都是美好。只不过孔明灯是成年后才有的，是社会和人性让你不断地点燃和放飞的欲念，灿烂而又短暂，那里掺杂着太多太多的东西，常常收获的是失望和加倍的欲念；而萤火虫是少时在秋夏之夜，在家的亲情和村落温暖的气息中，在一群小伙伴的追逐打闹里自然生就的，真实而又朦胧，渺小而又亲切，会让你在梦幻世界里满足和幸福地入睡。

一个过客，使命只是前行，那力量原生在生命的基因里，原生在大自然赐予的潜意识中。所有俗世间追加给你的东西，都不是你生命的根本，失去的过程，当是一个回归的过程。于是，月亮、月光、萤火虫、山峦、沟溪、庄稼地、村户，就在原来的最初的原点等你。

是夜，癸巳年秋分也。

生若烟花

这个元宵节，小城里有着一场烟火晚会。

每年的烟火晚会在我长长的人生经历里不在少数，然而想找回点记忆的时候，可总是一片模糊，没有特别的成分。

今夜的烟花确实异常美丽，我正在北山给母亲上坟的时候，小城的南山上烟花升腾了起来，把整个夜空涂染得十分明艳和瑰丽。那五颜六色、各式各样的烟花绽放着，有着不一般的、平日少见的惊艳，终会把人的爱美之心撩动起来，让人被那奇光异彩吸引过去；而在母亲的坟茔前看这美丽，竟然很是生动和全面，无遮无掩，一览无遗，有着近处没有的透彻和清静。最为非常之处，平日里祭奠母亲的时候，总是有着深深的怀念和哀思，而这个夜晚，生者和逝者就没有什么界限，仿佛我们若干年前在一起的时候同在看春节联欢晚会，或者元宵晚会，一家人一起平静、温馨幸福地享受时光的样子。烟花一波又一波，一浪又一浪，一串又一串，一茬又一茬，我忽然有一种领悟：这烟花在今夜如此美丽，在生者和逝者之间，生者和生者之间，陌生和熟悉之间，相识和相知之间，无不是用人生冥冥长夜中永恒存在的一种东西激发和连接着，一切是美好的，但一切又是短暂的；一切是真实的，一切又是虚无的。宇宙在所有的事物和时空里留下永恒的哲理——不永恒就是真正的永恒。

烟花是无法形容的艳美，色彩缤纷，流光溢彩，时而林鸟高飞，时而花团锦簇，时而繁星点点，时而天女散花，令人目不暇接。迎春花、牡丹花、芦花、千轮菊等名花，依次惊艳登场，走过春天，走过夏季，走过秋阳，走过寒冬，走过了属于所有人不同的旅程。那力的不同，成分的不同，量的不

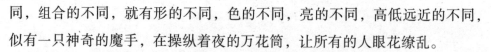

同，组合的不同，就有形的不同，色的不同，亮的不同，高低远近的不同，似有一只神奇的魔手，在操纵着夜的万花筒，让所有的人眼花缭乱。

烟花总是极短暂地摇曳在夜空中，以千姿百态的绽放方式，不经意间就在天地之间营造出千变万化。樱花轻盈唯美，日本举国为它的韶华易逝而哀叹；昙花绝美艳世，古往今来莫不为她转瞬即逝而感叹；而烟花的生命却不知要比昙花短上多少倍，比樱花美上多少倍！静静地盯着这烟花绽放，还来不及在脑海中印上魂魄，它已倏然消逝了。它如此的美，美到每一瞬，美到了心里却又如一个幻影，让人疑心这花是不是真的开放过，花影不停地变幻，又好似如梦一样飘忽不定，更让人增添了几分神痴。它又美得如此冷艳凄美，恍然隔着不可逾越的星河，让人黯然神伤。

或许是烟花的意味和象征，所有人的人生过程莫不如是，生同烟花，一生的喜怒哀乐，一生的奔波和挣扎，都不过是绽放和演绎自己美丽的人生，而后归入长寂，无论你把自己燃烧得何等璀璨。

大幕落下，终是要从美里回归现实，我知道母亲是微笑着让我离开的，天堂里的她正存在于烟花盛开后的永恒中；而街道上人头攒动，车水马龙，火树银花，满城尽是热闹和欢笑，尽是希望和憧憬，一时间，灯火阑珊处，我竟说不出话来，有股热流涌上心头。十年后，二十年后，这些热闹和欢笑，这些希望和憧憬以及许许多多的情感，还会和烟花一样再次重放吗？

但谁都知道，那时的烟花已非此烟花了。

唯有记忆的底片上会记住今夜的美丽。

其实，又何必记住呢？泰戈尔有过一句名言："生如夏花般绚烂，死如秋叶般静美。"生命的意义或许就在于绽放过程，何不去拥有烟花虽然短暂却绚丽的一生呢？

不在乎天长地久，只在乎曾经拥有。也许是最好的人生箴言了。

于是我把目光再次久久地留在刚刚绽放烟火的那片夜空上。

送子上学

　　三十二年前，我离开关中平原回家乡陕南工作时，是一个下午偏晚的时候。当时杨陵只是一个镇，远远不是今天举世闻名的农科城，规模和地位远不及二十几里开外的武功镇。学校用一辆大卡车把我和其他几个陕南的孩子送往武功镇火车站赶傍晚那趟火车。在这段由东向西的短短的路程上，一轮落日通体透红，一直用让人震撼和无与伦比的美丽远注和掌控着我们。那轮落日，以其鲜红的色彩直入我的心底，沁入我的灵魂，让我永远记住了那一个开始人生征程的时刻。

　　多少年以后，我一直都在迷惑，为什么在我启程的时候，大自然送给我的是秦川落日？只有在一个清晨，当关中的旭日从东方把我们一家三口都辉映在霞光的灿烂之中时，那一个谜团或许才有了答案。

　　曾经读过莫言的《陪考一日》，读过郭华丽女士的《陪儿子中考记》，还在不少文友的空间里读到陪子女读书、做功课的文章，他们无一不把中国家长陪儿女一路走来的那些艰难、艰辛和喜怒哀乐表达得淋漓尽致，让过来人重温了那些难忘的经历和过程，让走近这些人生阶段的人感同身受，仿佛置身其中。

　　在众多的家长中，我算是幸运的一个，孩子从小到大，我几乎没有陪孩子做过功课，也没有批阅过孩子的作业，孩子的吃喝拉撒睡一股脑都交给了妻子。我做的事似乎只有一样，给孩子以自信、鼓劲、加油、打气。大多数时间，我都是待在自己的书房里，看书，写些没有什么价值的文章。

　　当然，我会在最关键的时间点陪着孩子，比如重大的考试或者家长会之类。记得中考的时候，我和孩子到另一个城市去参加考试，我陪着他熟悉公交路线，熟悉考试的学校，熟悉考场的环境。时值夏日，每场考试，我都守候在校门外，坐在沿街的台阶上，一直等着他出来，看他装作满不在乎的样子，直到他自己忍不住，说出考试的情况。

孩子从幼儿园到高中，表现一直都是不错的，他不是那种勤奋类的，但会在关键的时候努力和发力，每每不会让人失望。不过，那种正面鼓励的方法，一直持续到高二结束后竟然突然失效，到了高三，他遇到了自己的"瓶颈期"，成绩一直在自己最差的位次徘徊。

临近高考的百日冲刺前的某一天，我面对孩子的焦躁、消极和反叛，终于明白了一个道理，孩子，某种程度上是父母的人生果实，对孩子来说，你给他付出的一切只是他人生的铺垫，只是他人生的一个出发前的准备。这就是父母和孩子之间永远消除不了的不同。只有这个时候，我才知道我自己做得很不够，孩子的"瓶颈"源于基本功不扎实，源于没有培养出孩子良好的学习习惯，没有磨炼出孩子内在所应具备的顽强的意志和毅力。

最初的时候，我和孩子约定："你负责高考分数，我来负责志愿填报。"

偏偏孩子在最后阶段不停地泄气，偏偏我又犯了一个致命的过错，明明知道中国的政策是要命的，可又疏于研究和了解，同一个可以享受的贫困地区的专项生的政策待遇失之交臂。

在经历漫长的煎熬的等待后，高考成绩出来了，果然，孩子的成绩和他应有的水准相差不少，而这个成绩，又"遭遇"上了分数段"密集"的年份。形势极是严峻。为了弥补我的过失，我和孩子用了两天两夜的时间，确定了孩子的志愿，最后把分数的效应发挥到极致，使孩子成功被一所不错的985大学录取。

而这所大学，就在关中平原，就在十三朝古都西安，就在我与当初就读的学校相距不足一百公里的地方。

秦川，关中，长安，西安，这个我生命中绕不开的都市，一丝说不清道不明的感觉让我对这个城市莫名地产生了隔膜，是这所学校的神秘性和性价比让我和孩子毅然地放弃了北京另几所重点大学，放弃了一直想去北京的梦想，留在了西安。

孩子的姨妈和表兄早早就在西安接站，坚持要用车送我们直接到校。一路上，我脑海里一直浮现着父亲当年在汉江边把我送上火车，我独自一人前往秦川的情景——经过长达二十多小时的颠簸，火车把我一人孤零零抛在杨陵车站，我四顾苍茫，挑着担子，逢人便问着路，硬是用肩膀把一百多斤的行李挑到学校……

父亲送我，我送孩子，完成这个循环，用了三十二年，平心而论，我这个接力棒接得并不好，尽管时代和条件不同了，但自己还是过多地考虑了孩子的舒适和方便，而忽视了孩子的生存能力、自制能力和创造能力。几十年的奋斗经历告诉我，一个人的人生是社会、家庭和自我努力造就的，而自我当是其中最重要的因子，路遥的人生就是这样一种融合体，缺乏其中任何一环，文学史上极其重要的《人生》可能就不会诞生。

这次临行前，一位可亲可信赖的大姐告诉我："送是必需的，但到了学校就不要多停留，孩子会急切地让你们走的。"

一直以为自己还是跟着时代走的，但不知什么时候和孩子就有了代沟。看着孩子陷入现代的科技工具里，听着那些说唱式的流行歌曲，看着那些故意颠倒文字次序的文学书籍，追逐着那些稀奇古怪的个性和网络语言，很是有些急躁和无奈。只是我在困惑中依然有着一份自信，无论怎样的新奇，就像南北朝的骈文追逐华丽一样，就像魏晋时期文人追求另类的个性解放一样，最终都会归于本位、归于现实，而人生真正的内核，是奋斗，是追梦。

行走在西北工业大学的新校区，这个占地三千一百亩，远离闹市，立足秦岭北麓的地方，我突然就喜欢上了。不张扬，不浮躁，不势利，不世俗，或许就是我一生想达到的理想境界，也是我们这个民族最需要的东西，而这个学校，或许正是具备了这难得的品质。

我不自觉地把这个学校和自己当初求学的校园比较着，虽然我知道这是不具备可比性的，尽管我那个时代，翻越秦岭上学是轰动所在小镇的事；尽管那时候，我们不知道除了中等专业学校外，中国还有数不清的名牌大学，以致山里最优秀的孩子都是上了中专的。但我最后靠着顽强的毅力和不服输的精神，用近二十年的时间拿到了西北大学中文专业的本科文凭，弥补了山区的闭塞和落后给自己带来的缺陷，也拥有了和孩子对话的资质。

果不其然，孩子真的就逼着让我离开了，我不禁哑然失笑，在生命的过

程中，每个人都会有离开父母独自飞翔的那一天，我们的孩子也不例外。

　　我拉着眼泪汪汪的妻子，带着一半喜悦一半伤感安慰着她，然后欣然地离开了孩子。

　　我知道，从这一天起，我把孩子交给了学校，也交给了他自己。

弈中生命

刘哥走了，去了另一个世界。一个多月前，我急匆匆赶往省城，依然没能见上他最后一面。

很长一段日子里，我一直恍惚着，一个场景总是反反复复在脑海里浮现⋯⋯

二十多年前，小城南靠河岸操场坝的一角，有一场县里组织的棋赛，刚刚从省城赶来和妻姐相会的刘哥闻听这个消息，便止不住兴奋地约着我们去看看。本是棋迷的我心中暗喜，怂恿着大家一起去观棋，于是两姐妹和各自的恋人一同穿过才成雏形的新正街，去两个刚刚相识的男人想去的地方。

那一天，天气很好，阳光照在小城里，有一种舒畅的通透。刘哥穿了一身随意的便装，姐姐上身着碎花衣褂，搭着流行的直筒裤，如一株鲜艳的玫瑰，妹妹穿着一套当时极稀少的绛红色的西服，犹一树亭亭玉立的芙蓉。我和刘哥与这对姐妹花一路走过去，很是抢眼，走出了一道风景⋯⋯

记不清棋赛下了多长时间，只记得比赛结束后，我鼓动着刘哥和一位获奖的棋手来上一局，看着那棋手意犹未尽的神情，刘哥答应了。那一场棋局，似乎让我永生难忘，围观者甚众，战斗颇为激烈，形势几度连转，我免费为观战者解说，极其闹热。

在解说的过程中，我深知刘哥棋力绵厚，一定在我和那位对弈者之上，只是在中局，他一步让人不易觉察地退让，终让这场酣畅淋漓的战斗握手言和⋯⋯

和刘哥接触多了，慢慢地对他有一些无须交流的相知。刘哥话语似少又多。平日里，不感兴趣的事物，他就静静地坐在那里，听着别人说道，如是聊起了他的所爱之事，便又滔滔不绝，如高山长溪，绵绵不断，尤以象棋为甚。西康路没通时，我们每年春节或者长假时是能见上一两面的。然而这仅有的一些相见的时光，便大多被我们消耗在对弈中了。我虽然够得上刘哥的对手，但总因心躁气盛，输多胜少，又往往扛不住几个郎舅用麻将的诱惑，上了牌场，于是棋艺一直在半山腰上，再也登不上更高处。刘哥其实对麻将不甚喜好，人手不够时，便上场搭个台子，可是常常赢。没有多长时间，满桌的牌码都集中到了他怀里，于是大家又齐齐赶他下场，刘哥于是又不急不慢面带微笑下桌，到一边静静地看他的电视去了。

刘哥的聪颖似乎是天生的，他对中国传统的中医、阴阳八卦等一些深奥的文化都有很深的研究，一旦进入某个领域，就能很快找到那种接近内核的窍门。甚至那些流行的彩票、双色球等他常常也是推算极准的，准确率十之六七，以至于那些听了他建议的都不断地中奖，把他奉为财神，而他自己却不常买，似乎在意的倒是破解规律的过程。

后来，西康路虽然通了，通了火车，通了高速，但我们人却到了中年，忙着工作，忙着儿女，忙着家庭，见面反是更少了，几年里都难得见上一两面。曾经有一次，我路过省城，去看刘哥，到了家里，刘哥却不在，听姨姐说："今日正好他轮休，可能在东门外城墙根下下棋呢！"我便没有停留，急急赶将过去，刘哥果然在围着一个棋摊观战，见我来，笑了笑，挪了挪身子，给我让了一个位置，"俩挑担"就相聚在古都城墙根的棋摊上……

谁也没有想到，天妒英才，几年前，刘哥突发一次脑梗，人虽然抢救过来，但行动不太方便了，不过脑子反应依然十分敏捷。听人说，有时他不用摆棋盘也能和来人下上几局，这时我才知道，刘哥是会下"盲棋"的。可是几十年间，刘哥从没有张扬过，每次和任何一个人对弈，他总是认认真真思考着，谨慎地落下每一步棋子。

最后一次见到刘哥，是在他孩子的婚礼上，看着儿子儿媳幸福和快乐的笑容，刘哥流泪了，这眼泪让人终生难忘。大家都知道，这是他欣慰和放心的眼泪，是一个父亲来自情感深处的父爱之泪，刘哥平生里一直是安静和淡定的，同样作为父亲的我，能够感受到这泪水的重量，这是我见过他第一次也是唯一一次落泪。

我一直不知道刘哥从事什么工作，但隐隐约约知道他的工作是有保密性质的。在刘哥的灵堂里，我眼见他的同事络绎不绝地来和他告别，对他鞠躬表示敬意时，我已然明白，刘哥无论做什么，他都是默默地像一颗星星一样融进他的那个群体之中，共同运行着一方星空。

　　象棋成型于春秋战国时期，楚汉相争，大抵是为着楚界秦河，刀光剑影、金戈铁马，为着高低上下，为着你死我活，为着成王败寇，为胜利生就的。可刘哥在他的象棋世界里，似乎争的不是输赢，而是去寻找自然和生命的规律，是从中体味和探索生命的奥妙和快乐的，他在用自己的方式在象棋的对弈中去改变一种"零和"思维，践行着寻求化解零和思维的生活态度。

　　弹指一挥间，和刘哥第一次观棋的日子已经过去了几十个冬夏了，就在这一个深秋里，刘哥永远地离开了我们。在他离去的这些日子里，我似乎才真正懂得了刘哥——他是把生存的时空化作一种棋场，把人生的过程当作一局棋局，把生命触觉当作一个棋手，用心、用思维的棋理棋法的灵光去感受和体味生命的韵味……

　　刘哥走了，这个世界已经变了许许多多，而且依然在不停地改变着。二十多年前，他初次来到的我所在的小城已经找不到几处当初的景物，唯有我们初次观战和他对弈的操场坝一角还保留着当时的模样，那些很是有些年龄的白杨树、枫树、樟树依然在风中不间断地进行同一主题的吟唱……

　　我不知道这个岁月之角还能留存多久，我只希望，我每每在这小树林下聆听生命之声时，刘哥就会穿越时空和我一道陪着一对美丽的姐妹花一同回到我们这个最初相识的地方。

翼雪飞天

那一刻，我知道雪花不仅仅是飘落的，还会是急速飞升着的。

满世界都被漫天飞舞的雪花充溢着、弥漫着、翻卷着，所有的雪花都极力地在时空中展现自己的全部美丽，在夜色下的天空里，寒风尽情地肆虐着，它们上下左右翻滚，交织在一起，形成了星云般更大的美丽，如潮汐般龙飞凤舞，有让人震撼的壮阔、浩瀚。

更让我震撼的还不仅如此，当时，我立在小城的一座拱桥上，迎着可以席卷你所有忧伤和痛苦的冬夜寒风，希冀这寒彻宇宙的大雪可以带走我的身心，带走我所有的哀愁。我却见到从桥下升腾起一团一团、一股一股的雪花，直冲夜空，翻越了我的头顶，翻越了桥的上空，在飘雪的背景下，如雪的喷泉，雪的飞天，构成了一种奇异的景象。

这是陕南边城2012年最大的一场雪，不知何时，穿城而过的小河两岸布满了装饰的灯具，桥上、堤栏上、树上房顶上全是灯，满城火树银花，水光灯影，和这场漫天夜雪邂逅在一起，美轮美奂，惊世绝尘。

那飞升的夜雪，是风流受桥的阻挡的上升，还是桥下的热气流的蒸腾，还是自身不甘沉沦坠落的一跃？

就是在这桥上，在河岸上，年初的时候，曾经有过一场灿烂绚丽的烟花，当时那景象和这夜的雪是何等相似呀！

从那场烟花到这场雪花，一年的光景过去了，我们的世界走过了许多许多，失去了许多许多，也发生了许多许多，一切一切都在变化着。

从那场烟花到这场雪花，我不停地走着。一条路向西北，一条路向东南，终有一天，两个中华历史上美丽的女人在我笔下神奇地相遇了，她们一个从长安走向蕃界，一个从巴山走向长安，又从长安走向北漠。她们都有惊世绝尘的美丽，她们都有着共同的历史使命。她们的命运是惊人的相似，她们的聪慧和坚毅也是奇迹般的相似。她们一个生在两千年前的西汉，一个生在一千三百年前的唐朝，她们就在这一年的秋冬时分，在我从西北和东南归来很久后，不约而同地来到我面前，在我两个文化寻觅系列的文章里碰头。我不知道冥冥中是什么力量把她们从不同的地域和不同的朝代拉到一起，让我和她们对话和交流，这是我的宿命，还是她们的宿命？我唯一能做的，是把她们在我的空间里，按真实的写作时间顺序，放在一起。

从那场烟花到这场雪花，老家又有两个亲人永远地离开了我，而我所在的小城里，那所有的热闹和繁华，还有喜怒哀乐、悲欢离合都和我渐行渐远。

只是有两个面孔却在漫天的飞雪中，愈加清晰。

一个对我来说集领导、同事和大姐于一身的人，我们曾经共事五年，还因为一个远方的同学是她丈夫的战友，又多了一层亲人般的亲情。她在调任别的单位后，职务是愈升愈高。可我们见面没有任何疏离感，最后一次见到她时，她还关切地对我说："听说你儿子学习特别优秀，考上大学时，一定要给我说啊！"就是这位身居小县高位的大姐，上下班几乎从没有让单位小车接送过，要么让离岗的丈夫用摩托车带着，要么自己骑着一辆自行车。我知道她绝对不是一种表面的作秀，因为我记得20世纪末，有一次到她家去才发现，当全城大部分人都已经用上彩色电视的时候，她还用着一台十四英寸的黑白电视。她一生认真、要强，工作上从不敷衍了事，总会让人从心底里服气，可她刚从岗位上退下来不久就因突发性脑溢血，永远地离开了这个世界。

另一个是一位对我并不熟悉的先生，曾经是我们这个陕南边城的知名人士，只是他一生似乎都很顺，在金融界很是成功。本来我们也是不会有什么交集的，忽然有一天，我在网站上见到了他的诗文，惊异于他还是一个爱好写作的人。最初的时候，我常常会去他的空间看看，偶尔也留下几句评语。他似乎也注意到了我，不过可能以为我是一个遥远地方的网友吧，相互只是在文章下留言，但未曾有过一言半语的交谈。不过他的文章像雪花一样盛产着，两三天一篇，有时一天一篇。渐渐地，我是顾不上看了，忙工作，忙生活，忙世事，竟很少去浏览了。这一个冬天来临的时候，从友人那里得到他一本夏天里出的书，也是因为忙，把书放在书柜里，心想闲暇时读读，也就在那时，他也被一场疾病夺走了生命。

其实，我们曾经有过一次面谈的机会，只是我为着去干一件别的事，就错过了。他因此始终没有将我对上我的网名，这些日子，想起来总有些无言的心痛，直到前几天，我忽见一位远在北方的网友还在给他留言，问他的情况。我的心恍若针扎，就设法加了她，觉得她还不知道真实情况，对她更是残酷。那网友知道他不幸的消息后，悲痛欲绝，用泪水浸泡成了几篇诗文，感人至深，就是现实生活里也少有那种真情，令人潸然泪下。

直到现在我才明白，冥冥中，上天给他以激情，让他和生命竞跑，写下一篇又一篇真实而生动的人生日志，给这个世界留下了一个平凡的写作者的心境和人生足迹。

从那场烟花到这场雪花，无常的生命，无常的变化，若干年后，这个世界上，是不是今天所有的一切都如同烟花和雪花，悄然散尽，什么都不会留下？

我想起一位名作家曾经这样问道："在我们的生命中，到底变是正常的，或者不变是正常的？"是啊！我们总以为无常是发生在别人身上的。殊不知，变化是随时随地都可以发生在自己身上的，世界上没有什么是不变的，也没有什么是永恒的。

但美丽分明又是存在过的，我们每一个人做不到让美丽永恒，但能让美丽尽量长久一些。就像这夜的雪，拼着所有的力量在空中驻留飞舞，哪怕只是片刻，哪怕只是徒劳。

雪花继续飞舞着。我知道，这美丽不会恒久，但我不会放弃，我会守着这时空自然流变的美丽，和雪花一同让美丽定格，让岁月定格。

雨落春天

一

　　这是一场透墒雨，给躁动的、干渴的、久旱的春天带来了甘霖，所有的生物都在一种莫名的感动中置换着心情，年轻着生命。雨，轻轻地来了，在大地、在天空、在山峦、在原野、在河川演奏着若有若无的天籁。一个仙女般的精灵轻歌曼舞，似隐似显地穿行在天上人间，一切都笼罩在烟雨蒙蒙之中，似海市蜃楼，似江南幻境，再没有这样富有情调的时光了。

　　雨落半晌，有最初的激动和朦胧，意犹未尽；雨落一日，有一见如故的倾心和爱慕，情意浓浓；雨淋三天，就成了相依相伴的知音，以身相许；及至雨洒一周，又归于心灵深处的平淡，有着相濡以沫的深情。

　　就在雨中，有多少生命在苏醒，有多少思想在涌动，有多少绿色在萌芽，有多少春情在勃发，雨，用特有的旋律不知推演着多少潮湿而新鲜的文心诗情。

二

　　走在雨中，总有一种淡淡的哀愁，云雨迷蒙，会激起人心底最脆弱和最柔软的伤感之情。人的一生其实就是在雨中度过的，一场延绵一生的雨，想起童年、少年、青年，那多少悲欢离合，那多少春花秋月，都飘逝在岁月的雨中。我想起了把我们抚育成人又悄然长逝的慈爱的母亲，想起了独自在外求学的乡愁，想起了一生徒劳的追逐，想起了那些一路匆匆相遇一路走来又匆匆别离的面孔和身影，我不知自己人生这场雨还会下多久，但我执着地要在雨中弹奏出自己的音符，那旋律，当是所有人生路上相遇、相伴、相知的那些旅伴共同谱写的。

由此想到了帝王将相，由此想到了芸芸众生，由此想到了天地万物，由此想到了宇宙星际。其实退回来看，莫不是造物主的一场雨，把所有一切洒向大地，滋润大地又全部回归自然。即便是太阳，即便是那无边无际、无疆无垠的星云，也同样是舞台上的过客，终归会归于平静。但这场雨，却在无休止地循环地下着，制造着生命，生长着灿烂，绽放着美丽。我们有理由为此而喜怒哀乐，我们有理由书写多姿多彩的诗篇。

居宅过客

差不多有半年时光，我没有写出一篇像样的文章。

差不多有一个多月，我和一场普通的感冒抗争着、搏斗着，在病情的反反复复中，我知道了自己的脆弱，也知道了人的脆弱。

我无可奈何地在空间"说说"中写上："疾病中的荒芜，荒芜中的疾病"。

其实我知道，荒芜的背后，岂止是身体的疾病。

一位一直关注着我的网友给我留言："想看你的文字了，你还是写吧。"

我知道我用真心、真情、真感受写下的那些十分脆弱和自我的文字是经不起推敲和不值得细品的，我从没有刻意去推介和表现自己的文字，只是常常有流星般的网友在我那有如夜空般空旷、清静、寂寥的QQ空间里相遇。也许人的感受大多是相通的，他们往往就喜欢上了我的文字，给我以厚爱，给我以鼓励，这些流星般的网友多半来去匆匆，但每每让我感动着。就像一次长途的旅行，在你疲劳不堪或者十分沮丧的时候，路人的一次点头，一个微笑，一个会心的眼神，会让你重生出无尽的力量。

于是，在这个夜晚，我又一次拿起了笔。

窗外，震耳的鞭炮声和飘荡的孔明灯告诉我这已经是2014年的元宵节了，听人说今年的元宵节和情人节是奇迹般的重叠在一天了。我似乎并不在意这所谓的节日，只是突然间有了时间概念的感慨，惊异着自己竟然冬眠蛰伏了如此之久。差不多好几年了，我都会在年关的那些日子里写下一些感受，或者感慨的自我小资情调的东西，而2013年和2014年岁末年首这段岁

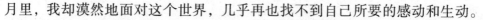

月里，我却漠然地面对这个世界，几乎再也找不到自己所要的感动和生动。

我所在的陕南小城里，仍然是一河两岸的梦幻，仍然是满城的火树银花，可是往日里那种心境，却永远地消失了。我盼着再有一番2012年冬天那样让我飞天的雪，在经历了一段漫长的寒冬和暖冬里的等待后，巴山里2013至2014年第一场有模有样的雪如期而至，只是我迎着漫天飞舞的雪花，却发现我再也找不到去年雪中的我了。

"年年岁岁花相似，岁岁年年人不同。"在少年时的我就感伤着这千年前的感伤。又过了多少年，我依然重复着同样的感伤，或许所有的人也都有着同一样的感伤，只是所有人又都需要希望，需要在希望中活着、奋斗着、前行着。我相信，那大大小小的希望，那或明或暗的希望是所有人生的光亮。我知道，蛰伏在我漠然的心境中的，依然是希望，希望从来都没有远离过我，只是那希望好像也从未青睐过我，有时候，希望明明已经十分贴近，可转瞬间又会飘忽而去。我知道希望并不是不垂青于我，因为希望注定是希望，那希望会和我一起前行，希望始终和我同在。

有时候，我是自信的，自信来自踏实的脚步；自信来自那些关注我给予我肯定的朋友；自信来自一种锲而不舍的韧性；自信来自一次又一次的突破；自信来自点点滴滴的成果；自信来自路线的清晰和所在家园的殷实、厚重和千万年始终如一的美丽、绿色、勃勃生机；自信来自不图虚荣，不贪功求名地耕耘，自信来自文字的世界本是一个百花齐放、万紫千红的园地。

有时候，我又是怀疑的，怀疑一切，怀疑自我，是对自身的不相信和对文坛的不相信交织在一起的怀疑；而那许许多多、行色匆匆、人来人往的网友除了给我带来短暂的激动和感动，他们为了生活为了希望远去的背影，往往又让我怀疑坚持的价值。

但这怀疑只是短暂的，走遍千山万水，历经人生奋斗的过往，你会觉得支撑你生命的还是内心的挚爱。我不否认所有的追求构成了一种基础和环境，没有这些你不会有心情和条件做你想做的事，但离开你挚爱的事业，所有的基础就是一堆没有支撑的杂物。犹如偌大一个家，没有珍爱的人在，就失去了全部的意义。

有一日梦里，看到了曾经在地球上生活过的人建造的那些房屋，那些人前赴后继获取的名利和钱财，究竟有多少因此和他们共同留存于世？唯有文字，唯有文化，使历史留存，也使自我和更多的个体生命体现出独特的价值。次日，急匆匆给一位友人打电话告知这番感受，岂料友人也刚好在思考这个问题，彼此会心一笑。我知道，这仅仅是自己这类人的思考，这个世界真正值得坚守和讴歌的不仅仅是这些，劳动、奉献、创造、爱、真善美都是人类永恒的宝物；但一个人，为了梦想的坚持，一定是值得的。

"面对文学，背对文坛"，是一种境界和执着，不是让人一味地、彻底和文坛切割，但一个文学人，必须面对内心，面对自我，面对艺术的自身规律。我知道我会坚持，既不排斥生活，也不会丢失对艺术之美的追寻；不排斥精神和情感的小我，但定然会坚守自然和人文的阵地；不排斥哲理和对人生的启迪，但一定会面对真情实感的那些感动。我知道在文友眼里，我未必是自己想要的那种样子，一位网友在我用"雪国过客"的网名在当地一家网站发表的《翼雪飞天》后面的评语中是这样写的：

> 看过多次，终于能说些什么了。
>
> 读雪国的这篇文章，我觉得像朦胧的天空落下仅仅一朵洁白的雪花，落在平静的湖面上，然后，一朵精致的涟漪随之荡开，悠悠地扩远了，似乎看不见了，却又齐齐地从四围的边上自然地聚集回来，一圈圈的波峰波谷里，藏着多少人生的喜怒哀乐，含着多少过往的悲欢离合。紧紧地收拢了，又仍旧化作雪花，刚刚离开水面，漫天的雪就下了。
>
> 漫天的雪，很美，也许是给逝者亡魂的祭奠，也许是对生者心性的告诫；雪落得"白茫茫大地真干净"，落得"千古文人同悲孤独"，落得雪国之中，谁人不是一介过客？

我知道自己的文字还远没有达到这种境界，只是这评语融入了对我网名的理解，很是让我喜爱，感谢这位叫"一止相空"的网友，让我知道网络的神奇和文字人的灵魂是相通的。

我在《翼雪飞天》一文中表达的东西其实是矛盾着的，在消极中寓含着积极，在积极中充满着虚无。其中，充满着对世间一切"变"的感伤和无奈，只是我自己亦在变着，一段时间来，那些曾在我生命中同行的人总是在不经意中邂逅或在梦中见到。他们有的已经去了另一个世界，有的已离开了我的生活和视野，我一直以来都似乎遗忘了他们。近日看见一位网友用他自己的方式和风格写着自己的亲人，具有独特的魅力，很是让人感动，这让我想到很多，我觉得生命中同行的人在我生命中回归是某种宿命的启示，我据此确信他们一定是我生命宝库中最具价值的角色，将来的某些时候，我会把目光停留在他们身上。

有人把人生作了这样的总结，前半生是加法，名利、财富是积聚的过程，后半生就是减法了，是得到的所有逐渐归还的过程。想想，真是有一番哲理的，我想，对一个文字人而言，就希望和追求而言，唯一不能退还和无法归还的是写作。当生命的追求退还得只剩下写作的时候，会是人生最高境界的时候。那些为了生活为了人生某个阶段的目标匆匆相逢又匆匆离去的网友，我祝愿他们能实现自己的愿望，能实现人生的终极价值。但我依然相信还有许许多多有如我一般的人和我一样在跋涉着，我更相信希望会钟情和青睐一个为他倾注生命和心魂的人。一个有希望的人注定是不孤独的。

长夜寂寥

陕南的人都说今年的天气有些怪,秋天的时候,雨似有似无淅淅沥沥地下着,竟没有两天晴好的,到了冬月,却一直干燥着,也没有一场成气候的雪,让人的心情在跌跌宕宕、起起伏伏中失去了最后一丝耐心,就这样逼近了2011年的尾声,迎来了新的一年。

不管愿不愿意,我们所有的这个时代的人都随着时间的河向前走着,老的、少的,男的、女的,只是在这个时代洪流中的每一个人,各自的心境是不一样的。大凡十五岁前的孩子,都期许着快点长大,能像大人管制自己一样地管别人,可是过了这个年龄界限的,都会极不情愿地对着镜子叹息一回,伤逝一回。当然,年龄段的不同,生活难易的不同,贫富的不同,得志失意的不同,伤逝的分量和程度就有所不同,不过,一些生活艰辛和正处在挫折中的人,连伤逝的时间和心境都是没有的。

但我深知,居住在秋冬之间的人中,如我这般浓烈地伤感着人生,伤逝着岁月的人,大致是极少的。

这一年,我有了自己的QQ空间,也写了几篇自己满意或者不满意的文章,在网上认识了一些熟悉或者不熟悉的朋友,和驴友去了一些去过或者没有去过的地方,做着一些乐意和不乐意的工作,多少算是所谓的丰富多彩,甚至是斑斓多姿吧!但如果独自面对自己,面对内心时又仿佛是一场烟火或者舞会之后,无边无垠的孤寂。

这一年,我的孩子以不错的成绩考入汉江边一个知名的高中,似乎到了我三十二年前那个求学的开始,我不知道这是不是重复,但对他的人生又是一个真正的起点。然而看着孩子那重重的压力,佝偻的背肩,我无法高兴起来，更多的是对人生苦旅的无奈和感叹。当然这一年还有我老家亲人的去世，让我的内心又一次经历了生命无常和虚幻的切肤之殇。

这一年，国内和国外也发生着大大小小、许许多多的事，看着日本大地震和由此引发的大海啸的画面，那人的渺小和无助更增添了我内心对大自然的悲戚和对人类的哀叹。世上没有百日不衰的花，没有什么是一成不变的，也没有什么是永远强势不倒的。

但活着的人谁又在乎这些？乱哄哄你方唱罢我登场，这个世界上，大多数人热衷于名利，有如飞蛾投火、前赴后继，虽然大多数人是为了生存，或者是身不由己，但这何尝不是人类的宿命呢，即便是我自己，也逃不出这个宿命，依然在现实的红尘中奔波和扑腾。只不过我自己清醒而明白地意识到，我和他们有所不同的是：我不是现实的建造者，现实的建造者是那些为名、为钱、为权力、为地位而费尽心力而客观改变着现实的人，剩下的就是那些占了绝大多数的为了生存而劳作的人们。我同时也相信那些和我一样专注自己内心和自身爱好的义友大多也不是现实的建造者，他们和我一样只能算作现实的感受者、体验者、摄影者。

然而，又有谁能摆脱了现实，谁又能挣脱掉人性的束缚？很长一段时间里，我脑海里一片空白，几番拿起笔又搁下，什么都写不出。我把自己浸泡在图书馆里、书店里，希冀在那里发现精神的天界，可在那浩如烟海的书的天地里，我却又进入了另一个迷宫，我对写书的人深感悲伤，简直感到无边的绝望，我真的觉得，是不是真的写作的人比读书的人还要多。

再看看网络世界，在不长的时间里，经常有一些爱好文学的人进入我的空间，我在惊诧他们的文笔时，总能感到他们在人海浮世里为了生存而奔波的身影中那孤独而又渴望理解的灵魂，他们或为生活所迫，或为名利所累，或为情爱所伤，但他们无一例外地都在用自己的笔述说着。从这个角度看，文学的创作者相对于图书馆和书店而言几近宇宙之太阳系，他们的才华、文笔常常是被生活、工作挤压着，被人生诸多的不如意挤对着，如果不是因为这些，谁又能知道会出现多少个网络作家和诗人呢。他们有的写现实，有的写意象，有的写感情，有的直接抒情，都各具风采，尤其是那些对生活深切关注和对现实深刻反映的作者，颇有独到之处，以至于我不敢相信自己是一个本土作者，为什么和现实刻意地保持着距离？为什么对人世间的贫穷和不公少有反映？是自己太冷漠，还是脱离基层太久？这让我痛苦，让我困惑，我极力从反感和厌倦的浮躁的物欲横流的现实中进入我以为纯净的一方天地，却又陷入更大的困惑和迷茫。

但我依然执着地要跳出现实，远离现实，我不想作现实的俘虏，有那么些朋友也想如此，他们是把目光专注于自然山水，但纯粹的自然山水是需要一个人用内心的纯净去感受和领悟的。你细细认真地描述的山水风光，很难想象有人会耐心细致地在他的心海中再现你要的那种属于自己心境的风景。于是，我在繁荣和美丽的内在层面去找我们这个家的底蕴，那些让人感悟、让人回味、让人感动、让人痴迷的人文历史和文化。

很快，我又有了新的悲伤和绝望，我发现，历史文化是现实的沉淀，而这些沉淀又需要新的现实吐纳、吸收、消化和排泄，所不同的是那个过程要稍长，那个时空距离要稍远，如果不是痴情和着迷，将会被搁在某个角落，蒙上尘埃，是很难有知音的。

终于有一天我暂时从那历史的深处走出来，和几个我认识和不认识的友人到一个时常经过、时常见到，却又不曾进入的不知名的小山去游玩。当我们花费不长的时间攀上那山的脊梁时，一个别样的世界出现了，那是一个全新的天地，充满着自然的宁静、幽静和恬静，让人几乎忘记了自我，忘记了所有的烦恼。最后，一个现代化的野鸡饲养场出现在我们的面前，它的出现并没有破坏那里的风景，也没有影响我们的心情，却是和大自然十分和谐，反而成了我们的终极目的地。在那里，我忽然领悟到，山水在变与不变中，保持着一种最具生命本质的活力、活性，坚守着内心那份执着和淡定，是最生动的现实，最现实的人文历史。

同去的一位文友摄影技术非常了得，他把这次郊游转化成一组天然而纯真的照片，选择的场景是和人的自然形态恰到好处地结合。他又无意地将视频配上了我一直喜爱的宗次郎的《故乡的原风景》，立刻把所有内在的那种意味韵味连通起来，有一种说不出的通透，直指我长久以来想说、想要、想悟的一种境界，灵魂顿时开了光似的，我没有让这种顿悟流走，当夜就在我的日志里记下了这样一段话："结庐在人境，而无车马喧。问君何能尔？心远地自偏。"

我们的天地本来就是这样的，只要心是纯净的，家乡每个地方都是风景，只要心是纯粹的，就能在这个世界找到安宁。

尔后，我和一伙文友又选择了家乡的一个道佛名山去游览，开始登山的时候，大家都充满神圣和肃穆，及至目的地，不禁有些吃惊，所谓佛殿山，却还有着一个道观。一个和尚守着一个新建的寺庙，一个女居士守着一个道观。只是那和尚耳聋，显得木讷和迟钝。女居士却热心快肠，知晓道教，佛教的端的，对佛教、道教的神仙、菩萨的关系也能说个究竟，让我们一行也活泛和在意起来。听着他们热烈的对话，我却在想，现实的魔力真是强大，就在大山深处，在山巅之上的修道信佛之徒，都是摆脱不了现实的羁绊的，尽管他（她）们算不上真正意义上的信徒。

但也因此收获颇多，归来在和一个朋友网上交流时，向他诉说了自己的那些感受：佛是什么？是对生的参悟和对生死界限的淡化，是对自然生灵的珍惜和天地人一视同仁的平等意识和大同思想，是对凡尘俗世利、名、欲的藐视和不逊。一个几度繁荣、几度冷落的本地知名的道佛一体的胜境，在公元2011年11月26日，依旧用平凡、宽容、慈爱的目光接纳了一群信、半信与不信的现代人。其中第二次登临这人间仙境的我，看到的不仅仅是自然风光，不仅仅是历史文化，不仅仅是岁月沧桑，不仅仅是繁杂和冷落，感受最深的是佛、道教的博大精深。

其实，这些感悟，不是偶然的。说来奇怪，同行中有一个文友还是奇石爱好者，我原本就是一个奇石热心人，只是道行很浅，在返程中，在佛殿山下的河滩休息期间，大家都不失时机地捡起石头来，我竟然在半是水的浅滩里，发现一个天然的扇形石，石上有一部分浮雕样的突起，似乎什么都不像，又什么都像，愈是看，倒愈像道佛一体的圣像了。在佛殿山下，在道佛并存的这个山下的河里，有一个有寓意的石头，和这里山水的人文内涵有惊人的一致，让同行的友人诧异不已。

当下的我走出了某种困惑，也是人生某个阶段吧，像是深秋和初冬那满山稍带霜重的红叶，依然是灿烂和绚丽的。我要感谢那些忽然走进我的心灵，突然在我2011年的视野里出现的人，像是无边无垠的网络宇宙滑向我的流星，让我在长夜的寂寥中感到丝丝温暖，又像是月光下悄然绽放的花朵，给我幽静的心田里充溢着百合的清雅。虽然我知道，所有的人生下来都注定是孤寂的，任何亲人朋友，即使自己的爱人，也不能使你改变个体独自存在的现状，但那种爱是存在的，那种情是存在的，那种友谊是存在的。

　　时间不会停止脚步，我依然会奋力向前，虽然行进的过程还会是寂寥和孤独的，但已经多了许多的关注的目光，有了这些，我将不再怀疑和踌躇，步履会坚定而从容。

自 我 力 量

　　石家街，这个淹没在西安众多的蜚声中外的地名里的一个普通的地方，几年前，因为一个亲人在这儿扎下了根，让我认识了这个地方。

　　或许是我对西安骨子里有一种疏离和隔膜的成分，我一直融入不了石家街的世界。对这儿的印象，只觉得是一个在西安火车站东北只几站公交的地方，是一个距离大明宫遗址公园只几站公交的地方，以至于我每次在古都西安那几天，都会逃离高楼，逃离车流和人流，把自己放逐在有着自然气息和古老的人文底蕴的大明宫公园里。或者，在我熬到回家时限，能迅速地登上火车，逃回我的家乡陕南。

　　石家街和西安所有的地方一样，委实没有可去之处，在这样一个夜晚，我第一次有转悠的念头，在为着去什么地方思索时，脚步却不由自主地迈向了南方……

　　行走着才知道，石家街是一个钢材贸易集散地，现代城市的元素几乎赶走了所有原始的自然的影子，数公里的街道，竟然全是桥梁、隧道的组合，甚至是桥梁叠加着桥梁，隧道包裹着隧道，让人觉得走下去，没有尽头，也没有什么意义。但是，对于一个固执而又顽强的我来说，似乎在同内心的犹豫抗争着，一定要看看这桥梁和隧道构成的街道有没有出口，在出口的地方，会是怎样一番景象。

　　走着走着，我忽然意识到，我近几年，不一直也走在这钢筋水泥搭建的桥梁和隧道里吗？似乎从来都没有走出来过。我始终用顽强掩盖着脆弱和感伤，用坚强抵挡着痛苦和忧伤，用自信冲淡绵绵的忧郁，仿佛走在一个自我设定的却又丢失密码的迷宫里，在虚幻的景象中演绎着堂·吉诃德式的可笑的虚妄、可怜的赤诚。

其实，追究自我的一生，又何尝不是走在这钢筋水泥搭建的桥梁和隧道里呢？

三十多年前，父亲把我送到汉江边的火车站，我只身一人翻越秦岭。由于巴山秋雨的影响，我走的时候，已经比规定的到校时间晚了几天，到车站的时候，学校接新生的车早没有了，我用一根扁担扛着有一百多斤重量的木箱和被褥，用山里孩子的意志和力量，逢人就问路，硬是自己找到了几公里外的学校。

只是，我怎么也没有想到，这天的境况，就演绎成了我一生的象征。

工作几年后，当我意识到那张让山里同学和伙伴羡慕的中专文凭不是我的挚爱，也不是畅通命运的车票时，我用了整整十几年的时间，放弃了简便和快捷的路径，用登阶梯的方式，用闯关的方式，拿到了西北大学汉语言文学的本科文凭。

在工作单位时间久了，在社会时间长了，受到俗世的影响，我又对自己产生了怀疑，觉得人要实现的不仅仅是自我的价值，而应该体现的是创造的价值，是社会认可的价值。于是面对着土地和石块，我奋力地发芽，冲破了泥土，冲破了泥土上的石块，最终获得了一个小县城人认可的可以及格的成绩。在这个过程中，我奉行着做人的基本原则，应该说，我基本做到了。

不过，岁月就在这随波逐流的十几年中流失了，大多数人走的路，却让我迷茫和困惑着，总以为这恰恰是我失去的黄金十几年，有如迷途的羔羊。在我内心中，我一直在灵魂深处苦苦地挣扎着、思考着。自己生来是为什么？是为什么而活？

所幸，在三十多年前离开汉江来到关中平原的第一个晚上，我在那天的台历纸上写下了我的第一篇日记，在此后的一万多天里，我几乎很少间断地天天都记着我的心情感受、所见所闻。虽然这四百多万字的东西琐碎而又繁杂，很少有文学价值和艺术价值，但它就像一个最忠实的伴侣和朋友陪伴着我，支撑着我，监督着我，安慰着我，鼓励着我，让一个自我坚强地生存了下来，有了一个不一样的自我。

生命是平凡的，生命是普通的，生命是脆弱的，生命也是虚无的，但活着，又不仅仅是活着，应该在你的时空岁月里，像一棵小草，像一颗流星，拥有属于自己的美丽。

正是坚信自我，依靠自我，相信自我，我在孩子九岁的时候，和他一起登上了华山，在他十二岁的时候，和他一起登上武当山，我自己无论是登庐山、神农架，还是一些无名的山，大大小小的山，都同和儿子一起登的华山和武当山一样，是靠自己的双脚一步步攀登上去的。

如果生命没有自我的意义，没有攀登的意义，没有顽强的意义，没有汗水的意义，没有艰难的意义，那生命注定是平淡无奇的，是没有亮色的。

不久前，我依然和过去一样，用自我的毅力和顽强，用自我的力量，一步步登上了泰山。

泰山，对世间的人而言，是登泰山而小天下的，所有登顶的人，都似乎想从中悟出点什么，抒发些什么。其实，在泰山玉皇顶，人依然是产生自我的人，会在经历极度和极限的肉体的自我挑战后，面对人的渺小，产生精神上的自我升华。这绝不是人生的极顶，也不是自然的极顶，只要你愿意，那不过是又一个起点而已。生于泰山脚下的孔子，五十五岁才周游列国，六十八岁著书立说，或许是对泰山最好的诠释。

但自我不是万能的，毅力坚持也不是万能的，在世俗的世界里，在现世的浮躁和浮华里，自我是极其渺小的，疾病、孤独、卑微、脆弱，尘世间任何力量只要轻轻一击，自我就可能在历史和社会的大湖里变为齑粉和尘埃。

最新的自然科学研究有一种新的理念：世间所有的物质，在宇宙里都有一个完全一模一样的物质对应，人当然也是如此。

我对自己很无奈，总以为真能换来对等的真，总以为诚能换来同样的诚，自己感动着，希望别人亦和我一样地感动。自己坚守着超凡绝尘的麦田，也期望别人和我一样地守望……于是，我每每在虚妄的自信中，让自己痛苦不堪，任凭天生带来的独有的阴郁伤感绵绵不断地浸泡和吞噬着自己的身心。

只是我知道，这一切注定是无法改变的了，我依然是堂·吉诃德式地、义无反顾地、可笑地、坚定而忠诚地向前走着，坚信自我的力量，坚信自己一定能走出这钢筋水泥搭建的隧道。

而且，我依旧虚妄地相信，今夜，在石家街隧道的那头，宇宙间另一个自我会在那儿等待。

第七辑

流年书签

行走在陕南山水人文中的旖旎风光

——品读刘云先生的散文集《草木光景》

    刘云先生是生长在平利小城的孩子，由于父母工作忙，年少时经常被放回老家一个叫八角庙的地方生活。后来，他做过老师，做过官员，一直在平利的山水间行走，在秦岭巴山汉水中行走，但是无论怎么走，他都没有走出那个叫秋山秋河中八角庙的村子。八角庙之于刘云先生如同贾平凹的棣花镇，莫言的高密县（今高密市），一直是他创作的母田和泉眼，最后生发了他散文世界里的万千气象。《草木光景》亦是如此，从平利那个村子、平利这片地域，投影折射出了陕南让人叹为观止的美丽光景。

    读刘云先生《草木光景》，从情感直觉感受上，可以用近、亲、真、新、情"五字"来表达。

    近。《草木光景》书共有三十四篇。其中具体点到平利的地方、地名、人物达到了二十一篇，另有九篇，在内容上，明显写的都是刘云先生在平利生活和工作接触中的所见、所思、所悟。可以说全书百分之八十直接写的都是我们平利，或者有平利的影子和底色。

    亲。一是地域的亲；二是生活日常的亲，生活习俗的亲，文中写的事物、内容就是我们这儿的生活习惯、生活风俗，几乎等同我们身边的点点滴滴；三是自然山水草木的亲；四是人物的亲，文中写到的，很多都是我们身边的人和事。比如女娲广场两棵紫薇树和樊道成，都是熟悉的物和人。

    真。一是在场的真。真人真事，真景色，真场景。从时代上看，是从20世纪60年代，一直到21世纪20年代，横跨两个世纪。二是写实的真。写人物、写农事、写日常、写饮食、写庄稼、写草木等，都是真实的再现。且不限于素描，很多用的都是工笔，细腻之处在点滴分毫。

新。源于生活，高于生活。《草木光景》中所有的文章，看似写的内容，都是我们熟悉的一切，但是通过刘云先生的叙述，语言风格，叙述方式，着墨的多少轻重……重新组合起来，就给了我们全新的感受。过去，我们说刘云先生的散文是酿造的米酒，现在更感觉他的散文是酱香型的茅台。他的作品，总让人感到是一种独到的创新。这种创新，源于刘云先生的认识、思想、见地、视野、艺术风格等各个方面的综合，这些因子组合在一起，形成了全新独有的配方，让整个素材的叙述，有了奇妙的提纯和升华。

情。归纳文中所有文章的内容和主旨，刘云先生写透了陕南地域的自然与生活。他用一种家常式、聊天式的方法在写。像是一个恋人，不停地说着对陕南、对家乡满是爱恋的话。看似平常，看似平淡，看似平静，却汹涌着骨子里的爱。有多爱？你看他对每一个人，每一件事，每一样风物，形、色、味、触、品的熟悉和懂得，不是对陕南、对家乡深入灵魂中的爱，哪有这般用心、倾情、关注？通书中，我看到了两个词：乡愁和乡恋。而这两个词的背后，就是浓浓的乡情。

读刘云先生《草木光景》，从写作风格上，可以用诗味、趣味、意味"三味"来诠释。

诗味。刘云先生早年是写诗歌的，后来又写散文。但他把诗感、诗意、诗味都融入了他的散文之中，以诗性之笔，描摹素美世界，于是他的散文，变成了无韵脚的诗。在看似平常、日常的叙述中，都是满满的诗意，把诗浸润在字里行间。如："黄豆芜子长得齐膝盖高了，那黄花也该开了。是只待一个早上就齐刷刷地开全了。黄豆内部似乎是有纪律的，也似乎是有个机关统一地发一声令的，……像是开会来报到的，在同一时间、同一时辰里，黄豆用一个日子，把花开齐。"（《风吹黄豆叮啷啷》）

趣味。刘云先生的散文，通地气，通烟火气，通民俗气。而且采用地道的平利方言述说，用民间打趣俗语会意。读来除了让人感到亲切，还非常有趣。而且，他还常常用拟人化表达，常常让人感到生机勃勃，令人忍俊不禁，甚至开怀大笑。如："林子下，若有背阴处，小阴沟里，水声响彻，水畔边岩坡上长着青嫩的苔草，羊吃饱了大餐，就到沟边上寻些苔草过嘴，再填一填胃缝缝。好比讲究的人，餐后用些水果。"（《羊不吃草》）

　　意味。我以为《草木光景》中的意味很多。每一篇都有一种意味，他随手拈起一个话题，就能铺陈升华开来，说得头头是道。说粮食，说庄稼，说牲畜，说草木，说时令，说吃食……都能品出一种让人感慨的、惊叹的意味来。有时他说着说着，扯到了和话题似乎不相关的风物上，然而，再读下去，原来他不是就事说事，而是把话题的视野铺陈开来，让所说的内容更有深度和厚度。一言以概之，他总是把一个要说的话题，说得出水、出油、出糖、出香、出味来，似乎能把所有的描述和对象，都赋予了灵性或人性。如："一寸多长的小鱼秧子，与稻子的生长周期相当，稻子收割时，鱼也正好长到五寸多长，乡下话叫一拃长。新米，嫩鱼，做活的人，每到此季，尽可以享用鱼米大味，米香与鱼鲜，透着生活难得的畅意。我也曾有幸享用过，新米不用说了，稻花鱼的香浓至今不忘，世上再美的鱼，应当都是不及它吧：它们与粮食伴生，有粮食的清香与品德，肉质鲜美而可以大口咀嚼！"（《草蟹肥》）

　　从文章的内容或主旨上，可以用智慧老农、万能向导、倾情歌者"三慧"来揭示：

　　是一位精于耕作的智慧老农。他书中有一半的篇章，都是写农村农事的，如《下谷子的雨》《玉米还乡》《清水那边的土香》等。让人惊讶于他对农事农活的精熟。他写透了庄稼人的神态、心态、生态。写他们的衣食住行，春种秋收，喜怒哀乐，生老病死……他是陕南千千万万农村庄稼汉的代言人。他们的一切，他们内心表达的东西，都从他笔下说了出来，甚至比他们说的更在行，更有味道，更为透彻。如："等到天放晴时，整个陕南就是一片水汪汪，你出门，所能看见的山、地、田、堰、渠、河沟，都涨了两指深的水了。有经验的农人，站在自家大门口，拿眼一望，就知道地里几成墒。一般地讲，地里六成墒最好下种，七八成墒可以翻水田，十成墒嘛，可以耙田、耢田，若是十二三成墒，谷雨就是下过性的，偏多了，陕南的黄泥地，要粘牛的脚了。"（《下谷子的雨》）

　　是一位陕南生态的万能向导。翻开《草木光景》，有写庄稼的，有写人物的，有写植物的，有写蔬菜的，有写动物的，有写房屋的等，但总的感觉，又不是简单写一件风物。可从两个方面说明：一是写任何一种风物，比

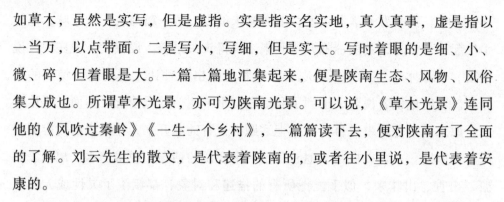

如草木，虽然是实写，但是虚指。实是指实名实地，真人真事，虚是指以一当万，以点带面。二是写小，写细，但是实大。写时着眼的是细、小、微、碎，但着眼是大。一篇一篇地汇集起来，便是陕南生态、风物、风俗集大成也。所谓草木光景，亦可为陕南光景。可以说，《草木光景》连同他的《风吹过秦岭》《一生一个乡村》，一篇篇读下去，便对陕南有了全面的了解。刘云先生的散文，是代表着陕南的，或者往小里说，是代表着安康的。

是秦巴汉水地域的倾情歌者。在开篇《清水悠悠稻花香》中归纳了水："从秦岭南坡，到巴山北坡，一千七百多条河溪都有名有姓，它们都流进一条大江，江叫汉江，汉中的汉，汉字的汉，汉族的汉，庄稼汉的汉。汉江一江清水一直流着，它一直是清着，就是不改清颜色的江，见了汉江，才晓得陕南为什么是清水的故乡，这得聚多少清的泉眼啊！"而在《在低处的植物中》他又总述秦岭巴山汉江："我常疑惑，秦岭与巴山，竟是一对夫妻的，秦岭是夫，巴山是妻。整体地看，秦巴二山是一册书，一北一南地翻开着，汉江是骑缝的装订线，星星点点的田园、村城，竟是书的小小插图了。在秦岭，在巴山，我也成了这本书中的一节小文字，或是一个标点。我从天上到地上，总被它们气势抽走了魂，秦岭、巴山，叫我没了尊严，只觉得人的渺小。"从骨架上看，刘云先生的《草木光景》以写秦巴汉水流域为主构，气势宏大；从灵魂上而言，他所描写的对象，是活的，是美的，是一个有趣味、有生机、有意义的生机盎然的世界。二者相互交融，营造出了秦巴汉水身与形、灵与肉、气与神的活化气象。

通观全书，我可以说：《草木光景》和刘云先生以前的散文，是陕南生态、自然风物、民风民俗的集大成者，是了解陕南的百科全书，是陕南安康散文的杰出代表。

人间不一样的烟火

—— 郭华丽散文的本源本心

　　偶然的机会，在安康的一个文艺群里认识了一位名为"草木本心"的网友，说是认识，其实从未谋面，那是对彼此文章的认真阅读后对蕴含在文字中那种浸透着对生活、对人生的鲜明的个性化感悟的共鸣和深刻的理解。直到有一天，我在《安康日报》看到了草木本心空间里亦有的《颜色不一样的烟火——水泉坪》，才知道草木本心是我旬阳老家文苑里很是有着盛誉的女作家郭华丽女士。

　　《颜色不一样的烟火——水泉坪》中有这样一段话，相信看过的定会留下极其难忘的印象：

　　"一个地方能彰显两种不同的、欲夺人魂魄的美。有着最朴素的千亩稻田，十里蛙声，有着最循规蹈矩的日出而作日落而息。更有着按捺不住的青春活力，阵阵春风掠过，花影摇曳，黄海涌流，要人命的华贵和艳丽，是水泉坪另一个自己。

　　"水泉坪是人间的，是颜色不一样的烟火。"

　　沿着这个脉迹追寻下去，读华丽女士的散文，也会感到那是从乡间、从村落、从茅舍中升起的袅袅炊烟，是从河边浣衣女子，从窗前的一抹灯光，从小镇巷头休憩的老人身上自然散发的岁月静好……分明是现在的，又是超越时空的，分明是世间的，又是超越平淡的不一样的景致。

　　这不一样的景致和韵道，真是如影随形地氤氲在她自己的文字里。

　　在《贾平凹是家常的》一文中："在读到这本书最后一篇文章《在女儿婚礼上的讲话》时，我还是把自己读哭了。……我看完再看，一直流泪。贾浅浅是幸福的，她有这样一个深情的父亲陪着她。我想象贾平凹鞠躬时的样

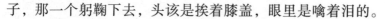

子，那一个躬鞠下去，头该是挨着膝盖，眼里是噙着泪的。

"贾平凹是一个父亲，柔软的，温情的，为女儿祈求神灵、亲友关照而鞠躬的父亲。贾平凹对于我不再是一个沉默的、冷冷的，总是在思索的作家、神人，原来他是，一直都是家常的男人。"

读此，我们可以清楚知道华丽女士自己一定是一个充满着爱和情，也热切希望别人也和自己一样充满爱和情的人。对于文学偶像贾平凹，她更希望看到的是一个家常的男人，而不是神，不是一个纯粹意义上的作家。而华丽女士自己，把这种渴望演绎得饱满、充实、热烈，她真真切切呈现在大家面前的是一个有血有肉、有情有爱的女子，充满着对家人的爱，亲人的爱，朋友的爱。文中有许多篇章都是写这类爱的，《我那跋山涉水的忧伤》写父亲去世八年后自己回华县对老家亲人的感伤和缅怀；《我的父老乡亲》写对从小出生和居住的母亲家乡的亲人的真情实感；《清明记》《我写信给你，却不知寄往何处》《父亲的眼神》写对逝去父亲的懂；《幸福着你的幸福》《陪儿子中考记》《和儿子一起长大》写和儿子共同度过的岁月，母子之间的那种默契和理解。《我和母亲》《和解》写和母亲之间那种相濡以沫岁月里的相携、冲撞、厌倦、心痛，互为稻草的那种生活和感情，还有写朋友、姐妹情的等。这类文章真实再现了作为一个孩子、一个女子、一个女儿、一个母亲、一个朋友那种对情和爱的体验和感悟，真实感人，具有浓厚的生活原味和可触可摸的让人感同身受的气息，也筑就了华丽女士的散文是基于人间的真情真爱，是来源于家常和日常生活的，是出自所有人都会生发的情和爱，具有人间烟火的光亮和温度。

日出日落，云卷云舒，春华秋实，无不循着大自然的规律运行着，一株小草、一棵树随着季节发芽、生长、开花、结果，是极其自然的，无须任何他人他物的在意。从本质上讲，人和小草和树木没有什么不同，都是来自大自然，最终回归大自然的。一个人，对待生命，对待人生都应该有宠辱不惊、处之安泰的自然心态，华丽女士就是用这样的草木一样的本心和本真，看待人生和世间万物的。《喝酒的女人》《喜好》《向岁月俯首称臣》等都极佳地展示了她自己草木一样寻常的生活态度和自然心态，当然，"人非草木，岂能无情"，人都有着七情六欲、喜怒哀乐，华丽女士更是有着丰富而细腻的情绪和感悟，她都一一真实地记录和描写了出来，不矫揉，不造作，亦如草木一样舒展地展示出人生不同阶段和环境的自我自然心理变化和成长的过程。纵观华丽女士的散文，通体都行云流水般地流淌着自然的本真和草木原生的本心。

只是，如果仅仅是家常的，或者只是自然态，那和一个时代所有人一样，会被匆匆的时光和庸常的炊烟淹没，要绽放别样的烟火，那一定是在寻常平凡之中拥有的诗意、美感、感性和知性。在《诗意流年》中，读者不仅仅看到了流水般岁月的痕迹，看到的更多的是华丽女士在岁月中持有的诗意和美感、感性和知性，这些特质交汇在一起的真情吟唱，让庸常和平凡刹那间流动了起来。我以为《流花的湖》这曲子无论是名字还是旋律或者是意境都极能表现这灵动的美丽，且看华丽女士是怎样在静静的湖面荡起一湖诗意的——

"早上上班，依然是惯常的路，一片坠落的树叶拍在我脸上。一瞬间的惊悸，猛然刹车。回过神，转身，看见一片叶子斜斜地坠落在路上。落在路上，又随风而跑的黄叶，似乎也泄露了它和我一样的、不期而遇的惊慌，在一个氤氲着晨雾的冬日里，我和一片叶子缘风而遇。"（《冬意》）

这是诗意。

"这诱人，杀人的黄色风暴呀，让一种伤感的东西，一丝丝，一寸寸灼热我丰盈、敏感的心思，浸润我意兴阑珊到绝望。"（《又是一川菜花黄》）

这是诗意中的感性。

"人生的很多东西不是刻意寻来的，等待也许孤独，安静的等待，才有那初见时'原来你在这里的'安心的托付，才有了那获得时安心的接受。"（《下雨了》）

这是知性。

无须探寻这诗意和美感、感性和知性来自何处，对于书迷爱玲、歌痴蔡琴的华丽女士自有一番点题：《文字是我的还魂土》《我的文字欲》《你要做怎样的女子》，我们总能从中找到一星半点。

"也有这样一种女人，她们没有惊艳的美丽，在不同的场景，她们只

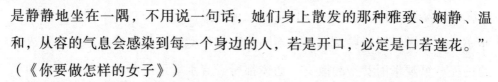

是静静地坐在一隅，不用说一句话，她们身上散发的那种雅致、娴静、温和，从容的气息会感染到每一个身边的人，若是开口，必定是口若莲花。"（《你要做怎样的女子》）

家常，草木本心，真情实感，诗意，美感，感性和知性构成了华丽女士的散文的基本元素。

于是，我们面前又呈现出不一样的烟火。景如此，文如此，人亦如此。

灿烂的绽放

一株小草，会给我们带来一个春天，一方园地，会给我们一个万紫千红的世界。

认识一个人，更会让你的精神有了坚定和可靠的雁行翱翔的同伴。

一直以来，始终相信我们的世界不仅仅是物质、名利、权贵的世界，从年少的时候起，我就深深感受到扎根在民间和普通老百姓内心中对文化和文化人的尊重，直到今天，我依然相信，每个人内心一定不会真正丧失对文化人的那种尊重。

当翁江春把第一期《映像女娲》的样稿送到我手中那一刻，我为文学欣慰，我为文化欣慰，我为文化人欣慰，更为平利欣慰。平利有了这样一个集老板、商人和诗人于一身、执着于打造文化和文艺的人，预示着平利的经济、社会的发展进入了一个新的阶段。

一年来，我一直和《映像女娲》相伴而行，十八期《映像女娲》就像翩跹明丽的蝴蝶，飞进了我们的生活，进入了千家万户，进入了平利人的生活。这蝴蝶清新自然，清秀可人，把平利的自然的美丽和文化的底蕴用自己的方式表现出来，最美乡村平利也得到了最好的展示。

一个民族，一方地域，没有自己的信仰和文化底蕴，再美的外表，都只能是表层和暂时的。一个企业界的人，基于对家乡的爱，对文学的爱，自觉承担起一份不属于自己的繁荣平利的文学、文艺的责任。在平利的主流文化阵地和民间文化园地搭起了一座桥梁，给更多的草根文化人建立起一方绽放美丽的平台。令人感动和激动，值得我们讴歌和赞美。翁老板——翁诗人自己的事业也超出了普通层面的商业和文学境界，也使自己的生命和人生有了灿烂的绽放。

期待《映像女娲》飞得更高，一直飞翔。

共赏溪流行吟间

—— 读李尚海散文集《溪流如此》

　　李尚海先生的《溪流如此》放在身边有些年头了。就如我喜欢去山间小溪一样，每每抽上一天半日的空闲，找一条小溪，去寻些大自然的意趣和生的哲思感悟一般。我读《溪流如此》大抵也是如此，随兴之所至，不刻意读书中的文章，有兴致了，抽上没有阅过的篇目，看上一两篇，断断续续，竟然是没有遗漏的了。

　　掩卷回思，《溪流如此》分八辑：家乡随写、常人随记、青涩随忆、琐事随感、旅途随看、文艺随赏、典籍随读、片羽随拾，共有九十余篇文章，其中收录了早期散文集《序列》中的少量篇幅。从中细细琢磨，一个"随"字，或许是作者写作的最高领悟和境界：写不写，写多少，怎样写，写和生活，写和人生，以及写与读书、写与出书等的关系，似乎在书中都可以找到答案。

　　作者在编辑中刻意突出了八"随"，以为对书中文章的总结。以我看来，其"随"的精髓是：随性不随意，随心不随附，随笔不随便，在看似在不经意不刻意的随写中，收获了满室的美玉珍珠。

　　随拾中可见觅珠慧眼。"这里山深绿，这里水清浅，这里村舍俨然。"（《这地方》）文中缓缓开始描述他所住的这山、这水、这人、这事……作者在序言中介绍："集子所收都是些随性而散漫的文字，述山水风物，记常人琐事，忆少年既往，写游历见闻，做读书笔记，赏他人美文，拾瞬间随感，录师友评论……"细细读来，一定能激发起你对这儿的向往。平利是女娲故里，人文历史底蕴丰富，自然生态美丽宜居，这里物华天宝，人杰地灵。作者在偏爱之中，写了不少人生不同阶段所见、所经、所思的风物人事，都具有独到别致的发现和感受。如："八仙人种党参，便驰名海外；八仙人采石板，八仙石板就成为外商的抢手货；八仙人制茶叶，八仙云雾茶就拿到了国家级的金奖；八仙人务绞股蓝，一种野草就变成了人参果；八仙人搞地膜覆盖'白色工程'，八仙便成了全地区科学种田的样板；八仙人拓宽街道，整治市容，就把原来长不足半里的破烂的'兵防街'整治成了宽敞笔直的十里长街；八仙人炖的腊猪蹄，八仙人煮的'和渣'菜，竟能让南来北往的美食家胃口大开，交口称赞……"（《八仙》）这都源于作者对家乡的挚爱，也源于他对生活细心的观察和独特的感受。书中还记录了一些人文逸事，也有一定的价值，可以说是一部寓家乡风土、人物、个人经历所感、旅途所见所闻于一体的心灵史。组合起来思考，这本书综合了作者所经历各个历史时代的风貌，是一部从个人角度、眼光观看记叙平利的时代志。

随感中见大爱真情。《过年》一文中，作者记述了这样一个故事：在交通不便的那个年代，从作者老家八仙镇到县城，虽然只有百十多里路，但要翻越几座大山，而每逢过年时节，大雪封山，如同天堑。这一年，又到了年关，一头是在县城里的妻子女儿，一头是在山里的年迈父母，都眼巴巴地盼着自己在一块儿过年。想着一年四季都望眼欲穿盼着儿子的父母，在年三十他还是狠心离开了准备了丰盛年夜饭的妻女，往老家赶。老天自然不会关照他，车子在大雪中抛了锚。他只好连夜步行翻大山，待回到老家，已经是第二年的大年初一了。过年的几天里，待在父母的身边，他又挂牵着在城里的妻女。还是父母知他的心事，又逼着他回城里去。告别的那一天，母亲打着灯笼送了他一程又一程，父亲更是执拗，硬坚持把他送到家门前那座山山顶，才肯回去，那情形，令人潸然泪下。类似的篇目还有很多，如《父亲的背笼》《晨雾中挥动的手》等，都饱含真情厚爱，也是全书中最让人难以忘怀的。"写文章，真是第一位的。有了真，就可能传达善，有了真和善，就可能产生美。"（《代序》）作者是把真当作写作的生命的。在《溪流如此》中，"真"贯穿全书，情感的真，山水的真，村庄的真，生活态的真，现场的真，回忆的真，琐事的真，游历的真，感受的真，思辨的真……正是这真，让集子里看似寻常的篇目，有了奇特动人的感染力。

随性中见雅士风骨。尚海先生是一位中学老师，文字和文学功底都十分深厚，出版了散文集《序列》，是平利少数较早出版个人著作的本土作家之一。他曾参与了《平利县志》校注，完成了《平利中学校志》《平利中医院志》等编写工作，深得同行和学生们的敬重。大家公认的是：尚海老师为人正直，正派，正气。这也反映在他的散文集《溪流如此》中。《琐事随感》一辑侧面揭示了他为人师表、师德风范的点点滴滴。比如《过生》，写出了他生平唯一一次过生日的无奈；《聚友记》写他和文友一起相处的率性和雅趣，可谓平利的一场曲水流觞。再如：在文评廖为凡（已故）的《不息的岁月》和《天下平利》两部书籍时，在给予大量肯定的同时，他写道："我们与其把这两部作品当作纯文学来读，不如将它们当作地方史志来读，而更有获益。"不偏不倚，定位准确。他类似的文评还有不少，对作者和作品，不拔不抑，中肯公允。对平利文坛风气起到了较好的示范作用。又如他在出版散文集《溪流如此》时，序和后记都是他自己所写，不攀不依，足见其松性风骨。

随笔之中见明朗文风。《溪流如此》少有长文，每一篇读起来，都十分的简短。但你感觉又什么都写了，寥寥几笔，人事都已成像，跃然纸上。你便知这是素描，更是传神，亦是风骨。他的文章，少有细腻描写，多是寓景于叙，寓叙于理，寓理于悟，寓悟于思。有时候，读起来似乎有些不过瘾，意犹未尽。但这正是尚海先生独有的风格：简洁、明快、硬朗、质朴。他是把更多的空间交给读者，把更多的思考和想象都交给了读者。

当然，尚海先生写作风格主色调之中，也呈现着多面多棱的丰富。文中有不少篇幅又充满着诙谐幽默，寓含思哲趣味，充满着睿智和文慧。如《烟》《无题》，以及《片羽随拾》一辑中很多文章等，当然还有一些对社会问题的思考，比如《故事》提出了留守儿童的问题。

还值得提到的是《典籍随读》一辑，这是一个古文功底深厚的语文老师的阅读笔记，颇有心得，颇有见地，这在平利本土作家作者中是不多见的。

"溪，她刚刚从深山密林里渗出，至纯至净犹如处子，不喧哗不张扬，极清澈极娴静，不图赞誉不抢风头，不因细小寻常而自卑，心境平和耐得寂寞。

"溪，虽然渺小平常，却有她高远的追求和向往，只是不哗众取宠罢了，只管默默地流淌着，逢山辟路，迎崖绕行，遇坎成瀑，落渊为潭，急湍生花，缓流如镜，潭边青苔似须，水中小鱼如梭，映白云苍山红日素月。由此看来，溪平常而不平庸……"（《溪流如此》）

尚海先生出生于平利县八仙镇一个叫仁溪的地方，仁溪是一条大山里普通而又神奇的溪流，和所有巴山小溪一样，它默默无闻地流入了岚河，流入了汉江。可从仁溪沟两岸也不动声色地走出了很多文人雅士，尚海先生也就是其中之一。作者以《溪流如此》为整个散文集命名，又将"八随"纵贯全集，其实二者是一脉相通和相承的：作者以溪水为寄托，甘愿做一个不慕虚荣，不羡名利却积极进取、默默奉献的人。

这些年，或许是《溪流如此》的潜移默化，我也跑遍了平利的大河小溪，沟沟岔岔，在不同的自然风貌、乡村生态和人文逸事中穿行，对家乡、对人生有了更加热切的爱恋和深刻的感悟。

面对当下平利写作者对家乡多方面多角度深度挖掘或多维的拓展，尚海先生那些珍珠般的篇章，所描述的内容，是他对平利传承的提炼和独有发现的写照，已然成为家乡人文自然风貌的坐标，似乎也构成了平利写作者的基本骨架。而濡染着他的风格的篇目，犹如中华文学宝库的那一首首古诗词，洗练、多维、亲切，是家乡平利过往一个个时代的遗贝，亦是后来文学歌者的引路人、开拓者。

留守心梦

汉水江畔，安澜楼下，金州一夜喜雨，2012年5月14日，雨后放晴，一个阳光灿烂的日子。安澜楼，我曾经读过无数篇讴歌它的诗文，也多次路过而未曾进入。在我心中，它就是秦巴人文女神的化身，一个安康文学殿堂的象征。

就在安澜楼旁，不起眼的金杨宾馆，就那样不显山不露水地走入了人们的视野，也把我进一步推向心中神圣的、不敢轻易靠近的那个女神。

安康市作家协会第四次代表大会被精心地挑选在这个地方召开，也许正是因为安澜楼，也许还因为这个宾馆的主人也是这一百零五个文学寻梦人中间的一分子。

这个一百零五人组成的队伍中，有老师、有医生、有公务员、有农民、有工人、有老板、有老人、有少年，还有残疾人，但这都不是他们聚集在这里的理由，他们有另一个称呼——作家。

参加过不少代表会，有党代会、政协委员会、团代会、工代会，等等。我已对这种形式的会议产生了麻木甚至厌倦的情绪，但作协代表会还是第一次参加，尽管程序是那样的相似，可心里有久违的激动，或许就因为参加会议的那个身份。也许这个身份的资格和其他会议一样，都是推选的，但又分明不同，那些代表会议的资格或是工作的需要，或是岗位必需，或是领导安排，充满着偶然性和随意性。唯独作协代表会的资格，是硬打磨出来的，至少不是毫无来由的施舍。

作家，一个曾经多么让人向往的名字，以致我今天置身其中，依然有些恍惚，有些迷惑，甚至有些诚惶诚恐。

　　三十五年前的一个夏天，在南宫山大山深处一个叫三官殿的地方，一个在唐代就建有享誉陕南的白云寺的地方，被誉为中国的"庞贝古城"的地方，就在白云寺的废墟上建起的一个小学里，写完描写班上一位班干部的毕业作文后，我忐忑不安地交上自己的试卷，人生就发生了一种微妙的转变。我的语文老师将这篇今天看来十分稚嫩的东西在所有的老师中间，在课堂上一遍遍地宣传着、称赞着、表扬着。多少年后，我在写《界岭断想》一文时，才深深懂得了老师对一个人人生的影响。就在那一刻起，老师他就在我心里种下了希望的种子，和一个伴随我终生的梦。在秦巴山区最原始、最偏僻的一个山村小学，在中国当代最不需要教育和文化的学"共大"时代，在老师自己因为生下七个仙女被饥饿包围的时期，他依然拼着力气为知识、为文化、为孩子呐喊，那是怎样一种精神？那是怎样一种执着？那是怎样一种良知？那是怎样一种坚守？他几乎就是中国文化史、教育史上最普遍，也最具代表性的某种化身。

　　走出大山之后，世界的精彩和变化常令人目不暇接，生活的大潮也让我的人生之舟随波起伏。我也常常面临诱惑，只不过我是用我自己的方式追逐梦想，并力图在纷繁的世俗中保持心灵的一方净土，但命运却总是调侃着我。当我努力地拿到心仪的某件东西，却发现满世界都已有了你手上的所谓的珍宝，工作单位、级别、职位、房子、名利等在岁月面前，只不过是过往的花儿。唯独自己坚持数年，用执着和毅力拿到的西北大学汉语言文学自学考试专科、本科毕业证，以及阅读的大量古今中外的文学书籍，才是最珍贵的财富。就在不经意的某一天，我忽然明白，我最需要的是什么，我最珍贵的是什么，我内心的渴望是什么，我最值得坚守的是什么。

　　很喜欢平利籍知名作家刘云的一段话："由于挣扎于另一种生活的使命和事业的选择，基本上远离了文学，但让我微笑并激动着，让我思想或者痛苦着，让我敏感和清醒着，让我踏实而超越着，让我热爱由此被爱着，让我心平气和面对复杂的生活的——仍然是文学的手指。无论这个世界怎样被无休无止的物欲充满着，文学依然神圣！我将永远保持一份对文学的虔诚之心，永远保持对生活的感动。"

　　清醒的那一天，也是我心灵回归的时候。也许还是命运所赐，恰值家乡

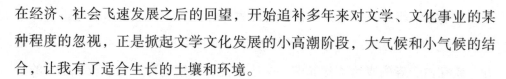

在经济、社会飞速发展之后的回望，开始追补多年来对文学、文化事业的某种程度的忽视，正是掀起文学文化发展的小高潮阶段，大气候和小气候的结合，让我有了适合生长的土壤和环境。

我也因此认识了许许多多和我一样的寻梦人。在教育飞速发展的今天，在网络飞速发展的现在，文学在变革，在孕育，在创新，不再是单一的、传统的，已不是原先心中的那种文学形式、文学面貌、文学内涵，文坛上网络上风行着千百万个文学人，而且绝大多数是新生代、有才华的青年作者。多元化、快餐性让时下的文学世界无比繁华和热闹，甚至嘈杂。但我依然在许多文友的字里行间，在和他们来往中，看到了那种纯真，那种执着，那种坚守，那种对现实和社会的关注、关怀和悲悯，也看到一种忍受孤独，忍受寂寞，忍受清贫的修行者、朝圣者般的虔诚、意志。

同去开会的有一位平利长安镇七十三岁的农民作家，他儿子已经是身家几百万的老板，可他不听家人的劝阻，不理睬周边人的嘲笑，几十年如一日地坚守着，不打牌，不外出，不做生意，不贪荣华，守着一张桌子，就那样地写着，写着身边一些农民的事，写着农民的点点滴滴、喜怒哀乐，写着农民、农村、农业的历史变迁。还有一位旬阳籍的作家王庭德，患有先天性侏儒症，但他凭着对生命的无比热爱，对文字的无比热爱，坚持用笔写着属于他和所有残疾人的那个世界，写着一个又一个残疾人和命运抗争、自强不息的故事，激发着社会对他们的关注和关爱。我在网上还认识了一位叫边村的作家，年轻时就在文坛小有名气，曾经有过进入文学专业学堂的机会，但因为家境贫穷而放弃，当过十年清贫的乡村教师，又为了生计不得不加入了庞大的打工队伍，最终在同是文学寻梦人的妻子的鼓励下，重返文坛。这样的人还有很多很多，而更多的人，只是在自己的空间里写着，不为别的，只是用笔诉说着对生活的感受，对风物的感知。还有大量的人，他们迫于生计，只能在匆忙的工作间隙，在QQ里用一两句个性签名，显示着自己一丝独有的文学的天赋，留下对文学的牵挂和热爱，也展现着内心对未来的些许期盼。因为，对于喜欢文字的人而言，那是永远割舍不下的情结。

其实，在当下，文学早已不是什么神圣的事业，文人头上的那明亮的光环也不再。尽管作家、诗人的获得需要一种实在的能力和水平，但那个名号和匠人、艺人、厨师、医生没有什么本质的不同，只不过是一个行业、一种职业的代号而已。

在会上，我见到了在安康文坛纵横驰名几十年的名家，如张虹、周长园、方晓蕾、李小洛、李大斌、刘云等（李春平、陈敏等因故未参加）。他们有的是中国作协会员，有的是陕西省作协会员，经常在各类报刊发表作品并获奖，有的已经享誉中国文坛，但在这里，在生活中，他们仍然是那么平凡和普通。只不过，对于文学业内人来说，知道这中间有多远的距离，甚至，隔着千山万水，因为选择了文学，你就选择了一种责任、一种清贫、一种煎熬，每前进一步，都是实力的攀登。

我知道，我是幸运的，我要感谢家乡的这方山水，感谢这方地域生就的人文文化、风土人情，是家乡的水土养育了我。是家乡的山水，人文文化给了我灵感，给了我落笔之处，给了我立意之地。我不求博大，不求宽厚，不求华丽，不求飘逸，不求曲折，不求离奇。就这样地，这样地生死相依，白头偕老。

文学注定是孤独的事业，注定是寂寞的事业，它让我远离金钱，远离喧嚣，远离纷争，远离急功近利。但她又绝不是脱离凡俗的事业，它让我感动，让我爱，就像夕阳红歌唱团那些老婆老汉们认真、努力、投入地唱歌、跳舞、演戏一样，就像夜里那些自娱自乐的弹琴、吹笛人一样，百感自知，也许什么都不像，只是为了心情，为了爱。

那年，刘成章在平利

2021年10月28日，我在微信朋友圈发出《车厢之峡》后不久，正在老县镇大营盘村山里实地考证。突然间，有人和我视频，连接一看，我有些不敢相信，是从未对过话的刘成章老先生。他先是肯定了《车厢之峡》，然后询问我："平利县是不是有一个叫洛河的地方？"没有等我回答，他又告诉我他上大学的时候来过平利县，而且是步行走到了洛河。我听后非常激动，刘成章老先生是陕西散文大家，他的散文被誉为"无韵之信天游"，里面有诗，有画，有悦耳的旋律，是可以吟唱、能够出声的艺术散文。他的《安塞腰鼓》至今是中学语文必选篇目，包括《安塞腰鼓》《扛椽树》《走进纽约》《读碑》《七月有雷雨》《压轿》等八篇散文作品，先后入选人民教育出版社、语文出版社、高等教育出版社、湖北人民教育出版社等十六个版本的大中专院校和中学语文课本。一位名满大江南北的散文大家，竟然和我们平利县有过这样的交集。我的声音几乎有些颤抖，急忙告诉先生，我就是平利县洛河生洛河长大的。他听后十分高兴，又大致把为什么到洛河的情况告诉我。由于我在山上，信号不好，时间不长，我们的视频就中断了。之后，我和老先生又有过几次通话或视频，断断续续，通过先生的叙述和介绍，先生的平利之行在我这里似乎有了一个完整的展现。

时间倒回到六十四年前，那是1958年的夏天，陕西师范大学的前身西安师范学院在暑假期间组织学生到陕南陕北开展新文化实践活动，帮助农村农民学习文化，接受新生事物。当时二十一岁正上大学二年级的刘成章，听到这个消息，急忙赶到报名处。不料，报名名额已满。刘成章好说歹说，非常迫切地请求参加，而且要求去他从未到过的陕南。看他意志坚定、信心满满，老师被感动了，终于同意他参加。刘成章高兴得几乎要当面唱起陕北信天游了。

学校组织这次暑假活动，除了帮助农民学文化，还安排他们动员农户在灶房里安烟囱。简单的培训后，刘成章就和同学们出发了。

带队的是一个叫杜志斌的调干大学生,是工农兵速成中学毕业的。由于当时还没有西安经宁陕到四川万源的西万公路，不能从西安直达安康，他们这次行程只能先是坐火车从西安到宝鸡，然后坐汽车从宝鸡到汉中，又从汉中到安康，最后坐车到平利。一路上，高大英俊的陕北汉子刘成章，成了大家都喜欢的中心。一个姓凡的漂亮女同学，特别地关注和关心他，走路总是跟他一起，围着他聊天说话。三四天的路程，大家有说有笑，不知不觉地就过去了。这期间，在安康的时候，经人介绍，他们到了一家棕木家具厂，每人定制了一个陕南棕箱，这陕南棕箱，是用杉木、松木、樟木等优质木材作里衬，外用精选棕片包裹，最外层用棕丝细绳编织而成。刘成章看到后，为了有纪念意义，自己用毛笔写下了"延水波"这个名字，让厂家在棕丝细绳包裹的箱面上，编织上这三个字，这是他大学期间写诗的笔名。很少有人知道，散文大家刘成章先生一直是写诗的，直到中年后，才华丽转身，写散文，以散文闻名天下。

到了平利后，经过简单的休息，杜志斌和县上沟通情况后，便进行了分派，刘成章被分配到了洛河。而去洛河不通车，要步行。刘成章从小在陕北高原长大，走路对他不是什么难事儿。听说要走路，他二话没说，就出发啦。陕南的夏天，羊肠小道路险草密，他就捡了一根棍子，探着路走。走到半路，天就黑了，好不容易赶到一个小店前，一问，早都住满了客人，就连打地铺都没有地方了。他没有办法，只有说好话凑合着住下。夜里，挤在地铺上，只把腿和脚伸在房子内，头和小半个身子都还在屋外，就这样，将就睡了半晚。天刚蒙蒙亮，他便又出发了。平利到洛河的路山沟纵横，夏天雨水又多。顺沟而下的小路路面溪水交融，路即是水，水即是路，先生记得很深，到处都是柿子大小的小螃蟹，感到极其新奇。但他顾不上欣赏这陕南奇景和一路的旖旎风光，一直赶路，终于到了洛河区公所。报到时，正好赶上机关食堂吃午饭，年轻高大的刘成章几乎饿了一整天，食堂的饭怎么可能吃饱？他没有再麻烦机关食堂，自己悄悄地到了街上，找了一个小饭馆，叫了一盘葫芦炒鸡蛋，就着菜又吃了一碗米饭。区公所食堂什么饭菜，他记不清楚了，但街上饭馆这顿饭，他至今没有忘记，吃得特别香，特别好。"鸡蛋当时是两分钱一个。"刘成章老师特意强调道。

刘成章到洛河的那个时期，洛河区公所正在组织民兵打老虎。他从洛河人的口中，记住了"一猪二熊三老虎"，晓得当时陕南山区这些野生动物对老百姓的庄稼、牲畜甚至住户构成了很大的威胁和伤害。有一次，他在街上，看见三个小伙子排成一队走过来，共同攥着一条碗口粗细的蟒蛇，让来自陕北的他极其惊奇，这都是他从没有见过的景象。但是他克服了害怕的心理，始终没有忘记自己的任务，经常一个人去村上，走山路，去农民的家里，动员农户在灶房里安烟囱。洛河几条河的河水很清，清澈见底。让先生印象极深。每次去村里，刘成章走在青山绿水间，遇见的一园竹林、一棵古树、一条蛇、一排过河石等，都让他感到十分新鲜，都让他想起了陕北高原那沟沟峁峁，并激发了他的唱歌热情，他便情不自禁地唱起了信天游。区公所的干部和他拜访过的农户老百姓都喜欢这个热情直爽的小伙子，是他把陕北的信天游，一路唱到了陕南平利县的洛河。

先生对自己在平利唱陕北民歌也格外欣慰和自豪，多年以后，他写下了另一篇著名的文章《信天游》，发表在《人民日报》上，其中一段就记下了在平利唱信天游的激情似火的内心感受：

"……走笔至此，我记忆中最为美好的一角，便泛起涟漪。那是《蓝花花》的歌声与真的江南似的景色融合在一起了。绿如蓝的江水映在我二十一岁的眼帘。飒飒作响的竹叶响在我二十一岁的耳畔。我二十一岁的筋腱饱满的双脚，踩在陕蜀鄂三省交界的大巴山上。我以我地道的延安口音，把《蓝花花》抛起在那山水之间。我看见那些背背篓的姑娘、田间耨草的小伙子，都一齐向我转过脸来。一时间，那婉约的巴山汉水，皆被我的嗓音注进了一股粗犷的陕北之艳，我从那姑娘和小伙子的脸上读出，那儿的山水分明是双倍地美了。那当儿我的心里蓦地冒出'前不见古人，后不见来者'的这两句诗来，但我绝不像陈子昂似的悲戚寂寞哀伤，恰恰相反，我是太得意太自豪了，因为我觉得，从悠悠历史到茫茫未来，也许我应该是唯一的一个以陕北拦羊娃的方式，把信天游带到此间的人。哦，多情应羡我，正年少，爱歌爱唱，风华翩然……"

在洛河住了六七天。带队的杜志斌突然打电话，要刘成章第二天中午赶到县城集合，立即回西安。当时老虎闹得厉害，区公所的领导让他第二天再走。第二天早上三点钟，他挎着干粮就出发了，还是找了个棍子，几乎是跑着在走。跑一阵，走一阵；走一阵，跑一阵。不过，这一路，和他来时不同的是：这个黎明和早晨，他是一路唱着信天游走过跑过的，也许正是他高亢的歌声，驱赶走了老虎野兽，一路平安顺利，等他安全赶到县城，才上午九点。

刘成章先生当时走的这条路，我上中专前无数次走过，我知道那是九十华里路。从县城出发，到长沙铺，再到芍药谷，翻小药妇、大药妇、乌梢岭，然后到九湾子，最后，从洛河源顺河而下十几里就到了洛河。2017年，平利县已经把这条路作为一条旅游道路贯通。如今，过去七八个小时的路程，四十多分钟就能到达。

归校后，刘成章有感这次活动的难忘，写出《陕南行》二首诗，并在当年的《延河》上发表。至今，老师还很清楚地记得那开首的三句：

"汉水的鱼／巴山的茶／姑娘唱歌走田坝……"

我试探地问刘成章老师："那个一路关心你和你无所不谈的凡姑娘。是不是最后成了你的夫人？"先生笑着对我说："没有。姑娘如火热情的爱意的确感动和打动了我，这以后我们就开始了一段时间的恋爱，但因为多种原因最终分手了！不过，那是我的初恋。我不会忘记，我的初恋，是在去陕南平利的路上开始的。"

先生还特意告诉我一个小秘密：编织着他笔名延水波的那个棕箱子，伴随了他整个大学时代；二十多年后，他的儿子从陕北考上了清华大学，也是这个箱子伴随着；又过了若干年，先生的侄子又考上了西安交通大学，还是这个棕箱子陪伴着。至今，在美国工作的儿子，在华为集团颇有成就的侄子，和定居在北京的先生，一起连线视频时，还常常开心地提到这个对他们有着纪念意义的箱子。

先生20世纪50年代末来到平利县，经历了火车、汽车、步行，那是段艰难的旅程，真实地反映了那个时代陕南的交通情况，以及我们陕南平利的自然生态和社会生态。尤其是他从平利到洛河的步行往返之旅，当是平利文化史上一行最浪漫的诗句。我曾经在《药妇古道》一文中写道："这条路，明末清初安康知名作家刘应秋走过，清朝平利洛河籍内阁大学士李联芳走过，清朝洛河籍大画家甘棠走过。"如今，还应该特别地记下："陕北籍的中国散文大家刘成章也走过。"

我非常惊奇刘成章老先生的好记性，半个多世纪过去了，八十多岁的老先生，对当时到陕南平利洛河的过程，记忆是那样的清晰，许多细节，他曾一次两次地反复强调。足见这次行程给他人生留下的犀利记忆和影响。或许，在他的许多脍炙人口的文章里，正是在和清秀又温情的陕南山水风情的对比中，发现并表现了陕北那种浓烈和高亢的精神特质。

我真诚邀请八十五岁的刘成章老先生再来平利县看看，看看今日的平利和平利的洛河。老先生没有拒绝，答应在身体许可的时候，争取成行。

若先生再来平利县，一定要再让他多住上一些日子，我要把平利的山歌、二黄戏等一一介绍给他。最后，一定请他专门写一篇关于平利县的文章。我还试着猜想，先生写平利会选什么样的角度和内容，而这篇文章，又会起一个什么样的名字呢？

女娲故里山花漫

在汉水南岸，巴山深处，有一个叫平利县的地方。自古以来，平利县境内就有一座山，名曰女娲山，只是当地人多半也不太在意，不知道女娲山和补天的女娲之间究竟有多少关联，一代又一代人也便跟着这样叫了下来。自从晋代人常璩的《华阳国志》发现后，平利的女娲山被证实是迄今为止书面文献中记载女娲遗迹最早的地方。长期以来，因为交通闭塞，让这个人类最早的发源地——女娲抟土造人、炼石补天的地方藏在深山里，少有人知。一时间，平利女娲山蜚声四起，"北有黄帝陵，南有女娲庙"成为陕南平利一张独有的名片。

藏在巴山深处的陕西平利县，还有着巴山里少有的得天独厚的自然条件，这里既有高山雄关，也有阡陌田园，山挟川而驰，川带河而迤，川坝相连，河流纵横，气候温润，2012年在首届中国乡村旅游发展论坛评选活动中被选为十个中国最美丽乡村之一。

悠久深厚的历史人文底蕴，风光旖旎的秀美自然风景，淳朴多彩的民俗风情，也催生着、孕育着地方文化和文学的发展。清代翰林李联芳、著名画家甘棠、著名书法家鄢霭堂、著名学者黄宽都在这里生活和工作过。中华人民共和国成立后，平利的文化得到了长足的发展，曹洗尘、夏军、徐涛、王润生、鲍成刚、饶天昶等一些文化人在人文地理的搜集挖掘上做了大量的工作，主要以律诗、词、曲表达着对新中国的热爱和对平利火热的生产生活的赞美。改革开放后，在新中国诞生和成长起来的一些作家开始崭露头角。刘云、蔡伟、魏传朝、李尚海、黎胜勇等在自己擅长的领域和体裁中创作了大量作品，不少作品在各大报刊发表，平利文化馆还创办了文学刊物《幼苗》，出版数十年，在安康地域内形成了较大的影响，也确立了平利文学和平利作家在安康市的地位。其中刘云的《劳动的歌者》、魏传朝的《青春的回声》、李尚海的《序列》、蔡伟的《枪声》等在省内外都有一定的影响。

进入20世纪后，随着经济社会发展的变革，人们的生活理念和人生观念也发生了深刻的变化。崇尚自然、回归自然成为一批文化人和文学作者的自觉追求，平利的自然山水和人文底蕴开始在省内外有了一定的知名度，让平利人开始把目光汇聚在平利，看到了平利这方地域自身的价值。于是，大批文化人和文学人开始汇集，县上创刊了《平利文学》，出版了三十余期，被陕西省文联评为市县文学刊物第三名。县上先后成立了作家协会、诗歌协会、戏剧协会等文艺协会，一大批作家作者涌现出来，先后有三十余人加入安康市作家协会，不少作家还加入陕西省作家协会，以刘云，戴吉坤为代表，形成平利作家群。这个作家群里的作家来自不同时代、不同领域、不同的职业。其中有一直坚持笔耕不辍的老作家、诗人、文化人，有率先描写挖掘平利自然、人文、民俗、文化的中老年作家、诗人、民间艺术家，有走出去还一直关注平利、描写平利的平利名人，还有从少年时代就热爱文学、诗歌创作，从事工作后又不舍与文学的情缘，厚积而薄发，重新拿起笔的中年作家，来自教育战线的一批作家、诗人，还有来自商界、医学界等的作家。同时平利作家里还有两个方面的亮点：一是平利自发形成一个女作家、诗人群，如周小丽、王娅莉等在平利文学界人数占三分之一。她们有女性特有的感性和细腻，写景、写人、写事、写情都具有独到之处，其中有的将哲思和诗意同描写融会贯通，既有无法替代的女性元素，又跳出了纤细、单薄的局限，具有很高的文学艺术性和较高的思想性。二是一些80后和90后的文学新生代，如吴立志、沈亦军、余国、刘光曦等，一出手就显出不凡的才气和灵气，文笔手法都具有现代气息和走向，在他们身上，可以看到平利文学艺术创作的未来和希望。

平利作家和诗人们创作的作品具有自然山水和人文的属性，或写景写人写事，或写历史写现实生活，都以客观现实为基础。可以说，平利几乎大多数作品和文章，都深深植根平利这方地域之中，充满着平利地方的山水灵气，饱含着对这片土地的热爱和深情。在共性之中，又体现着鲜明的个性，在反映生活的方式、角度和认识上有层次感和多样化；在艺术手法上有各自时代的特征和丰富多变的灵动和生气；在文学体裁上，和山水田园农耕文明相适应，形成了以散文为主、多种体裁俱有的气象。

刘云，这位成长和生活在平利，辗转往来在秦巴汉水之间的从平利走出去的作家，是安康散文创作的代表人物，更是平利文学创作标杆性的人物，平利的风土人情都若有若无地投影在他的文章里，他的文章成了陕南山水人文风情的缩影或者代表。他在从诗坛隐退躬身政务若干年后，自21世纪初创作激情突然井喷，连续出版了《风吹过秦岭》《一生一个乡村》两部散文集，获得孙犁文学奖、第三届中国报人散文奖等，作品连续多年入选中国年度最佳散文选集。他的散文颠覆了传统散文的模式，把生活态、生活味、自然态、人文态都用一种家常式的形态表现出来。所有的文学手法和媒介似乎都不见痕迹，作家和读者之间的界限也不复存在，就在一种拉家常和自言自语、自说自话的过程中活灵活现完成了对家乡和陕南的自然态、生活态、人文态、风情态的诉说、描述，再现；但你分明又觉得他的诉说有一种说不出的不同和特别，文中所具有的那些情感、语言、描写、意象、内容，全部都饱含着诗意和匠心别具的眼光和思维角度，全然又不是常人眼里的普通世界和生活了，就像陕南的米酒，用的是陕南自产的糯米，经过制作和发酵，那滋味是极其甘甜、醇厚和醉美的，远远不是平日里那普通的糯米了。

戴吉坤，一个用长篇小说题材描写平利的本土人物故事的作家，他的作品《栀子花开》通过一个20世纪80年代走出陕南农村的大学生在走向城市的过程中在爱情、婚姻、事业、理想等方面的矛盾，纠结和艰难选择的经历，集中展示了改革开放后西部农村和城市经历的深刻社会变革。这是以陕南农村为出发地的另一个版本的《人生》，作品的突破和价值在于，靠着上学走进城市在计划经济中生活的主角随着改革开放，在社会、经济等方面的地位开始下滑，而家乡依托自然资源和市场化走进城市的新兴城市人有着较强的实力和底气，对计划经济时代变身的城市人形成有力的冲击；同时，小说全篇贯穿着对家乡平利的思念和乡愁，用很多篇幅描写了家乡的自然山水和民俗风情，让秦巴风土人情得到了全面细致的展示。手法细腻，真实，有着和平利山水人文和谐融通的自然气韵。

刘建明，这位平利走出去一直在带领安康人建设发展安康的地方领导，也一直放不下那浓得化不开的乡情乡恋和乡愁，著有散文集《我心中的太平河》《明天谷雨》。他在描写家乡的景、人、事中，情深意长，真挚真切，又心胸宽阔，充满家国情怀。

魏传朝，在诗歌、戏剧、散文、小说都有不俗收获的一个平利籍作家，其代表作《青春的回声》善于用情节、性格和环境的冲突来表现人物的命运，并从中折射出时代对人物命运的主宰。正是他的文学追求和文学创作的丰硕，让他和著名作家张虹结为伉俪，双双在文学上取得了耀眼的成就。

董良军，善于在不长的篇幅里，用饱蘸情爱的真情实感写成长过程中的一些感人的生活场景，让人感受到人性中真善美的可贵和伟大，讴歌着代表陕南的平利这方秀丽土地的淳朴人民。

姚志学，这位曾经的平利文联主席、文艺活动组织者和作家，他的《乡村远去的事物》《巴山鱼事》细致地再现了巴山汉水人曾经的生活、劳动的场景和情境，在怀念中寻求和期盼一种融合自然的天人合一的理念的回归。在组织开展文学文艺活动之余，他还写了不少文学创作人的采访和介绍，对平利文学文艺的繁荣和发展发挥了举足轻重的作用。

黎胜勇，试图把文学和旅游融合在一起，给文学和旅游都注入一种新的能量的开拓者，使得他的作品有一种大自然的本真、清新、自由和清明。他的女娲文化研究，有着严谨的学术态度和科学的探究精神，对加深平利女娲山和女娲文化在中国女娲文化中的影响发挥了至关重要的作用。

王向东，既是旧体诗人的传承者，又是现代诗歌的热心园丁，对平利的诗歌的发展有着承前启后的作用。他的作品无论是格律诗，还是散文、评论，都真实、质朴、自然，雅俗共赏。

吴全云，倾力表现和挖掘平利山水人文文化的拓荒者，他的文学作品依托平利地域的自然山水人文景观，用历史文化和民间传说丰富作品底蕴，用传统的文学表现形式，借助多种表现手法，使其文学艺术创作和文学作品具有较强的故事性、可读性、趣味性。

李尚海，具有深厚的文字语言功底，小说散文集《序列》获首届全国精短散文大赛优秀奖。多年来，笔耕不辍，出版散文集《溪流如此》，作品精干苍劲,描写任何事准确、传神、到位,具有一种挺拔阳刚的风骨,集中体现了巴山人乐观向上的特质。

陈武成,擅长用中短篇小说描写、展示平利的人和事,他的小说集《巴山女人泪》《在那高高的山上》中的人物、故事都有着平利和平利人的影子,作品中人物的喜怒哀乐、悲欢离合无不反映着平利的众生万象。小说语言具有浓厚的地方色彩,情节、故事都流畅、明快,具有真实感、生活感。由此可使读者产生共鸣,有很强的可读性。

邹尚恒,一个戏剧作家,作品风格和陈武成的小说相似。他继承了汉调二黄和平利地方戏曲弦子腔的优良传统,以地域生活为题材,善于把地方家喻户晓的生活细节引入戏剧中,构成戏剧冲突,小生活、大主题,浓厚的方言,真实的生活再现,使得他的戏剧风趣幽默,深得观众喜爱。他的剧本《审女婿》获文化和旅游部的"群星奖",对安康和平利两大非物质文化遗产的发扬光大发挥着积极的作用。

陈旬利,以描写地域文化的散文来表现平利和秦巴汉水人文自然的一位实践者。作品大多从地域人文自然和历史资料生发,试图对地方人文文化进行更深一个层次的挖掘和探究,文风明快,语言流畅,寓描写、思考、想象、考究于一炉,作品充满着对地域自然山水、人文文化的热情、激情,从而显得厚重而不呆滞,如《回放女娲》《八仙境界》《药妇古道》《武皇之上》《车厢之峡》等。这在一个人类开"史"和汉民族发源的地方,无疑有着宽广深厚的基础和空间,更具有可贵的历史和现实意义。

黎胜刚,将生活种种都纳入写作内容的一个散文作家。他的作品有着真实的生活和人生沉淀,很多文章无论是记叙和描写还是回忆和述说都自然流淌着对人生对事物的思考和真知灼见。文风自然,真实,形散而神不散,语言干练、准确、到位,颇具刚健之气。作品《趣说开会》《趣说喝酒》《趣说坐车》,记叙描写实在,思想深刻,具有极强的文学价值和现实意义。

周小丽,一个热爱生活热爱工作热爱大自然的女性作家,她的作品不带功利性,从生活工作的点点滴滴生发,一个人、一件事、一朵花、一个生活片段皆可入文,描写细腻、生动、温婉,有着女性独特的体验和感受,但又不停留在普通的自然描写和感性描写上,而是通过理性和知性表现对生命的深度考量和对众生深切的人文关怀。这使得她的作品呈现出平利茗茶的特质，在看似平淡的氤氲中有着淡淡的清香和回味久长的醇厚。

王苏平，一个在诗坛耕耘数十年的极具天赋和才华的诗人。善于在普通和平凡中提纯诗意和诗情，主旨深沉高远，想象力奇特丰富，作品气势宏大，具有很强的表现力和冲击力。

张锐锋，一个在陕南民歌和古典诗词中汲取营养成长成熟的诗人和词作者，作品中有着民歌的明快、大胆和生动，也有着古典诗词的婉约和含蓄，注重韵脚和意向的和谐和搭配。他的家乡系列歌词创作大气，在保持浓郁的地方地域色彩和风格的同时还具有较强的民族性。《根在何方》《心弦》分别获得"美丽中国"原创音乐金奖，和中国音乐杯首届世纪华人原创音乐银奖。

王建春，对小说、散文、相声、杂文、快板等都有广泛涉猎，作品具有较强的现实性和时代性，多以身边和现实中的人和事为描写对象，思维敏捷，语言风趣幽默，构思灵活多样，感情饱满丰富，贴近生活，贴近读者，读后如身临其境，感同身受。

王娅莉，一个用才华和勤奋的双翼托飞起的女作家。她在对生活工作的言说和记述中发现和感悟了生命的意义，她的所有作品是在边走边描边思边感中同步创作实现的，她善于抓住人物事物景物具有符号意义的表征，勾勒出所要表述的景象、意象和感悟。于是，所具有的诗意、哲理和情思禀赋就成了其作品最具价值和潜力之所在。

杨洋，一个把诗意潜伏在血液中的诗人，善于组合不同的意象表达内心的渴望和自然的美丽。他的诗既清新、清丽、现代，又有陕南山水的灵秀和气韵，且没有纯写景写情诗人的单薄。

吴立志，一个思想飞越在现实之外，感官和触角超越人自身的诗人，他的文心诗意是建立在超人的感官感觉上的，他把意境和思想建立在一个有异于我们所能见到的现实之外的王国，让人类拥有了一个多彩的、梦幻般的世界。

沈亦军，一个全身浸泡在诗情诗意中的诗人，一个把乡土文化和乡村情感作为创作根据地的诗人，善于把自然、社会、事物和一切现实元素幻化为意象为自己的表达服务。他的诗感和才华足以保证他的作品有着非凡的诗意和非同一般的主旨。有百余篇诗歌散文在省内外报刊发表，其中相当数量的作品获各类不同奖项。有诗作入选2013年度《星星》优秀诗歌选。

陈文成，他的散文建立在生活和生活感受及个人思考上，用生活本身自然产生和升华的哲理启示和感化读者。文风自然质朴，语言老到亲切，有着自家酿制的烧酒的醇厚清香。

周成斌，画家兼诗人，创作了《女娲连环画》等作品，并获得市政府精品文学奖。同时，他具有较深厚的文学功底，创作了不少散文。他的散文注重于在当地近代民族精英的故地、旧居的感悟和寻觅，作品风格厚重而刚健，具有较高文学价值和人文价值。

魏远垠，几十年坚持笔耕不辍，出版了散文集《筑巢记》。他坚持写身边的人和事，用文字给身边的人带来快乐和笑声。他的文笔朴实，文字准确，追求生活感受的真切、生活真实的再现。他用真实的生活美，反映着时代的律动，作品中有着激发人们热爱生活和昂扬向上的力量。

李世新，具有扎实的文字功力，坚实的文学理论修养。他对不同文学体裁都能较好地驾驭。他把笔头对准生活、现实，写出来不少具有现实价值和艺术价值的作品。其中最有价值的是他写的一系列所见所闻的小人物，写他们的生活写他们的人生，写他们的喜怒哀乐，用小人物在平凡普通甚至卑微的生活中仍保持善良和高尚的故事，给当下浮躁势利的社会注入了一丝光亮。

翁江春，一位成功的商人兼诗人。他的诗明快、清丽，有江南水乡的灵秀和气韵。尤为难得的是，他创办了报刊《女娲映像》，为更多的老百姓了解平利提供了一个平台，为更多的文学爱好者开辟了一个成长的园地。

范莹，一个安静的在场院一角看世界、看众人、看生活、看一切的女诗人，用意象和诗意从容而优雅地表现自己和女性所独有的观感、心感和美感。对诗的理解把握和远离功利的散淡使得她的诗如同水仙，散发着清幽之香。

蔡汝平，执着地讴歌自然和山水，他的散文不刻意设计过多的雕饰，有如高山流水、林风松涛、自然流畅，和大自然成为不可分割的整体。

陈真，擅长展示和描写现代年轻人的生活和爱情，在跌宕起伏的故事情节中对人物的心理和性格有比较娴熟的掌控和准确细腻的描写，语言描写流畅自如，文风现代浪漫。

崔世耀，一个对社会和生活有着特殊的视角和敏锐的视觉的作家。他直指社会底层存在的问题和现象，笔触冷峻客观，在现实的再现中引导读者关注关切弱势群体所面临的社会问题。

廖为凡，多用纪实性的文字记叙描写平利近代人文历史史实。有作品《不息的岁月》《天下平利》《廖乾五在大革命中》，作品自然、朴实，对宣传地方人文文化作出了较大的贡献。

除周小丽、王娅莉外，平利还有相当数量的女作家，其中柯蓝和柯贤萍的散文对自然风物的描写细腻传神，诗意浓厚，文风自然散淡，颇得散文写作的精髓；张瑜的散文在描写上更多融入了现代的气息；吕国文从教学的角度思考教育和社会；米小红注重表达人在大自然中的感悟；王莉刻画描写现代社会人的爱情有独到之处；龚芳侧重写生活感受；汪贤莉总是在工作生活中发现和挖掘诗意和灵感，等等。她们为平利的文学园地增添了极为美丽的风采。

王著斌、朱清平、樊吉生代表着平利为数不少的农民作家，他们的作品是劳作空闲时写出来的，写农事、农家生活、农家生态、乡村民俗风情和时代变革，都有着本真的呼吸，写得真实生动、自然感人，他们的那种坚持，更是平利文学创作力量的象征。

平利文学创作的兴盛，有着其历史和现实的条件和基础，尤其是21世纪以来，迅速形成了一个个繁荣的局面。这是中华人民共和国成立后，时代、地域、人才集聚造就的，也是县委、县政府重视支持的结果，更是平利文学人坚持不懈的结果。平利文学创作目前呈现出老中青齐头并进的繁荣景象，平利的作家怀着对家乡赤诚的热爱，对文学艺术赤诚的热爱，跳出了功利和名利的圈子，用手中的笔写所想所爱所盼。不少文学人更把目光聚焦于对社会人物的关怀、人性的升华和国民的精神再造，同时也注重自身的修炼和提高，力图让女娲文化更好地走出平利、走出大山。

由于篇幅所限，还有不少平利的作家没有列入。值得欣慰的是，平利的文学创作正处于山花烂漫的时期，几个80后的作家诗人极具才气，具备冲击更高水平的能力。尤其是在青少年中，有一大批文学爱好者，各种文学社方兴未艾，其中有相当多不乏文学天赋和潜质的人，他们更是平利文学的未来。

生自乡土，绽其芳华

——赏读《平利诗词学会成立二十周年选辑》

当我手捧《平利诗词学会成立二十周年选辑》（即《平利文学》2021第四期），看到不少熟悉作者的姓名，拜读了不少作品，产生了无数次感动、感慨、感怀。这是为着平利诗词，也是为着这些为祖国、为家乡、为传统诗词奉献热爱的平利诗词人。

是的，首先，这诗词专刊中一串作者的名字就是平利几十年间传统格律诗史的构成，其中不乏安康、平利的诗词专家和名人，也有坚持笔耕的新老诗词作者。我还发现有不少是我认识的老领导和前辈，其中不少已经去世，备感震撼。可以说平利格律诗的成就就是这专辑中的诗词代表和传承着的，一首首读下来，深刻的感受犹如浪花，一浪一浪地激荡着我的心扉。

歌唱盛世，礼赞祖国

专刊收录的诗词描写和歌颂的内容不仅有庆祝中华人民共和国成立七十周年的，还有庆祝香港回归、澳门回归的；也有庆祝中华人民共和国成立五十周年，建党八十三周年、九十周年、长征胜利七十周年，抗战胜利六十周年、七十周年；甚至在神舟六号、嫦娥一号成功发射等不少国家大事喜事上，较完整地表现我们伟大的祖国在中国共产党的领导下，站起来、富起来、强起来的光荣和辉煌历程和作者发自内心的礼赞。如在表现脱贫攻坚这场历史壮举和成就时，饶天昶写下了："……精准扶贫休留憾，党旗挥、情跃穷根铲。双百计，更璀璨。"（《贺新郎·五岳欢歌漫》）正如原平利县委书记冯尚勇所述："诗文随世运，无日不趋新。"

记述巨变，颂歌家乡

从专刊诗词所涉及的题材来看，也是一部平利二十年来乃至几十年县城和各镇发展的掠影和"诗歌县志"。如徐山林的《题平利》：

五峰逶迤望边城，新桥流水夜闻声。
一日青山与新意，悠悠白云戏绿林。

又如张伟的《和谐新村画中藏》：

青瓦白墙华盖房，平利农家新模样。
和谐新村何处有，巴山深处画中藏。

再如王向东的《回归》：

风桥关垭珠一串，女娲故里披霓衫。
华夏后裔祭圣母，尽享人类归自然。

还有习斌的《颂三桥》，贺德山的《写在乡村公路升级改造之际》、王浩的《贺平旬路通车》、徐家振的《赞绞股蓝龙须茶》、李习楷的《赞信合十年》等，从不同方面、不同领域反映了平利经济社会发展和基础设施及民生等方面的巨大变化。

抒写风物，深潜人文

专刊的另一大题材和内容是写平利的地域民风民俗和历史文化和红色文化。如马春芳的《解放平利》、王韬的《水调歌头·清明祭女娲》、吴全云

《追忆英烈廖乾五》、董明汉的《正阳抗战老兵》、侯令坤的《沁园春·可爱平利》、汪贤莉的《卜算子·赞龙头村》、何小雅的《女娲咏雪系列》等。诗作描写了平利美丽的自然风光、景区景点、风土人情，尤其是对平利丰富的物华天宝的物产和深厚的人文矿藏的挖掘有较强的力度、深度和广度，对平利的热爱不语自重，对平利的宣传和推介润物无声。

阵容齐整，诗赋心声

专刊虽然是选辑，但是以二十年来平利诗词精品入选，恰好反映了平利诗词的诗人阵容和历史传承，可以说，几乎囊括了所有活跃在平利诗词界的代表人物，是新中国成立以来平利传统诗词创作者的全阵容。专刊中的作品系平利格律诗词作者的情感和心声的表达。诗言志，他们或唱或和，或抒发生活的感悟思考，都饱含真情和深情。如张锐锋的《立秋》《深秋》、黎胜刚的《蝉意》、梁永波的《咏竹》《咏水》、蔡汝平《健身》等皆源自草木本心，对生活和人生都有启迪意义。在此借用杨善钧的诗来体现这一特点：

风雨兼程二十年，年轮飞逝忆高贤。

泛舟文海寻佳句，共绘宏图说大千。

百花争艳，守正创新

这期专刊编排用心，版块丰富生动，所选作品突出了思想性、艺术性和代表性、地域性与个性的融合。家国主线一脉贯穿；诗词曲赋楹联歌（词）体裁多样；摄影、书法、绘画熔于一炉，令人耳目一新。让人从中看到了这一创作群体对格律诗词传统文学形式的热爱和奉献。恰如县诗词学会会长王向东的《在重阳节笔会即兴》所言：

舞文弄墨展风采，吟诗念曲著华章。

历经沧桑数十载，艰难困苦志不忘。

纵观平利格律诗词的发展，有三个特点，一是积极向上，能量充足。"文章合为时而著，歌诗合为事而作"，在每一个时代阶段，都会有格律诗词人的声音。这个前节已述，此不再赘述。二是守正创新，生机勃勃。坚持传统主导，也不墨守成规，正如已故的陈礼门老先生《制烦良药》中的诗句："不求格律多完善，但愿心意可代言。"但这种创新丝毫没有影响诗词的艺术表达和诗词的发展。另一方面，以饶天昶为代表的一批诗词作者，一贯注重格律诗词的要求，在传承中发展，在发展中传承，值得钦佩和肯定。三是老中青结合，各具特色。专刊中的作者有年纪大的老一辈，有中年的，也有年轻的。他们平时有交流有探讨有指导有传承，形成了以老带新、新老并放之繁荣，最值得一提的是年轻一代开始崭露头角，且开始形成独特的创作风格，如马金豆的婉约清雅、何小雅的洒脱清新等，都可圈可点。

总之，专刊的出版，是平利诗词进入21世纪后一个阶段性的路标，显示出平利诗词界一种情怀、一种自信、一种时代责任感。相信在未来，有着这样一群承载着热爱和奉献精神的平利诗词人，定会创作出更多更好的无愧于国家、无愧于时代、无愧于平利的作品来。

拓荒先生

——平利山水人文文化拓荒者和实践者

　　作为平利山水人文文化追寻者、爱好者之一，我对平利山水文化的先行者和拓荒者充满敬佩和谢意。吴全云先生当是我们这个时代山水人文文化拓荒者的一个代表人物，更值得我个人敬佩和尊重。自清代《平利县志》的编者黄宽首次全面、细致地对平利人文、地理、历史进行普查、记载、汇集后，一代又一代平利文化人都为此付出艰辛努力。进入21世纪后，平利山水人文文化迎来了历史上难得的一个黄金时期，这一种局面的来临，与时代的发展、与历史的积累、与组织和文联的重视和推动是联系在一起的。同时，我个人认为，吴全云先生个人的努力，个人的实践也为平利文学艺术的繁荣和发展作出了重要的贡献。

　　吴全云先生先后担任乡镇党政主要领导、县旅游局局长，基于对平利山水人文的热爱，他在任职期间结合自己的工作职责，大力推行人文文化搜集工作，在推进平利旅游事业上作出了很大贡献。同时，无论是在岗时还是离岗后，吴全云先生都用自己的笔墨倾力表现和挖掘平利山水人文文化，先后创作、编辑出版了《女娲山风情》《五峰翰墨集》《平利民间故事》《山水宝典·天书峡》，内容几乎涵盖了平利地域内山水、人文和民俗的方方面面，艺术形式有书法、绘画、诗词、散文、民歌、民间传说故事等，其范围之广，令人惊叹；其内容之丰，让人惊讶；其艺术造诣，让人钦佩。纵观吴全云先生在文学艺术作品上取得的成就，我个人认为有三个方面的突出特点：

　　一、描写内容上具有较强的地域性和客观性。吴全云先生在继承过去人文文化的基础上，无论是《女娲山风情》《平利民间故事》还是最新出版的

《山水宝典·天书峡》，都着眼于对平利自然、山水人文和民俗风情的搜集和挖掘。他的文章或依托自然山水，或依托文物史料，或依托民间传说，都以客观现实为基础，可以说，他所有的作品和文章，都深深植根于平利这方地域之中，充满着平利地方的山水灵气，饱含着对这片土地的热爱和深情。其宽广程度都是集大成的，他对平利的历史文化、名胜古迹、名人传说、民间故事、饮食文化等都全面地进行了挖掘和拓延，尤其是对女娲文化、八仙文化进行了前所未有的挖掘、传承和发展。如《廉泉让水》《沧桑女娲山》《石炬药妇山》《古关车厢峡》《山城沧桑五峰楼》等，让女娲故里自然之灵秀，历史之底蕴，民俗之纯朴都有了全面的集中的展示。

二、艺术风格上具有浓郁的传统性和民间性。无论是《女娲山风情》《平利民间故事》，还是《山水宝典·天书峡》都充分体现了传统文化和民间艺术的完美结合。吴全云先生具有深厚的中国文化和中国汉语言文字功底，深得中国传统文化的精髓，他对中国古代神话、历史传说和民间传说都相当熟悉，可以说烂熟于心，能够灵活熟练地在文章里运用穿插历史、神话和民间传说。如《女娲抟土造人的传说》《女娲山和太子坟》《女娲山下进贡茶》《女娲、石牛、牛王漆》《八仙探说探源》《鄢霭堂与香谷米》等，让自然山水和这些传统的元素结合起来，使其既有现实的依托，又有历史和民间传说的基础。自然山水被赋予传统、民间传说的底蕴，就不再是普通的山水、地理了，让平利山水、草木都有了和女娲故里相匹配的厚重感。在描写记叙手法上，也体现出传统性和民间性，语言通俗易懂，在文章构建上又借鉴了民间故事的表现手法，一景一文，一人一文，一地一文，一事一文，把所有的自然人文珍珠捡拾打磨串联成册，每篇美文，开门见山，简短明了，故事性强，雅俗共赏，男女老少皆宜，让家乡的人读来格外亲切熟悉，而让外乡的人在故事化、人文化的介绍中能够快捷和迅速地了解平利的自然山水人文。这种形式对促进平利旅游和人文文化的推介，具有极大的优势，能够发挥极重要和其他艺术形式不可替代的作用。

三、艺术手法具有明显的多样性和兼容性。吴全云先生以现实为写作对象，以传统为基本手法，各种传统的文学表现手法穿插运用，既有现实主义的风格，也有浪漫主义的色彩。这集中表现在描写地域的地理、山水、人文时，把神话传说、历史传说、民间传说自然地融入其中。在《山水宝典·天书峡》中，作者以自然造化成就的"天书"为线索展开叙述，借助大自然的鬼斧神工的景物、景观，以想象的翅膀把一系列景物景观用"天"字推演铺陈，在"天"字上做文章，如天塔、天洞、天籁、天泉、天眼等，让人真是仿佛到了天界，恰到好处地表现了天书峡那"此景只应天上有"的绝世形态神韵，同时要说明的是，吴全云先生在坚持继承传统文学的同时，也善于运用和借鉴现代写作手法，推陈出新，运用多种手法表现自然山水人文。在《琵琶岛赏荷》中，采用全景、近景，由远及近的手法表现了夏日荷塘美丽的景色。并且用神话传说、吟诗歌颂，夹叙点题等方法把荷花高洁的品质提炼出来，让人在赏花的同时精神得到了洗礼，思想上得到升华。在《青瓷茶韵》中，他借用周杰伦的《青花瓷》的歌词："天青色等烟雨，而我在等你。"把青瓷、绿茶、音乐、美女、舞蹈、风土人情等众多的文化因子糅合在一起，把蕴含在自然之美、人文之美、心灵之美、茶女之美的茶韵茶道之中那种只可意会不可言说的韵味，以及茶艺表演中所表现的人和自然的相互依存、天人合一的主旨，还有人对回归自然，融入自然那种心灵契合的期盼、向往和等待都完美地表现出来，具有较高的文学艺术价值。

吴全云先生依托平利地域的自然山水人文景观，用历史文化和民间传说丰富作品底蕴，用传统的文学表现形式，充分借助多种表现手法，使其文学艺术创作和文学作品具有很强的故事性、趣味性、文学性、艺术性，促进了平利自然人文文化的繁荣和发展，也推动了平利旅游事业的发展。吴全云先生所有的努力和所取得的成就，使他当之无愧地成为21世纪的平利自然人文文化繁荣和发展的拓荒者、引领者、推动者、实践者。

心灵之约

　　四月上旬的平利，山清水秀，姹紫嫣红，展现出最美乡村最娇媚最清丽的风韵。

　　被大自然精心装扮的平利和平利的文艺爱好者都在急切地等着两位平利的有缘人——平利文化的使者，平利山水人文风情的知音。

　　他们一位是中国书法家协会会员、陕西省书法家协会副主席、陕西金石书画院院长王定成先生，一位是中国作家协会会员、陕西作家协会理事、《美文》杂志副主编安黎先生。他们约定，在2015年春天，再次到中国最美乡村平利来。

　　对二位文化人来说，和平利结缘是一段佳话。生于平利、长于平利的书法家王定成，对家乡的情浓密得是几乎化解不开的。不管多忙，他每年都会抽时间回趟家乡探望亲人，喝家乡的水，吃家乡的饭，和九十四岁高龄的伯母在一起待上一天半日。在古城西安，多年前，一次偶然的机会，他和陕西著名作家安黎先生邂逅，情不自禁地说起平利山水的秀丽，诉道家乡百般好，并邀请安黎有机会到他家乡平利看看。看定成先生真诚相约，安黎对平利有了浓浓的兴趣，因为，安黎是到过平利一次的，那一次是平利籍的一位散文大家、中国作协会员、省散文学会副会长，现任安康日报社副社长、总编辑的刘云邀请和陪同的。眼下，见到这位书法大家谈到家乡所溢出的深情和爱恋，想着好友刘云，安黎在思考："平利这方土地拥有什么样的营养，生养出如此儒雅、才华横溢、厚重而不失灵秀的几位大家呢？"他不禁生出再去平利看看的想法，于是就爽快地答应了。

　　2014年8月，安黎和王定成终于成行，一起来到平利。在平利，他们一起登上最早有史籍记载的补天造人的女娲所在的女娲山，他们一起到了比秦长城还早六百年的楚长城关垭，他们还造访了以线装书籍形态的石头陈列于巴山屋脊百万年的奇秀峡谷天书峡。让安黎更喜爱的是，平利山清水秀的自然田园风光，和平利这个本是贡茶产地的西北名茶大县那如诗如画的茶园和茶山。在平利长安镇，当地方领导请他为长安作赋时，安黎欣然应允。

王定成和安黎这次一到平利，一刻没有休息，参加了平利老年书协活动，为平利五峰诗社挥毫泼墨。在长安镇，为长安镇的景区建设出谋划策，定成先生饱含深情写下："乐茶，乐于茶，乐于平利茶。"安黎认真观看了他书写的长安赋，二人又走了长安不少地方，一路走，一路看，一路思，提出许多独到有见地的建议。安黎应平利文学爱好者要求，用了半天时间，对写作的目的、要求，该达到的境界，应注意的问题作了一次高水平培训。

平利，这个"人类开始的地方"，这个具有深厚历史人文底蕴的地方，这个中国最美乡村，在两位文化人的行走中，有了更多的发现和开拓的意义，绽开了它更多的不一样的美丽。

双星辉映

一个文化大家，其风范不仅仅体现在艺术成就上，更体现在个人的素养上。短短两天，两位大家让平利人看到了他们极高的个人素养和文学艺术造诣，展示了其极强的独特的个人魅力。

作为平利人的王定成先生，对安黎表现了主人十分的热情和尊重，他一直称呼安黎为老师，每到一处，年长十余岁的他都尊让安黎先行，安黎更是推让，尊王定成为先生。在不同场合中，他们更是极其谦和，微笑着答应粉丝的要求，签名、题字、留QQ号、加微信等，尽量让书法爱好者和文学爱好者满意满足。他们之间体现了一个大家对另一个大家从事艺术的尊重，体现了对彼此艺术造诣和艺术成就的尊重，体现了对彼此人格的尊重。

王定成先生在向安黎推介平利时，极其独特而不一般，他十分懂得身为作家的安黎的心思，他要求平利的主人给他们上农家菜，吃农家饭，早点时他亲自带安黎去吃平利独特的鸡蛋皮子和油糍，让店主介绍食品的原料、做法，让他们和安黎拉家常，了解平利的风土人情；他带他们去老街，进小巷，看古城墙，在许多时候，他亲自介绍平利的历史演变，回忆起自己年轻时在平利的点点滴滴，让安黎得到了最想了解和最想感受的平利最寻常最普通的生活。

安黎关心地问起王定成前不久在英国访问一事，王定成在介绍中充满对英国人素养的赞赏，他到利物浦市后，市长对文化十分尊重，对来自中国的文化大家更是尊重，专门接见了他。定成先生对在英国的几个细节记忆十分深刻，几个官员请他吃饭，最终主宾都是AA制，各自结算。请他看戏剧也是各买各的票。最让他忘不了的是看似很平常的戏剧，人物不多，剧情单一，可坐满了观众，全场鸦雀无声，没有一人拍照摄像，没有一人喧哗言语。剧毕，演员多次谢幕，全场掌声如雷鸣，一次又一次响起。言谈中，显现着两位大家对提高国人素质的期待和向往。

其实，他俩在平利的一言一行，无不显示出文化大家的高素质、高素养，他们低调，平易近人，没有一星半点名人大家的做派，他们的言谈举止，处处显透一种为人处世的风范。他们如天空两颗星星，交相辉映，给平利留下文化人永远值得追随的光亮。

第二天，王定成远在西欧的女儿从美国返回途中专程到西安驻留一两天，看望父母，对女儿的思念和爱让他一刻没法停留，急速赶回西安，临走，他一再叮嘱亲人，要把安黎老师招呼好。

文学之翼

"从彼长安到此长安，宛若跨越两个季节，感受迥然相异。"这是安黎先生第二次来平利在《且生且安茶飘香》一文中写到的。都是长安，但此长安非彼长安，安黎在文中集中描写了平利长安和省城长安的同与不同。他用自己的手法特别演绎诠释了平利长安小镇因地处秦楚边界楚长城所具有的历史文化底蕴，和长安之名中所寓含的长久和平的期盼。他更是用今日遍布长安的茶园茶山和茶所具有的闲适、和谐，衬托出了今日平利的秀美，人民的幸福和安宁。

在创作培训会上，安黎用自身创作的经验和思考，给平利作者阐述了文学创作所具有的四个层面，也即要达到的四个境界："在生活的层面，求真；在艺术的层面，求美；在思想的层面，求新；在人格的层面，求善。"高度精练和透彻，说透了文学的本质和标准。他还特别强调："作家应该有自由的灵魂，要做社会的旁观者，而不是参与人。好的作家和作品一定要有自己独特的东西，别人没看到你看到了，别人没抵达的，你抵达了，你就是成功的。"

对于有作者提到雅与俗的问题，其实《美文》自身就是一个最好的回答。《美文》站在艺术和思想的制高点上，坚持极高的艺术标准，又始终走在现实和生活的前沿，不脱离生活，不远离现实，受到无数读者的喜爱和青睐，在中国纯文学刊物中，享有极高的位置，发行量很大，影响极广。

安黎不仅是这样讲的，也是引领者，第二次到平利，他还写了另一篇美文《关垭》，长达两万字，发表在大型文学刊物《钟山》上，文章从楚长城平利关垭出发，从帝王、从疆域、从民生等方面纵横捭阖，说古论今，展现了一个作家对楚长城自由、独特、深刻的思考。《关垭》对他所讲到的文学创作的四个层次，是最好的诠释。

安黎说的、讲的、写的，对平利写作者是极大的启发和引导，对已经开始起飞的平利文学如虎添翼，注入了新的飞翔的能量。

安黎在《且生且安茶飘香》中写道："安才能生，生才能兴，兴才能福。生是鱼，安是水，生是树，安是土。"

可见，黎民百姓的平安安康在安黎的心中是多重要呀，我们因此更加相信，安黎和平利、长安、安康的缘是注定的。平—安，长—安，安—康。这块地方一定会像安黎所期待的那样，永远平安安康。

期待着，两位大家再次到平利，这个宜生宜安的地方。

一个诗社的诗意时光

朴素的社名

开始的时候，我只觉得五峰诗社这四个字很是普通。而五年后的今天，当我再度注视这个朴素的社名的时候，只觉得满是诗情、诗意、诗味、诗趣。她透视着一段似水流年的岁月，流淌着一段诗意迸发的年华。是那样的亲切，那样让人迷恋。

五年，激发了多少灵感？生发了多少诗句？流走了多少日子？聚散了多少诗人？五年，绽放了多少芳华？催生了多少故事？五峰诗社就是一个驿站，给一伙爱诗爱文的人一个自由的乐园，一个心灵的憩园。所有的诗情画意，在这儿栖居；所有的文心哲思，在这里放飞。忽而，眼前是一片遥远的水墨画，五年，生命犹如最灿烂、最浪漫的鲜花绽放；忽而，又是一册小像集，五年，留下了生命最珍贵、最美好的回放。

十八只白鹭

平利山城依着五峰山，面临坝河水。早先的时候，即便有河堤，也是自然的、原生态的。有岸，有水，有柳，有滩，有鸟，有鱼。白鹭自然也是有的，只不过它们把整个坝河都当作家。城边这里人多，白鹭反而栖居的不多，多半是过路的。后来到处砍树捕鸟，白鹭几乎在此灭迹了。

近十几年，小城里修起了河堤，建了滚水坝，多年少见的白鹭才在城里

363

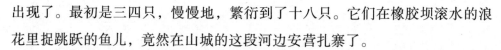

出现了。最初是三四只，慢慢地，繁衍到了十八只。它们在橡胶坝滚水的浪花里捉跳跃的鱼儿，竟然在山城的这段河边安营扎寨了。

就在五峰诗社成立的时候，或许是天意，或许是巧合，首次入会会员刚好是十八个人。那时的我，总觉得这十八个会员就是这群在女娲故里、五峰山下、坝河河畔飞翔的白鹭。于是我这个不擅长写诗的人，也吟出了这样一段句子：

> 只只白鹭收获一首首丰硕
>
> 贪婪采撷每一个日子
>
> 任凭时光没有节令
>
> 精灵们不知疲倦地衔拾着诗句
>
> 却散落更多的
>
> 遍山遍水的诗情诗韵……

失踪的诗人

一个美好事物的面世，是不是一定会有一种对应的美丽生命诞生？

2014年10月13日，平利文学史上第一个最规范、规模最大的民间文学社团成立了。

记忆中，平利曾经有过一些自发自生的文学社团，我自己在20世纪80年代还组建过青春文学社。后来，不断有一些文学社团出现，记得较有名气和影响的有浅草、丑石文学社等。

五峰诗社成立大会是极为成功和热闹的。记得那天是周六，一个阳光灿烂的日子，在曾经的平利标志性的建筑长兴宾馆举办，而这个特别的时期，正值平利文学发展的高涨时候。参加的人员，都是在平利有影响、有一定成就的本土作家，自是有着不一样的光华。有请来的名家，有前来祝贺的不同协会的致辞。有的赋诗，有的赠字，有的画画，有的献歌，个个喜笑颜开，一派莺歌燕舞。

终于有人发现，年轻的亦君却没有出现，似乎有些意外。亦君在诗社组建的过程中，是最热心的跑前跑后的发起者和参与者之一。这位在省内外都十分活跃，收获丰硕的知名诗人，视诗为生命的青年作家，平日里就热心帮助推介文友们的作品，不遗余力宣传平利的诗人，究竟是什么原因，而没有参加这成立大会呢？

晚饭的时候，诗社所有的会员，都收到同样一条短信：亦君携沈家公子问候各位长辈，祝诗社兴旺发达。这时大家都恍然大悟，和诗社共同诞生的，还有亦君的儿子，这是五峰诗社成立时最珍贵的礼物啊！

后来，多次见到了亦君的公子。孩子当然有着男孩子的调皮本性，不过却透着几分清秀的文雅和灵气。小小的年纪，就能背上百首古诗。当然，还能不经意地吐出几句让人惊讶的、充满想象力的现代诗句。

我不知道，是诗社投射给了孩子的灵性，还是上天借孩子给予了亦君和诗社的性灵？

几年后，我无意在亦君众多的发表作品中，看到了那天他的心迹：

就像此刻
我等待又一个特别的日子
虽然不在现场，可是心里
始终盛放着那件心思
我只能静静地祝福
一个关于诗的盛会
……

和无名女郎合影

五峰诗社社刊《映像女娲》创刊周年活动，是诗社又一次大规模的活动。短短一年多时间，五峰诗社的队伍壮大了，影响面抵达了汉江之滨。前来参加活动的有省内外知名的作家张虹、李小洛、姜华、万世长、玩偶等。而平利不仅仅是来了作家、诗人，文艺界的书法家、摄影家、画家、戏剧家，都来了。活动现场洋溢着喜悦和饱满高涨的文心诗情，充满着大家对五峰诗社未来的美好期待和对《映像女娲》的祝福，还有对平利文学和诗歌未来的憧憬和向往。

活动快结束的时候，无一例外，大家都聚集在一起合影留念。忽然从大厅里走出一个女郎来，身材高挑，长发披肩，约莫三十岁出头。一身深蓝色套装，鹅蛋形脸庞，眸明齿白，容貌姣好。这时，诗歌界的智多星苏平意外地向美女打招呼："来，美女。照相，照相。"出乎所有人意料，那美女径直地走到苏平的身旁，成为合影的一个天外来客。

当时，大家都知道这女子并非参加活动的人，或许是苏平熟悉的人吧？待结束后，有好奇者问苏平："那女郎是谁？"苏平竟然笑着回答："不认识。"令在场的人目瞪口呆，继而哄堂大笑。

后来，我们多次说到这个话题。猜测那女郎当时参加合影，是不知不觉在懵懂中被拉了进来还是被当时的环境所感染，自发留下了这难忘的镜头？细细琢磨，有一千个答案。可这一千个答案也无法真正地说透其中的缘由。

如果说，这次活动整个过程是一首现代诗，那么，一个毫不相干的女郎在合照里出现，就是这首诗中的神来一笔，把整个诗都引向了多元的神秘的地带，充满着趣味和神奇。

诗溢化龙山

在五峰诗社会员群里，曾经有过这样一个趣谈。

当那次在正阳草甸、八仙天书峡采风几个月之后，有人把照片上传到群里，其中有一张是同去的人在山巅上的合影，背景是蓝得出奇的天空，草甸上盛开着数不清叫不上名的野花，所有人都洋溢着开心的笑容，唯有本土女诗人诩真，目光没有和大家一样对着前方，偏偏向着著名的诗人《延河》下半月刊副主编王琪，目光中带着一种欣赏和全神贯注的神情。这被一伙诗社会员用诩真的诗集名《暗喻之美》来形容这不可多得的目光，委实让大家伙开心了一回。

说来奇怪，王琪老师早已是名扬省内外的诗人了，给大家授课的时候，谈文学，谈诗歌创作，侃侃而谈，极具感染力和吸引力。可是生活中的他却十分腼腆、低调，稍微开一个玩笑他便满脸通红。这既让人惊奇，又让人敬爱。或许，诩真的眼神，其实就是大家都有的那种敬爱的典型代表目光吧。

那是夏天的避暑季节，五峰诗社请来小洛老师和王琪老师给大家讲课。这两位尊贵的诗人来平利，当然要请他们到平利最高、最美的大巴山第二高峰化龙山的天书峡、高山草原去看看。

记得去的头一天，还下过一场雨。车过了正阳镇，到了爬山的时候，盘桓在最险的那一段时，竟然有塌方堵住了去路。为了把两位老师接到草原，大家都没有泄气，拦住了几个当地人骑上来的两轮摩托，让车上的老乡带着我们返回最近的村户家，借来板锄、铁锹，硬是平整出刚好可通过一个车身的路，成功地登上了草甸。让这两位分别为第二十二届、二十七届青春诗会诗界双峰同时出现在最具大巴山风光的化龙山正阳草原上，或许，这一刻具有把平利诗歌推上新的高度新的境界的象征意义。

归途中，听说有"平利黄果树瀑布"之称的韩婆瀑布就在路边不远处，两位诗人兴致勃勃地去看，开着车的黎胜刚老哥便停下车，自己陪着去。也许是激动，也许是他大意，他们离开后，旁边人突然发现，车子竟然还在下滑滑行。原来是他没把手刹车闸拉下，幸亏一旁的翁总发现，跳上车去，才把车刹住，令人虚惊一场。

一路风光，一路惊险，一路欢笑。五峰诗社，把诗歌盛会和诗歌盛宴导向巴山第二高峰，平利诗歌也经历了一场前所未有的浪漫之旅。

两位名家自然不会忘记，也让大家如愿地留下了他们对平利的行歌：

怀念，就写信给你

一封无人读懂的天书

以八月的韵律

写满山间

写在水上

……

——《平利行》李小洛

远眺大巴山连绵

白云已经不是唐朝的云

更远的瓦屋上，月光已经被移走

无字的天书藏着静谧

叠合在一起

在持久中等待着破译

……

——《平利之诗》王琪

他们都提到了天书峡，然而平利天书峡的天书，恰好可以铭刻下他们的破译之句。

读给父亲的诗

2016年，元旦年会的时候，大家一到场就知道一个人今天没有到，那就是大家都极为敬重的诗社社长王向东先生。这位年逾六旬的老领导，自诗社成立开始，就把自己大部分精力投入在这个自发组织的集体中，融入了许许多多的心血。诗社没有活动场所，他和另一位发起人翁江春还有几位诗社理事商议租房；诗社每开展一次活动，他都得亲自琢磨着每一个环节该怎么做；诗社开展征文活动，他总是率先拿出自己的作品；诗社会员如果家里有大事小事，他就会召集大家合力帮助。就是这样一位诗社的发起者，却因一场病魔袭击而病倒了。而他在病中，听说诗社要召开年会，十分挂念。刚刚化疗完毕，他便逼着儿子从省城回到平利，让儿子代表他参加年会，向大家问好，而他独自待在西安的病房中。谁能想象，一个病人躺在病榻上，承受着怎样的疼痛和孤独？

可是他和所有的父亲一样，考虑的不是自己，而是孩子的工作，孩子的家庭生活。同时他又和大多数父亲不一样。这位曾经当过县委常委、宣传部部长、副县长、人大常委会副主任、政协副主席的老领导，看重的却不是这些所谓的地位，而是执着地爱着诗和文，培养出两个和他一样擅长诗文的儿子。他和大儿子同时加入五峰诗社，形成了五峰诗社独有的"父子兵"。他的儿子王韬，是多栖多优之才，旧体诗、新诗、摄影、散文、通讯报道，无所不通。五峰诗社，也正是通过他开办的公众号"遥望五峰"像无线电波一样，传向四面八方。

诗界一直守望和恒定着一个信念："生活不只是眼前的苟且，还有诗和远方。"王向东先生，正是这样，从领导岗位退下来以后，凭着对诗词的热爱，接过平利县诗词学会会长这个接力棒，并担任了五峰诗社的社长。经过漫长的跋涉、等待、引导、浇灌，平利诗词终于迎来了历史上最好、最兴盛的时期。

诗一首一首朗诵下去，终于，王韬上场了，所有的人，都静静地等待着，大家心里都有一点没有明说的心思，大家都明白，王韬不是一个人在朗诵，他还代表着他的父亲，也含着大家对社长浓浓的思念……

都说想你了

对诗友们的关怀

我以热茶答谢

陪护父亲做完化疗

在您不断催促下

我们刚刚分开几个时辰

围炉交谈却身心未定

不忍不忍我放心不下

这个寒冷冬日

在西京医院病房里

只有您孤寂一人

……

　　很明了，很动情，很深沉，这或许是五峰诗社年会最具真情、最让人感动，也最让人难忘的一首诗了。

　　当时，大家都相信，这一字一句都凝聚着亲情、友情、诗情的音波会无声地传导到老领导的心田，社长一定感受得到，接收得到。

　　几个月后，在社长坚忍的毅力、顽强的抗争下，社长康复出院。那病魔在诗社面前，在诗歌面前，在诗人的真情、真爱面前，在父子无尽的思念面前，黯然地溃逃而去。

诗社味道

　　一日，几个诗人聚在一起喝茶、聊诗。清雅得久了，总觉得又少点什么，似乎不太过瘾，理了半天，终于明白，原是人骨子里的那些俗性作怪。陕南人好吃，资源丰富。山珍河味，应有尽有；酸甜苦辣，五味俱全。映像女娲茶时光，有茶，有咖啡，有干盘，远远不够，便商议着该有美酒佳肴、大鱼大肉才对，竟然拥护者甚众。立马行动，置办家伙，请来厨师。口味以本地农家风味为主，东西贯通，古今相融。平日里，读书侃诗，到了钟点，便请厨房弄上几个家常小炒，拎上一壶或一罐乡下自酿的谷子酒、苞谷烧，便可享受油煎火熬的百姓生活。

　　于是，映像女娲的日子，诗意栖居中又氤氲着寻常人家的烟火气息。

　　不久，这不一样的烟火，被一伙不甘平庸的家伙又鼓捣出不一样的花样来。

　　那一日，一月一聚的诗歌改稿会结束后，又是晚饭时候，大伙儿便留了下来，照例又会是四盘六碟的家常菜。不料副会长、映像女娲茶时光老总翁江春叮嘱厨师学着把几个家常菜推陈出新、改头换面，重新打造一番，端上桌，着实让人耳目一新。有人建议，不要急着消灭它们，给这创意菜看新起名字，顿时激起了大家的兴趣。

先是土豆，用着高粱秆搭建编织的棚架盛着。土豆去了皮，用油煎过，堆放在一起，黄亮亮的，泛着油光。颇有神秘气息的小指立马嚷嚷道："哇，女娲部落。怎样？""好！"大家都联想到女娲在平利补天、抟土造人时代人们生活的情态，竟一致通过。

　　这时又端上一盘金灿灿的苞米炒虾来，面对着这黄金组合，大家一时想不出新颖的词儿来。不承想仁厚、恬淡的余昭脱口而出："闲暇时光。"这个意境不错。字面上契合了食材，内容上暗合了茶时光。到映像女娲茶时光来，谁不是放松心情，寻求闲适的雅致呢？就叫"闲暇时光"吧。

　　于是，蔡苔的淡（蛋）时光，扬子的春（椿）浪漫纷纷叫响，令人食欲大开，口舌生津。

　　高潮到了，这次上的是一个提篮，篮子里排列着十几个烤得熟透、色香诱人的排骨。大家还在思考，有着诸葛亮之智慧的苏平，已经起好了名字——"篮排"！真是不可思议的灵光，只有对诗的把握到炉火纯青时，才会有如此奇思妙想，将餐具和食材各取前一字，就变平淡为神奇，让菜和菜名有了精魂。

　　篮排？蓝牌？还是男排？抑或是其他？你尽可琢磨玩味。至此，篮排成为诗社活动接待时一道必不可少的招牌菜。

　　就这样，映像女娲的每道菜，都被诗社人赋予了诗一般的名字，蕴含了诗一样的意象。一传十、十传百，一时名声大噪，声名鹊起。小城人都知道去映像女娲茶时光，品茶、看书、小餐，不仅仅是去休闲的，而且是在为自己寻找文化的味道。

永远的《映像女娲》

　　五峰诗社原副社长翁江春特意给我说，虽然五峰诗社因种种因素，于年初注销，不再延续，然而诗社的社刊还要办下去，采取申请的正规刊号出版，拟出版《映像女娲》第八期，还让我给《月湖夜话》栏目写点什么。一时间我心中有一点潮湿，转而心潮澎湃起来。我立刻想起六七年前大约春夏之交，翁总找我征询对《映像女娲》设计板块和栏目的建议时的情景，仿佛就在昨日；又想起我为《映像女娲》创刊一周年写过的《灿烂绽放》，依然历历在目；还记得《映像女娲》由一张报纸改版为社刊时写下的《喜与山花一起唱》，同样如在眼前。至此，《映像女娲》形成了自己诗、茶、文融为一体的独有定位，以文学性、品质高雅取胜。《映像女娲》打造了女娲有约、茶时光、行走映像、诗工地、五峰诗汇、诗擂台、月湖夜话等栏目，像正阳草甸子潜出的水，静悄悄流入汉江，香溢秦巴。

我由此回想起，大家一起度过的难忘时光，想到最巧合的白鹭之数，最有趣的合影照，最神奇的诗人后代的诞生，最深情敬仰的眼神，最具亲情力量的诗，最有诗情诗味的菜肴名，最有品位的小城小刊……

就这样，我一点一点地把五峰诗社带给我们无数欢歌笑语，无数难忘的浪漫故事、浪漫时光，一点一点地讲述出来。然而，我知道，无论我怎样使出洪荒之力，还是远远写不出写不完它的故事、它的韵味的。

最后让我以小洛老师《平利行》的几句诗来结束我这没完没了的唠叨吧！

一个人来到此地。

他已经忘记了，来时的风向

好多回忆出现在事后

等待多少年后，再去慢慢想起

在平利，我们一天站在汉水之滨。

一天看见女娲补天

一天，爱上一片云海

那些善良淳朴的人们，至今仍

平静地栖居在云海的两岸

一面旗帜的力量

——《古关旗帜红》书里书外的感动

八十一岁的农民作家写七十九岁的农村村干部，三年写稿，六载成书。手捧着樊吉生老先生的《古关旗帜红》，心中有一种油然而生的敬重，一口气读完，内心被书中的人物和事迹感动着。我和作者年龄和故事所处的时间，相差两个多年代，却有如发车时间仅相差两个小时的同一旅程的时代列车，对他们所经历的一切，也有着相当的了解，于是，便有了无代沟的感应和共鸣。

作者在序言中有这样一句话："人生追求的轨迹一旦吻合于时代的曲线，理想的航船只要挂上了时代的风帆，一路的风景就变成了别人嘴里啧啧的传奇。"

这就是樊吉生对他书中所描述的人物高度凝练的总结。

如果说关垭楚长城是平利地理标志，那么，楚长城下张店村的樊文来，便是当代平利人的精神标志。一人一城墙，交相辉映，让关垭所在的长安镇张店村这个普通得不能再普通的村子，驰名省内外。

樊吉生用章回体结构，详尽描述了樊文来从童年开始，因家庭变故从湖北省来陕逃荒，因好心人收留，在关垭下张店村落脚定居下来的成长经历。并重点叙述了20世纪80年代初，樊文来开始在村上崭露头角，先后担任生产队小队长、村支书以及兼任茶场场长、砖厂厂长的过程。突出描写了他心系村民，无私奉献，带领全村人修田造地，兴修水利，建设茶场、砖厂，并积极改变交通道路和集资办学等事迹。他硬是把一个贫穷落后的村，建设成了林茂粮丰、居佳村美、焕然一新的新农村。张店村被国家授予"全国造林绿化千佳村"的称号，他本人也成了"陕西好人"，先后被授予陕西省劳动模范、全国劳动模范的称号，成为农村党支部书记的一面旗帜。

在突出表现樊文来主要事迹的同时，文中还同步伴生了一条副线，着力展示了樊文来人生的另一面。他始终传承着中华传统的道德美德，孜孜不倦地做好事、做善事，引导或倡导着真善美，坚守着仁义忠孝廉，弘扬着正能量。

读完全书，让人深深地感受到：这是一个横跨建设新中国几个历史阶段成长起来的一名村干部不平凡的人生传奇；是一个时代农村社会发展过程的回放；是曾经的艰难岁月，寻常生活生态的展现；也是秦楚边关农事、家事和民俗风俗的一次集中博览。

文中第五回描写了樊文来初出茅庐，担任小队干部，在组织生产队集体生产劳动中，用"心、急、快、干、制、管、严、惩"等一套管理措施和办法，抢抓农时，走到了全公社的最前列。公社书记发现后，组织全公社的大小队干部到张店村樊文来所在小队开现场会。樊文来抓住机遇，不仅向全公社传授了经验，并且很巧妙地请所有的参会人员在自己的小队上吃了一顿饱饭，展示了他个人能力不同凡响和大集体的团结优势。

第十一回中，当村上遭遇百年不遇的洪水灾害，面对一个个泣不成声的乡亲，樊文来沉着冷静应对，当即捐出省上奖励他的省劳动模范的两千元奖金，以及一百斤大米、两百斤洋芋、一千三百斤苞谷等，有条不紊地安排着灾后的生活生产。第二天，面对来视察的县领导，樊文来并没有张嘴要、伸手讨，而是不等不靠不要，仅仅提出以他个人的名义，向政府借款一万元，用于买工具，组织乡亲们开展生产自救。集中体现了樊文来大公无私，临危临难不惧，敢于担当的思想境界和"主心骨""火车头"的能力。

一方水土养一方人。樊吉生和樊文来，同居一村，樊文来付出的心血，全部为乡亲们亲眼所见所知，并为樊吉生所熟知，诉诸笔端，如数家珍。更是一幅平利县在新中国成立以来乡村生态的真实画卷："五组这一年，收苞谷47000来斤，稻谷28000余斤，洋芋12000多斤，红苕20000多斤，其余杂粮9000来斤，在原来的基础上翻了一番。同时，茶场建设也成绩突出。建厂房9间，宿舍3间，猪场、酒作坊5间，炒茶机械安装完备。产茶7000余斤，养大小猪60余头……"如今看起来，这些都是小事，都是微不足道的，但在那个时代，最大的事，就是吃饭。一年的成绩，就是以产了多少粮食，养了多少头猪来体现和衡量的。

从生产队长到村党支部书记，再到村监委会主任，从20世纪70年代到2000年，作者用一系列真实的事件来描写和反映樊文来这位村干部的成长经历，也反映了张店村由贫穷到富裕的过程。可以说张店村或樊文来都是时代的缩影。在时代的大背景下，他们都是普通和平凡的。但是，樊文来带领乡亲们苦干、真干、实干，建设家乡的实绩，使其成了平利县新中国成立以来农村发展变化和地域先进性典型性的代表。

樊吉生深受传统文学的影响，采用章回体结构、纪实性手法，很好地串联起樊文来家庭变迁、个人成家立业、作为基层村组干部的成长历程，从而反映了樊文来作为模范人物内在的成长脉络和精神风貌。

比如写他带领村民集资办学，建设一流的村办小学，源自他从小贫穷，寄人篱下，未曾上过学；又如他处处行善，亲自安葬途经关垭来到张店村的十三个外来乞讨人员，也与他与母亲逃荒在张店村被好心人收留有渊源。总之，他个性中的"忍、韧、愣、能、仁"造就了他吃苦耐劳、公私分明、善恶分明、艰苦奋斗等精神，这都和他的成长环境有关，还和他读过私塾的母亲熏陶和教育有关，也和大多数乡亲们的纯朴善良和对他们母子的关爱分不开。

在创作中，作者善用比兴手法。比如："九九加一九，耕牛遍地走。""君自故乡来，应知故乡事。""起屋造船，昼夜不眠。"又如："风停了，铁铅般的云块把天遮盖得像个锅底。一路雪末像筛面似的匀密地撒着……"说一件事，常常会用一个民谚俗语来引出，或用很生动的描写渲染，颇有意趣。

文中的语言也有浓郁的地方色彩。比如："雨太大了，抵不住丈火。""迟攒劲，不如早攒劲，樊文来真蛮，是个蛮儿匠。""天老爷下着贼娃子雨。""他善善的把人治了。""麻达已经摆下了，瘦狗子也要挤出四两油，不能依你说的困难，一毛不拔行吗？"诸如此类语言，比比皆是，让整个叙述、描写生动亲切，给该书增添了不少色彩。

当然，该书不可避免地打下了过去时代的烙印。在采用章回体叙述时，开始是以人物生活过程来推进，后又以人物事迹为主线讲述，樊文来成长轨迹推进不够紧凑，有些脱节。二是特定的历史条件下，人物有些做法缺乏必要的交代。比如写一位公社党委书记扶持樊文来做生产队小队长时，对大队书记说："如果有捣蛋的，不听指挥的，都出面好好地收拾。再不行了，打电话给我，我让派出所上来，让他玩格。"村上有人打架要拘留。再考虑打架人家里的情况，如果拘留，一家就瘫了，樊文来硬是从派出所把人弄回来，让当下的年轻读者看了会很难理解。还有，在写一些负面人物时，有时显得比较直白："谁有钱借给这样一个不逗人作的女人呢？""后来老张找他要东西，他啥都没有。啃他脑壳光骨头，啃他屁股喷喷臭。"三是在许多细节描写上，过于琐碎、写实，缺乏删减，显得提炼不够，对人物典型展示未必有益。不过瑕不掩瑜，这都不影响书的成就。

在樊吉生《古关旗帜红》一书发行会上，经历了无数鲜花和荣誉，得到过数不清的荣誉证书的樊文来，却对樊吉生深深地鞠了一躬，两位老人相互的尊重，相互的欣赏、肯定和赞誉，着实让人感动。是的，不会电脑写作的樊吉生，儿子是资产逾千万的富裕之人。他偏是爱写作，这部十几万字的书稿，硬是坐在床头，整整写了三年，又存放了三年。星移斗转，暑去冬来。在这个过程中，一直默默支持他的老伴，因病去世。可以想象，他是忍着多大的痛苦，完成这本书的。幸而他的儿子、儿媳，也持续全力地支持他，为他出书拿出资金。文友杨善钧，曾鼎力协助，帮助他补充、修改、润色、完善，共同完成了这部著作，成就了张店村两位老人珠联璧合的文字传奇，也造就了平利文坛一段佳话。

时值平利县脱贫攻坚全面脱贫，又开始乡村振兴新的征程之时，农村基层干部始终是"三农"建设中的主角和骨干力量。虽然《古关旗帜红》中村干部樊文来所处的时代已远去，但他的事迹有着永不消退的模范光芒，永具学习、借鉴的精神内核，值得细细一读。

平利人自己的交警

——浅谈小说《交警高峰》的平利本土气息

时值2018年春节，在欢度平安祥和的快乐时光时，我想到为这岁月静好付出奉献许许多多的政法人，想起那些听到的、见到的政法战线无数让人感动的人和事，便不自觉地翻开了2015年《平利文学》政法专刊（2015年第三期），其中第一篇《交警高峰》进入了我的眼帘。记得这是一篇故事性、趣味性都较强的小说，我不自觉重读了开头，未曾想小说一趣到底，竟止不住从头到尾再读了一次。

作者分明是在用讲故事的手法，谈笑风生地介绍在我们身边大家都熟悉的一名交警，从地名场景上看全部出自本县平利，比如城关小学、五峰菜市场、关垭检查站等，读来倍感亲切亲近。文中的语言也有不少平利的方言，如："挨刀的娃子""短阳寿的""莫急嘛，让我接着给你们讲"；介绍平利经历过的事也会不知不觉地用到"女娲故里欢迎你""小刚摩托"等，熟知平利的人一定就明白，小说的人和事一定就在平利，一定发生在平利，一下子拉近了小说和读者的距离，让你觉得这不是小说，而是在给你述说一个真人真事。

小说用一个又一个悬念，来连接所要介绍的交警高峰，在解释悬念的过程中，将高峰的情况、身世、人生经历层层剥开，清晰完整地展示在读者面前。

作者对交警高峰的描述集中在三个方面，一是他在城关小学岗哨执勤时对工作的认真和负责，着重写了他对车类的观察，对车牌的观察，对接孩子的家长的观察，极好地通过对工作熟悉和了解的程度和能力表现出了高峰爱岗敬业的精神；二是讲述了他在执勤时勇救一名小学生，致使自己小腿擦伤又不和事主计较追赔的事；三是描写了他在偶遇歹徒／抢／劫时见义勇为勇斗三名歹徒而身负重伤，表现出一名警察不畏强暴、不计个人安危、把人民的生命利益放在首位的牺牲精神。这些似曾相识的故事，其实就是警察时时刻刻会遇到或者经历过的司空见惯的日常，但谁都明白，这每一次经历，都是惊心动魄的，对警察来说，都是极其危险的，每一次都将是生与死的考验。

小说中有两段描写，可能读者极容易忽视，如："城东头的李大爷老年痴呆迷了路，他沿街一户一户敲门询问，把大爷送回了家，感动得大爷一家人硬把电视台记者请来采访他；卖菜的赵大婶下雨天滑倒了，他不但把人家背进医院忙前忙后，还把剩下的菜全买了；外地司机车坏到半道儿上，他又是帮忙推又是联系修配厂，末了还帮人家联系便宜的旅馆；他参加了几位年轻人自发组织的'学雷锋志愿服务队'，节假日别的年轻人游山玩水、打牌喝酒，他和他的志愿者们到敬老院、贫困户，争做无名活雷锋；他经常帮环卫工人清扫他这一大块儿地盘，到学校义务宣传交通法规……"

又如："元旦、春节快到了，局里要求城区交警晚上也和巡警一起上街巡逻，查违章，查酒驾，防治安，保平安，震慑坏人，他忙得不可开交，也没闲心想媳妇、想家人了……"

其实，真正构成交警和警察的工作和日常的就是这种日复一日的对平凡使命的坚守，或许这才是交警高峰所体现的另一种精神。

伴随着展示高峰的平凡和勇敢的警察事迹的进程，通过一次高过一次的英雄本色的呈现，高峰的人生始终在酝酿一种幸福的降临，那就是高峰在救学生和勇斗歹徒中，有连续的、不断的奇巧出现：小学生小明的"母亲"给他送花，勇斗歹徒救出来的美女又是小明的"母亲"，住院护士亦是小明的"母亲"，最终才知道这"母亲"其实是小明的小姨。于是，高峰和小明的"母亲"，由爱慕、相恋到走进婚姻殿堂，自然是水到渠成了。

无巧不成书，交警高峰身上所发生的故事和传奇，是作者对平利无数交警平凡而又伟大的工作的一种汇集的表达；交警高峰身上发生的英雄救美最终幸福团圆的结局，则是作者代表平利人民对平利人民警察表达的一种祝福和期盼。

《交警高峰》发表在2016年《延河·绿色文学》杂志第一期上，作者王建春很好地宣传、推介、展示了平利交警的精神风貌，对平利小说走出去也是一种突破。

《交警高峰》最突出的艺术特点是对交警工作进行了细致观察和体验，还有贯穿整个小说的悬念。但小说可能强调了设悬念的手法，对比有些过于强烈；同时，过重的悬念也冲淡了人物心理和性格刻画，因此其他人物的形象也就不够鲜明，但这丝毫不影响《交警高峰》所取得的成绩。

《交警高峰》最大的贡献在于用文字描写出了一个代表平利交警乃至整个政法系统干警的形象。

地方是平利的，语言是平利的，人物是平利的，故事是平利的。一个平利人自己的交警。

后 记

为爱而写

　　生于20世纪60年代的我们，爱上文学是一种容易又不容易的事。青少年时代，不仅物质相当匮乏，书籍更是匮乏得如同当今的珍稀动物一样，影视更不用说了，偌大中国只有几个样板戏，大多数的人都在为填饱肚子而挣扎着，没有条件接触和爱上文学。所幸，我的父母是教师，尽管处在大山深处，偶尔也会有些小说和一些理论研究的书，那些珍贵的书籍，尤其是文学书籍就成了我生命中的一部分，我一逮着就如饥似渴，忘记了身体的饥饿，不一口气看完就不罢休，书里的内容给我呈现出一个和现实完全不一样的天地，使我有了全新的感受和思考。也许正是从那个时候起，我萌生了写作的梦想，可是对写作的神圣感又让我一直不敢把自己的梦想变为行动。2003年夏天的一个晚上，我在巴山屋脊正阳镇一个乡镇干部的宿舍里，无意翻开余秋雨的《文化苦旅》，顿时被书中对中国文化内容的叙述和方式吸引住了，家乡人文、自然风水、民俗民风的那种爱，那种打破砂锅问到底的寻觅，顿时让我找到了切入点和立身之处。自此，我走上了自己挚爱的写作之路。当然，在这个过程中，我明白自己不是想象力丰富的那种类型，不是编情节、写故事的料；但以自己的执着，对文字无怨无悔的热爱，我选择了散文这种和自己天生相投的文学体裁。当这种文学形式又和家乡的大地、自然、山水、人文对接和融合，我就犹如找到了生命的一口井，永远有不枯竭的源泉，永远可以生发绽放出新的灿烂。

　　对于文化散文而言，我踏上的其实是一个艰难而又具有挑战性的领域。尽管秦巴汉水有着源远流长的深厚的人文历史，但几千年来，受自然气候交通影响，一直是落后荒凉之地，有形的文字资料太少，让很多人望而却步。只是这艰难的另一方面，让我有了大量的、鲜活的写作题材和内容。同时，尽管艰难，在我之前，依旧也有很多探险者和开拓者，他们形成了不少成型的秦巴文史、自然、人文资料，也给我奠定了很好的基础；而在他们的开拓之路上，依旧还有无穷无尽未知和新的领域和境界，等着让我一个又一个去发现、去挖掘，让我始终处在活跃的状态中，一直沉浸在新鲜感和成就感中。我感到自己是秦巴汉水人文文化的一个采集挖掘群中的一员，在为家乡、为平利、为秦巴汉水做一些有价值的事，这让我的散文写作从本质上跳出了个人的小我范畴，具有一定的社会价值。

文化散文需要渊博的历史文化知识，需要较高的写作水平和艺术驾驭表现方式，稍不注意就会变得枯燥乏味，陷入历史和知识的考证和介绍的套路。知识积累的深度和广度与写作功力，都是我的弱项。但是秦巴汉水的秀美，帮我找到弥补的方式——把人文和山水天然的灵秀气韵融合在一起。因为，在我看来，山水是一个永恒的历史、文化载体，是最生活的现实，最现实的人文历史，而人文、历史也让山水有了最有生机和最具魅力的灵动。有了秦巴汉水丽质天成的山水自然万物，散文所需要的内秀和唯美就无须过多地雕琢修饰，这也是我掩饰文学语言水平和写作功力不足的一点小把戏。

当然具备这些元素的散文，依旧算不上具有真正生命的成品，这需要用感情和感觉去点化，让散文具有生命的气息。这一点，我倒是有一点天性的，我天生生就了一个男人的粗陋体格和外貌，却有一份敏感和善良的内在，多愁善感，将对家乡的爱，对山水的爱，对亲人的爱，对真善美的向往和爱自然地流露和充溢在文字中，让我的散文具有比较强烈的外溢的情感流露。不知道这是卖点，还是败笔。换一种说法就是个人色彩吧。

最后，也是最重要的，文章应该有的思考、哲理、升华和思想，这些对我来说似乎是水到渠成的。那是人文、山水、自然蕴含的厚重，是人文自然的沉淀。散文的理念很多，我认为，对自然表现的真实程度上，文学在科技日益发达的今天，是无法和摄像机、照相机相比的，甚至比不上画家；但文学包括散文，其生命力依旧依托于思想和情感表达，这是任何现代科技的东西无法替代的。对我所写的散文而言，都是融入山水人文中的情感和思想的自然生发。

最后要说一点，我的散文称不上严格的文化散文，也称不上游记散文，具体要分到哪一类，连我自己都不知道。